Rolf Ersfeld

Mattuschkes Versuchung

Roman

Originalausgabe 2012
Copyright © 2012 by Rolf Ersfeld
Copyright © 2012 by IL-Verlag (ILV), Basel
Umschlagfoto: © Jacek Chabraszewski - Fotolia
Umschlagentwurf: © UlinneDesign, Neuenkirchen
Satz: IL-Verlag
Printed in Germany
ISBN: 978-3-905955-35-4

Rolf Ersfeld

Mattuschkes Versuchung

Roman

Leise schob er die Wand zu, die Hände zitterten, winzige Schweißperlen standen auf seiner Oberlippe. Ein zufriedenes, maliziöses Lächeln umspielte seinen Mund. Er war im richtigen Moment zur Stelle.

Das zarte Schnurren drang kaum noch zu Louise, so stark war das Gefühl, das sie erfasste, ihren Leib in Schwingungen versetzte und unkontrolliert zucken ließ. Sie hielt die Augen geschlossen, ihre Sinne ganz auf die zärtlichen Bilder konzentriert, die ihre Phantasie erschuf, die Beine, die zu zittern begannen, leicht angewinkelt. Nur noch wenige Sekunden, sie stöhnte leise, atmete schneller und dann kam das, auf das sie sehnsüchtig gewartet hatte und sie erlöste. Noch ein paar Wimpernschläge lang drückte sie es an ihren Schoß. Dann ließ sie sich entspannt und mit behaglichem Seufzer zurückfallen, den inneren Blick auf den langsam verschwimmenden Film ihrer Phantasie gerichtet.

„Gila, Gila, du bist mir eine", seufzte sie halblaut und legte das kleine Miraculum auf ihren Nachttisch. „Eine junge Frau mit deinem Temperament muss nicht bis zum nächsten Mann warten, um sich körperliche Wünsche zu erfüllen. Für Zwischenzeiten habe ich einen wunderbaren, kleinen Partner, verschwiegen, vital und ganz meinen Bedürfnissen ergeben. Es gibt weder Streit noch Egoismen und vor allem keine Fragen, bei denen du ein schlechtes Gewissen bekommst oder dich verstellen musst. Außerdem betrügt er dich nicht, schnarcht nicht und beansprucht keinen Platz im Bett", hatte sie lachend gesagt und ihr ein in Folie gehülltes Exemplar gegeben, das sie vor kurzem als Messeneuheit erwarb.

Gila, eine agile, selbstbewusste Frau, Anfang dreißig, hatte sie bei ihrem Job in der Försterklause kennengelernt, in der sie drei Abende in der Woche jobbte, um neben dem BAföG etwas dazu zu verdienen. Sie war ihr vom ersten Moment an sympathisch, und auch Gila schien sie auf Anhieb zu mögen. Sie war recht klein, mit braunem, dichtem Haar, honigfarbenen Augen, Stupsnase und einem kecken Lachen im puppenhaft wirkenden Gesicht, dieser Mischung aus scheinbar weiblicher Hilflosigkeit und gekonnter Koketterie, die Männer magnetisch anzieht.

„Es weckt unterschwellig ihren Beschützerinstinkt, aber sie ahnen nicht, welche Krallen sich in dem niedlichen Kätzchen verbergen."

Sie hatte eine hübsche Figur mit drallem, deutlich herausstehendem Po, von dem sie behauptete, er wäre so beschaffen, um im Vorbeigehen ein Glas darauf abstellen zu können. An Männern gab es in Gilas Leben keinen Mangel, aber sie stand ihnen aufgrund reichhaltiger Erfahrung skeptisch gegenüber und ließ es nie zu dauerhaften oder intensiven Beziehungen kommen, wohl aus Furcht, sich innerlich zu sehr zu engagieren und schließlich enttäuscht zu werden. Daher kam das pragmatische Verhältnis zu Männern, Lust und Erotik, wobei sie herausfand, dass man sich mit der Unterstützung eines kleinen Helfers und seines Kopfkinos auch ohne sie reizvolle Momente bescheren konnte.

Gila war Innenarchitektin, fand aber keinen Job, denn sie reagierte jedes Mal verärgert, wenn ihre Entwürfe nicht angenommen oder verstanden wurden. Schließlich verlegte sie sich auf das Dekorieren von Schaufenstern, womit sie bereits während ihrer Ausbildung begonnen hatte und tat dies mit so viel Geschick und Einfallsreichtum, dass sie sowohl in Ulm, als auch in weiterem Umkreis Stammkunden erhielt, die ihr ein kleines, aber regelmäßiges Salär sicherten. Die Tätigkeit hatte den Vorteil, dass sie sie sowohl früh morgens, abends oder an Wochenenden ausüben und damit den Tag für sich gestalten konnte.

Bevor Louise sie in der Försterklause näher kennenlernte, hatte sie sie schon das ein oder andere Mal mit ballettähnlichen Schuhen im Schaufenster der Boutique ‚petit cadeau' in der Hirschstraße hocken sehen, Klammern zwischen den Lippen, den runden, vorwitzigen Po hinausgestreckt und ein Nadelkissen an den linken Arm geklemmt. Noch während ihrer Ausbildung verliebte Gila sich heftig in den Junior eines ihrer Geschäftskunden. Mit jeder Faser ihres Herzens hing sie an dem jungen Mann, der nach absolviertem BWL-Studium eine kaufmännische Lehre im elterlichen Modehaus absolvierte und anschließend die Textilfachschule in Nagold besuchen sollte. Sie erlebte für einige Monate den Himmel auf Erden mit blitzenden Sternen und sprühenden Feuerrädern, bis sie von ihrer Schwangerschaft überrascht wurde, der Himmel jäh erlosch und in brutaler Härte irdische Realität eintreten ließ, bei der sie nicht nur den Kunden, sondern auch den Heißgeliebten verlor. Der setzte seine Ausbildung flugs in München fort, zog, wie sie es formulierte, feige den Schwanz ein und befreite sich durch Zahlung einer Geldsumme für den empfohlenen Schwangerschaftsabbruch endgültig von seinem schlechten Gewissen. Gila ließ in der schwierigen Situation - ihre Mutter war kurz zuvor gestorben - ohne Überzeugung abtreiben und trug seither Misstrauen und eine markante Narbe in der Seele, die sie sich nie anmerken ließ, sondern mit selbstbewusstem Auftreten und schnoddrigem Ton überspielte.

„Was soll ich denn mit so'nem Ding, das ist kalt und unpersönlich", war Louises erste Reaktion.

„Probier es doch wenigstens mal, ich sage dir, das geht ab wie ein Zäpfchen."

„Typisch Gila", sie musste im Nachhinein lachen und betrachtete das kleine Teil auf der Glasplatte des altmodischen Nachtischs, den sie aus dem Mobiliar ihrer verstorbenen Großmutter gerettet hatte, mit einer Mischung aus Verlegenheit und zufriedener Anerkennung. Es war nicht so groß wie übliche Vibratoren, die sie aus Prospekten kannte, aber leistungsfähig, wie sie schmunzelnd attestieren musste. Schon eine ganze Weile lag es unbenutzt in der Schublade, aber gerade heute spürte sie ein heftiges Bedürfnis nach Erfüllung. Sicher hing es mit ihrem Eisprung zusammen, aber auch mit den Gedanken an den neuen Assistenten der Uni, der ihr gut gefiel und ihre Phantasie zu zärtlichen Ausflügen in seine Arme anregte, die sie auf ihren Gedankenwiesen ausleben konnte.

Paul Ganthner, wissenschaftlicher Assistent und Doktorand bei Professor Weidenfels, war - abgesehen von seiner offensichtlichen Schüchternheit - sehr attraktiv, mit schmalem Kopf, schwarz gelockten Haaren, dunklen Augen unter dichten Brauen, modischer Brille und trotz Rasur blauschwarzer Bartfläche, die sich gegen Nachmittag mit deutlichem Kontrast von seiner Gesichtsfarbe abhob. Ob er auch die ganze Brust voller Haare hat?, ging ihr unwillkürlich durch den Kopf. Wenn er lachte, leuchteten seine weißen Zähne, und kleine Vertiefungen gruben sich in die Wangen. Vor allem seine warme Stimme hatte es ihr angetan und sie sofort für ihn eingenommen. Er war groß, schlank und würde figürlich gut zu ihr passen, da sie ebenfalls eine beachtliche Größe hatte.

Heute ergab sich ein kurzes Gespräch mit ihm. Als er sie zur Tür begleitete, berührte er kurz ihre Schulter, sie empfand es wie pure Elektrizität. „Welche Gedanken habe ich nur heute?", schalt sie sich wohlig streckend, lief nackt ins Bad, nahm den diskreten Freudenspender mit und verrichtete ihre Abendtoilette. Ihr war, als hörte sie ein leises Quietschen, wie von Mirka, der Katze des Hauswirts, aber das war unmöglich, wie hätte sie in ihre Wohnung kommen können?

Sie putzte die Zähne, fuhr mit Zahnseide in die Zwischenräume der Beißer, wie ihr Vater sie nannte, bückte sich über das zu tief angebrachte Waschbecken mit dem Charme der achtziger Jahre, spülte den Mund aus und schnitt dem Spiegel Grimassen. Ihr Repertoire darin war schier unerschöpflich. Das lange, blonde Haar ließ sie langsam durch die Nadeln ihrer Bürste fließen. Dann schlüpfte sie in den rosafarben gepunkteten Pyjama, den Rick ihr an Weihnachten geschenkt hatte, legte James Blunt auf, stellte ‚These are the words' laut und fiel in den Songtext ein. Sie fühlte sich zufrieden, ausgeglichen und glücklich mit ihrem derzeitigen Leben, vor allem mit der Wohnung, die sie zum ersten Mal für sich allein hatte, und die es ihr erlaubte, das zu tun, was sie mochte - etwa zu dieser Zeit Musik zu hören und die Lautstärke zu wählen, die sie bevorzugte, ohne auf ihre Eltern oder Rick Rücksicht nehmen zu müssen, der Blunt überhaupt nicht mochte und total auf Mariah Carey und Madonna stand, die ihr weniger zusagten. Seit sie in dieser Wohnung lebte, war sie regelrecht häuslich geworden, ‚*häuslich*', der Begriff ließ sie schmunzeln, denn er passte eigentlich gar nicht zu ihr, aber in der Tat ging sie selten aus und genoss die Gemütlichkeit der eigenen vier Wände.

„Du bist die reinste Partymaus, du wirst schon sehen, wohin du damit kommst", lag Mutter ihr früher ständig in den Ohren, wenn sie sich aufbrezelte und recht spät noch zum Discovergnügen aufbrach. Damals hatte sie die ständigen Vorhaltungen zu Hause leid und sehnte sich nach der selbstständigen Unabhängigkeit ihrer auswärtigen Kommilitonen, aber ein Studium außerhalb Ulms wollten ihre Eltern nicht finanzieren, vor allem nicht nach der überraschenden Trennung im vergangenen Jahr.

Ihr Vater, ein weicher, gefühlvoller Mann mit leider sehr schwachen Grundsätzen, unterhielt seit langem ein Verhältnis mit seiner Sekretärin, die ihm nach vergeblichen Beteuerungen, seiner Frau endlich reinen Wein einzuschenken, die Pistole auf die Brust gesetzt und die Geschäftsleitung über die frohe Botschaft ihrer baldigen Heirat informiert hatte. Verbunden mit der Bitte, sie vorsorglich in ein anderes Ressort zu versetzen. So kam die Sache ins Rollen. Ihre Mutter war außer sich, suchte aber Gründe nicht in ihrer Lieblosigkeit, sondern in der viel zu guten Behandlung, der zu großen Toleranz - was in diesem Falle Desinteresse oder Gleichgültigkeit bedeutete - und in ihrer gutmütigen Seele. „Wenn es dem Esel zu gut geht, dann ...", womit sie auch gleich Wertschätzung und zoologische Einordnung ihres Gatten zum Ausdruck brachte. In all den Jahren ihrer Ehe machte sie sich nie Gedanken, woher und mit welchem Einsatz das Geld kam, es war einfach da und reichte, ohne dass sie neben ihren hausfraulichen Arbeiten und der Betreuung zweier Kinder, Louise und Peer, einen zusätzlichen Teilzeitjob ausüben musste. Das änderte sich auch nicht, als die Kinder ihrer Betreuung nicht mehr bedurften und mittags in der Mensa aßen, ebenso wie Vater Claude Leblanc in der Betriebskantine.

Nun hieß es, seit Jahren aus dem Berufsleben ausgeschieden, wieder einen Einstieg zu finden und das, nachdem sie gerade die für den Arbeitsmarkt kritische Grenze von Fünfzig erreicht hatte. Als medizinisch-technische Assistentin konnte sie keine Anstellung mehr finden. Seit der letzten Tätigkeit vor

24 Jahren hatte sich alles geradezu revolutioniert. So ergriff sie die erste offerierte Chance bei einem mobilen Seniorenpflegeunternehmen, um die nach dem Auszug ihres Mannes bescheiden gewordene Haushaltskasse aufzubessern. Auch Louise spürte die finanziellen Einschnitte, die die Vorhaltungen ihrer frustrierten Mutter merklich bestimmten, am eigenen Leibe. „War der Einkauf wirklich nötig, ich könnte mir das nicht mehr leisten, muss denn dieser Luxus sein?", diese Bemerkungen wurden zur täglichen Begleitmusik neben immer abfälligeren über ihren Mann, Klagen über das verpfuschte Leben und die ausgelassenen großartigen Chancen, die sie sonst heute, weiß Gott wie gut leben ließen. Die Unzufriedenheit machte sie unleidig und ungerecht, was Louise besonders schmerzte, ja sie hatte zunehmend das Gefühl, dass Mutter neidisch auf ihre Jugend, ihr Aussehen und ihre Perspektiven war und ihr darum den unbeschwerten Lebenswandel missgönnte.

Die häusliche Atmosphäre wurde immer angespannter, ein Wort ergab das andere, was zu ständigen Streitereien mit anschließenden Schweigezeiten führte, bei denen keiner nachgeben oder den ersten Schritt zur Versöhnung machen wollte.

In dieser Lebensphase bilateralen kalten Privatkriegs lernte sie Rick kennen, er hieß eigentlich Patrick Messer, sie kannte ihn flüchtig von der Schule her, wo er einige Jahre verbrachte und nach zwei Ehrenrunden in ihrer Klasse landete, die er bald wieder verließ, um sich einen Job zu suchen. Er war drei Jahre älter, hatte vorübergehend Drogenprobleme, einige Aushilfsjobs, bevor er eine Lehre als Mechatroniker in einem renommierten Autohaus absolvierte und jetzt bei einer Reparaturwerkstatt im Gebrauchtwagenverkauf tätig war.

In der Disco *‚Silverspot'*, in der er verkehrte, scharte er einen kleinen Bewundererkreis um sich, denn er trat spendabel auf und bot sich an, Freunde anschließend mit Vorführwagen seines Chefs nach Hause zu chauffieren, womit bei weiblichen Begleiterinnen natürlich das eigene gemeint war. Er sah nicht schlecht aus, sein Gesicht hatte harte, markante Züge mit Latino-Einschlag und ähnelte entfernt dem jungen Charles Bronson; groß, breitschultrig, mit flacher Nase, das Haar üppig und pechschwarz, mit buschigen Augenbrauen. Rick gab sich sehr verschlossen.

Meist redeten seine Bewunderer, vor allem Hano, stets durstiger Krankenpfleger, Gründer einer Jogginggruppe, dem - gerade Mitte zwanzig - fast alle Haare fehlten oder Peter, mit extrem vorstehenden Augen, der bei einer Versicherungsagentur arbeitete und jede sich bietende Gelegenheit nutzte, anderen

Policen aufzuschwatzen und von Rick die Adressen neuer Autokunden erhielt, der introvertierte Poet Eric, Germanistikstudent, immer im selben verwaschenen blauen Pullover, der sich erfolglos an Gedichtbänden versuchte. Schließlich Sophie, Aerobiclehrerin in einem angesagten Fitnesszentrum, mit auffallenden Hasenzähnen, die fast dazu zwangen, ihr Karotten anzubieten und Cousine ‚Peppermint Leila', die sich einer Ausbildung als Kosmetikerin und Podologin unterzog. Leila, unentwegt Kaugummi kauend, mit rot gefärbten Haaren, litt unter chronischem Lachreflex, der, einmal in Gang gesetzt, nicht nur das ganze Lokal mitreißen, sondern sie selbst zu Krämpfen mit der Gefahr akuter Atemblockade führen konnte.

Sophies schwarzes Haar war an den Seiten hoch rasiert, so dass es wie ein auf den Kopf drapiertes Vogelnest aussah. Piercings an der Oberlippe und den Ohrenrändern, die wie genietet wirkten, rundeten das bizarre Erscheinungsbild ab. Sie war von kleiner Statur und etwas verzogen, was Rick zu der flapsigen, wenig charmanten Bemerkung veranlasste, sie einmal auf die Richtbank seiner Werkstatt zu legen, was sie aber nicht übel nahm. Insgesamt war sie alles andere als attraktiv. Was am meisten in dem schmalen Gesicht auffiel, waren ihre Augen, die, wie eben erblühte Vergissmeinnicht, hellblau herausstachen und selbst den unaufmerksamsten Betrachter fesseln mussten. So lebte Sophies Äußeres von seinen Kontrasten. Sie tanzte unermüdlich, Zumba war gerade aktuell; bot sich keiner der männlichen Gäste an, tanzte sie mit Leila oder anderen Bekannten und erkor auch Louise verschiedentlich als Partnerin aus, besessen von ihrer Bewegungsmanie, die sie kaum einmal ruhig sitzen ließ.

Nachdem Louise die Truppe einige Male angetroffen hatte, inzwischen mit freundlichem ‚Hallo' begrüßt und hinzugebeten wurde, gefiel ihr die illustre Gesellschaft und gute Laune, die dort an der Tagesordnung war. Hier konnte sie ein wenig aus der tristen häuslichen Atmosphäre ausbrechen.

Hano, der Wortführer, erzählte unglaubliche Episoden von seinen Waldläufen oder dem Klinikalltag, die andere heiter kommentierten und mit eigenen Erlebnissen anreicherten, besonders Peppermint-Leila, die von den Marotten, Quark-Honigmasken und delikaten Haarentfernungen der dekadenten Kosmetikklientel zu berichten wusste. Äußerte sich Rick einmal, was selten vorkam, verstummten alle schlagartig, als gelte es, ein Naturereignis zu erleben. Auch in dieser Hinsicht gab es Parallelen zum wortkargen Bronson im Film ‚Spiel mir das Lied vom Tod'. Bei der stoischen Ruhe, die er ausstrahlte, hatte sie den Eindruck eines im permanenten Winterschlaf befindlichen Säugetiers, dessen Körpertemperatur und Grundumsatz auf ein Minimum zurückgefahren ist. Sie fragte sich, wie es zu dieser eigenwilligen Formation von Freunden kommen konnte, was Rick, den Schweigsamen, aus der Mitte hob und zu ihrem Guru machte. Sophie stand auf ihn, das war nicht zu übersehen. „Es ist das Animalische, das Unberechenbare in ihm, das mich reizt, er ist überlegen und klug, scheint nur leider kein Interesse an mir zu haben", vertraute sie ihr einmal an. Es war unverkennbar, dass von ihm, seiner Ruhe und dem bis in die letzten Winkel dringenden Blick seiner zu Schlitzen verengten Augen und den hinter der Stirn nicht einzuschätzenden Gedanken, eine besondere Macht und Faszination für andere ausging. Louise war überzeugt davon, dass Hano es nicht aushalten könnte, Ricks Blick und Schweigen lange zu ertragen und deshalb zum Schwadronieren gezwungen war, um dem unheimlichen Gefühl zu entgehen. Andererseits lauschte man Ricks seltenen Kommentaren mit besonderer Aufmerksamkeit, da man ihnen aufgrund der langen Schweigezeiten hohen geistigen Gehalt und Ausgewogenheit unterstellte, was keinesfalls zutreffen musste. Damit punktete er bei Gesprächspartnern nach der umgekehrten Devise: ‚*si tacuisses, philosophus mansisses*' (wenn du doch geschwiegen hättest, man hielte dich für einen Philosophen). Der Sinngehalt dieses Zitates, das sie noch aus den Jahren fakultativen Lateinunterrichts in Erinnerung hatte, erschloss sich ihr jetzt in bester praktischer Anschauung. Rick war alles andere als Philosoph oder geistiger Überflieger, das war ihr sonnenklar, aber sympathisch, ehrlich, kalkulierbar und stoisch an Grundsätzen festhaltend. Genüsslich erzählte man sich die Story, wie er von einem nervösen Typen mit vorgehaltenem Messer aufgefordert wurde, Geld herauszurücken, ihn lange ansah und seelenruhig fragte: „Kannst du das noch mal wiederholen?" - Worauf der Angreifer derart erschrocken davonlief, als hätte er das Signalhorn der Streife gehört.

Als Mann war er eigentlich nicht ihr Fall, aber an einem dieser unerträglichen Streit- und Schweigetage zu Hause, traf sie ihn abends allein an der Bar des Silverspot und spürte im Gespräch Seelenverwandtschaft, eine Lebenstraurigkeit zwischen ihnen, die auf seltsame Weise verband. Als er fragte, was sie bedrücke, erzählte sie ihm von der familiären Situation, den ständigen Auseinandersetzungen und finanziellen Problemen. „Kind wir müssen sparen, du musst lernen, kleinere Brötchen zu backen, sind Mutters tägliche Gebete, ich kann es zwar einsehen, aber beim besten Willen nicht mehr hören, verstehst du das?" Rick grinste und schwieg; zwangsläufig war er ein guter Zuhörer. Sie hatte das Gefühl, absolut verstanden zu werden, verstanden von jemandem, der Ähnliches erlebt haben musste, der wusste, von welchen Gefühlen sie sprach.

In der Tat hatte Rick ähnliche Erfahrungen und fühlte sich an diesem Abend ermutigt, über seine Probleme, die völlige Trennung von den Eltern, die er wohl bedauerte, aber nicht den Mut aufbrachte, den ersten Schritt zur Versöhnung zu gehen, den Frust bei der Arbeit, die ihn nicht befriedigte und die Minderwertigkeitsgefühle zu sprechen, die er mit spendierten Runden und schnellen Autos zu kompensieren versuchte. Seit dem fürchterlichen Tod seines Bruders, der bei einem Brand ums Leben kam, verbitterten die Eltern zusehends und verfielen zu lebenden Friedhöfen, zu denen er keinen Zugang fand. Warum er dies, worüber er sonst nie sprach, ausgerechnet Louise anvertraute, die er eher flüchtig kannte, war ihm selbst ein Rätsel. Lag es an der melancholischen Stimmung des Abends, oder hatte sie einen bestimmten Nerv bei ihm getroffen? Sie spürte Wärme für ihn, schicksalhafte Nähe und das Bedürfnis, sich anzulehnen, was nach drei spendierten Mai-Thai mit großzügig injiziertem Rum, die sie entgegen ihrer Gewohnheit getrunken hatte, nicht verwunderlich war. Innere Schwerelosigkeit ließ sie Rick tief in die dunklen Augen sehen und Halt finden. Als er ihr anbot, die Nacht bei ihm zu verbringen, sagte sie zu und fuhr mit ihm nach Hause.

Seine Bude war ein armseliges Loch, im Keller eines uralten Hauses, dessen Fenster man nur mit ausgestreckten Armen erreichen konnte und so bescheidenes Licht in beide Räume ließen, dass auch am Tag die Deckenlampe brennen musste. Die Toilette befand sich außerhalb auf dem Flur, Gelegenheit zur Katzenwäsche gab es nur in der winzigen Küche mit emailliertem Waschbecken und Elektroboiler, der je nach Laune warmes oder kaltes Wasser spendete. Das Bett, noch ungemacht, roch nach schwitzigen Füßen, aber heute störte es sie nicht, ihr war nach Wärme zumute und keinesfalls nach dem eigenen Zuhause. Sie sträubte sich nicht gegen seinen Wunsch, mit ihr zu schlafen, er war zärtlich und warm, sie fühlte sich wohl in seinen Armen. Obwohl es nicht zutraf, vermittelte sie ihm das Gefühl, sie glücklich gemacht zu haben.

Als sie am Morgen erwachte, ließ sie der ungewohnte Anblick unzähliger, eilig an den Fenstern vorbeihuschender Beine und Füße laut auflachen. Rick brachte schon das Frühstück ans Bett; sie wunderte sich, wie schnell er Eier und Kaffee gekocht, Brote mit Wurst und Marmelade vorbereitet hatte und sie mit einem Glas Sekt-Orange überraschte, für das er gerade einen Piccolo öffnete. Offensichtlich hatte er Routine in der Bewirtung weiblicher Übernachtungsgäste. Es war ihr unangenehm, nur knapp bekleidet, die Flur-Toilette aufzusuchen, zumal sie von einem ungepflegten Typen, Marke Penner, verlassen wurde, der sie lüstern anstarrte, aber es gab keine Alternative und Einhalten war bei dem dringenden Bedürfnis nicht angeraten.

Sie hatte es eilig, ausgerechnet heute war eine Klausur fällig, und sie wusste nicht, wie die Busse von hier aus fuhren. Rick war fürsorglich, offensichtlich konnten ihre Reize ihn letzte Nacht überzeugen, sprach für seine Verhältnisse mit zwei Sätzen mächtig viel und bot an, sie zur Uni zu fahren, damit sie sich mit dem Frühstück nicht beeilen müsse. Sie lächelte ihn dankbar an. Jetzt, wo sein verschlossener und zuweilen mürrischer Gesichtsausdruck einer entspannten Fröhlichkeit gewichen war, erschien er ihr durchaus gut aussehend und das trotz unrasiertem Bart und lustig in die Höhe stehender Haare.

„Wie findest du meine Freunde so?", fragte er kauend. „Nett und immer guter Laune", antwortete sie, „Leila ist lustig, scheint mir aber etwas naiv zu sein, Sophie ein kleines ‚Steh auf Männchen', die zwei Augen und ihren Hasenzahn auf dich geworfen hat, Eric ein verträumtes Sensibelchen, Hano ein undurchsichtiger Dauererzähler mit Aussicht auf Eintrag im Guinnessbuch der Rekorde und Peter, geschäftstüchtig, aber mit entsetzlich vorstehenden Augen."

„Er ist eben sehr vorausschauend", brummelte Rick knochentrocken. Louise bekam einen Lachanfall.

„Jedenfalls sind sie mir alle sehr sympathisch."

Er gab ihr die für die Klausur benötigten Utensilien, chauffierte sie, verabschiedete sich mit einem langen Kuss, wobei er nach dem Wiedersehen fragte und ließ sie aus dem Wagen steigen, den er provozierend an der Schranke vorbei aufs innere Unigelände gefahren hatte. Da kannte er nichts. Vorschriften und Verbote reizten ihn ungeheuer, sie zu missachten. „Danke, ich melde mich, habe ja deine Telefonnummer", rief sie ihm noch zu, bevor er wendete und sich wieder waghalsig an der geschlossenen Schranke vorbeimogelte.

Sie ließ ein paar Tage nichts von sich hören; die Situation zu Hause entspannte sich vorübergehend, offenbar war ihre Mutter in Sorge, als sie in der Nacht nicht nach Hause kam. Obwohl ihr der Abend gut gefallen und sie Rick von einer sympathischeren Seite kennengelernt hatte, verspürte sie keine Sehnsucht nach einem baldigen Wiedersehen.

Schon von weitem entdeckte sie ihn. Wieder hatte er den grellgelben Wagen in die verbotene Zone gefahren und lehnte lässig an der geöffneten Fahrertür, ein Handy am Ohr, als sie eilig dem Hörsaal zustrebte.

„Wollte nur mal sehen, ob es dir gut geht und du dich nicht aus dem Fenster gestürzt hast. Bei mir zu Hause wäre das zumindest ungefährlich. Hast du nicht Lust, zu mir zu ziehen, ich habe extra sauber gemacht und aufgeräumt?"

Die Fülle der gesprochenen Worte entsprach etwa seinem Tagesquantum. Sie musste unwillkürlich grinsen.

„Ich wusste gar nicht, dass du ein Mann solch schneller Entschlüsse bist, danke für dein Angebot, ich werde darüber nachdenken, aber jetzt muss ich mich beeilen." Sie gab ihm einen flüchtigen Kuss, nahm den angenehmen Duft seines Eau de Toilette wahr und lief die letzten Meter, noch einmal zurückwinkend, zum Gebäude. Sein Angebot kam völlig überraschend, sie freute sich darüber und hatte den Eindruck, dass er ernstlich besorgt war, aber das kam für sie nicht infrage, nur so deutlich wollte sie es ihm nicht sagen. An den nächsten beiden Tagen kam sie nicht dazu, ihn anzurufen, obwohl sie es versprochen hatte, und da sie jetzt gerade in der Nähe war, suchte sie ihn in seiner Wohnung auf. Freudig überrascht öffnete er die Tür, wow, das Bett war frisch überzogen mit blauer Bettwäsche, die einen Sternenhimmel mit goldfarbenen Planeten zeigte, das Zimmer aufgeräumt mit neutralem Geruch, vielleicht einem Hauch von Zitrone und das Geschirr gespült. Der Fernseher lief, gerade hatte ein Film mit Richard Gere begonnen, in dem Diane Lane, vom Regen durchnässt, eine Wohnung mit deckenhoch gestapelten Büchern betrat.

„Dagegen sieht's bei mir ja klinisch rein aus", witzelte Rick und half ihr aus der Jacke, „hast du Lust, ihn mit mir anzusehen? Diane Lane ist eine klasse Frau."

„Richard Gere ist ein toller Mann", entgegnete sie leicht pikiert und nippte an dem Rum-Cola-Gemisch, das er ihr ungefragt in die Hand drückte. Sie knabberten Nüsse, der Film war erotisch und spannend, nannte sich ‚Untreu' oder ähnlich und gefiel ihnen. Obwohl sie nicht im Traum daran dachte, landete sie wieder in seinem Bett mit der Sternenhimmel-Wäsche, sog den angenehmen Duft des Parfums ein und genoss seine Wärme, die in ihr Inneres drang. In dieser Nacht blieb sie nicht bei ihm, er gab ihr seinen Wagen. „Du kannst mich morgen damit abholen, ist das ok?"

Sie freute sich über das Angebot und fuhr auf dem Heimweg an der Försterklause vorbei, um Gila abzufangen, die zurzeit kein Auto hatte und auf die schlechte Busverbindung in späten Abendstunden angewiesen war, wenn sie nicht ein Kavalier mitnahm. Gila war gerade dabei, abzurechnen und begeistert vom unerwarteten Chauffeur-Service.

„Ein neuer Freund mit motorisierter Rikscha?", meinte sie, als sie das quittengelbe Gefährt bestieg.

„Wie man es nimmt, ein alter Schulfreund, den ich wieder getroffen habe, allerdings nicht aus Peking." „Na, wenn der dir den Wagen überlassen hat, wart ihr doch sicher schon in der Kiste?", Gila kicherte in sich hinein, „lehre mich nicht die Männer kennen, ehe die einer Frau das geliebte Auto überlassen, müssen sie blind vor Liebe, Lust oder beidem sein."

Louise protestierte und touchierte beim Abbiegen leicht den Bordstein. „Ich fahre zum ersten Mal damit, es ist alles noch ungewohnt", sagte sie entschuldigend.

„Na, habe ich recht oder recht?", beharrte Gila auf einer Antwort. Sie sagte nichts mehr und konzentrierte sich aufs Fahren.

Nach erneuten Streitigkeiten, die in ungerechten Vorwürfen ihrer Mutter gipfelten, zog sie zwei Wochen später endgültig aus und nahm Ricks Angebot an. Peer weilte gerade mit einem Stipendium in England, so dass Mutter Leblanc nun das Haus für sich alleine hatte. „Endlich heraus aus diesem Jammertal, endlich mein eigener Herr", rief Louise, während heiliger Zorn in ihr kochte.

In den nächsten Tagen holten sie während der Arbeitszeit ihrer Mutter die wichtigsten Sachen heraus, denn viel war in der beengten Bude nicht unterzubringen. Sie arrangierte sich so gut wie möglich mit den Verhältnissen, allerdings musste sie sich jedes Mal zum Toilettengang überwinden, in der Befürchtung, einem der anderen Bewohner, vor allem dem lüsternen Penner zu begegnen.

Obwohl Rick fachlich gute Leistungen erbrachte und über eine schnelle Auffassungsgabe verfügte, war das angesehene Autohaus, in dem er seine Lehre abschloss, damals nicht bereit, ihn weiter zu beschäftigen. „Dir steht dein Querkopf im Weg, dein ständiges Auflehnen und Missachten unserer Richtlinien, das ist wirklich eine Schande, aus dir könnte ein erstklassiger Techniker werden", meinte sein Ausbilder resigniert. Rick Messer weinte dem Haus keine Träne nach, cool bis ans Herz verließ er seinen Arbeitsplatz, ohne sich zu verabschieden.

Auf Umwegen kam er zu Heinz Mattuschke, einem charismatischen, etwas windigen Gebrauchtwagenhändler Ende Vierzig, mit dunkelbraunem Haar, von einigen grauen Streifen durchzogen, der aus früheren Jahren einiges auf dem Kerbholz hatte. Betrug, Urkundenfälschung und Hausfriedensbruch brachten ihm Verurteilungen ein, die sein kriminelles Know-how perfektionieren halfen. Der Laden brummte, er verdiente gut, obwohl günstiger als die Konkurrenz, nicht zuletzt wegen eingebauter gebrauchter Teile, die als neue deklariert und berechnet wurden; hinzu kamen Schwarzarbeiten an der Steuer vorbei. Er war seit Jahren Witwer, seine Frau starb bei einem Autounfall, böse Zungen behaupteten, eine Manipulation am Fahrwerk hätte dazu geführt, nachdem er herausfand, dass sie ihn betrog. Seither lebte er allein in seinem großen Haus ohne feste Partnerin.

Gut aussehend, immer gebräunt, geschmackvoll gekleidet, mit streng gescheiteltem Haar, gepflegtem Schnäuzer, mittelgroß und schlank, repräsentierte er den Typ des charmanten Filous. Die neunundvierzig Lenze hätte man ihm nicht gegeben, er wirkte deutlich jünger. Seine Überredungskünste waren legendär, und schon mancher Kunde hatte sich beim Verlassen des Büros gefragt, wie es dazu kommen konnte, ein Auto zu kaufen, das er eigentlich nie haben wollte. Auf der anderen Seite versuchte er, ‚Irritationen' mit einem kostenlosen Sonderservice oder Geschenk im passenden Augenblick auszugleichen, so dass man ihm selten böse sein konnte. Gegen Polizisten, die ihm zum Verhängnis wurden, hegte er keinen Groll, sie machten ihren Job, wie er den seinen, natürlich nicht im wahrsten Wortsinne, einige wurden Kunden und erfreuten sich seiner besonderen Pflege.

Rick Messer prüfte er lange, bevor er ihn einstellte; die fachlichen Qualitäten überzeugten ihn, aber auch seine bisherige Vita, die Bereitschaft, Vorschriften zu ignorieren, seine querköpfige Konsequenz, Verschlossen- und Verschwiegenheit. Außerdem hatte er das Bedürfnis, etwas für diesen jungen Mann zu tun. Das Betriebsklima seines Unternehmens war unvergleichlich, eine seltsam verschworene Gemeinschaft, die für Firma und Chef durchs Feuer ging, nicht nach Arbeitszeiten oder Tarifen fragte und ihm ebenso verschwiegen wie bedingungslos ergeben war. Und das nicht ohne Grund. Nahezu alle seiner vierzehn Leute waren ehemalige Knackis, die ein unsichtbarer Kodex miteinander verband. Für die meisten war Mattuschke die letzte Chance auf regelmäßige Arbeit und Hilfe in Notfällen. Jeder wusste, dass er sich auf ihn verlassen konnte, wenn er Geld, Autos, ein getürktes Alibi, Unterschlupf oder sonstige Hilfe brauchte. „Meine Leute gehen für mich in den Tod", ließ er Rick wissen, „es hätte keinerlei Sinn gegen mich zu intrigieren". Rick war das Ganze zwar etwas unheimlich, auf der anderen Seite reizten ihn die abseits gerader Linien funktionierende Betriebsphilosophie und die großzügig in Aussicht gestellten Autos, deren er sich meist bedienen durfte. Die Kollegen begegneten ihm mit Misstrauen und Einsilbigkeit, was ihn nicht störte; er hatte Verständnis dafür, sich erst bewähren zu müssen, bevor er in diesen homogenen Kreis aufgenommen werden konnte.

Nachdem er einige Monate, mehr schweigend als redend, seine Arbeit verrichtet hatte, deren Qualität uneingeschränkt Zustimmung fand, stieß ihm Fips kumpelhaft den Ellbogen in die Seite und reichte ihm mit anerkennender Miene die geöffnete Bierflasche. Sie hatten bis in den späten Abend eine komplizierte Reparatur erledigt, weil Mattuschke sie dem Kunden zugesagt hatte, der den Wagen am nächsten Morgen dringend benötigte. Seit drei Stunden waren sie die Letzten in der Werkstatt.

„Das haben wir uns redlich verdient, hätte nicht gedacht, dass wir das heute noch hinkriegen, hast wirklich ein Händchen für so was, mein Junge", lobte er.

Rick nickte, brummte etwas Unverständliches und trank sein Bier, während er Fips beobachte. In seinen besten Zeiten war er, wie er von anderen Kollegen erfuhr, ein raffinierter Taschendieb, dem es über Jahre gelang, sich polizeilichem Zugriff zu entziehen. Da er ausschließlich Damen Geld und Schmuck stahl, nannte man Philipp Kurtz in Ganovenkreisen ‚*Ladyfinger*'; heute war er nicht mehr schnell genug für unbemerkte Zugriffe und schlug nur noch in todsicheren Fällen zu. Alkohol über etliche Jahre hinweg hatte sein Gesicht gerötet und den Kopf permanent zittern lassen, die auffällige Knollennase war mit unzähligen roten Äderchen durchzogen, die schon eine Tendenz zu blau zeigten. Die kleinen Augen waren listig auf ihn gerichtet.

Mit einem vernehmlichen Rülpser stellte er die leere Flasche ab. „Ich zeig' dir mal was", forderte er Rick auf, mit ihm in die nebenan liegende Materialkammer zu gehen. Er räumte Kanister, Schleifscheiben und Planen zur Seite, dann öffnete er die darunterstehende Kiste, randvoll gefüllt mit Metallteilen. Er sprach gedämpft: „Das habe ich über lange Zeit abgezweigt, dafür gibt's einen schönen Batzen Geld. Ich denke, wir haben uns für die Zusatzstunden einen Extralohn verdient. Meinst du nicht auch?", kicherte er vor sich hin, „ich weiß, wo wir das Zeug loswerden, aber mich kennt man zu gut, das ist riskant, du bist neu, dich bringt keiner mit unserem Laden in Verbindung." Er hustete eine Weile.

„Wir packen die Kiste gleich ins Auto, du kriegst die Adresse, und morgen teilen wir uns den Reibach, halbe - halbe. Ist doch ein Geschäft, was? Keiner merkt's, niemandem tut's weh", dabei schlug er ihm freundschaftlich auf die Schulter.

„Bist in Ordnung Rick, mit dir kann man Pferde stehlen", er pfiff leise durch die Zähne und hob die Kiste an einer Seite hoch. „Auf geht's Sportsfreund", er sah ihn auffordernd an. Rick hatte die ganze Zeit geschwiegen, wie es seine Art war.

„Nee Fips, ohne mich, der Polizei ein Schnippchen schlagen, da bin ich dabei, aber nicht gegen Mattuschke, da musst du dir einen anderen suchen. Wir haben nie darüber gesprochen", brummte er, nahm die geleerten Bierflaschen und fuhr mit einem schnittigen Alfa röhrend davon.

Noch am gleichen Abend informierte Fips seinen Chef darüber, dass Rick nicht in die gestellte Falle tappte. Mattuschke nickte zufrieden und legte den Hörer auf, er hatte sich nicht in Rick getäuscht. Menschenkenntnis und -manipulation gehörte zu seinen ausgeprägtesten Fähigkeiten, sie waren auf dem dünnen Eis, das er ständig beging, unerlässlich und Garanten seines Erfolgs. Rick erfuhr nichts von dem nächtlichen Telefonat, wunderte sich allerdings, dass man ihm in den nächsten Tagen aufgeschlossener begegnete und ihn in Gespräche einbezog, was man vorher immer vermieden hatte.

Louise lebte auf ohne die ständigen Streitereien, verbrachte mit ihrem wortkargen Partner eine harmonische Zeit, die jedoch den inneren Widerwillen gegen die räumlichen Verhältnisse nicht beseitigen konnte. Bei Tageslicht besehen, war die Bude in noch schlechterem Zustand, als sie es beim ersten Besuch in der Nacht empfand, die Fassade heruntergekommen, der Putz abgeblättert und das schmiedeeiserne Tor schief in den Angeln. Die Tapete wies Schimmelflecken auf, Kacheln waren abgebrochen, deren Risse und Bruchspalten Bakterien ideale Zuflucht boten, den fleckigen Teppichboden mochte sie nicht mit bloßen Füßen betreten. Die Lichtverhältnisse waren so miserabel, dass sie zum Arbeiten lieber in der Uni blieb.

Den engen Raum teilten sie mit einem Aquarium, Ricks einzigem Hobby, in dem bunte Fische munter umherschwammen und gierig nach den Futterplättchen schnappten, die er alle zwei Tage hineinstreute. Rick hatte alle mit ihr bekanntgemacht, die Brautrock-, Trauermantel- und Schlusslichtsalmler, die flinken, leuchtenden Neons, Panzer- und Antennenwelse und seine auserkorenen Lieblinge, die Boesemans Regenbogenfische, die in den Morgenstunden ihre prächtigen Farbenspiele besonders intensiv zeigten. Über lebend gebärende Zahnkarpfen, Feuerschwänze und Skalare, die er früher gehalten hatte, wurde sie ebenso informiert, wie über den obligatorischen Teilwasserwechsel, pH-Werte, Karbonathärte, Javamoos oder die Weißpünktchenkrankheit, die ihre Mitbewohner seuchenhaft befallen könnte. Oft erwachte sie nachts vom ungewohnten Gurgeln der Filteranlage. Die Fische waren seine Freunde, ebenso schweigsam, verlangten keine Konversation, seine bloße Anwesenheit genügte. Trat er an das Wasserbecken, schwammen sie an die Frontscheibe wie zur Begrüßung und erwarteten die Fütterung. Ihnen konnte er sein Herz ausschütten, sie stellten keine Fragen, hörten zu und waren stets verschwiegen.

Nach Hause zurück wollte sie auf keinen Fall. Wenn es nicht nach Regen aussah, ließ sie die Fenster den Tag über offen, was allerdings dazu führen konnte, dass Passanten aus purer Bosheit Zigarettenkippen oder Unrat hineinwarfen, den sie abends entsorgen musste. Ihr räumliches Unwohlsein wuchs von Tag zu Tag. Mit Grausen dachte sie an die Winterzeit, die sie in dieser ‚Dunkelkammer' verbringen würde. An warmen Sommertagen hatte sie sich angewöhnt, Rick abends in der Werkstatt abzuholen. Der lange Spaziergang hinaus aus der Stadt, belebte sie, den Rückweg legten sie meist in einem der zur Verfügung stehenden Wagen zurück.

„Lebst du im Zustand der Promiskuität?", wollte Gila wissen und hob die Augenbrauen hoch, „oder ist es noch derselbe Partner mit verschiedenen Modellen, das ist sicher schon die vierte Kiste, die du fährst?"

Louise schmunzelte: „So ist es, er ist bei einer Autofirma tätig und darf auf die Wagen zurückgreifen. Morgen holt er mich nach der Arbeit in der Försterklause ab, dann stelle ich ihn dir vor."

Am nächsten Tag musste sie länger auf ihn warten, eine unaufschiebbare Reparatur, deren Erledigung der Chef zugesagt hatte. Sie vertrat sich draußen die Beine, hatte keine Lust den langen Weg bis zu Ricks Wohnung wieder zu Fuß zurückzulegen und ließ sich die letzten Abendsonnenstrahlen auf den Pelz brennen. Ein smarter Mann trat auf sie zu;

„Sie sind sicher Frau Leblanc? Ich habe schon viel Gutes von Ihnen gehört, schön, dass ich Sie endlich kennenlerne. Entschuldigen Sie, ich habe mich noch nicht vorgestellt: Heinz Mattuschke, der Laden gehört sozusagen mir."

„Louise Leblanc, ich freue mich auch."

„Frau Leblanc oder darf ich Louise sagen, übrigens ein sehr charmanter Name, der ausgezeichnet zu Ihnen passt, ich bin schuld, dass die Männer noch etwas länger arbeiten müssen. Darf ich Sie zum Ausgleich zu einem Glas Wein auf meine Terrasse einladen? Bei dem schönen Wetter können wir die Zeit angenehm draußen verbringen, wenn Sie einverstanden sind."

Ihr war das Angebot etwas peinlich, sie kannte den Mann nicht und sollte mit ihm alleine ins Haus gehen, aber er war charmant und höflich, strahlte etwas Unwiderstehliches aus, und was hätte sie anderes sagen sollen in dieser Situation. Das Firmenareal lag weit außerhalb, hatte eine große Grundstücksfläche, auf der das Dreifache der vorhandenen Karossen hätte untergebracht werden können und war von einem hohen Zaun umschlossen. Dahinter lag zurückversetzt das Wohnhaus, rundherum war Acker-, Brachland und Wald. Er hatte offenbar so viel Land gekauft, dass späteren Expansionen seines Betriebes nichts im Wege stand und genügend Abstand zu künftigen Nachbarn gewährleistet war.

Also sagte sie: „Gerne, einem guten Wein und charmanter Begleitung kann man schlecht widerstehen." Er lachte ein sympathisches Lachen, nahm sie mit Schwung am Arm und führte sie elegant die Treppen hinauf zu seiner Terrasse. Der servierte Wein war gut gekühlt, frisch, hatte belebende Kohlensäure, die ihr kitzelnd in die Nase stieg.

„Er schmeckt ausgezeichnet und erinnert mich an Grapefruit- oder Stachelbeeraromen", sagte sie anerkennend und hatte das Gefühl, dass er sich ehrlich über ihr Kompliment freute. Ihr Vater war Weinliebhaber, von dem sie sich einiges abgeschaut hatte, sie trank Wein gerne, ohne allerdings über große Erfahrung zu verfügen. Die würde sich wohl auch so bald nicht einstellen, nachdem er ausgezogen war.

„Da bin ich aber erleichtert, ich hätte sonst nicht gewusst, wie ich mein schlechtes Gewissen besänftigen könnte", sagte er augenzwinkernd. Er machte zwar nicht den Eindruck eines Mannes, dem sein Gewissen besonders zu schaffen macht, aber ihr gefiel die Art, wie er mit ihr umging.

„Wenn Sie sich für Wein interessieren, es ist ein Sauvignon-Blanc aus Neuseeland, ich finde ihn großartig." Er drehte ihr das Etikett zu, es war ein Cloudy Bay von David Hohn, sie hatte ihren Vater schon anerkennend von ihm sprechen hören.

Mattuschke hatte aus früheren - oft dubiosen - Geschäften Vermögen angehäuft und war dadurch in der Lage, auch Flautezeiten in seinem Betrieb mühelos zu überbrücken, was ihm innere Sicherheit und aufreizende Gelassenheit verlieh. Er liebte Luxus, wusste Qualität zu schätzen, was für feine Speisen ebenso galt, wie für exquisite Getränke, von denen er einiges verstand, besonders von Weinen und alten Whiskys. In jungen Jahren hatte er lange als rechte Hand eines potenten Magnaten gearbeitet, der an gut florierenden Firmen unterschiedlicher Gewerbe beteiligt war. Dort hatte er ein Gespür für Exquisites entwickeln können. Für elegante Kleidung, italienische handgefertigte Schuhe und schöne Frauen hatte er einen Blick. Und der heftete sich lange und prüfend auf seinen Gast, der ihm auf Anhieb gefiel und, was sehr selten war, seiner weiblichen Idealvorstellung äußerst nahe kam.

Louise registrierte den interessierten Blick wohlwollend. Es sprach Bewunderung aus ihm, Anerkennung für ihre Erscheinung, Freude, sie zu betrachten, allerdings mit einer angemessenen Distanz, ohne Anzüglichkeit oder Gier im Blick, die sie hätte unsicher werden lassen. Sie empfand sein Interesse eher wie das eines Kunstliebhabers, der mit Genuss und Begeisterung ein Bild betrachtet, ohne darüber nachzusinnen, wie er es schnell in seinen Besitz bringen könnte. Sie musste insgeheim über ihren Vergleich lächeln, entspannte sich, genoss die noch einfallenden Sonnenstrahlen, von leicht würzigem Lufthauch begleitet, der erfrischend über die Terrasse wehte, den hervorragenden Wein und die Gesellschaft dieses Mannes, der ihr fremd war und doch vertraut wirkte.

„Was machen Sie beruflich, wenn ich fragen darf, Louise?"

„Ich studiere noch, Wirtschaftswissenschaften im sechsten Semester."

„Das ist interessant, sehr klug heute, direkt am Puls des wirtschaftlichen Lebens, dann braucht man Ihnen den *Break Even Point* jedenfalls nicht zu erklären."

Es entspann sich ein munteres Gespräch, er war ein guter Unterhalter und kurzweiliger Gastgeber, so dass die Zeit nicht lang wurde, bis Rick erschien, um mit ihr zurückzufahren.

„Nun setz dich erst mal hin", forderte er ihn auf, Platz zu nehmen, „lieber Bier oder ein Glas Wein?"

„Ich nehme lieber Bier." Mattuschke kam mit Weizenbier zurück und stellte einen Teller mit Brezeln auf den Tisch. „Damit Sie mir nicht vor Hunger umfallen." Rick goss das Bier ins Glas und leerte es in wenigen Zügen. „Das habe ich jetzt wirklich gebraucht."

Er holte eine zweite Flasche und reichte ihm einen Umschlag mit einigen Scheinen.

„Das ist der Vorteil unseres übersichtlichen Betriebs", sagte er zu ihr gewandt, „dass man Sonderleistungen auch mal so honorieren kann, ohne dass unsere Freunde vom Finanzamt gleich die Hälfte davon kassieren, oder nicht, Rick?"

Rick nickte nur und nahm sich die Hälfte einer Brezel, die andere reichte er seiner Freundin weiter.

„Es ist unglaublich, welchen Prozentsatz des Gehalts Ledige heute an Abgaben zahlen müssen, man darf sich nicht wundern, dass man Ventile, oder inoffizielle Nebenjobs sucht, um über die Runden zu kommen."

Er schaute seine Gäste an, um Zustimmung zu erhalten. „Das Ganze wird in Zukunft noch schlimmer werden bei der demographischen Entwicklung. Wenige junge Leute müssen dann die Rente für immer mehr alte aufbringen, in zwanzig Jahren kommt auf jeden Arbeitnehmer ein Pensionär; das wird einen Rentner-Tsunami, einen Aufstand im Volk geben."

„Das ist doch reine Polemik", unterbrach Rick sein Schweigen, „die Zahlen sind erfunden, um den Leuten Bange zu machen."

„Aber ganz und gar nicht", warf Louise ein, „die Fakten liegen klar auf der Hand. Man weiß doch, dass diejenigen, die jetzt dringend Kinder bekommen müssten, um das Bevölkerungs-Defizit auszugleichen, gar nicht geboren wurden. Sie sind als potentielle Eltern überhaupt nicht vorhanden. Die Politik hat bei der Rentenfinanzierung gravierende Fehler begangen und es über Jahre versäumt, notwendige Anreize für das Bevölkerungswachstum zu schaffen, obwohl man die Entwicklung kannte."

„Ich möchte jedenfalls keine Kinder", ließ sich Rick vernehmen.

„Aber später nach der Rente rufen, das ist die richtige Einstellung. Wir brauchen Geburten, sind eindeutig ein Einwandererland und haben dringend Zuzug von außen nötig, um die Bevölkerungsbilanz zu verbessern", sagte sie erregt und sichtlich verärgert über Ricks Bemerkung: *‚Ist doch alles Quatsch'.* Mattuschke hatte den verbalen Austausch amüsiert verfolgt und pflichtete Louise bei.

„Natürlich brauchen wir Zuzug, das Problem liegt nur darin, die engagierten von denen zu trennen, die nur die soziale Hängematte suchen, ohne sich integrieren zu wollen."

Die Gläser waren geleert, der Gastgeber erhob sich, dankte für den charmanten Besuch, entschuldigte sich noch einmal für die durch ihn verschuldete Verspätung.

„Ich hoffe, Sie bald wiederzusehen, aber nicht nur zur Stippvisite", er brachte sie zum Hof.

„Vielen Dank, Herr Mattuschke, für den edlen Wein, die Zeit ist wie im Flug vergangen. Wir kommen auf Ihr Angebot zurück", sagte sie lachend, bevor sie zu Rick ins Auto stieg.

Sie brauchte fast die ganze Wegstrecke, um ihren Ärger über seine dummen Bemerkungen zu verdauen, so dass sie schweigend nebeneinander saßen. Ihn schien es nicht zu stören. Mit beklemmendem Gefühl betrat sie wieder die Wohnung. Irgendwie war sie froh, heute noch in der Försterklause zu arbeiten und sich dieser Raumidylle zu entziehen.

„Kannst du mich gegen 24:00 Uhr abholen", fragte sie, als sie Gilas Wagen vor der Tür hörte. „Klar", war seine umfassende Antwort. Bei dieser Gelegenheit wollte sie ihn Gila vorstellen, sie hätte sie natürlich auch hereinbitten und beide hier bekanntmachen können, aber sie schämte sich ihrer derzeitigen Behausung, die sich heute, aus welchen Gründen auch immer, eines aufdringlichen Kohlgeruchs erfreute.

In der Gaststätte war an diesem Abend ein Höllenbetrieb; obwohl noch eine dritte Kraft zur Verfügung stand, hatte sie nicht Hände genug, um alle Wünsche zu erfüllen. Ständig balancierte sie mehrere Teller mit dampfenden Speisen gleichzeitig durch das Gewirr, wünschte guten Appetit und eilte an den Tresen zurück, um die inzwischen gezapften Biere zu servieren. Sepp Panneder, Besitzer der in dunklem Holz getäfelten, gemütlichen Klause, hatte seit kurzem Themenwochen in das Speiseangebot eingeführt, die mit großem Interesse angenommen wurden, und die derzeitige Kartoffelwoche avancierte zum absoluten Höhepunkt. Reibekuchen mit Lachstatar oder rotem Kaviar liefen neben Knödeln mit Schweinekrustenbraten wie verrückt und ließen die Kasse mächtig klingeln. So gab es keine Gelegenheit mehr, über ihren Ärger nachzudenken, der verflogen war, als Rick zur ausgemachten Zeit am Tresen erschien.

„Ich bin gleich soweit, muss nur noch abrechnen", rief sie ihm zu. Dann stellte sie ihn Gila vor. Sie setzten sich kurz zusammen, Rick trank eine Cola, die der Chef spendierte, und Gila plapperte munter auf ihn ein. Es war schon spät, als sie nach Hause fuhren. Gila warf ihr eine Kusshand zu: „Sehen wir uns morgen Abend?"

„Ja, dann gute Nacht, bis morgen."

Am nächsten Abend fragte sie Gila nach ihrem Eindruck.

„Er ist ein echter Typ, da gibt's nichts, sieht gut aus, scheint aber nicht der Gesprächigste zu sein." Nach einer kurzen Pause fuhr sie fort: „Du kennst mich und meine ungeschminkte Meinung. Der Mann ist nichts für dich, vielleicht für die Nacht, aber auf Dauer verhungerst du menschlich und geistig bei ihm. Du bist ein lebenslustiger, kommunikativer, interessierter Mensch und hast was im Hirn. Glaub mir, das geht auf lange Zeit nicht gut. Sorry, ist sicher nicht das, was du gerne gehört hättest, aber meine ehrliche Überzeugung."

Louise war ernstlich pikiert: „So eine Neunmal-Kluge wie du kann vortrefflich in die Zukunft schauen und weissagen, das ist unsereinem natürlich nicht gegeben."

Sie verabschiedete sich kühl von ihr. Am liebsten hätte sie noch ergänzt: „Deshalb ist dein Leben bisher ja auch so mustergültig gelaufen, weil du alles voraussehen konntest". Aber das verkniff sie sich im letzten Moment.

Verärgert fuhr sie zurück. Am nächsten Tag gingen ihr die Worte ständig durch den Kopf, ihr wurde klar, warum sie sie so betroffen machten und verärgerten. Im Wesentlichen hatte Gila recht, es waren genau die Punkte, die sie selbst als kritisch herauskristallisierte, aber immer wieder verdrängte. Gila traf, typisch für sie, wieder einmal den richtigen Nerv, das wurmte und machte unruhig, nachdem es ihr gerade gelungen war, ihre warnende innere Stimme einzuschläfern.

Eine Woche später sagte Rick beiläufig beim Abendessen: „Übrigens hat Mattuschke uns am Wochenende zum Essen eingeladen. Er hätte einiges gut zu machen, wegen Überstunden und so weiter. Ich weiß nicht, ob wir wirklich hingehen sollen."

„Das kannst du deinem Chef schlecht abschlagen, wann soll es denn sein?"

„Samstag", brummte er, „lass uns noch ins Silverspot zu den anderen gehen."

Sie war einverstanden, obwohl sie noch einiges hätte aufarbeiten müssen, aber heute war sie nicht in der Stimmung und ein Besuch bei der Clique würde sie sicher aufheitern.

Es war außergewöhnlich gut besucht, wenn Hano und Eric nicht frühzeitig ihre Stammplätze belegt hätten, wäre es unmöglich gewesen, einen Sitzplatz zu ergattern. Louise war nach Abtanzen zumute und fand in Eric einen bereitwilligen Partner. Er tanzte gut mit geschmeidigen Bewegungen, die einen femininen Einschlag hatten. Am Schluss berichtete er ihr eifrig von seinen neuesten Gedichtkreationen, die mit Rilkes Versen aber lediglich Buchstaben und Papier gemeinsam hatten.

„Darf ich dir vielleicht die ersten Zeilen vortragen?", fragte er, seine Aufregung in der Stimme kaum verbergend. Er sah sie so flehend und erwartungsvoll an, dass ihr nichts anderes übrigblieb, als zuzustimmen. „Aber nur die ersten Zeilen, bitte, dann bleibt mir noch die Spannung für das ganze Werk erhalten", schwindelte sie in Erinnerung an andere Ergüsse, die er ihr zu Gehör gebracht hatte. Er zog sie sanft in eine Ecke, in der man ungestörter sprechen konnte und stellte sich in Positur:

> *„Flackere fröhlich, farbenfroher Freudenfunke*
> *in himmlisch, honighellen Hirtenaugen herrlich haftend,*
> *schenk' meiner Seele sanft, süße Schlummer-Schäfchen*
> *nicht nächtens nur, nein, am nächsten Tage noch ..."*

„Danke, das reicht für einen ersten starken Eindruck", sie sah ihn mit kreisrunden Augen an, was er offenbar missverstand.

„Ich sehe, du bist begeistert, ich bin sicher, dass mir diesmal der ganz große Wurf gelungen ist, du müsstest erst mal die zweite Strophe hören, eine weitere Steigerung der Dramatik. Vier Monate habe ich allein für die Formulierung der ersten gebraucht, bis sie in dieser Idealversion stand und das Tollste", er kam ihr ganz nah und flüsterte, als gelte es, ein bestgehütetes Geheimrezept zu verraten.

„Das Tollste ist die präzise Anordnung der Buchstaben, ohne mich loben zu wollen, ein *‚bukolisches Meisterwerk'*", jetzt lächelte er verschmitzt, „ein Geniestreich. Ich weiß nicht, ob es dir auf die Schnelle aufgefallen ist. Sechs f in der ersten, sechs h in der zweiten, sechs s und n in der dritten und vierten Zeile, exakt wie Mathematik. Das gibt's in der ganzen Weltliteratur nicht, keiner kam bisher auf eine solche Idee." Kein Wunder, dachte sie, sagte aber: „Aus dir wird mal ein ganz spezieller deiner Zunft, da beißen sich die Kritiker die Zähne aus. Du bist ein Picasso der Worte."

Eric strahlte. „Ich verrate dir ein Letztes", er flüsterte mit glühenden Ohren, „in der nächsten Strophe geht's mit sechs t weiter."

„Wer hätte das für möglich gehalten?", gab sie sich staunend und zog ihn mit zu den anderen.

„Was ist mit dir Eric? Du siehst ja aus, als hättest du die Begegnung mit einem Außerirdischen gehabt, verklärt, erhitzt, verstrahlt."

Eric lächelte sanft in sich hinein: „Wartet nur ab, eines Tages werden euch die Augen übergehen."

„Davon bin ich überzeugt", kam Louises trockener Kommentar; Eric warf ihr einen dankbaren Blick zu. Hano berichtete gerade von einem Notfallpatienten, der am Nachmittag mit zwei gebrochenen Armen eingeliefert und gegipst wurde.

„Stellt euch nur einmal vor, für Wochen Arme oder Hände nicht gebrauchen zu können, selbst für die profansten Verrichtungen. Vorübergehend trat nachdenkliche Stimmung ein, die Hano gleich wieder mit anderen Enthüllungen vertrieb.

Pünktlich trafen sie bei Mattuschke ein und waren erstaunt, dort nicht alleine zu sein, sondern eine kleine Gästerunde anzutreffen. Rick lockerte sich mit einer raschen Handbewegung gleich den Kragen, offenbar gefiel ihm die Situation nicht, wie ihm schon die ganze Einladung suspekt war, aber Louise hatte ihn dazu überredet. Mattuschke stellte sie einander vor. Außer dem Gastgeber waren eine Dame und zwei Paare auf der Terrasse und tranken Champagner.

„Ich freue mich ganz besonders, dass Sie gekommen sind", raunte er ihr zu und schenkte ungefragt Champagner ein, Rick bestand auf einem Glas Bier, er vertrage kein *Blubberwasser*. Nach kleinem Plausch der Gäste, dem Ehepaar Rudinsky, vielleicht um die fünfzig, aufgeschlossen, dynamisch, bodenständig und sympathisch, einem weiteren, jüngeren, mit dem bayrischen Adelsnamen *Huber*, das einen blasierten Eindruck machte und Vera Lanek, wahrscheinlich Mattuschkes Freundin, vielleicht Ende dreißig und die Lebendigkeit in Person, die den Small-talk mit melodischer Stimme lenkte, ging man zu Tisch. Als man Platz genommen hatte, trat eine Bedienung mit endlos langen Beinen in Erscheinung, die offenbar für den Abend engagiert war und routiniert den Service übernahm.

Sie trug köstlich duftende Garnelen auf einem Salatbett mit Kräutern und essbaren Blüten auf. Louise, die leidenschaftlich gerne Schalentiere aß, nahm eins der großen Exemplare in die Hand, brach Kopf und Schale ab und schob es in den Mund. Der Geschmack war umwerfend, kein Hauch von Fisch, nur die sanfte Süße der Krustentiere, untermalt von feinstem Röstaroma. Unwillkürlich schloss sie die Augen. Das Fleisch war fester, als sonst. Grandios. Als sie sie öffnete, hatte sich Rudinskys Blick auf sie geheftet, als dürfe ihm nicht die kleinste Reaktion entgehen. Sie wich seinem Blick nicht aus, er war interessiert, nicht aufdringlich oder frivol, wie sie im ersten Moment befürchtete.

Die Erklärung für den Genuss folgte schneller, als sie dachte. Es gab einhelliges Lob für die hervorragende Vorspeise, zu der ein trockener Muscadet getrunken wurde. Man lobte den Koch, den Mattuschke ebenfalls engagiert hatte und der in der Küche anonym sein Können zelebrierte, aber auch Rudinsky und seine Frau für die außergewöhnliche Ware. Was Louise zunächst nicht glauben konnte, sie betrieben tatsächlich eine Garnelenfarm in der Nähe, offenbar die einzige Deutschlands und hatten mit dieser mutigen Idee riesigen

Erfolg. In der Tat hatte noch keiner Garnelen solcher Qualität gegessen. Rudinsky strahlte: „Vor zwei Stunden sind die Tierchen noch munter herumgeschwommen, bevor sie ihr Leben im Eiswasserschock beendeten."

Sie interessierte sich auch aus betriebswirtschaftlicher Sicht brennend für die Geschäftsidee der Rudinskys, langjährige Bekannte Mattuschkes. „Wir hatten früher einen Bauernhof mit Forellenteichen. Als sich Hof und Viehzucht nicht mehr rentierten, stellten wir auf Biogas um und lieferten die Energie zu auskömmlichen Preisen weiter. Vor allem der angebaute Mais bildete die benötigte Biomasse. Da sich die Forellenzucht schon über Jahre einen festen Kundenstamm aus Gastronomie, Privat- und Versandkundschaft geschaffen hatte, lag die Idee nahe, eine Bio-Garnelenzucht anzugliedern, zumal immer häufiger Klagen über die mit Medikamenten oder Chemie belasteten Tiefkühlprodukte aus Fernost zu hören waren. Viehställe und Heuschober bauten wir zu mehretagigen Becken aus, in denen wir die empfindlichen Tierchen heranzogen. Da die auf 30° C. temperiertes Wasser benötigen, konnten wir das Bachwasser, das bereits die Forellenteiche speiste, mit Salz anreichern und die erzeugte Biogaswärme trefflich einsetzen." Man verfolgte die Schilderung fasziniert, unglaublich und exotisch mutete sie an.

„Wo kommen denn die Larven her?", fragte sie neugierig.

„Aus den USA, wir ziehen sie in unseren Becken mit ausgezeichneter Wasserqualität, überwacht von Labor und Veterinär, groß und verkaufen sie frisch nach Anfrage.

Die, die wir gerade aßen, habe ich bevor wir hierher fuhren, aus den Becken gefischt und mitgebracht. Das gibt die unvergleichliche Festigkeit und den frischen Geschmack des Fleischs."

„Wie kommt man nur auf eine solche Idee?", wollte Vera, die einzelne Dame, wissen.

„Mein Sohn und ich haben gelesen, wie stark die Nachfrage in den letzten Jahren angestiegen ist und weitgehend über die Tiefkühlschiene befriedigt wird. Da kam uns der kühne Gedanke, Garnelen frisch aus Deutschland wäre ein Clou. Wir haben uns das nötige Know-how besorgt und dann investiert, auch dank Heinz, der gleich an unsere Idee geglaubt und sich beteiligt hat."

Er warf ihm einen anerkennenden Blick zu. Der hob sein Glas und stieß auf erfolgreiche Zeiten für den Garnelenpionier an. Alle fielen in den Toast ein. Zu beeindruckend war die Geschichte, und Mattuschke hatte offenbar wieder den richtigen Riecher, um sein *‚Schwarzgeld'* zu deponieren.

„Um eine ungefähre Vorstellung zu bekommen, welche Menge verkaufen sie denn pro Jahr?", fragte Louise interessiert.

„Sie wollen es aber ganz genau wissen, kommt jetzt noch die Frage nach dem Gewinn?", hob Mattuschke warnend den Finger und lachte.

„Ich glaube, zur Zeit liegen wir etwa bei fünfundzwanzig Tonnen pro Jahr. In der Spitzengastronomie sind wir schon gelistet, die Kundschaft vermehrt sich ständig, obwohl die Tierchen teurer sind, aber die Qualität ist überzeugend besser", sagte Rudinsky stolz, „was meint die Wissenschaft dazu, Louise?"

„Knappe Güter haben einen höheren Preis, weil wir bereit sind, sie entsprechend zu honorieren. Er ist das Rationierungsinstrument, um unbegrenzte Bedürfnisse nach Delikatessen mit ihren geringen Mengen in Einklang zu bringen. Werden solche Spitzenprodukte stärker nachgefragt, steigt der Preis zwangsläufig", versuchte Louise den ökonomiewissenschaftlichen Prozess zu veranschaulichen.

„Alles Theorie, Riecher, das macht den Unternehmer aus, nicht wahr Ralf?", wandte sich Mattuschke an ihn, „man muss ein Näschen haben und eben nach allen Seiten offen sein."

„Wer nach allen Seiten offen ist, kann zwangsläufig nicht ganz dicht sein", war plötzlich Ricks trockener Kommentar zu hören. Bisher hatte er sich an den Gesprächen nicht beteiligt. Für einen Augenblick entstand betretenes Schweigen, dann brachen alle außer ihm und Louise in heftiges Lachen aus. Sie trat ihm unter dem Tisch ans Bein, peinlich berührt.

„Zum Unternehmer muss man geboren sein", fuhr Mattuschke fort,. „mein damaliger Chef Kornfeld hat immer gesagt, *es gibt welche, die heute eine Hutfabrik eröffnen, und morgen kommen die Leute ohne Kopf auf die Welt*', Gespür und Glück gehören einfach dazu."

Beim Hauptgang, Filetsteak mit Rindermark, gedämpftem Fenchel, mit einem Hauch Parmesan und von markanter Kirschnote eines exquisiten Spätburgunders begleitet, tauten auch Hubers auf, die sich bisher zurückgehalten hatten. Er, Finanzbeamter, eine hagere, fuchsgesichtige Gestalt mit ausgehöhlten Wangen, die jedes Detail wie Radar am Tisch zu erfassen schien, gab sich ungemein wichtig und unverzichtbar. Die verabschiedeten Haare seines Kopfes schienen in Ohren und Nase eine neue Heimat gefunden zu haben. Louise beschlich das Gefühl, dass er von Mattuschke ausgehalten wurde und ihn dafür mit unsauberen Extraleistungen versorgte. Er machte einen blutleeren Eindruck, bar jeder Pigmentierung und Ausstrahlung geboren. Die Art, in der er sprach, war ermüdend wie ein Hochhaus ohne Fahrstuhl. Frau Huber, ein ansehnlicher Typ Frau, mit braunem Haar und blassgrünen Augen, konnte ebenfalls mit einer außergewöhnlichen Innovation aufwarten. Sie hatte ein ‚Autohaus für Damen' eröffnet, bei dem Mattuschke auch als Sponsor auftrat, was Louise in ihrer Vermutung bestärkte.

„Ein Autohaus lediglich für Frauen, wird das denn überhaupt angenommen?", war Ricks spöttisch fragender Kommentar.

„Sie können doch am allerbesten beurteilen, Herr Messer, wie Frauen in den klassischen Autohäusern und Werkstätten vom männlichen Personal behandelt werden. Kaum sagt man, da klappert etwas hinten, wird es mit einem Grinsen quittiert, nach der Devise, das wird wohl die Getränkekiste oder das lose Warndreieck sein. Selbst wenn man es anstandshalber unterlässt, zu fragen, ob sie nicht wisse, wo vorne und hinten ist, unterstellt man es jedenfalls. Und wenn sie vom Hof wegfahren will, bietet man sich an, weil man befürchtet, sie ramme das Gebäude, finde den Gang nicht oder schlage eh die Räder falsch ein."

Rick grinste breite Zustimmung.

„Bei uns wird jede Frau in dieser Hinsicht ernst genommen, wir beschäftigen ausschließlich Damen, auch in der Werkstatt, und das läuft bis jetzt sehr gut."

Huber verzog das Gesicht zu einer herablassenden Grimasse. „Eine einzige Ansammlung von Brüsten, ob das mal gut geht?"

Dieser widerwärtige Chauvinist, Louise warf ihm einen missbilligenden Blick zu. Ihr gefiel die Idee.

„Ich finde es toll, dass Sie den mutigen Sprung gewagt haben, bei Ihnen würde ich direkt mein Auto kaufen."

Sie erhielt einen leichten Tritt von Rick und sah wütend zu ihm hinüber.

„Also beim nächsten Neuwagen gleich zu Ihnen, das habe ich gerade beschlossen", pflichtete ihr Vera bei, „ich werde es auch meinen Kolleginnen weitersagen."

Vera war, wie sie später erfuhren, als schauspielernde, tanzende Soubrette am Theater tätig und hatte einen gelegentlichen Nebenjob beim Synchronisieren ausländischer Filme.

Das Dessert wurde aufgetragen, Louise warf einen verstohlenen Blick zu Mattuschke, der gerade der Bedienung mit angewiderter Miene hinterher sah, obwohl sie eine durchaus ansprechende Erscheinung war. Sie versuchte die Blickrichtung nachzuvollziehen, auf die Beine, die in milchigen Strümpfen unter ihrer schwarz weißen Montur steckten, hatte sich sein Fokus gerichtet. Ich glaube, er hasst milchige Strümpfe, sie stören sein ästhetisches Empfinden, dachte sie.

In der Tat spürte Mattuschke eine Aversion gegen diese Optik und seine Oberlippe begann an einer Stelle anzuschwellen, wie bei Herpes-Bläschen. Ganz andere Empfindungen hatte er bei der ihm gegenübersitzenden Louise, von der er die Augen am liebsten nicht mehr abgewendet hätte, wäre es nicht so auffällig gewesen.

Ihre dunkelblonden Haare, auf die Schultern fließend, in modern geschnittener Façon, umrahmten das ebenmäßig ausdrucksvolle, dezent geschminkte Gesicht, aus dem das Blaugrau der offen und interessiert blickenden Augen, lebhaft hervorsprang. Sie war ausgesprochen hübsch, eher schön für seine Begriffe, ihre Nase klein, richtiggehend süß, wie die Ohren, fast die eines Kindes, zierlich und verspielt geformt. Auf der linken Wange saß der winzig kleine Leberfleck, kaum größer als ein Punkt, der ihrem Gesicht einen Kick verlieh, eine winzige Asymmetrie, die das Besondere ihrer Erscheinung verstärkte. Bei wem hatte er den kleinen Fleck mit ähnlich vorteilhafter Wirkung schon einmal gesehen? Er dachte kurz nach, ja, bei Eva Mendes, der Filmschauspielerin.

Die Lippen, nur von einem Stift gestreift, elegant geformt, voll, nicht üppig, hinterließen den Eindruck besonderer Appetitlichkeit. Obwohl dies kein passendes Adjektiv war, empfand er es so bei ihrer gesamten Erscheinung. Sie war so groß wie er, mit schlanker Silhouette, nicht dünn, sondern wohl proportioniert und bewegte sich mit dem eleganten, federnden Gang, den er bei Frauen liebte. Sie war in ihrer unbekümmerten Natürlichkeit Frau gewordene Frische und erinnerte ihn im ersten Augenblick an Sina.

Stundenlang hätte er ihr zuhören können, so angenehm und dialektfrei war ihre Sprache, keine Spur von Schrille oder hektisch verschluckten Silben, wie bei vielen, die er kannte, deren Stimmen sich unangenehm in die Höhe schraubten, sobald die Gefahr von Unaufmerksamkeit entstand, oder andere sie zu übertönen suchten: warm, schmeichelnd, Interesse weckend. Obwohl noch so jung, wirkte alles an ihr kultiviert, jegliches Laute war ihr fremd. Gerade beobachtete er, wie sie das Dessert aß, mit schlanken feingliedrigen Händen, deren Fingernägel nicht rot, sondern klar lackiert waren und natürlichen Glanz verkörperten. Unwillkürlich malte er sich aus, wie die eleganten Hände zärtlich über ihren Körper gleiten würden, ein Bild, das ihn augenblicklich erregte. Er verzehrte sich nach dem Gedanken, sie in hüllenloser Schönheit betrachten zu können. Ganz langsam verschwand die Schokoladenmousse zwischen ihren sinnlichen Lippen, ab und zu strich die Zunge vorwitzig ein Schokoladenbröckchen ab, von schelmisch genießerischem Blick begleitet.

Louise entging nicht, dass ihr Gastgeber kein Dessert aß, sein Blick länger auf ihr ruhte und eine gewisse Faszination ausdrückte, die ihr schmeichelte. Von Rick war sie noch nie so bewundernd angesehen worden, er wirkte meist gleichgültig, obwohl sie wusste, dass er nicht so empfand. Es kribbelte ein wenig; Mattuschkes Interesse, das konnte sie nicht leugnen, gefiel ihr. Er hatte etwas Weltmännisches an sich, obwohl sie wusste, dass seine Weste nicht gerade weiß war, aber die Aura, die ihn umgab, war die eines erfahrenen, erfolgreichen Mannes vermögender Gesellschaftskreise. „Was ich mir da zurecht spinne?", schalt sie sich. Sein kantiges Kinn verriet Energie und Durchsetzungskraft, Augen und Lächeln besaßen außergewöhnlichen Charme. Dieser Mann hatte sein Leben lang Fortune bei Frauen, dachte sie. Resultiert daraus die Anziehung, die er auf mich auszuüben vermag?

„Warum essen Sie das leckere Dessert nicht?", sie fragte, weil sie sich bei ihrem prüfenden Blick ertappt fühlte.

„Ich esse nie Nachtisch, es sei denn selbst gemachten, dessen Zutaten ich kenne."

Bei Kaffee und Digestiv plätscherte die Unterhaltung lebhaft dahin, was ihr Gelegenheit gab, ihn und Vera näher zu beobachten. Beide wirkten sehr vertraut miteinander, aber es war kein Funke von Liebe oder Zärtlichkeit füreinander erkennbar. Er schien ihre lebendige Präsenz, das andere Genre, das sie verkörperte, Schlagfertigkeit und Anmut, mit der sie sich tänzerisch bewegte, zu bewundern, aber mehr schien da nicht zu sein. Jedenfalls hatte er sie den ganzen Abend über nicht, auch nicht flüchtig, berührt. Auch Vera, die rassige Schwarzhaarige, mit tiefgründig dunklen Mandelaugen, die ihr einen exotischen Anflug verliehen und stilles Feuer mit einen Hauch von Melancholie beherbergten, schien an dem Mann in ihm nicht sonderlich interessiert zu sein, so schätzte sie den körperlosen, kameradschaftlichen Umgang ein, den sie mit ihm pflegte.

Huber hingegen hatte seinen Blick so offensichtlich auf Vera geheftet, dass man seine Gedanken, die sicher in einem Spontanquickie gipfelten, von den Augen ablesen konnte. Frau Huber tat gut daran, ihm die Anwesenheit bei der Ansammlung von Brüsten möglichst selten zu gestatten.

Als Louise an diesem Abend einschlief, erlebte sie einen sehr anregenden Traum, in dem ihr Gastgeber eine nicht unmaßgebliche Rolle spielte. Gut, dass

Rick nicht wissen konnte, wie intensiv sie an ihn und seine tiefgehenden, auf sie gehefteten Blicke dachte.

Mattuschke war mit dem harmonischen Ablauf des Abends zufrieden, er gab Koch und mitgebrachter Bedienung ein höheres Salär, als vereinbart. Gerne hätte er der Serviererin den Rat mit auf den Weg gegeben, sich für andere Strümpfe zu entscheiden, aber es bot sich keine passende Gelegenheit. Schließlich sollte es ihm egal sein, wer weiß, ob er sie je wiedersehen würde. Die Vorstellung, Louise oder Vera in solchen Strümpfen zu sehen, war ihm unerträglich und löste vorübergehende Übelkeit aus. In der Nacht fand er lange keinen Schlaf, das Gesicht von Louise durchzog seine Wachträume. Bei der Erinnerung, wie Fips sie beschrieben hatte, als er sie zum ersten Mal sah, musste er plötzlich lachen. „Chef, Ricks Freundin ragt heraus, wie ein neuer Jaguar aus einem Schrottplatz." Dann kam ihm eine Idee.

Louises Mutter wartete am Unigelände.

„Hallo, ich wollte nur mal sehen, wie es dir geht, es tut mir leid, dass wir uns gestritten und so wortlos auseinandergegangen sind. Ich war in einer schlechten Verfassung, es war alles zu viel für mich." Sie legte den Arm um die Schultern ihrer Tochter. „Ich war auch zu ungeduldig, wieder Friede?"

„Friede, gehen wir noch einen Kaffee trinken? Ich komme gerade von der Arbeit und könnte einen vertragen."

Sie bestellten Cappuccino und heiße Schokolade mit einem dicken Berg Zimtsahne.

„Bei meiner Figur könnte ich mir das nicht mehr leisten, aber du bist ja jung, noch", räusperte sich Frau Leblanc. Louise überging die Bemerkung, früher hätte sie sofort darauf reagiert; der Abstand hat mir gut getan, dachte sie, ich bin gelassener geworden.

„Wie geht es mit deinem Freund und der Wohnung? Ich würde gerne sehen, wie du dort so lebst?" „Ach, das ist nur eine vorübergehende Lösung, wir suchen schon nach etwas Neuem", schwindelte sie, um von diesem Thema abzulenken. Das fehlte gerade noch, ihre Mutter in diese Bude zu führen und ihr weitere schlagende Argumente zu liefern. Wie hatte sie früher immer gesagt, wenn Vaters Geschwister zu Besuch kamen und ihr die Arbeit über den Kopf wuchs: „Glaub mir Kind, besser Ratten im Keller, als Verwandte unter dem Dach." In diesem Falle wäre sie wohl kaum mit dem Rattenloch einverstanden gewesen.

„Kommst du denn finanziell zurecht, bei deinen hohen Ansprüchen?" Sie kann sie einfach nicht lassen, diese Spitzen, dachte sie.

„Wir leben sehr bescheiden, gehen nicht aus, ernähren uns von Wasser und Brot und gönnen uns nur ab und zu mal deutsche Garnelen."

Frau Leblanc schüttelte den Kopf, sie wusste nicht, was sie davon halten und darauf antworten sollte. „Ich meine es ja nur gut mit dir", sagte sie und schob ihr einen kleinen Umschlag hin, „viel ist es nicht, aber mehr war nicht möglich." Louise nahm ihn dankend. Seit sie Rick kannte, hatte sie die Arbeit in der Försterklause etwas reduziert, was zu einem sichtbaren Gewichtsverlust ihrer Haushaltkasse führte. Der Winter und ein paar warme Sachen standen an. Wenn er so werden würde wie der letzte, brauchte sie unbedingt noch feste warme Schuhe.

„Soweit ich mich noch an Rick erinnere, war er sehr unbeständig und mundfaul, aber du bist ja alt genug, zu beurteilen, ob ihr zueinander passt."

„Das bin ich mit fast fünfundzwanzig Jahren in der Tat."

Schon wieder der unterschwellige Vorwurf, dass er nicht zu ihr passe und sie es als Mutter besser beurteilen könne. Nur jetzt nicht die Contenance verlieren. Sie klärten noch ein paar Dinge ab, dann verabschiedeten sie sich mit einem Kuss voneinander.

„Danke, dass du gekommen bist", rief sie ihr nach, bevor sie in das weiße Auto des Pflegedienstes stieg.

Sie bog gerade in die Hauptstraße ein, als Rick vor Louise bremste. Er saß in einer schwarzen Limousine, deren Marke sie nicht kannte und feixte herausfordernd.

„Das ist ja gerade noch einmal gut gegangen, oder war es nicht deine Mutter, die Kneifzange?"

„Natürlich, aber sie hätte dich schon nicht gefressen."

Sie ärgerte sich über die Art, wie er von ihr sprach, das stand ihr zu, aber nicht ihm. Während der Fahrt machte sie ihm den Vorschlag, kurz ihren Vater zu besuchen, den sie schon wochenlang nicht mehr gesehen hatte. Beim Besuch ihrer Mutter fiel es ihr plötzlich siedend heiß ein.

Am Haus in der Schanzenstraße, wo er seit kurzem mit der neuen Partnerin lebte, war eine lange Reihe von Namensschildern angebracht, sie suchten eine Weile, bis sie den eigenwilligen Namen Schneemilch/Leblanc fanden. Wenn Vater sie heiraten würde, könnte sie sich in dieser Hinsicht jedenfalls verbessern, dachte sie schmunzelnd. „Ja, wer ist da?", matt und unpersönlich vernahm sie die Stimme ihres Vaters. Ursprünglich hatte sie eine lustige Antwort geplant, aber angesichts der unfreundlichen Begrüßung meldete sie sich mit ihrem Namen.

„Ich wollte mal nach dir, äh, euch sehen, darf ich mit Rick rauf kommen?" Es trat einige Augenblicke Schweigen ein, während die Anlage knackte und rauschte.

„Ja, dann kommt hoch." Der Türöffner surrte, sie ließen den Aufzug stehen und nahmen die Treppe bis zum dritten Stock. Das Haus roch nach frischer Farbe und Terpentin, je höher sie stiegen, desto stärker wurde der Gestank. Ihr Vater stand in der halbgeöffneten Tür und empfing sie mit lauwarmer Begrüßung. Er drückte Rick die Hand, sie war weich und kraftlos.

„Schön, euch zu sehen", sagte er wenig überzeugend, er sah nicht gut aus, krank, abgespannt, belastet, und ließ sie eintreten. Solana Schneemilch begrüßte sie herzlich, als sie lächelte, lachten auch ihre Augen, sie meinte es ehrlich und freute sich über die spontane Initiative.

„Entschuldigt, dass wir hereinplatzen, aber ich habe euch so lange nicht mehr gesehen, und wir waren gerade in der Nähe."

„Ich wäre euch sonst ernstlich böse gewesen, wo ihr schon in der Gegend wart."

Solana war sehr freundlich und bediente sie, während ihr Vater einen abwesenden Eindruck machte und sich wenig für die Gespräche zu interessieren schien. Als er Rick fragte, wo er arbeite und das Unternehmen erfuhr, stellte er seine Mitwirkung an der Unterhaltung ganz ein. Wahrscheinlich ist ihm die ganze Situation mit der neuen Partnerin peinlich, vielleicht hätte ich zunächst lieber alleine kommen sollen ohne Rick, der ihm offensichtlich nicht behagte, dachte sie. Ihr wurde klar, dass sie auch in Zukunft von ihrem Vater wenig zu erwarten hatte. „Der Mann hat keinen Mumm und schwache Grundsätze", sagte Mutter immer. In diesem Punkt musste sie ihr recht geben. Solana nahm sie mit in die Küche, legte freundschaftlich den Arm um ihre Hüften; sie war gerade dabei, ein paar Brote zuzubereiten, wobei sie ihr helfen sollte.

„Ich bin froh, dass du gekommen bist, man fühlt sich sonst so ausgegrenzt von der Familie." Beim Abschied, den Solana aufrichtig bedauerte, nahm ihr Vater sie kurz in den Arm.

„Wir telefonieren miteinander und treffen uns mal, ich muss mit dir reden", sagte er leise, bevor sie wieder in die Terpentinwolke traten und die Treppe hinunterstiegen. Rick verlor kein Wort über den Besuch.

Als er einige Tage später die Werkstatt betrat, lag ein Zettel da, sich mit Louise beim Chef zu melden. Abends holte sie ihn ab, es war wohl das letzte Mal, dass sie den langen Fußmarsch hierhin machte, der Sommer war vorbei und das Spätherbstwetter unbeständig.

„Wir sollen uns bei ihm melden, irgendein wichtiges Gespräch", sagte er, als sie ihn mit Kuss begrüßte und verwies auf das Haus. „Aber sicher nicht mit mir?" „Doch das möchte er ausdrücklich, ich weiß nicht, was es soll."

Sie trafen Mattuschke im Garten. Er begrüßte sie freundlich.

„Schön, dass Sie meiner formlosen Einladung gefolgt sind", sagte er scherzend und bat sie, Platz zu nehmen, „verstehen Sie es bitte nicht falsch, aber mir ist dieser Tage eine Idee gekommen. Junge Leute wie Sie, suchen doch meist nach einer anständigen Wohnung, die auch bezahlbar ist. Ihnen wird es da nicht anders ergehen, nehme ich an?"

Das walte Gott, dachte Louise, und bei dem Gedanken, während des kalten Winters in dem heruntergekommenen, dunklen Loch zu hausen und es nicht ständig lüften zu können, wurde sie fast depressiv.

„Ich wohne alleine in dem großen Haus, was kein guter Zustand ist; zwei Mal in der Woche kommt meine Haushaltshilfe Frau Schlemil zu mir. Die kleine Einliegerwohnung, die sie bis zu ihrer Heirat bewohnte, steht seit langem leer, ich wollte sie nicht vermieten, weil ich keine fremden Leute um mich ertrage. Bei Ihnen ist das etwas anderes. Rick ist einer meiner besten Mitarbeiter und Sie Louise sind mir fast schon so vertraut wie eine eigene", er zögerte leicht, „Tochter. Sagen Sie jetzt bitte nichts, übereilen Sie auch nichts. Wir schauen uns die Räume einfach mal an und Sie geben mir nach reiflicher Überlegung Bescheid. Es wird Zeit, dass wieder Leben in das Haus kommt."

Er bemerkte den irritierten Blick der beiden. „Ach, das Wesentlichste hätte ich fast vergessen, den Mietpreis." Er nannte eine Summe, bei der sie glaubten, sich verhört zu haben, Louise fasste sich als Erste und bat, sie noch einmal zu wiederholen. Sie hatten richtig verstanden, unglaublich, exakt der Betrag, den Rick bisher für die Bruchbude im Keller bezahlte, nur war hier die Pauschale für Strom, Wasser und Heizung etwas höher. Als er die verdutzten Gesichter sah, meinte er: „Natürlich ist das ein Freundschaftspreis, aber ich hätte ein ruhiges Gefühl, das Haus nicht alleine zu wissen und angenehme Mieter, auf die ich mich verlassen kann."

Er zeigte ihnen die Räume. Sie lagen auf derselben Ebene seiner Wohnung, nach hinten ausgerichtet, den weitläufigen Feldern und dem Wald zu.

Natürlich war sie kleiner als seine, ein schickes Appartement mit winziger Diele, Wohn-Schlafzimmer auf leicht verschobenen Ebenen, Arbeitszimmer mit seitlichem Blick auf einen reizvollen erlenbestandenen Bachlauf, das Louise restlos entzückte und einem geräumigen Bad mit Waschmaschine, die ihnen den ständigen Weg in den Waschsalon ersparen könnte. Das Haus war nicht neu, Ende der achtziger Jahre gebaut, frisch tapeziert, sauber und hell. Der Boden hatte gepflegte Holzpaneele, die teilweise mit Teppichen ausgelegt waren. Vor dem Arbeitszimmer befand sich ein winziger Balkon, noch groß genug, um einen Liegestuhl aufzustellen. Die kleine Küche war fertig eingerichtet, zweckmäßig, aber nicht spektakulär. Eine Fürstensuite verglichen mit Ricks Behausung, ausgestattet mit Heizung und fließend warmem Wasser ohne launige Boilerzuteilung.

Sie schloss für ein paar Sekunden die Augen, es war wie ein Märchen, ein Traum und dann zu diesem Preis. Was gab es da noch zu überlegen? Hier brauchte sie keine Angst vor dem Winter zu haben. Das helle Arbeitszimmer war geräumig, sogar mit Liege und eingebauten Schränken ausgestattet, es lud gerade zum Arbeiten ein. Hier würde sie ihre Diplomarbeit schreiben und nicht in Ricks Dunkelkammer. Aber sie wollte ihm nicht vorgreifen, obwohl ihr strahlender Blick mehr Zustimmung verriet, als alle Worte. Sie bedankten sich und versprachen, im Laufe der Woche Bescheid zu sagen.

„Was meinst du Rick?", fragte sie vorsichtig auf der Fahrt nach Hause.

„Weiß nicht", war die erschöpfende Antwort. „Gefällt sie dir nicht?" „Natürlich, so etwas war immer mein Wunschtraum, vor allem zu diesem Preis." „Aber?"

„Wir bringen uns in Abhängigkeit von ihm, ich weiß nicht, es ist mir irgendwie nicht geheuer. Warum hat er sie nicht längst einem anderen Mitarbeiter angeboten?"

„Vielleicht möchte er nicht mit Knastis unter einem Dach schlafen?" „Blödsinn, wenn er mit ihnen arbeitet und so vertraut ist, würde er auch das."

Sie hätte sich schon einen Grund denken können, sie gefiel ihm, das war sonnenklar und es hatte wohl den Ausschlag gegeben. Warum sollten sie nicht einmal von ihrem Aussehen profitieren? Diesen Gedanken verriet sie Rick natürlich nicht.

„Ich wäre allerdings der Dumme, der, der immer da und greifbar ist, wenn ein Notfall eintritt oder eine Reparatur sich bis in die Nacht hinzieht", gab er zu bedenken.

„Aber wer sagt denn, dass wir immer zuhause sind, zumindest im Sommer brechen wir gleich nach der Arbeit auf in die Stadt. Ich würde es jedenfalls himmlisch finden, dort einzuziehen, zumal unter diesen Bedingungen. Denk nur daran, wie du den letzten Winter im Keller verbracht hast, willst du deiner geliebten Freundin das mit gutem Gewissen zumuten?"

„Mit gutem nicht", gab er ihr recht und dachte mit Grauen an die kalten Winterrage, den altersschwachen Heizofen und die Nässe, die ihm bis in die Knochen gekrochen war.

„Lass uns jetzt nicht mehr darüber reden und es einmal überschlafen", sagte sie, küsste ihn und knöpfte langsam sein Hemd auf. Die Wohnungsbesichtigung und die erwartungsvolle Euphorie hatten aphrodisische Wirkung bei ihr ausgelöst. Aufreizend langsam entkleidete sie sich und sah, wie sich Ricks Augen lustvoll an ihre Bewegungen hefteten. Er genoss das anmutige Spiel eine Weile, betrachtete ihren schönen Körper, dann zog auch er die restliche Kleidung aus und nahm sie leidenschaftlich. Sie hatte ihn so erregt, dass er ihren Abschluss nicht abwarten konnte und sich schon nach wenigen Minuten in sie ergoss.

Sie schlang beide Arme um seinen Hals und hielt ihn lange an sich gepresst. Auf eine besondere Art und Weise fühlte sie sich gut, obwohl sie gerne länger seine zügellosen, lustvollen Bewegungen gespürt hätte. Dann schlüpfte sie in ihr Nachthemd und vergrub sich im angewärmten Bett. Selbst ein Bett hatte sie in dem Appartement entdeckt, ein bequemes französisches, etwas schmaler als ein normales Doppelbett. Darin werde ich wunderbar träumen, dachte sie, bevor sie der Schlaf fort trug.

Am nächsten Tag meldete sie sich bei Gila. „Hast du heute Zeit?" „Ja, ich fange erst am Nachmittag an." „Man hat uns eine Wohnung angeboten, super ausgestattet, etwas weiter raus gelegen zu einem einmalig günstigen Preis. Wir haben uns noch nicht entschieden. Würde es nach mir gehen, wären wir schon in dieser Woche umgezogen. Ich möchte sie dir gerne zeigen, lass uns zusammen hinfahren. Rick ist unterwegs, er holt einen Jahreswagen in Stuttgart ab, heute Vormittag ist eine günstige Gelegenheit."

„Du weißt doch, Neugierde ist eine meiner edelsten Tugenden", scherzte Gila. „In einer halben Stunde hupe ich vor deiner Katakombe."

„Du bist ein Schatz", rief sie in die Muschel, bevor sie den Hörer auflegte. Gila war pünktlich, wartete mit laufendem Motor auf dem Bürgersteig und hielt die Tür von innen auf. Louise sprang hinein und Gila fuhr mit singenden Reifen davon.

„Du kannst es wohl gar nicht mehr erwarten?", sagte sie lachend und schnallte sich an.

Mattuschke war überrascht, sie so schnell wiederzusehen.

„Ist die Entscheidung getroffen?", fragte er augenzwinkernd.

„Nein, ich habe noch nicht mit Rick gesprochen, aber ich möchte sie mir gerne noch einmal mit meiner Freundin ansehen, wenn das möglich ist."

Sie machte ihn mit Gila bekannt. Er nahm den Schlüssel, verließ das Büro und begleitete sie zum Haus. Sie betraten die Wohnung. Es war früher Vormittag, ein sonniger Spätherbst, die Räume wirkten noch heller und freundlicher als gestern.

„Der Blick in die Landschaft ist ja ein Traum", entfuhr es Gila. Eigentlich hatte sie es nur Louise sagen wollen, um nicht etwa den Mietpreis in die Höhe zu treiben, aber es rutschte ihr in der Begeisterung einfach heraus. Louise bemerkte einige Details, die ihr am Abend vorher nicht aufgefallen waren, wie kleine Einbauschränke im Bad, eine Abstellkammer mit Zugang vom Balkon, in der sich zwei Liegestühle befanden, auch Vorhänge an allen Fenstern und sogar recht moderne Lampen. Mattuschke ließ sie für ein paar Minuten alleine und kam mit zwei Gläsern Mineralwasser, in denen eine Zitronenscheibe schwamm, zurück.

„Ich hätte auch Wein angeboten, aber ich dachte, am Vormittag ... ?", er hob entschuldigend beide Hände.

„Vielen Dank, das ist genau das Richtige."

Sie tranken durstig und bedankten sich für den Sonderservice. Er brachte sie hinaus zum Wagen und warf einen kurzen Blick auf Gilas altes Modell.

„Übrigens, sollte mal eine Reparatur anstehen (bei dieser Kiste könnte das täglich der Fall sein, dachte er), kommen Sie vorbei, ich mache Ihnen einen günstigen Mitarbeiterpreis."

Gila bedankte sich. Er winkte ihnen, bis der Wagen aus seinem Blickfeld verschwunden war.

Louise platzte fast vor Spannung. „Und, wie gefällt sie dir, was sagst du?"

„Ich bin einfach baff. Ich dachte, du hast sicher übertrieben, denn alles wäre besser als eure Kellerbehausung, aber so hätte ich es mir im Traum nicht vorgestellt. Hell, sauber, geräumig, mit eigenem Arbeitszimmer, das du noch als Fremdenzimmer nutzen kannst, wenn ich mal bei dir übernachte, und den vorhandenen Möbeln. Eine zehnfach geringelte Taube. Nur bei dem Mietpreis ist mir nicht ganz wohl, Mattuschke gilt nicht gerade als Wohltäter, vielleicht möchte er dafür ja Gegenleistungen, Liebesdienste von dir?"

Sie spürte Wärme aufsteigen und wurde rot. „Völliger Unsinn."

„Irgendwie wundert es mich schon, dass der Mann alleine lebt und keine Partnerin hat, er sieht doch gut aus und nagt offensichtlich nicht am Hungertuch, da müssten ihm doch viele Frauen zu Füßen liegen", meinte Gila. „Für ein, zwei Wochenenden würde ich ihn direkt nehmen, aber an mir hat er kein Interesse, das spüre ich schon in den ersten Sekunden bei einem Mann. Hoffentlich hat die Sache keinen Pferdefuß?"

„Ach was, da siehst du Schimären, er ist froh, dass jemand im Haus ist, den er kennt und mit dem es keinen Streit geben wird. Sicher denkt er auch, wenn Rick schon hier wohne, könne er ihn bei Notfällen direkt greifen, was sicher ein Vorteil für ihn wäre."

„Sieht Rick das genauso, das glaube ich weniger?", grinste Gila und knipste ein Auge.

Sie ließ Louise an der Straßenecke aus dem Wagen steigen, das Hupkonzert hinter ihr störte sie nicht im geringsten. Sie kurbelte die Scheibe runter und zeigte den Wartenden kurzerhand den ‚Finger'. „Danke, dass du mitgefahren bist, wir sehen uns morgen in der Klause."

Nach längeren Diskussionen erklärte sich Rick bereit, das Wohnungsangebot anzunehmen. Louise flog ihm vor Freude um den Hals: „Das ist das schönste Weihnachtsgeschenk, das du mir machen konntest. Wir werden ein Leben wie im Paradies führen, na ja, nicht ganz, aber uns so fühlen", jauchzte sie und drehte sich mit ihm im Kreis. „Ich sehe nur ein Problem. Wie wirst du im Winter morgens zur Uni kommen? Der Weg bis zur Bushaltestelle, den du im Sommer hättest bewältigen können, ist einfach zu weit. Wir müssten schon sicher sein, dass ein Auto zur Verfügung steht, um dich zu fahren." „Es wäre ja nicht jeden Tag", beschwichtigte sie; hieran hatte sie ebenfalls schon gedacht, aber befürchtet, er könne seinen Entschluss im letzten Moment noch rückgängig machen, wenn sie es anspricht. „Das werden wir schon irgendwie hinkriegen."

Als sie Mattuschke ihren Entschluss mitteilten, bat er sie für den nächsten Tag zu sich, um den Mietvertrag zu unterschreiben. Er empfing sie mit Sekt; zum feierlichen Anlass trank selbst Rick ein Glas.

„Ich freue mich, dass Sie sich für die Wohnung entschieden haben, Sie werden es nicht bereuen. Auf ein gutes Miteinander!", er hob das Glas und prostete ihnen zu. Louise packte ein derartiger Freudentaumel, dass sie versucht war, ihn spontan zu umarmen und mit einem Kuss zu belohnen, hielt sich aber im letzten Moment zurück, um die freudige Stimmung nicht durch Ricks Eifersuchtsreaktion zu trüben. Sie setzten ihre Unterschriften unter das Mietformular, feierlich wie bei Staatsverträgen. Als sie unterschrieb und die vorbereiteten Einträge überflog, Mietzins, Nebenkosten und weiteres, stutzte sie bei der angegeben Wohnfläche, die deutlich unter der tatsächlichen lag.

„Hier hat sich ein Fehler eingeschlichen, das müsste noch korrigiert werden", sagte sie eifrig. Mattuschke lächelte: „Natürlich ist die Fläche größer, aber das lassen wir, so wie es da steht. Ihnen kann doch nichts passieren, wenn ich mich auf den Vertrag beriefe, könnte ich Ihnen doch kein Stück von der Wohnung abschneiden. Aber die Behörden müssen ja nicht wissen, wie groß sie wirklich ist, und es kommen auch keine Fragen, auf, warum die Miete so günstig ist, verstehen Sie, geldwerter Vorteil und ähnliches."

Das leuchtete ein, korrekt war es nicht, dachte sie, wahrscheinlich hat er schon nach dem Hausbau mit falschen Zahlen gearbeitet. Er ist eben kein Ehrenmann, das war von Anfang an klar, aber sympathisch und sehr entgegenkommend. Wie er sie jetzt anstrahlte ...

„Nachdem wir uns so nah kommen oder gekommen sind", lachte er, „sollten wir aber auf das blöde ‚Sie' verzichten. Lasst uns duzen, ich bin Heinz für euch."

„Louise", sagte sie, „das ist eine gute Idee von Ihnen, äh, ich meine von dir Heinz."

Er stieß noch einmal mit ihnen an, auf ‚Du' und ‚Du', verzichtete aber auf den üblichen Kuss. Eigenartig, dachte sie, jetzt wäre doch eine unverfängliche Gelegenheit gewesen, und sie hätte es ganz und gar nicht gestört.

„Wir sollten noch einen weiteren Punkt klären", griff er die Mietregelungen wieder auf, „man wohnt ja landschaftlich sehr schön hier, aber etwas außerhalb, für das Autohaus ist das kein Problem, wir haben viel Platz, die Kunden sind motorisiert, und wir stellen ihnen für Reparaturen kurzfristig Leihwagen zur Verfügung. Für dich Louise wird es schwieriger, zu deinen Vorlesungen zu kommen, als bisher. Deshalb sage ich zu, dass unser Service auch dir zur Verfügung steht. Wenn Rick einen Wagen hat, kann er dich fahren oder du bekommst selbst einen, und wenn alle Stricke reißen, fährt dich einer meiner Männer oder du vertraust dich mir an. Das wollte ich nur gesagt haben. Wenn ihr wollt, können wir es in den Vertrag aufnehmen."

„Vielen Dank für das großzügige Angebot. Gerade für die Winterzeit wäre das natürlich ideal, aber dafür brauchen wir keine Vertragsklausel. Es ist wie im Märchen", schwärmte sie und warf ihm einen warmen, dankbaren Blick zu.

Sie fuhren mit dem Papier, das einen neuen Lebensabschnitt für sie bedeutete, nach Hause. Wie auf Wolken gingen sie die Treppe hinunter in ihre öde Bleibe, vor der ihr zum ersten Mal, seit sie hier eingezogen war, nicht graute. „Mir graut es nicht", wiederholte sie ihre Empfindung halblaut und musste an das scherzhafte Wortspiel denken, mit dem sie Rick in den ersten Tagen ihrer Anwesenheit gleich verärgerte. Er war schon früh aufgestanden, hatte aus den Fenstern nach oben geschaut und beiläufig bemerkt, dass schon der Morgen graut. Etwas schlaftrunken hatte sie geantwortet: „Du wolltest wohl sagen, dass dem Morgen graut", worauf er sich beleidigt fühlte. Es war als harmloser Spaß gemeint, den sie aus einem Sketch - mit Diether Krebs - in Erinnerung hatte. Bevor sie zu Bett ging, warf sie noch einen Blick in die Tageszeitung, die üblichen Meldungen, Politskandale, Katastrophen und lokale Ereignisse, als sie an einer Zeile hängen blieb:

‚*Fußballfan macht völlig überraschter Freundin Heiratsantrag - zwanzigtausend Anhänger im ausverkauften Stadion live Zeugen einer ungewöhnlichen Liebeserklärung.*'

Sie schüttelte den Kopf. „Wer macht denn so etwas, und wenn sie nicht dazu bereit war?", murmelte sie vor sich hin, „für mich wäre das jedenfalls nichts." Sie zeigte Rick den kurzen Artikel. „Die beiden würde ich gerne mal kennenlernen, ich stelle mir nur vor, du würdest mich einmal so vorführen", knurrte er.

Der Umzug ging schnell von statten, Panneder stellte den Lieferwagen der Försterklause zur Verfügung, Hano, Eric, Sophie und Gila, mit der sie ihre restlichen Sachen von zu Hause abholte, halfen, und so waren sie weit früher fertig als geplant. In der Küche belegte sie Brötchen, servierte Sekt und Bier und stieß mit allen auf die neue Wohnkultur an. Die Sitzgelegenheiten reichten nicht aus, sie setzte sich auf die Lehne von Ricks Sessel und legte ihm liebevoll den Arm um die Schultern.

„Schaut euch nur das verliebte Paar an", rief Eric, „Romeo und Julia auf der Ikea-Wolke."

Kopfzerbrechen bereitete nur das Umziehen der Fische, schließlich konnte das Aquarium nicht samt Wasser transportiert werden.

„Wo liegt das Problem?", fragte sie, „wir packen sie mit wenig Wasser in einen Eimer, fahren hierhin und füllen das Becken neu."

„Man sieht, dass du keine Ahnung hast, das neue Wasser muss erst länger eingefahren werden."

So ließen sie die Fische zurück, kauften ein neues Becken, das sie mit Sand, Kies, Pflanzen und Wasser füllten und holten die verwaisten Tiere später nach, als die Wasserverhältnisse biologisch geregelt waren. Ricks altes übernahm der ‚Penner'.

Am Abend überraschte sie Vera, die sie beim Essen in Mattuschkes Wohnung kennengelernt hatten, mit Blumen und einer Flasche Sekt.

„Ich wollte Ihnen zum neuen Heim gratulieren und alles Gute wünschen. Ich würde mich freuen, wenn wir uns jetzt öfter sehen könnten."

Sie umarmte beide und verabschiedete sich mit einem langen freundschaftlichen Kuss.

„Warum siezen wir uns eigentlich? Wenn ihr nichts dagegen habt, gehen wir doch zum ‚Du' über, unsere Namen kennen wir ja. „Vera", „Louise" und „Rick", sagten beide. Wieder gab es einen Bruderkuss, diesmal noch inniger, dann entschwebte sie, so plötzlich wie sie gekommen war. Sie wirkte ganz anders, als an dem Abend, an dem sie zum ersten Mal zusammentrafen, damals trug sie ein elegantes, dunkelblaues, rückenfreies Kleid zu hochhackigen Schuhen und heute verwaschene Jeans, karierte Bluse, deren Kragenspitzen sich lustig nach oben wölbten, einen uniblauen Pullover feiner Wollqualität und Chucks, was sie sehr sportlich und jugendlich aussehen ließ.

„Ich habe sie zunächst gar nicht erkannt", meinte Rick, „eine flotte Biene und nicht wenig sexy."

„Ich war am Anfang auch irritiert, so wirkt sie natürlicher, noch sympathischer, sehr nett, dass sie an uns gedacht hat."

Als sie am Morgen in den neuen Räumen erwachten, hatten sie das Gefühl, noch nie im Leben so gut geschlafen zu haben. Jetzt erst wurde ihnen bewusst, wie unruhig und laut die alte Behausung war, Schritte auf dem Flur, wenn andere die Toilette aufsuchten, Fußgetrippel auf dem Bürgersteig und der Verkehrslärm der belebten Straße. Hier dagegen herrschte himmlische Ruhe. Louise streckte ihre Glieder aus und gähnte; sie war zufrieden und glücklich mit der neuen Wohnsituation. Voller Elan sprang sie aus dem Bett, heute würde sie die Schränke auswischen, Geschirr einräumen, Wäsche verstauen. Die Euphorie des Neuen und das Eingewöhnen in die andere Umgebung hatten die inneren Zweifel an der Partnerschaft mit Rick vorübergehend verstummen lassen. Langsam meldeten sie sich wieder und riefen ihr Gilas Worte in Erinnerung. Seit dem damaligen Gespräch hatten sie das sensible Thema nicht mehr berührt.

Erst auf Umwegen gelangte die Einladung zu Leilas überraschender Hochzeit zu ihnen; ursprünglich an die alte Anschrift adressiert, benötigte der Brief über zwei Wochen, ehe er die aktuelle Adresse erreichte. Viel Zeit blieb nicht mehr; schon in zwei Tagen sollte die Vermählung stattfinden. Sie wussten zwar, dass sie mit Freddy zusammen war, der wenige Male das Silverspot besucht hatte, weil er meist seinen sportlichen Ambitionen nachging, aber dass die Sache so ernst und eilig war, verwunderte. Freddy war ein undurchsichtiger Typ mit maskenhaftem, von Akne zerfurchtem Gesicht, dem man kaum Mimik ansehen und nie erkennen konnte, welche Emotionen ihn gerade beherrschten oder ob solche überhaupt vorhanden waren. Er war groß und breitschultrig, besaß klaviertastengroße Zähne, hielt sich leicht vornüber gebeugt, was seine abstehenden Ohren nicht nur besser ins Bild rückte, sondern auch der optimalen Klangaufnahme diente, trug stets Lederjacken unterschiedlichster Gestaltung und das im Sommer und Winter, Temperaturen stoisch ignorierend. Nach einer kaufmännischen Lehre, machte er eine Weile in Immobilien, setzte ein übernommenes Tattoo-Studio in den Sand und tätigte aktuell undurchsichtige Geschäfte. Jedenfalls glaubte er, durch rasche Heirat Peppermint-Leilas Namen annehmen und sich damit fürs Erste gewisser Verpflichtungen und Nachstellungen entziehen zu können.

Er war der vielbeachtete Fan, der seine Freundin im Fußballstadion überrumpelte und sie vor zwanzigtausend Zeugen zum unüberlegten Jawort verführte. Louise war perplex als sie die Story hörte und hatte kein gutes Gefühl. Diesmal gab sie Gila recht, die dieselben Bedenken äußerte. Schnell besorgte sie ein Geschenk und ließ sich von Gila Ricks Krawatte binden, was er nicht konnte, da er nie eine trug.

„Ein Mann, der keine Krawatte binden kann, ist noch nicht erwachsen", war Gilas gewohnt kritischer Kommentar. Die Hochzeit stand von Beginn an unter keinem guten Stern. Leilas Eltern blieben ihr fern, da sie mit der Hals über Kopf Aktion und dem Ehemann nicht einverstanden waren, andere Verwandte ignorierten die Einladung ebenfalls, so dass nur Sophie, die Disco-Clique und zwei weitere Freundinnen ihre Seite vertraten, während alle anderen aus Freddys Lager stammten. Typen wie aus dem Komparsencasting für einen Ganovenfilm. Das aufwändige Hochzeitsessen und -gelage durfte Leila von ihrem üppigen Ausbildungsgehalt bezahlen, da ihr Gatte gerade nicht flüssig war, was so klang, als habe er sein stattliches Vermögen nur auf die Schnelle nicht in liquide Mittel transformieren können. Leila waren Verunsicherung und Enttäuschung so deutlich anzusehen, wie bei einem nicht abgegebenen Sechser-Gewinnschein, den schönsten Tag ihres Lebens hatte sie sich anders vorgestellt, bejahte aber die alles entscheidende Frage des Standesbeamten, obwohl Gila und Louise bis zur letzten Sekunde auf Einsicht hofften, aber das gab es im Film und selten in Wirklichkeit. Die Feier endete mit wüstem Besäufnis, gekrönt von einer deftigen Schlägerei. Anschließend zog Freddy mit den Kumpels, die noch auf eigenen Beinen stehen konnten, über die Dörfer, wie er es formulierte und ließ die Angetraute in der Nacht alleine.

Leilas Blitzheirat und anschließende Radikalernüchterung, die sie, wenn überhaupt noch, still und in sich gekehrt, im Silverspot sitzen ließ - ein Erstickungstod per Lachkrampf war bei dieser Stimmungslage kaum mehr zu befürchten - veranlasste Louise, kritischer über ihre Partnerschaft nachzudenken. Nicht, dass sie eine Hochzeit mit Rick in Betracht gezogen hätte, das war etwas, was sie sich überhaupt nicht vorstellen konnte, aber sie empfand, je länger sie mit ihm zusammenlebte, fehlende Gemeinsamkeiten und Interessen als schleichende Störfaktoren ihrer Beziehung. Natürlich musste man Kompromisse eingehen, das galt für sie und auch für Rick. Aber sie spürte keinerlei Bemühen von seiner Seite, sich ihr anzunähern, seine Interessensgebiete zu erweitern, über andere Themen als Arbeit, Mattuschke oder das Silverspot zu sprechen. Waren sie eingeladen oder hatten Gäste, saß er meist missmutig da, trug nur eloquentes Schweigen zur Unterhaltung bei und zündete allenfalls verletzende, zynische Raketen, die mancher Stimmung den ultimativen Todesstoß versetzten.

„Ironisch darfst du gerne sein, aber nicht zynisch, Zynismus ist die böse Stiefschwester der Ironie", warf sie ihm nach solchen Eskapaden vor. Für ihre Arbeit und Probleme interessierte er sich nicht, er las nicht gerne. Ihr hingegen bereitete das Schmökern besonderen Spaß - mehrfach hatte sie ihn vergeblich gebeten, mit ihr gemeinsam einen Roman zu lesen. Er mochte andere Musik als sie, ging früh zu Bett, während sie gerne aufblieb und morgens länger schlief. War er in den ersten Monaten noch aufmerksam und von zartem Parfumhauch umgeben, ließen auch diese Eigenschaften nach. Der Dreitagebart, den sie ab und an am Wochenende interessant und verwegen fand, wurde zur Regel; das Parfum war seit dem Umzug angeblich nicht mehr aufzufinden. Aber auch, als sie ihm ein neues schenkte, war es nicht in der Lage, den scheinbar beschwerlichen Weg zu seiner Haut zurückzulegen. Stunden verbrachte er vor den Fischen sitzend und führte mit ihnen eine seltsame Konversation. Zu sorglos war sie in die Beziehung hineingeschlittert, dachte, gemeinsames Wohnen, gemeinsame Freiheit, Freunde und erotischer Reiz reichten aus für ein zufriedenes Miteinander. Das gelang nur für kurze Zeit, dauerhaft kann auf diesen spärlichen Fundamenten keine Partnerschaft begründet werden. Einander verstehen, gemeinsame Interessen, ein Partner, der neugierig macht, überrascht, unterhaltsam ist und dem man auf gleicher Ebene begegnen kann, das wäre das verbindende Band, das sie brauchte, wie ihr inzwischen bewusst wurde. In der neuen Wohnung fühlte sie sich restlos wohl, sie hätte das gemeinsame Glück intensiv genießen können, wären nicht der stille Kummer dieser Erkenntnis, Ernüchterung und die immer stärker mahnenden inneren Stimmen gewesen.

Die von allen geliebte Fröhlichkeit kam ihr abhanden; inzwischen arbeitete sie wieder häufiger in der Försterklause, spürte insgeheim, damit der abendlichen Hausidylle entfliehen zu wollen. An diesen Abenden begann Rick, wieder alleine ins Silverspot zu gehen.

„Mit dir ist doch etwas nicht in Ordnung, du siehst unglücklich aus", sprach sie die braungebrannte Gila an, die gerade zehn Tage Urlaub mit einem jungen Mann in Fuerteventura verbracht und sie eine Weile nicht gesehen hatte. Louise reagierte ausweichend, wusste aber, dass sie Gila nichts vormachen konnte. Sie fragte nicht weiter, erzählte vom klaren Meer der Playa d'Esquinzo, der kargen Schönheit der Vulkaninsel, die vom Reichtum langer, feinsandiger Strände lebt und den zärtlich verbrachten Stunden in einsamen Buchten. Louises Herz krampfte sich zusammen, als sie spürte, wie sehr ihr das in letzter Zeit fehlte. Sie mochte Ricks Wärme, seine Haut und die Hände, die erregend über ihren Körper streicheln und ihn in zarte Sensationen versetzen konnten, aber es kam immer seltener vor und seine Geduld für sie war meist erschöpft, bevor sich ihre Gefühle richtig entfalten konnten. Er war noch schweigsamer geworden. Gila blickte sie verstohlen von der Seite an.

„Wie geht's Rick? Wie läuft's mit dem großen Schweiger?"

„Alles okay, das Übliche", war ihre rasche Antwort, bevor sie das Tablett ergriff und dem Gastraum zustrebte.

Auch Rick entging die Veränderung nicht, seit einem halben Jahr waren sie nun in dem neuen Zuhause, aber in dieser Zeit nicht glücklicher geworden.

Seine Anfangsbegeisterung für Louise war einer gewissen Routine und Ernüchterung gewichen. Er spürte, dass sie mehr erwartete, stärkeres Interesse an ihr und ihren Vorlieben, mehr Initiative, Beteiligung an Gesprächen. Wie oft hatte er sich vorgenommen, sie mit neuem Engagement zu überraschen, aber immer war er gescheitert, gescheitert an Trägheit, Müdigkeit, die ihn nach anstrengendem Werkstatttag befiel und der Angst, ihren geheimen Wünschen doch nicht genügen zu können. Wie er sich selbst ehrlich eingestand, war sie ihm zu anstrengend. Gerade wenn er spürte, dass alle einen Diskussionsbeitrag von ihm erwarteten, ihn mit fragenden Maki-Augen zu einem Kommentar zwingen wollten, reizte es ihn wahnsinnig, seine zynischen Überraschungsraketen abzuschießen, und sie mit vernichteter Stimmung zu bestrafen wie in der letzten Woche, als er Huber als ‚schwindsüchtigen Judas' titulierte. Auch die erotische Seite ihrer Beziehung hatte nicht mehr das knisternde Feuer, das ihn zu Beginn fast zu verzehren drohte, er schien auch sie nicht so glücklich machen zu können wie andere Frauen, die sich in hemmungsloser Lust unter ihm gewunden hatten. Bisher war es ihm nicht vergönnt, Louise so zu erleben; ihr Feuer für ihn schien ebenfalls langsam zu erkalten.

Aber er war nicht der Typ Mann, der über solche Dinge sprechen konnte oder wollte, fraß Sorgen und inneren Frust still in sich hinein. Vielleicht war es auch seine feige Sucht nach Harmonie oder Ruhe. Louise dagegen versuchte das Thema immer wieder anzuschneiden, aber was hätte er sagen sollen in seinem Schuldbewusstsein, seiner Machtlosigkeit und Schwäche. Sie passten wirklich nicht zueinander. Mattuschkes Worte fielen ihm wieder ein, damals, als sie gerade zu ihm in den Keller gezogen war: „Ich hätte dir eine Klasse Frau wie sie nicht zugetraut. Ehrlich, mein Kompliment." War er denn ein hässlicher Gnom, Versager oder Widerling, bei dem es verblüffen musste, dass er eine Partnerin findet? Oder sah man ihnen die Gegensätze und unterschiedlichen Lebensvorstellungen schon von weitem an? Er mochte nicht mehr alleine in der Wohnung sitzen und brach auf ins Silverspot, um seine grübelnden Gedanken abzutöten. Man empfing ihn mit großem Hallo.

„Wo ist Louise, sie macht sich rar in letzter Zeit, oder gönnst du uns ihren Anblick nicht mehr?", forderte ihn Peter heraus. Ein seltsam fiebriges Glimmen lag in seinen ‚vorausschauenden' Augen, wahrscheinlich hatte er gerade ein paar Verträge abgeschlossen oder stand unmittelbar davor.

„Sie arbeitet wieder öfter in der Försterklause und muss in der Freizeit mehr für ihr Studium tun."

Eric schaute resigniert: „Gerade in dieser Phase meines Werks wäre mir ihr Urteil besonders wichtig."

„Ich werd's ihr ausrichten, Eric", tröstete er den untalentierten Poeten und legte ihm den Arm auf die Schulter.

„Danke Rick, das ist nett von dir." Lange sprach Rick kein weiteres Wort, als er aufblickte, bemerkte er, dass Sophie ihn betrachtete, in Gedanken versunken. Die Augen lösten den magischen Zwang aus, in ihr unergründliches Blau einzutauchen. Als sie es bemerkte, lächelte sie verlegen. Er musste unwillkürlich zurücklachen.

Als er sie in der Nacht nach Hause brachte, nahm sie ihn mit in ihre Wohnung. Er folgte fast willenlos, nahm ihre sehnsüchtig verzweifelten Küsse widerstandslos und verwundert hin, während sie ihn ins Schlafzimmer schob und sich, weiter küssend, die Kleider vom Leib zerrte.

Als er ihren warmen, drahtigen Körper fühlte, erwachte plötzlich eine lange nicht mehr verspürte Lust. Sophie geriet in Ekstase, schon immer begehrte sie Rick, reizte sie das animalische, wie sie es ausdrückte, an ihm, der ihr nie das Gefühl gab, sich für sie zu interessieren, und heute empfand sie eine leidenschaftliche Gier nach seinem Körper, die sie vollkommen überrollte. Sie rieb sich an seinem Fleisch, biss ihm in den Hals, die Brust und fuhr mit hastigen Bewegungen über seinen Leib. Als sie seine Erregung spürte, setzte sie sich auf ihn und versank in wilden Bewegungen, bis sie zu explodieren glaubte. Sie hatte sich so sehr auf sich, den Sturm in ihrem Inneren konzentriert, dass es ihr entgangen war, ob und wie Rick zum Abschluss gekommen war. Schweißnass lag sie auf seinem Körper und kam langsam wieder zur Besinnung.

„Ist es schlimm?", fragte sie nach einer Weile schuldbewusst.

„Nein, so etwas Heißes habe ich selten erlebt", er ließ eine längere Pause entstehen, „Louise und ich haben Probleme."

„Ich weiß", sagte sie sanft, ließ ihn im Blau der unvergleichlichen Augen ertrinken, schmiegte sich eng an ihn und fuhr ihm zärtlich über Brust und Bauch. Von da an trafen sie sich regelmäßig.

Louise spürte Ricks Veränderung. Er strahlte neue Energie aus, wurde unternehmungslustiger, ging alleine aus, wenn sie verhindert war, beteiligte sich zwar nach wie vor kaum an Gesprächen, unterließ aber seine zynischen Spitzen. Nur sein sexuelles Interesse ließ rapide nach. Es war, als sei die Kraft, die sie von Beginn an verband, aus ihrer Umhüllung geflossen und habe eine leere

Schale hinterlassen, als seien nur noch Gerippe ihrer Körper übrig, die existierten, aber nicht mehr lebten. „Es muss etwas geschehen", sagte sie leise und fragte sich, ob sie auch zu ihm gezogen wäre, wenn sie das elterliche Haus nicht um jeden Preis hätte verlassen wollen. Zweifel waren immer vorhanden, sie hatte sie nur zu lange unterdrückt, das Grau des Alltags bunt bemäntelt.

„Ich muss mit dir sprechen", sagte er, als sie das Geschirr vom Abendessen wegräumte, „es passt schon lange nicht mehr mit uns, das wirst du auch gemerkt haben. Ich bin ..., also ich habe mich in eine andere verliebt. Es tut mir sehr leid, dass ich dich betrogen habe. Lass uns ohne Streit auseinandergehen."

Sie war schockiert darüber, dass er sie feige hintergangen hatte, während sie sich mit Gedanken quälte, ob und wie die Beziehung zu retten ist.

„Wer ist es?" „Sophie, es ist passiert, als ich unglücklich war und sie nach Hause brachte. Ich habe es nicht geplant und auch nicht gewollt. Das musst du mir glauben."

Sie biss sich auf die Lippe bis es schmerzte, war blass geworden, stechender Schmerz durchbohrte sie. Es war nicht die endgültige Erkenntnis, dass ihre Beziehung gescheitert war, diese Überlegung hatte sie selbst angestellt, und wenn beide es so sehen, wäre es nur konsequent, auseinanderzugehen. Es war das Gefühl, belogen worden zu sein, von ihm, dem sie vertraute, von Sophie, die sie als Freundin betrachtete, wenn auch nicht im Sinne von Gila. Das tat besonders weh, und dass es mehrere Kontakte gab, heimlich hinter ihrem Rücken. Wahrscheinlich wussten alle Freunde Bescheid, nur sie, die Dumme, Ahnungslose, durfte es als Letzte erfahren.

Sie machte keine Szene, verfiel nicht in hysterisches Geschrei, spürte nur unendliche Traurigkeit und Schwäche. Wortlos zog sie sich in ihr Arbeitszimmer zurück. Rick klopfte an die Tür. Sie öffnete nicht.

„Lass mich bitte allein, ich brauche Zeit." Jetzt kamen doch Tränen, heiß und brennend verließen sie ihre Augen wie aufgestaut, liefen unaufhörlich über die Wangen, benetzten ihre Lippen warm und salzig, fielen vom Kinn herab wie Regentropfen auf die Hände. In der Nacht erwachte sie auf der ungewohnt schmalen Liege. Was ist mit der Wohnung, die sie so mochte? Sie wäre nicht in der Lage, sie alleine zu unterhalten und ohne Rick gäbe es auch keinen Fahrservice. Der Gedanke durchfuhr sie plötzlich wie ein Stromschlag und lähmte ihren Körper. Im ersten Schrecken war sie sich dieses Umstands und seiner Konsequenz gar nicht bewusst geworden, so groß war die Enttäuschung und Wut, die sie übermannte. Wie sehr hatte sie sich gefreut, hier einzuziehen, ein neues kleines Heim zu besitzen, das ihr gut gefiel. Der Winter war vorbei, bald wäre es wieder Sommer, in dem sie Balkon und Garten genießen wollte. Völlig niedergeschlagen schleppte sie sich ins Bad, ihr war zum Erbrechen schlecht. Wohl oder übel würde sie wieder zu ihrer Mutter ziehen müssen, schon bei dem Gedanken graute es ihr. Das konnte sie sich unter keinen Umständen mehr vorstellen. Die Miete war für den laufenden Monat bezahlt, sie könnte noch drei Wochen in den Räumen bleiben, wenn Mattuschke bereit wäre, sie ohne Kündigungsfrist aus dem Vertrag zu entlassen.

Am nächsten Tag war Rick schon im Betrieb, als sie mit schmerzendem Rücken aufstand und in die Küche taumelte. Ihr Kopf brummte, als wollte er zerspringen, Schatten lagen unter ihren Augen. Sie trank einen Kaffee und legte sich wieder hin, fühlte sich wie zerschlagen. Gegen Mittag rief sie Gila an und berichtete ihr kurz die Situation. Sie war einige Male ins Silverspot mitgekommen und kannte Sophie flüchtig.

„Ich habe gleich gemerkt, dass sie scharf auf Rick ist, das war unübersehbar, aber er hat nicht im mindesten darauf reagiert, so war jedenfalls mein Eindruck", sagte Gila, „das ist eine Scheißsituation, vorübergehend kannst du natürlich zu mir kommen, bevor sich was anderes anbietet, aber es ist nicht mit deinem Luxus vergleichbar. Es tut mir leid für dich. Dass es mit euch beiden nichts auf Dauer ist, habe ich vorausgesehen, aber ein solches Ende ist wirklich bitter. Ich weiß nicht, was Rick an dem schiefen Hasenzahn findet. Soll ich zu dir kommen?"

„Danke, ich komme schon zurecht." Sie fühlte sich nicht danach, zur Uni zu fahren und legte sich ins Bett, das nach Rick roch und Erinnerungen an die gute Zeit mit ihm wachrief. Wieder wurden ihre Augen feucht. Mutter fiel ihr ein, sie würde triumphieren; ‚*ich habe es gleich gesagt*', sogar ihren wissenden Gesichtsausdruck sah sie vor sich. Das Gespräch mit ihr würde sie so lange wie möglich hinausschieben, bevor sie reumütig um Asyl bitten würde.

Am übernächsten Tag sprach sie sich mit Rick aus, der zerknirscht war. „Glaub mir Louise, das Letzte was ich wollte, war, dich zu verletzen. Ich hätte es dir direkt sagen müssen, das ist mir klar, aber an unserem gescheiterten Gemeinschaftsprojekt hätte es nichts geändert. Ich werde Ende dieser Woche ausziehen, wenn es dir recht ist. Ein Freund hat mir eine Zweizimmerbleibe besorgt. Ich will zunächst allein bleiben und nicht zu Sophie ziehen."

Er gab ihr einen Kuss und drückte sie an sich, seine Stimme hatte gezittert.

„Das finde ich vernünftig", sagte sie gepresst und roch wieder Parfum an ihm, aber ein anderes, nicht das, das sie ihm geschenkt hatte.

Als sie Mattuschke informierten, reagierte er überrascht und konnte seine Verärgerung nur schlecht kaschieren.

„Ich lasse mir das mal durch den Kopf gehen, wir sprechen noch darüber", sagte er kurz angebunden und verschwand. Louise saß geknickt auf dem Stuhl und stützte den Kopf auf ihre Fäuste.

„Willst du nicht in der Wohnung bleiben, ich kann sie ohnehin nicht halten?", fragte sie und hoffte inständig auf Ricks *Nein*'; der Gedanke, dass er mit Sophie hier leben würde, in den Räumen, die ihr so viel bedeuteten, wäre ihr unerträglich.

„Kommt nicht in Frage, ich könnte mich mit Sophie hier nicht wohl fühlen und die ganze Sache mit Mattuschke war mir eh suspekt. Ich weiß auch nicht, wie lange ich noch in seinem Betrieb bleibe, manches, was da läuft, ist kriminell, und auf Dauer möchte ich da nicht hineingezogen werden. Die Fische lasse ich vorerst hier."

Louise sagte Gila, dass sie ihr Wohnangebot vorübergehend annehme. Schweren Herzens würde sie hier Abschied nehmen müssen. Rick zog aus, nahm seine wenigen Möbel und das Geschirr mit, ihr blieb nur das Nötigste und das, was sich bereits in der Wohnung befand.

„Hör mir bitte zu Louise", Mattuschke kam kurz nach Ricks Auszug und nahm am Küchentisch Platz, „was hast du jetzt vor?"

„Ich werde vorerst zu meiner Freundin Gila ziehen und suche dann nach einer anderen Lösung."

Er nickte kurz: „Ich bitte dich, nicht auszuziehen, bleibe hier! Das ist mein Wunsch, und ich weiß auch einen Weg."

Sie schaute ihn verblüfft an, was sollte denn jetzt kommen? Seine Verärgerung war nicht mehr spürbar, er war ebenso nett, wie in der Zeit vorher, charmant und mit diesem besonderen Strahlen in den Augen.

„Ich bin nicht auf das Mietgeld angewiesen, das weißt du. Ich kann mir aber vorstellen, dass du es nicht annehmen würdest, hier umsonst zu wohnen, was ich auch verstehe. Daher mein Vorschlag, es bleibt bei der bisherigen Miete, du hilfst mir bei der Buchführung und betriebswirtschaftlichen Dingen, und ich zahle dir ein Entgelt dafür, so dass du gut zurechtkommen kannst. Was den Autoservice anbelangt, ändert sich nichts, auch wenn Rick als Fahrer ausfällt. Für notwendige Anschaffungen bekommst du einen Vorschuss, den du abarbeiten kannst. Ich hätte nur die Bitte, dass du für zwei Wochen zu Gila ziehst, damit ich in der Zwischenzeit kleinere Umbauten vornehmen kann. Unter anderem einen Einbauschrank in die Schlafzimmerwand, damit du deine Garderobe vernünftig aufhängen kannst. Den brauchtest du schon mal nicht zu kaufen. Überleg es dir, ich zahle dir….", den Betrag flüsterte er ihr ins Ohr.

Louise war verwirrt, ihr Kopf rauschte. Sie hielt ihm eine Schale mit Plätzchen hin, weil sie nicht wusste, was sie sagen sollte. Er griff zu, nahm sich ein paar und verabschiedete sich. „Denk darüber nach!"

Sie glaubte zu träumen, von dem versprochenen Betrag könnte sie mühelos die Miete bezahlen und hätte noch ein Sümmchen übrig. Sogar die Stunden in der Försterklause könnte sie reduzieren und sich stärker auf das Studium und die Arbeit hier konzentrieren. Ihr Herz schlug aufgeregt. Wenn sie ihm in die Augen schaute, spürte sie absolutes Vertrauen, sie würde alles erst einmal überschlafen und mit Gila bereden.

Mattuschke verspürte eigenartige Unruhe, er hoffte fest, sie vom Bleiben überzeugt zu haben. Während er auf das Büro zusteuerte, biss er gedankenverloren in das mitgenommene Gebäck von Louises Tante, als er stutzte. Der intensive Geschmack von Zimt, Nelke und Zitrone löste schlagartig Erinnerungen an seine Kindheit aus, an die goldfarbene Dose mit den verführerisch duftenden Plätzchen seiner Stiefmutter, deren Zimtgebäck mit seiner einmaligen Rezeptur ihm am allerbesten schmeckte. Seit er von zuhause wegzog, waren sie ihm nie wieder begegnet, bis heute. Er schloss die Augen, biss vorsichtig auf die zart-blättrige Struktur und ließ sie am Gaumen schmelzen. Ja, das waren sie, ohne Zweifel.

Sie wurden in einem schweren Waffeleisen gebacken, kaum roch er ihren Duft, der durch alle Räume zog und in seiner empfindsamen Nase freudigen Alarm schlug, rannte er in die Küche, um der geheimnisvollen Produktion beizuwohnen. Die Waffelgebilde verließen das Eisen als heiße quadratische Scheibe und wurden, kaum erkaltet, in einzelne Elemente mit unterschiedlichen Reliefs zerschnitten, wobei er die zerbrochenen essen durfte und sie noch lauwarm in das Kindermäulchen schob. Einige Scheiben rollte Lavinia ungeteilt über einen Holzstiel, so dass sich trichterähnliche Tüten bildeten, die vorsichtig verpackt wurden. Die übrigen wanderten in die goldfarbene Dose, wo sie des Weihnachtsfestes harren sollten. Aber er hatte nicht nur einen untrüglichen Spürsinn, wo sie verwahrt wurden, sondern auch die Kletterbegabung eines Schimpansen, an sie zu gelangen und sich immer wieder eins der köstlichen

Objekte in den Mund zu stecken. Mattuschke lehnte den Kopf in den Nacken, Bilder seiner Kindheit nahmen ihn plötzlich gefangen wie zufällige Blicke.

Seine Mutter Veroni, hatte er nie kennengelernt. Die Eltern waren Artisten, sein Vater Zauberer und Messerwerfer, der seine Frau, auf ein drehendes Rad gespannt, vor den Augen des atemlosen Publikums mit Messern bewarf, zur Steigerung des Nervenkitzels am Schluss sogar mit brennenden, die er nah an Kopf und Körper seines Objekts platzierte. Veroni war ebenfalls Artistin, die als junges Mädchen zusammen mit Vater und Bruder als ‚Flying Maredos' am Trapez auftrat und sich nach spektakulären Saltos von ihren kraftvollen Händen auffangen ließ. Sie war es gewohnt, diesen Händen und den sekundengenauen Kommandos ihres Vaters, die den Zugriff exakt in dem Moment sicherstellten, in dem sie sich aus ihrer Drehung löste und die Arme ausstreckte, ihr Leben anzuvertrauen. Ebenso unerschütterlich vertraute sie auch den Würfen ihres Mannes, hatte keine Angst oder zeigte sie nie, allein schon, um ihn nicht in seiner Konzentration zu stören oder zu verunsichern. Das Einzige, was sie lange trainieren musste, war, bei den heranfliegenden Messern die Augen nicht zu schließen, sondern ihnen entgegenzublicken, um dem Publikum ihren Mut zu beweisen und im Notfall mit einer schnellen Kopfbewegung ausweichen zu können. Je näher die Messer ihren Körper einrahmten und den Stoff des Kostüms berührten, desto begeisterter reagierten die Leute in sensationslüsterner Spannung. Bei den Zauberkunststücken fungierte sie als attraktive, knapp bekleidete Assistentin, der es leicht gelang, den Blick, vor allem der männlichen Zuschauer, abzulenken, wenn es im Sinne des Gelingens notwendig war. Sie ließ sich mehrfach zerschneiden, köpfen, Astronauten gleich durch den Raum schweben und war doch in der Lage, immer wieder unversehrt aufzutauchen. Am verblüffendsten war der Trick, sie vor den Augen des Publikums wegzuzaubern und hinter unsichtbar schwarzen Tüchern verschwinden zu lassen.

Als Trapezfliegerin trat sie nicht mehr auf, seitdem sie für die Fänger zu groß und zu schwer geworden war. Ohnehin hätte sie es nicht mehr getan, nachdem ihr Bruder bei einer waghalsigen Nummer, ohne Netz im Freien über einem Marktplatz, tödlich abstürzte. Ihren Mann lernte sie im Zirkus kennen, damals war er noch Mitglied einer Cowboy-Gruppe, die wie der Teufel ritt und Kunststücke mit dem Lasso vollführte. Am Ende einer dieser Nummern, die sie heimlich im Artisteneingang beobachtete, warf er spontan das Lasso um ihre Hüften, zog sie zu sich heran und verpasste der sich heftig Wehrenden einen leidenschaftlichen Kuss, was das Publikum als Höhepunkt der Nummer ansah und zu Beifall hinriss. Sie schämte sich, war verärgert, wollte ihn nie mehr sehen und war ein Jahr später verheiratet. Vater konnte mit Fug und Recht behaupten, sich seine Frau eingefangen zu haben. Er spezialisierte sich auf Messerwurf und Zauberei, nachdem er sich zwischendurch erfolglos als Clown versucht hatte. Das war nicht sein Metier. Sie lebten im Wohnwagen und zogen mit der Zirkustruppe von Ort zu Ort. Veroni war es von Kind an so gewohnt. Fünf Jahre später wurde sie schwanger. Vater hoffte auf einen Jungen, sie wünschte sich eine Tochter. Die Schwangerschaft verlief problemlos, fast bis zu den letzten beiden Monaten konnte sie ihm noch als Assistentin helfen.

Dann kam die Geburt überraschend und zu früh. Schnell rief man Amarena, eine alte Artistin mit heilenden Händen, die bei den täglich anfallenden Blessuren als Krankenschwester fungierte und in ihrem bewegten Zirkusleben manche Entbindung und komplizierte Tiergeburt erfolgreich vorgenommen hatte. Nicht immer war ein Arzt erreichbar oder ein Krankenhaus in der Nähe. Außerdem stellten sich nach ihrer Erfahrung bei Artistinnen und ihren durchtrainierten Körpern viel seltener Geburtskomplikationen heraus. Auch diesmal verlief im notdürftig vorbereiteten Wohnwagen alles nach Plan, der kleine Junge war ungewöhnlich schnell auf der Welt und entließ sein zorniges Geschrei hinaus auf den Zirkusplatz. Eifrige Helferinnen kümmerten sich um ihn, der, klein und untergewichtig, den Namen Heinz erhalten sollte, den des abgestürzten Onkels. Beunruhigt starrte Amarena auf die Blutung, die trotz aller Versuche nicht zum Stillstand kommen wollte und Veroni mehr und mehr schwächte. Ihre medizinische Kunst und Erfahrung versagte, hilflos und verzweifelt musste sie mitansehen, wie die junge Kollegin in ihren Armen verblutete. Bei der Geburt war ein Gefäß verletzt worden, der Uterus zog sich nicht mehr zusammen, eine Komplikation durch Atonie, die allenfalls mit einem sofortigen operativen Eingriff hätte behoben werden können. Als schließlich ein Arzt eintraf, konnte er nur noch ihren Tod feststellen.

Der Säugling kam ins nächste Krankenhaus, dann übergab man ihn einem Kinderheim, in dem er, von wenig Liebe begleitet, langsam heranwuchs. Nach dem alten Bühnenspruch ‚*the show must go on*' reiste sein Vater tief erschüttert mit der Truppe weiter, während Lavinia, eine andere Artistin, die Aufgaben der Assistentin übernahm. Als sein Vater sie, mit der er einen atemberaubenden Zaubertrick vorführte, bei dem sich die extrem Bewegliche in ein Kistchen von der Tiefe zweier Schubladen zwängen musste, drei Jahre später heiratete, ‚*befreite*' man den Jungen aus dem Kinderheim und nahm ihn mit auf die Zirkustournee. Der Kleine blühte auf in dieser menschlich-tierischen Großfamilie, von allen gehätschelt, spielte mit Ponys, Löwen- und Affenbabys, kroch zwischen den Beinen der Elefanten durch, die kaum, dass sie ihn wahrnahmen, ihre klobigen Füße sanft hoben wie Balletttänzer. Es war eine Zauberwelt der Farben, Gerüche und Sensationen, die er mit großen Kinderaugen sah und in allen Facetten erlebte. Wie durch ein Wunder überstand er sogar das unglückliche Entwischen in den Tigerkäfig in einem Augenblick der Unaufmerksamkeit unbeschadet. Furchtlos ging er auf die vom ungewöhnlichen Besuch überraschte Raubkatze zu und zog sich erst zurück, als ihr kräftiges Fauchen ihm fast die Haare vom Kopf blies. Angst war in diesen Kindheitsjahren ein Fremdwort für ihn, der Umgang mit unterschiedlichsten Menschen und Tieren in seinem reisenden Kosmos tagtägliche Übung. Verschiedenste Charaktere und Temperamente lernte er dabei kennen, einzuschätzen und sich auf sie einzustellen. Er studierte ihre Verhaltensweisen und entwickelte ein subtiles Talent, Reaktionen zu erahnen, bevor sie eintraten. Das verschaffte ihm in allen Situationen unschätzbare Vorteile, die er geschickt zum Taktieren nutzte. Schon im Alter von fünf Jahren gelang es dem gewitzten Kerlchen, dessen Hosentaschen meist ein Tier beherbergten, Blindschleiche, Eidechse, Frosch oder Käfer, jeden um den Finger zu wickeln. Gab es in späteren Jahren Differenzen, die weder Direktor, Familienmitglieder noch Freunde beizulegen vermochten, rief man ihn als Vermittler, und er hatte, so unglaublich es klingen mag, fast immer Erfolg.

Stundenlang konnte er vor den Käfigen auf dem Bauch liegen, den Raubtieren in die Augen schauend, achtete auf den Klang ihrer Stimmen, jedes Zucken der Muskeln, Barthaare und Verengen der Augenschlitze. Er lernte ihre lautlose Sprache und kommunizierte mit ihnen, wie es kein anderer vermochte. Hieraus erwuchs schon in Kinderjahren eine Überlegenheit andern gegenüber, die er sich nie anmerken, ihn aber Sicherheit und Kraft ausstrahlen ließ, die sie unbewusst verunsicherte. Überraschungsmomente blieben aus, er besaß die Kontrolle über das Geschehen, traten sie dennoch ein, waren sie kalkuliert oder Notfallpläne vorbereitet. Die Pfleger lächelten milde, wenn er ihren Tieren nahende Krankheiten prophezeite, von denen keinerlei Anzeichen sichtbar waren, Tage später aber tatsächlich eintraten. Später nutzten sie seine Gabe und stellten sich widerspruchslos auf die Voraussagen ein.

Alle kannte er mit ihren Marotten, Fehlern und liebenswerten Eigenschaften. Morello, den Clown, der das Publikum zu Lachstürmen bewegen konnte, aber selbst ein nachdenklicher und zur Schwermut neigender Künstler war, besonders nachdem Liliane, das Mädchen, das den Weißclown spielte, zu einem anderen Zirkus wechselte. Wenn man ihn in ziviler Kleidung und ohne Schminke sah, hätte man in ihm nie einen Clown vermutet. Er war der Typ des

Grandseigneurs, lebensweise, charismatisch und von schwerflüssigem Geblüt, mit dem man wunderbar tiefsinnige Gespräche führen konnte. Ein grüblerisch, bescheidener Mensch, der sich trotz seines tiefen Wissens und edler Eigenschaften für belanglos hielt, eine Selbsteinschätzung, die er mit vielen großen, herausragenden Persönlichkeiten teilte.

Boris Plonsky, den Feuerschlucker, einen verschlossenen, grimmigen Mann mit dem Aussehen eines zweiäugigen Zyklopen und Zähnen wie Zinnenkränze einer Burgruine.

Max, den sorglosen Seelöwendresseur, der seine Barttracht exakt auf die seiner Schützlinge abstimmte. Hier hielt er sich nur ungern auf, weil er den Fischgeruch nicht ertragen konnte.

Ricardo, den Löwendompteur, den er besonders schätzte, weil er ähnliche, allerdings weniger ausgeprägte Eigenschaften besaß, um die Reaktionen seiner Schützlinge voraus zu ahnen. Löwen und ihre Dressur wurden zur geheimen Leidenschaft des jungen Mattuschke. Er kannte jeden von ihnen, die sich durch das Gitter von ihm streicheln ließen, Selim, Pascha und Sultan, den Chef der Truppe, Mira, Simba, Bebeto, Leo und Sambesi. Viele Stunden verbrachte er zusammen mit Ricardo und ließ sich die Abenteuer seines aufregenden Lebens erzählen, obwohl er noch jung an Jahren war. Er sah in ihm seinen potentiellen Nachfolger, dem er Gespür und Coolness für den gefährlichen Job zutraute. Vor allem wusste Heinz mit der Präzision eines Uhrwerks vorauszusagen, an welchen Tagen es möglich war, Sambesi, dem ruhigsten Löwen, den Kopf in den Rachen zu stecken und wann es nicht angeraten war. Ricardo verließ sich blind auf die Prognosen des Kindes, die sich nicht immer mit den eigenen deckten, aber unfehlbar waren.

„Weißt du, Heinz, am wichtigsten ist es, das Vertrauen der Tiere zu gewinnen. Mit Bestrafung erhältst du es nicht, allenfalls Respekt. Nur wenn sie dir absolut vertrauen, sind sie bereit, Kunststücke zu vollführen, die sie in freier Wildbahn nicht tun würden. Denk mal, wie viel Vertrauen ein Löwe zu mir haben muss, wenn ich ihn durch einen Feuerreifen springen lasse. Würdest du ohne weiteres springen?"

Es kroch ihm unangenehm über den Rücken, „Jedenfalls sehr ungern."

„Das Vertrauen gilt auch umgekehrt, würde ich sonst meinen Kopf, den ich noch ein Weilchen behalten möchte, in Sambesis Maul stecken? Jeden Tag begrüße ich meine Löwen einzeln und unterhalte mich mit ihnen. Das verstehen sie zwar nicht, können aber meiner Stimme anmerken, ob ich sie lobe, schmeichle oder tadele. An die Peitsche sind sie gewöhnt, davor haben sie keine Angst, wenn ich sie nicht missbrauche, sie ist sozusagen meine verlängerte Hand. Der Knall heißt für sie: *„Aufgepasst oder Konzentration'*. Machen sie ihre Sache gut, werden sie gelobt und bekommen etwas aus der Futtertasche."

Mit Begeisterung war er bei der Dressur dabei, wenn seine Eltern es nicht merkten, sogar im Zentralkäfig beim Training und durfte den Wüstenkönigen selbst die Belohnungshappen an der Spitze des Tupfers, der kleinen Peitsche, reichen. „Die Dressur ist keine Qual für die Tiere, sondern Spiel- und Bewegungstherapie", hatte er Ricardos Worte im Ohr. Er kannte alle Befehle, die die Löwen beherrschten, etwa zwanzig mochten es gewesen sein.

Da war Medusa, die Kartenlegerin des Schicksals, die die Zukunft in der Glaskugel sah, an der Kasse Karten und während der Vorstellung Popcorn, Süßigkeiten und Programme aus dem Bauchladen verkaufte. Von ihr lernte er, mit geschickten Worten das zu sagen, was man am liebsten hören wollte, wonach man sich am meisten sehnte, wessen man bedurfte, sei es, um hoffen zu können, eine Bestätigung zu erhalten oder endgültige Entscheidungen treffen zu können. Familie Wackernagel, Trapezflieger und Seilakrobaten, die eine einzigartige Harmonie verband, und in deren Gesellschaft er sich besonders wohl fühlte. Täglich trainierten sie wie besessen Muskeln, Beweglichkeit und Reaktionsschnelligkeit. Ein falscher Griff, eine Sekunde zu spät agiert, konnte den Tod in der meterhohen Kuppel bedeuten. Wackernagels arbeiteten, bis aufs Training, ohne Netz und boten unter den Nerven zerreisenden Trommelwirbeln des Orchesters den dreifachen Salto Mortale, eine Nummer, über die kaum ein anderer Zirkuskonkurrent zu dieser Zeit verfügte. Nicht nur ihre Königsdisziplin, nein auch sie als Menschen genossen Achtung und in der Zirkushierarchie einen der obersten Ränge. Mit der Jüngsten, Britta, die bereits als Seiltänzerin ausgebildet wurde, verband ihn eine intensive Kinderliebe, der er seine erste Kusserfahrung als Fünfjähriger verdankte.

Mit der eleganten Sina und ihrem Mann Harry, die eine Dressur mit edlen Lipizzanern vorführten und mit seinen Eltern befreundet waren, verstand er sich auf einer höheren Ebene der Eleganz und Ästhetik. Sina verkörperte für ihn das Ideal weiblicher Anmut, Schönheit und Erotik, obwohl er damals noch nicht wusste, was das war. Wenn sie in ihrem glitzernd silbernen, eng anliegenden Kostüm mit Zylinder, Peitsche und einem unnachahmlichen Gang in die Manege schwebte, war er jedes Mal voller Bewunderung, spürte eine Aufregung in sich, die er nicht deuten konnte, und die ihm regelrecht den Atem nahm. Unendlich oft sah er sie in seinen Träumen in das weite Oval der Manege schweben wie in einer Zeitlupenstudie, den schwarzen Hut winkend in der

Hand, die langen blonden Haare wie vom Wind zurückgestrichen hinter ihr wehend, ein schmalhüftiges Sinnbild der Anmut und Bewegungseleganz.

Direktor Max Zukolowski, im Grunde seines Herzens ein liebenswürdiger, mondgesichtiger, durch und durch sanguinischer Mensch, mit Sinn für Gerechtigkeit und Hang zur Bequemlichkeit, musste den vielen Mitarbeitern gegenüber stets einen Schein von Strenge und unerbittlicher Härte wahren, was ganz und gar nicht seinem Naturell entsprach und ihn in eine Rolle presste, die er jeden Tag nur mit Überwindung spielte. Er hatte das alte Zirkusunternehmen von seinem Vater übernommen, obwohl er andere Ambitionen hegte, sich aber der Familientradition fügen müssen. Am glücklichsten war er, wenn er in seiner, an den Seiten deutlich einengenden, Paradeuniform im gleißenden Scheinwerferlicht in die Manege treten und dem Publikum die Sensationen in einer Art und Weise ankündigen konnte, dass jeder vor Erwartung schier zu zerspringen glaubte. In dieser Rolle erlebte man ihn am überzeugendsten, in ihr war er ein Magier der Worte und Dramaturgie. In solchen Momenten ging er auf in seinem Beruf und der Mission, den Menschen mit einem Spektaculum Freude zu schenken, wie es schon die Römer mit ‚panem et circensis' taten. Auch bei der Auswahl einzelner Nummern und der Zusammenstellung des Programms bewies er ein gutes Händchen und Gespür für spannungsreiche Harmonie.

Die Zeiten waren nicht einfach, viele Reisezirkusse waren in diesen sechziger Jahren unterwegs, so dass Routen und Orte sorgfältig ausgewählt werden mussten, wobei sich die Zuschauer nicht vorstellen konnten, welch logistischen Aufwand jedes Gastspiel erforderte. Angefangen bei der frühen Reservierung geeigneter Plätze mit Wasser- und Energieanschlüssen, dem Drucken der Plakate, dem Transport der Tiere und des Geräts mit Bahn oder eigenen Wagen, rechtzeitigem Aufbau, der Futterbeschaffung und vielem mehr. Das waren Zukolowskis ungeliebte Tätigkeiten, die er am liebsten anderen überließ, wo immer Delegation möglich war. Er wusste gutes Essen und edle Weine sehr zu schätzen, die Anwandlungen großer Herzlichkeit in ihm auszulösen vermochten, und seine Frau, eine begnadete Köchin, handelte streng nach der Maxime, dass Liebe erst durch den Magen geht. Wein und Essen hatte etwas ungemein tröstliches für ihn, den kräftigen Mann mit dem fleischigen Nacken und den stets geröteten Wangen.

An den Bahnhöfen oder während der langen Fahrten von einem zum anderen Spielort begegnete man oft den Konkurrenten mit ihren bunten Wagenkolonnen und sprach über neue Attraktionen, Erfolge oder Missgeschicke. Zirkus

Krone, Knie, Althaus, Sarrasani, Busch, Barum oder Bügler waren große Namen dieser Zeit, die sich Heinz einprägten. Einige ihrer Zelte und Programme hatte er selbst gesehen oder aus Berichten in lebhafter Erinnerung.

Zu denen, die er besonders mochte, zählte auch Heidrun, die angeblich dickste Frau der Welt, die sich hier die ‚*Dicke Berta*' nennen ließ und ihre Fleischmassen in der Pause neben dem Zelt der ebenfalls präsentierten Liliputaner in ihren Puppenwohnungen, direkt beim Eingang zur Tierschau, zum makabren Erstaunen der Besucher zeigen musste. Es machte ihr nichts aus, sich von herablassend oder schadenfroh blickenden Zuschauern und Zuckerwatte schleckenden Kindern mit Erstaunen oder Abscheu betrachten zu lassen. Von Kind an war sie es gewohnt, wegen ihrer Unförmigkeit angegafft, gehänselt und verstoßen zu werden. Hier hatte sie eine Heimat gefunden, eine Familie, in der man sie so nahm wie sie war, eine etwas andere Art von Artistenattraktion, eine gewichtige Programmnummer, die wie alle anderen zum Gesamtensemble der Truppe gehörte und dem Zirkus sein individuelles Konterfei gaben. So verstand sie ihre Aufgabe auch selbst und erledigte sie mit der gleichen Professionalität wie alle anderen Künstler. Sie war eine Seele von Mensch, die über ein unerschöpfliches Reservoir an Süßigkeiten verfügte, mit denen sie nicht nur ihren üppigen Leib in Form hielt, sondern auch Kinder und nervöse Artisten liebevoll versorgte. Sobald Heinz einen kleinen Kummer hatte, war Heidrun die erste Ansprechpartnerin. Sie hatte immer Zeit für ihn und war um einen guten Rat nie verlegen. Für ihren Wohnwagen hatte man eigens ein riesiges Bett anfertigen lassen, in dem es ihr erstmals möglich war, sich im Schlaf auf die andere Seite zu drehen. Heinz kam es wie eine Matratzenlandschaft unendlicher Weite vor. Über eine Rampe am Wohnwagen konnte man sie mit einem kunstvoll konstruierten Gefährt direkt ins Zelt rollen, ohne dass sie einen Schritt gehen musste, was ihr bei dem gigantischen Gewicht verständlicherweise sehr schwer gefallen wäre.

Schließlich Fiete Terbrook, sonnengegerbter, mit tausend Runzeln übersäter Elefantendompteur von der Nordsee, aus dem Badeort Bensersiel, der mit seinen Elefanten im gleichen Zelt schlief und mit kaum jemandem, außer ihm, ein Wort sprach. Bei jedem Transport erlebte man das säbelbeinige Männchen hochgradig nervös vor lauter Sorge, dass die Verladearbeiter seinen Elefanten mit der Eisenstange an die Beine schlagen oder den Ankus, den Elefantenhaken, falsch einsetzen würden, um sie anzutreiben. Mit einem spitzen Ankus konnte man sie leicht verletzen. Fiete benutzte ihn fast nur, um ihnen bei der Dressur die Richtung oder den Platz anzuzeigen. Er musste im Krieg Schreckliches erlebt haben. Nachts suchten ihn Alpträume heim, in denen er laut schrie und schweißnass erwachte. Nach solchen Nächten legten ihm die Elefanten morgens wie zum Trost den Rüssel auf die Schulter, in einer Geste stummer Umarmung und Schutzgarantie. Er sprach nie darüber, nur einen Satz wiederholte er häufig. „Es war leicht, uns in den Krieg zu schicken, schwer, uns nach Hause zu entlassen, aber am schwersten, den Krieg wieder aus unseren Köpfen zu holen."

Die schwerfälligen Dickhäuter verstanden und liebten ihn, wedelten freudig mit den Ohren, wenn sie ihn sahen und zeigten ihm gegenüber eine eigene Art von Zärtlichkeit und Liebkosung, die nur Eingeweihte sehen und verstehen konnten. Nach einer Weile hörten sie auch auf die Kommandos, die Heinz ihnen gab. „Go side", wenn er wollte, dass sie zur Seite gingen, „down", wenn sie sich legen sollten, „dadada", zum Rückwärtsausrichten oder „hatri", wenn sie sich mit ihrem Rüssel am Schwanz des Vordertieres festhalten mussten. Fiete erzählte ihm viel über das ferne Meer und die empfindsame Seele der grauen Riesen, die hier unter so anderen Bedingungen leben mussten, als in ihrer afrikanischen oder indischen Heimat.

„Weißt du, mein Junge", erklärte er ihm einmal, als sie im Vorzelt saßen, sich Fietes Butterstulle teilten und den Dickhäutern beim Fressen der ungeheuren Futterberge zusahen, „die Elefanten sind gefühlvoll wie Weiber, wenn du sie öfter reizt, sind sie sehr nachtragend und vergessen nichts, aber wenn sie dich wirklich lieben, ist es für immer." Heinz, der zwischen Fietes ledrig runzeligen Füßen und denen der Elefanten eine enge Verwandtschaft sah, hatte das Gefühl, sie seien in der Lage, ihm mit ihren kleinen, melancholisch blickenden Bernsteinaugen, tief ins Herz zu schauen und Gedanken zu lesen.

„Unterschätze sie nie, es sind sehr weise Tiere und, ob du es glaubst oder nicht, sie können sogar lachen", sagte Fiete und puhlte sich ein Schinkenstück aus den Zähnen. Im Laufe der Zeit konnte Heinz sich selbst davon überzeugen. Manchmal gab er Mathilde, seinem Lieblingselefanten zur Belohnung ein Bier zu trinken. Ihr Rüssel schlang sich um den Hals der Flasche, die hoch gehalten, ihren schäumenden Inhalt in das geöffnete Elefantenmaul rinnen ließ. Dann lächelte sie den Spender dankbar an. Er wunderte sich immer wieder, wie sanft sie mit Fiete umgingen, wie sachte sich die schweren Tiere bei „up" auf die Hinterbeine stellten und auf sein „lift!" vorsichtig die Füße hoben, damit er die Kanten ihrer Zehennägel abfeilen konnte.

Bei aller Furchtlosigkeit und gewitzten Schläue besaß Heinz eine verwunderliche Eigenheit und Schwäche. Schon im Heim registrierte man verwundert, dass er, der normalerweise einen gepflegten Appetit hatte, manches unverständlicherweise nicht aß, selbst bei Lieblingsspeisen den Tisch verließ oder sich mit dem Teller in einen anderen Raum verkroch, was Bestrafung nach sich zog. Bei den vielen betreuten Kindern hatte man keine Zeit, nach jeder Macke zu fragen, und so blieben diese Merkwürdigkeiten seines Verhaltens ungeklärt. Auf bestimmte Speisen reagierte er allergisch, etwa auf Erdbeeren oder Nüsse. Einmal musste man ihn sogar zur Notaufnahme bringen, so bedrohlich war die Reaktion. Als er damals zu seiner neuen Familie kam, klärte es sich auf. Heinz hatte ein fest genormtes ästhetisches Empfinden mit eigener Vorstellung von *‚Appetitlichkeit'*. Keineswegs nur nach Sauberkeit oder Wohlgeschmack ausgerichtet, sondern allein danach, ob etwas seinen strengen ästhetischen Mustern entsprach oder davon abwich. Bei grell bunten Farben, selbst der leckersten Nachspeise, konnte es geschehen, dass er sie nicht zu sich zu nehmen vermochte. Rote Rüben, deren farbintensiver Saft sich mit anderen Speisen auf dem Teller mischte, brachten ihn zum Erbrechen. Grasgrüner Spinat oder Tomaten waren ein absolutes *‚no go'*, wie Harry sagte, der einmal in Amerika war. Dabei konnte es geschehen, dass seine Lippen anschwollen, taub wurden und sich augenblicklich Bläschen des Widerwillens bildeten.

Seine Stiefmutter Lavinia verstand die Not des Kleinen und zwang ihn im Gegensatz zu den Heimbetreuern nie dazu, weiterzuessen oder vor dem Teller zu verharren, wie er es dort als Disziplinarmaßnahme erleben musste, was seine ablehnenden Gefühle nur verstärkte. Eines Tages, als sie eins seiner Lieblingsgerichte kochte und er sich, den großartigen Geruch schon in der Nase, erkundigte, wann es endlich fertig sei, verließ er abrupt seinen Platz und ließ den Teller unberührt. Sein Vater wurde wütend, er werde solche Launen nicht dulden. Verzweifelt gestand der Kleine Lavinia, die giftgrüne Bluse, die sie trug, sei die Ursache, sie mache es ihm unmöglich, am Tisch zu bleiben. Nachdem sie die Bluse gewechselt hatte, konnte er das begehrte Gericht mit größtem Appetit verspeisen. „Er ist nicht wie andere Kinder, er besitzt eine Witterung wie Raubtiere, extreme Eigenheiten und ist seinem Alter weit voraus", sagte sie zu seinem Vater, dem Messer werfenden Zauberer, „du musst Verständnis für ihn haben."

Zum Zirkus gehörte neben dem riesigen Küchenzelt auch eine eigene Bäckerei, die nicht nur alle Mitarbeiter mit Brot und Süßem versorgte, sondern auch die Besucher mit Gebäck, Kuchen und belegten Brötchen verwöhnte. Er schlich gerne um die Zirkusbäckerei herum, die ihn mit ihrem köstlichen Duft anlockte. Aber selbst raffinierteste Torten konnten ihn nicht locken, wenn Jupp, der Konditor, sie mit Buttercreme oder Glasuren in intensiven Farben dekorierte. Nie hätte er ein solches Stück essen können, obwohl Jupp es aus reiner Experimentierfreude immer wieder versuchte. Zerbrachen Kuchen oder ließen sie sich nicht aus der Form lösen, waren Stücke zu schmal geschnitten oder fielen Krümel ab, verkaufte Medusa sie in den Kindervorstellungen als Kuchenbruch in großen Tüten für drei Groschen. Ein absoluter Renner, für die Kinder überraschend wie Wundertüten. Hatte man Glück, waren feinste Stücke verunfallter Torten darin, hatte man Pech, füllten allein Krümel oder Stückchen trockenen Gebäcks die Tüte. In diesen Fällen enthielten sie als Ausgleich meist einen zusätzlichen Mohrenkopf, etwas was auch er mit Leidenschaft verspeiste. Ebenso wie er nicht essen konnte, was nicht seinen optischen Vorstellungen entsprach, hätte er auch nichts berühren können, was von diesem Muster abwich.

Abends schlich er sich öfter aus dem Wohnwagen, huschte ungesehen über das Zirkusgelände und kroch unter die Planen des gewaltigen Hauptzelts, das von straff gespannten Tauen in Form gehalten wurde. Unter den ansteigenden Tribünenreihen, des Gradin, kroch er auf dem Bauch nach vorne, das Dickicht von Füßen und Beinen über ihm, bis zu den Logensitzen direkt neben einem Mast, von wo er unbemerkt einen Blick auf die dekorativ erleuchtete Szenerie werfen konnte. Obwohl er die Nummer von Morello dem Clown in allen Details kannte, war er immer wieder fasziniert und empfand sie besser als die nachmittags präsentierte. Das Programm variierte er leicht, stets gab es einige kleine Improvisationen, die dem Spezialisten für Heiterkeit spontan einfielen und ganz auf das jeweilige Publikum abgestimmt waren. Oft musste er in unangenehmer Kühle auf dem Boden verharren, bis Sina und Harry ihre Pferdedressur vorführten. Nach gemeinsamer Präsentation betrat Sina die Manege noch einmal allein mit zwei besonderen Pferden. Das war für ihn jedes Mal das i-Tüpfelchen des Abends. Danach hatte er kein Bedürfnis, länger zu verweilen, nichts konnte mit diesem Höhepunkt konkurrieren, zumal anschließend die Messerwurfshow seiner Eltern kam, nach der sie meist das Zelt verließen, zum Wagen kamen und sich erst wieder zum gemeinsamen Finale im Zelt einfanden.

Er hatte nur Augen für die wunderschöne Sina. Wie leichtfüßig sie die Manege betrat in ihrem silbernen knappen Kostüm, dessen Pailletten im Scheinwerferlicht funkelten, als seien es hunderte Diamanten. Sie knickste, breitete die Arme aus, um das Publikum zu begrüßen, er glaubte, um ihn zu umarmen, und so fühlte er sich auch in diesem Moment. Sie strahlte in das weite Rund des Zeltbaus, drehte sich geschickt, damit alle sich von ihrem Lächeln beschenkt fühlen konnten. Die Luft brannte, wenn sie das Zelt betrat. Dann nahm sie die Chamabiere, die lange Peitsche, ließ sie durch die Luft schwingen und einmal knallen, dass die Zuschauer vom lauten Hall zusammenzuckten. Wie konnte ihre zarte Hand ihn nur erzeugen? Schwebte sie eben grazil hinein, ging sie nun mit energischen Schritten auf beide Pferde zu, die respektvoll und aufmerksam vor ihr verharrten. Sie schritt mit langen, wohlgeformten Beinen in hauchdünnen Strümpfen. Er wusste selbst nicht, was ihn an den Beinen faszinierte, dem federnden, eleganten Gang und ihm diese eigenartige Aufregung bescherte.

Die Pferde reagierten auf den kleinsten Wink, blieben mit der Hinterhand im weichen Sägemehl des Hufschlags und griffen mit den Vorderbeinen den Boden der Begrenzungsbalustrade ab. „Valse!" Sie drehten sich um die eigene Achse, tanzten nach dem Takt der Musik links, dann rechts herum, nachdem die Peitsche nur die Andeutung einer Richtung machte. Auf leichtes Zungenschnalzen hin, gingen sie elegant im Schritt, traversierten die Manege, fielen synchron in den Trab, „Paire deux!", ritten parallel nebeneinander, „changer!" dann gegeneinander, wichen sich mit einer Drehung geschickt aus, „arrière!", gingen gleichzeitig rückwärts, zeigten Piaffen, Volten und Kapriolen. Im umtosten Finale hob sie die Peitsche nur leicht in die Höhe, "hoch!", worauf sich die Pferde auf die Hinterbeine stellten, die Vorderbeine hochgezogen vor der Brust anwinkelten. Langsam schritt sie rückwärts, die Chamabiere erhoben, worauf die Pferde folgten, das Gewicht der Körper allein auf die Hinterbeine verteilt, während die Vorderläufe grabende Bewegungen in der Luft vollzogen, quer durch die Manege. Sina nahm den Zylinder ab, ihr hellblond herausfließendes Haar leuchtete golden im Licht, sie verbeugte sich tief vor ihrem Publikum nach allen Seiten, drehte ihm den Rücken zu, wobei das Federbüschel am Hinterteil des Kostüms lustig wippte. Dann breitete sie wieder die Arme aus, auf ihre Pferde zeigend, die nass glänzend, fast bewegungslos nebeneinander standen und auf ihr Kommando warteten, zum Ausgang galoppieren zu dürfen, wo sie von Pflegern eingefangen, der Federbüsche beraubt, abgerieben und in ihr Zelt geführt wurden.

Er wartete noch, bis die Helfer in schmucken roten Zirkusuniformen mit Geschick und wahnsinniger Geschwindigkeit die Bodenplane auf den Sägespänen ausbreiteten, Pferdeäpfel mit einer Eleganz entfernten, als gehöre es zur einstudierten Choreografie und Zukolowski seine Eltern ankündigte, die in glitzernden Kostümen hereinliefen, sich verbeugten und die drehbare Scheibe mit den Narben tausender Messereinstiche heranrückten. Lavinia, im hauchdünnen Dress, der ihre attraktive Figur vorteilhaft zur Geltung brachte, lehnte sich an die Wand, winkelte die Arme an und sah aus, als würde sie etwas besonders Angenehmes erwarten. Er blieb, bis das erste Messer geworfen war, hatte direkt ein Gespür dafür, wie gut und sicher die Nummer weiter laufen würde. Erst dann kroch er langsam zurück und legte sich im Wagen schlafen. Begegnete ihm jemand unterwegs, legte er den Finger auf die Lippen, und jeder bewahrte Stillschweigen über seine nächtlichen Ausflüge.

Meist half er morgens beim Auffüllen von Futter und Wasser in den Pferdeställen, in der Hoffnung, Sina anzutreffen, die von den Pferden schnaubend begrüßt wurde. Sie blähten die Nüstern auf, wenn sie sie zärtlich streichelte und Hector, den feurigen Hengst, mit elegant gebogenem Hals, auf die rautenförmige Stirnblesse küsste. Selbst das Striegeln ihrer Lieblinge und Reinigen des Striegels an der Kardätsche führte sie in einer fließenden Bewegung unnachahmlicher Eleganz durch. Entdeckte sie ihn, warf sie ihm einen warmen Blick zu oder gab ihm einen Kuss, nach dem ihm jedes Mal die Haut glühte. Sie war eine liebevolle, gebildete Frau. Sein Vater sagte immer: „Sina ist viel zu schade, zu fein für den Zirkusbetrieb mit seinen rauen Gesellen." Sie wirkte bis auf ihre Auftritte in der Manege, wo sie Selbstbewusstsein und überlegene Dominanz ausstrahlte, zart, verträumt, verletzlich und litt unter den ständig wechselnden Spielorten, dem dauernden Verladen der Tiere und den Reisen. Wie gerne hätte sie an einem Ort verweilt, in ihrer Wohnung gelebt und einige freie Tage gehabt. Den kleinen Heinz hatte sie ins Herz geschlossen und besuchte seine Eltern nie, ohne ihm eine Aufmerksamkeit mitzubringen. Er liebte sie; für ihn war sie der Inbegriff von Schönheit und Appetitlichkeit.

Im Winter legte der Zirkus eine Reisepause ein und zog sich ins Winterlager zurück. In dieser Zeit lebten sie in einer kleinen Wohnung im Haus von Tante Friedericke. Er genoss die Zeit, in der sich die Weihnachtstage heranschlichen mit allen Vorboten und Schatten, die das bedeutende Jahresereignis voraus warf. Jetzt hatte er Vater und Lavinia öfter für sich, zumindest am Tag und nutzte es nach allen Regeln aus. An einigen Abenden traten sie zwar noch in Clubs und einem Varieté mit der Magienummer auf, tagsüber machten sie gemeinsam Spiele, rodelten, besuchten ein Kino im Ort und wanderten durch verschneite Wälder. Vater war als Zauberer seiner Zeit voraus. Während die Kollegen das Gängige präsentierten, Kaninchen aus Zylinder, Tauben aus dem Frack zauberten, setzte er als Erster auf raffinierte Illusion, unterhielt die Zuschauer, fesselte mit Worten und lenkte sie gleichermaßen ab. Seine Fingerfertigkeit besonders bei Kartentricks war enorm. Immer wieder ließ er ein fassungsloses Publikum zurück, wenn er Lavinia von einer Sekunde auf die andere verschwinden ließ, oder den von Zuschauern markierten Geldschein zerriss, verbrannte und anschließend wieder heil aus deren Hosentasche ziehen ließ. Verblüffende Tricks gelangen ihm und seiner hinreißenden Assistentin auch mit chemischen Reaktionen, bei denen sich die Wirklichkeit in Dampf, Nebel oder Farbenspielen auflöste. Die schwebende Jungfrau, selbst mit wahllos aus dem Publikum erwählten Damen, deren *Status* dabei natürlich ungeklärt blieb, bildete den traditionellen Abschluss ihrer umjubelten Show.

Lavinia backte Weihnachtsplätzchen nach alten Rezepten ihrer Großmutter. Dann erfüllte das Haus ein herrlicher Duft nach warmer Süße, karamellisiertem Zucker, Eierschaum, Kakao, Rosinen, Kardamon und Rum, aber keinen Nüssen, die er nicht vertrug. Am meisten freute er sich auf die köstlichen, kleinen Waffeln, die nach Zimt und orientalischen Gewürzen dufteten, und denen er in einer Weise verfallen war, die ihn alle Grundsätze brechen ließ. Er hatte Jupp, dem Zirkusbäcker von dem sagenhaften Gebäck erzählt, der es einmal nach zu backen versuchte, aber es war, wenn man das Original einmal gekostet hatte, nur eine schlechte Kopie, ein misslungener Versuch, der nichts mit der Faszination des Originals gemein hatte.

An einem Nachmittag versteckte er sich unter dem Elternbett, warum wusste er selbst nicht, wahrscheinlich wollte er Lavinia beim Betreten erschrecken oder sich darüber lustig machen, wenn sie ihn suchte und nicht finden konnte. Nach einer Weile kam sie nichts ahnend herein und ließ ihren Rock fallen. Er sah ihn aus seiner Perspektive langsam an den Beinen hinab gleiten, bis er auf dem Boden einen textilen Kranz bildete, dem ihre zierlichen Füße elegant entstiegen. Ein weißer Unterrock folgte, dann ein zartes Höschen von durchbrochener Spitze, das in die Mitte des Kranzes eintauchte. Er kroch näher an das Geschehen heran. Der Stoff war hauchzart und wies Muster mit winzigen Löchern auf. Wie soll so etwas wärmen, dachte er, froh, in den kalten Tagen dicke wollene Unterwäsche tragen zu können. Tante Friedericke hatte ihm vor einem Jahr mollig warme in olivgrün-brauner Farbe geschenkt, sie hätte fabelhaft gewärmt, aber er konnte sie bis heute nicht anziehen, da ihm von der Farbe übel wurde.

Ein BH fiel hinunter und nahm denselben Weg, auch er war leicht und ähnlich durchwirkt, dann folgten seidene Strümpfe. Ein zart süßlicher Parfumhauch streifte seine Nase, während er noch näher an den Rand des Bettes kroch. Jetzt könnte er Lavinia an den Waden packen und fürchterlich erschrecken. Er drehte den Kopf zur Seite, schaute hoch und sah schlanke Beine von hinten, die in den sanft gerundeten Po und ihren nackten Körper mündeten. Wieder wehte ihm leichter Parfumhauch entgegen. Sie zog sich um für die Zaubershow am Abend. Ein eigenartig aufregendes Gefühl beschlich ihn, unwillkürlich atmete er schneller, der verbotene Anblick der Nackten war geheimnisvoll, schön und verwirrend, besonders der Gedanke, sie beobachten zu können, ohne dass sie es wusste. Jetzt wollte er sie nicht mehr erschrecken, sein heimliches Versteck und das, was er gesehen hatte, nicht offenbaren. Vorsichtig robbte er wieder zurück und gab es erst auf, nachdem sie das Zimmer verlassen hatte. Das Erlebnis beschäftigte ihn noch eine Weile. Was waren die sonderbaren Gefühle, die er ganz ähnlich bei der angebeteten Sina empfunden hatte? Weihnachtstage und Geschenke kamen. Er vermisste Britta, seine Zirkusfreunde und die Tiere, aber die heimelig gemütliche Atmosphäre im Haus von Tante Friedericke wog alles auf. Wochenlang glaubte er den köstlichen Hauch des Gebäcks, noch in Nase und Kleidern eingefangen, wahrzunehmen.

Mattuschke öffnete seine Augen und wischte die Krümel vom Schreibtisch. Dass der unerwartete Geschmack des köstlichen Gebäcks plötzlich die Gerüche in Tante Friederickes Haus und die aufregenden Kindheitsjahre wieder in sein Bewusstsein zaubern konnte, verwunderte ihn. Er war alles andere als sentimental, aber die Rückerinnerung hatte ihn melancholisch gestimmt und durch das Übermaß an wieder erlebten Eindrücken aufgewühlt. Er würde sich morgen bei Louise für das Gebäck bedanken, dem er damals schon auf eigenartige Weise verfallen war. Er reckte sich, schloss das Büro ab, ging aber nicht in die Wohnung, sondern suchte im Keller nach einer Flasche, die seiner augenblicklichen Stimmung entsprach. Er fand sie in Gestalt einer 1997er Serriger Schloss Saarsteiner Auslese, Weingut Schloss Saarstein, die er behutsam hinauftrug, öffnete, Flaschenhals und -rand säuberte, bevor er sich ein Glas einschenkte. Tief zog er den Duft nach gelben Früchten, Aprikose und Ananas in die Nase, bevor er den ersten Schluck nahm. Er benetzte seine Zunge mit milder Süße, zarter Reife, die keine Unruhe mehr verriet, feinster Mineralität und anregender Säure. „Leicht, edel und filigran, dieser Saarwein", sagte er vor sich hin, er hatte gut gewählt. Den nächsten tiefen Schluck trank er mit halb geschlossenen Augen und dachte an Zukolowski den Genießer.

Dass er am nächsten Tag nichts von Louise hörte, beunruhigte ihn, sie würde sein Angebot doch nicht ernsthaft ausschlagen wollen, was gab es da eigentlich zu überlegen? Hatte er irgendetwas übersehen, was ungeklärt blieb, sie zweifeln lassen konnte? Er wollte unbedingt, dass sie in der Wohnung blieb, war es gewohnt, Anweisungen zu erteilen, die befolgt wurden, gewohnt, dass man seine Wünsche respektierte. Er musste sich zwingen, der Versuchung zu widerstehen, an ihrer Tür zu läuten und nach der Entscheidung zu fragen. Sie sollte nichts von seiner Ungeduld erfahren und sich nicht gedrängt fühlen. Natürlich hätte er die offerierten Konditionen noch günstiger gestalten können, aber das hätte sein persönliches Interesse an ihrem Bleiben offengelegt und Misstrauen geschaffen. Das wollte er um jeden Preis vermeiden. Er musste sich zur Geduld zwingen.

Louise hatte eine unruhige Nacht und fand kaum Schlaf. Immer wieder ging ihr Mattuschkes Angebot durch den Kopf, rechnete sie die finanzielle Lage durch, verwarf die Idee zu bleiben und machte die Überlegung wieder rückgängig beim Gedanken, zu Hause einziehen zu müssen, wo ihre Mutter nur darauf wartete, sie mit Vorwürfen zu bombardieren. Sie habe es gleich gewusst, aber ihre Tochter sei die Kluge, die glaube, sich einfach über ihre reichhaltige Lebenserfahrung hinwegsetzen zu können. Das Angebot war zu verlockend. Gilas zögernde Antwort und verhaltene Begeisterung wollte sie nicht überbewerten, so sehr sie sich mochten, spielte sicher auch Eifersucht eine gewisse Rolle, denn eine Wohnung dieser Güte hatte Gila bisher nicht besessen, zumal für den Mietpreis. Am nächsten Morgen war sie entschlossen, zuzusagen. Allein der Umstand, direkt Geld annehmen zu müssen, ließ sie noch zögern, ihre Entscheidung mitzuteilen. Das war ihr peinlich, aber ohne gewisse Nachkäufe, die durch Ricks Auszug notwendig wurden, könnte sie nicht bleiben. Zumindest sollte Mattuschke nicht den Eindruck gewinnen, sie habe keinen Entscheidungsspielraum. Immerhin verblieb etwas Zeit, die sie trotz innerer Ungeduld nutzen wollte. Vorsorglich machte sie eine Aufstellung der Gegenstände, die sie dringend für den eigenen Hausstand benötigte. Außer dem Kleiderschrank, den er einzubauen versprach, käme sie auf eine Summe von über 4000.00€, schließlich gab es weder Tisch, Stuhl oder Sessel, noch einen Löffel in der Küche; eine preiswerte Musikanlage, mit der sie ihre Lieblingssongs hören könnte, schien ihr ebenfalls unverzichtbar und eine warme Winterjacke sollte auch noch dabei herausspringen. Sie hatte kürzlich eine wirklich flotte mit hübschem Pelzkragen entdeckt, viel zu teuer für ihre Verhältnisse, aber jetzt wäre es ja vielleicht möglich? Rick klingelte, wollte sie fahren, sie beeilte sich, verzichtete aufs Schminken, damit er nicht warten musste und zog schnell die Tür hinter sich zu. Er war von Mattuschkes Vorschlag nicht begeistert, von wegen Abhängigkeit, konnte aber keine andere Lösung anbieten, als die, mit Gila zusammenzuziehen und gemeinsam eine größere Wohnung in der Stadt zu mieten, von der man das meiste zu Fuß erreichen könnte.

Gegen Abend ging sie ins Silverspot; jetzt nachdem sie sich mit der Trennung von Rick abgefunden hatte, wollte sie sich nicht aus der Freundesrunde zurückziehen, sondern mit selbstbewusstem Auftreten ihre Berechtigung unterstreichen, auch solo vollwertiges Mitglied der Gruppe zu sein, nicht nur als Ricks Anhängsel. Außerdem reizte es sie, Sophies schlechtem Gewissen zu begegnen und die Reaktion der anderen bei ihrem Eintreffen zu erleben. Es war noch früh, nur Eric saß in der gewohnten Ecke mit Stift und einem Bogen Papier, den keine einzige Silbe zierte. Er kam sofort auf sie zu, drückte sein Bedauern über das Ende der Beziehung, seinen Ärger Sophie gegenüber und Erleichterung aus, sie - nicht besiegt fernbleibend - zu sehen. Sie sah seinen Augen an, dass er es ernst meinte und sie tatsächlich vermisst hatte. Außerdem brauche er sie ja als Ratgeberin für den großen Wurf seines Gedichts, von dem sie bisher nur die erste Strophe kenne. Er brannte darauf, ihr die inzwischen überarbeitete zweite vorzutragen. Aber für eine Fortsetzung der Dichterlesung hatte sie heute keinen Sinn, und so verwickelte sie ihn in ein Gespräch, um die Zeit bis zum Eintreffen der anderen zu überbrücken. Er nahm es enttäuscht hin. Als nächster erschien Peter, der ‚Vorausschauende', der ernsthaft um sie besorgt schien und sich ebenso wie Eric aufrichtig über das Wiedersehen freute. Hano und die traurige Leila reagierten verhalten, obwohl beide froh über ihren Besuch waren, aber die enge Verbindung zu Rick und Sophie ließ sie eine neutrale Position einnehmen.

Sophie stieß als letzte zu ihnen; zunächst hatte sie Louise nicht bemerkt, erzählte aufgeregt, was sie daran gehindert habe, früher zu kommen, als sie plötzlich stutzte und tiefe Röte ihr Gesicht überzog. Sie begrüßte Louise, konnte den Blick vor Verlegenheit aber kaum auf sie richten. „Schön, dass du wieder kommst", stammelte sie und reichte ihr unsicher die Hand. Louise sah, wie sie sich innerlich wand und sichtlich mit dem schlechten Gewissen kämpfte. Tränen standen bereits in ihren Augen, ein falsches Wort hätte sie zum Fließen gebracht. Sie drückte die Hand mit festem Griff und schenkte ihr einen freundlichen Blick. Dann sagte sie mit ruhiger Stimme: „Ich bin froh, bei euch zu sein, wir sollten bald miteinander sprechen, Sophie." Sie schaute sie aufmunternd an. Über ihr Gesicht huschte ein Anflug dankbarer Erleichterung; sie wirkte wie unter einer Schuld gebeugt, noch schiefer und kleiner als sonst.

Lass mal ein paar Wochen vorüber sein, dann wirst du auch merken, dass ein Zusammenleben mit dem großen Schweiger nicht so einfach ist, wie du es dir vorstellst, ging es Louise durch den Kopf. Rick kam nicht, er hatte sich mit dem neuen Wohnungspartner zu einem Basketballspiel verabredet. Nach der kampflosen Begrüßung der beiden Kontrahentinnen entspannte sich die Situation spürbar zu einem netten Abend.

Sophie bot ihr an, sie nach Hause zu fahren. Während der Fahrt versicherte sie unter Tränen, nie die Absicht gehabt zu haben, ihr weh zu tun, oder Rick auszuspannen, für den sie seit langem schwärmte. „Ich habe gespürt, dass er sich von dir gelöst hatte, ich fühle mich schlecht dir gegenüber, ich hätte abwarten müssen, bis eure Beziehung offiziell beendet war. Ich möchte dich nicht als Freundin verlieren."

Louise tröstete sie: „Das war in der Tat nicht fair, und dass ihr es eine Weile für euch behalten habt, das hat am meisten weh getan. Unsere Beziehung war tatsächlich zerbrochen, nur wollte es sich keiner eingestehen. Dieses Ereignis hat das beschleunigt, was sonst vielleicht noch Wochen gedauert hätte. Ich bin sehr traurig, aber ich werde dir nicht böse sein."

Sophie umarmte sie spontan: „Du glaubst gar nicht, wie wichtig mir das Gespräch ist. Ich habe sicher zehnmal Anlauf genommen, dich anzurufen oder vorbeizukommen, aber jedes Mal hat mich der Mut verlassen. Eigentlich habe ich ihn dir nicht weggenommen, ich habe ihn von dir übernommen, oder?"

Sophie schnäuzte heftig in ihr Taschentuch. Louise sah in ihre geröteten Augen, das zaghafte Lächeln entblößte die markanten Hasenzähne, gekrümmt kauerte sie hinter dem Steuer. Sie war wirklich keine Schönheit, selbst die imposanten Augen hatten vorübergehend ihren besonderen Glanz verloren. Plötzlich fühlte sie Mitleid mit ihr; dem armen Wesen war ein wenig Zärtlichkeit und Liebe zu gönnen. Mit einer Umarmung verabschiedeten sie sich voneinander.

Als sie vor der Tür stand, stellte sie fest, in der Morgeneile ihren Schlüssel vergessen zu haben. „So ein Mist", stöhnte sie, schlich ums Haus, aber kein Fenster stand offen, durch das man hätte einsteigen können. Es war schon spät, aber es blieb ihr nichts anderes übrig, als Mattuschke aus dem Bett zu klingeln. Es dauerte eine Weile bis er im Schlafanzug öffnete. Als er sie erblickte, hellte sich der ärgerliche Gesichtsausdruck sofort auf.

„Du wolltest mir sicher deine positive Entscheidung mitteilen, dafür ist jede Zeit recht", er strahlte wieder sein umwerfendes Lachen, wenn auch leicht zerknittert.

„Es tut mir wahnsinnig leid, dich geweckt zu haben, aber heute Morgen habe ich in der Eile meine Schlüssel drinnen liegen lassen, und ich wusste mir keinen anderen Rat."

Als sie sein erwartungsvolles Gesicht sah, sagte sie: „Ich wollte dir gleich morgen sagen, dass ich dein Angebot annehme." Sie hatte das Gefühl, ein Aufatmen zu spüren.

„Das ist eine gute Nachricht, dafür bin ich gerne aus dem Bett gesprungen, welchen Betrag kann ich dir morgen geben, fünf-, zehn-, hunderttausend?", er lachte

„Das hat doch keine Eile", sagte sie schnell, „ich bin ohnehin beschämt, etwas annehmen zu müssen, was ich mir noch nicht verdient habe."

„Papperlapapp, dazu wird es schon noch kommen, nur keine Sorge, wie viel?"

„Ich dachte an viertausend", sagte sie zaghaft.

„Gut, dann werden sechstausend reichen, vielleicht brauchst du ja noch was für den Winter. Komm morgen ins Büro, dann habe ich es dort liegen oder soll ich es überweisen?"

Sie kicherte verlegen: „Ich habe noch gar kein Konto, bisher gab's keine Notwendigkeit. Das ist … also, was ich sagen will, das ist viel zu großzügig von dir, soviel brauche ich wirklich nicht."

„Also darunter geht nichts und jetzt keine langen Diskussionen mehr, sonst ist die Nacht vorbei, ehe wir zur Augenpflege gekommen sind. Gute Nacht Louise, ich bin sehr froh, dass du dich so entschieden hast." „Gute Nacht Heinz, vielen Dank und entschuldige meinen nächtlichen Überfall."

„Ist es nicht der Traum jeden Mannes, in der Nacht von einer bildhübschen Frau geweckt zu werden?"

Er lachte laut, es lag nicht die geringste Anzüglichkeit in seinem Blick. Sie gab ihm einen spontanen Kuss auf die Wange und verschwand in ihrer Wohnung.

Kaum hatte sich die Tür geschlossen, vollführte sie einen Luftsprung. Sie konnte die Wohnung behalten, die Entscheidung war getroffen. Zwar wollte sie ihn eigentlich noch ein wenig zappeln lassen und die peinliche Geldgeschichte hinauszögern, aber so war es optimal gelaufen und der Betrag ließ ihr großzügige Möglichkeiten. Sie stieß einen Jubelschrei aus und warf sich mit vollem Schwung auf's Bett. „Du bist ein Glückspilz Louise", sagte sie laut vor sich hin und lachte befreit.

Am nächsten Abend suchte sie ihn im Büro auf.

„Schön, dich zu sehen, wie war dein Tag?"

„Nichts besonderes, Vorlesung, Seminar, Bibliothek, das übliche, bis auf Schnee und Kälte, die plötzlich hereingebrochen sind."

Er reichte ihr den Umschlag mit einem Bündel Geldscheine und bat sie, ein Papier zu unterschreiben: „Nur eine Formsache, damit du beruhigt sein kannst, dass ich es dir nicht schenke." Sie unterschrieb den Wechsel, ohne auf Fristen zu achten.

„Vielen Dank Heinz, Ende der Woche ziehe ich für zwei Wochen zu Gila. Wird das für die Umgestaltung reichen?"

„Ich denke ja, sobald wir fertig sind, sage ich dir Bescheid, vielleicht kommen wir auch mit weniger aus. Wenn du zurück bist, bekommst du die ersten Aufträge von mir, damit du dein Gewissen beruhigen kannst. Übrigens deine Plätzchen, die ich probiert habe, waren großartig. Hast du sie gebacken?", ein liebevolles Lächeln umarmte sie.

„Nein, meine Patentante, ich kann mir ja Rezept und Eisen von ihr geben lassen, obwohl ich nur ahnen kann, was dabei herauskommt. Kann ich dir auch zumuten, die Fische zu füttern? Ich könnte natürlich alle zwei Tage reinschauen."

„Nein, keinesfalls, das wäre unnötiger Aufwand für dich, ich mache das gerne, bin ja ohnehin hier."

Sie zog vorübergehend bei Gila ein. Abends hatten beide frei, die Försterklause war wegen eines familiären Festes geschlossen, so dass sie das herzliche ‚Willkommen', das in großen Lettern an Gilas Tür prangte, mit Sekt und sündhaft teuren Häppchen aus ‚Würmelings Feinkostladen' gebührend feiern konnten. Am nächsten Tag schliefen sie lange, frühstückten ausgiebig und brachen in euphorischer Kauflaune zum Geschäftebummel auf. Gila bot an, die Winterjacke bei einem ihrer Dekorationskunden zu kaufen, wo sie erhebliche Nachlässe bekomme. Louise, die schon ein bestimmtes Objekt im Auge hatte, wollte das nette Angebot nicht ausschlagen und so sahen sie sich zunächst in der Boutique ‚Giselle, die exquisite Mode' um. Auf Anhieb gefiel ihr eine der offerierten Jacken, sie war noch pfiffiger als die, von der sie schwärmte, aber auch wesentlich teurer.

„Das ist der Hammer, die kleidet dich wie Cindy Crawford, wenigstens. Was gibt's da noch zu überlegen?", drängte Gila.

Louise wand sich innerlich wie ein Wurm, drehte sich in dem eleganten Teil vor dem Spiegel und schaute verstohlen auf das Preisschild. Fast das Doppelte des anderen Preises, ihre Mutter bekäme einen Herzanfall, wenn sie das wüsste.

„Wie wäre denn …", sie hüstelte verlegen, „der endgültige Preis, wenn …"

Die Boutiquebesitzerin, nickte wissend, sah Gila an und nannte einen Preis, der deutlich niedriger war, allerdings immer noch einen Batzen über dem der ursprünglich begehrten Jacke lag. Gila entdeckte am Kragen eine winzige Macke, die ihr nie aufgefallen wäre, was den eben genannten Preis noch geringfügig nach unten abrundete. Sie machte den Kauf perfekt. Draußen küsste sie ihre Freundin dankbar, sie war in Hochstimmung.

„Da hast du wirklich ein Teil zum Zunge schnalzen", meinte Gila anerkennend.

„Ich wusste", antwortete Louise grinsend, „wenn ich diese nicht nehmen würde, hätte mir keine andere mehr gefallen, selbst die damals ausgesuchte. Ich bin froh, dass sie mir preislich so entgegengekommen ist." Nach diesem Auftakt gelangen alle weiteren Einkäufe perfekt. Größere Teile ließ sie reservieren, um sie nach erfolgtem Umbau bringen zu lassen. Sie lud Gila zum Essen in ein chinesisches Restaurant ein, in dem man aus einer gewaltigen Gemüse-, Fisch- und Fleischauswahl wählen und sich die Zusammenstellung auf einer heißen Metallplatte zubereiten lassen konnte, ganz auf den eigenen Geschmack abgestellt. Selbst auf die verwendeten Gewürze und Soßen hatte man Einfluss. „Wir schwelgen wie die Götter", formulierte es Gila.

„Hast sicher eine kräftige Spende von deinem Vater bekommen?"

„Leider nein, das konnte ich nur von Mattuschkes Vorschuss machen." Gila setzte einen kritischen Blick auf: „Sei vorsichtig Louise."

„Als kleines Dankeschön würde ich gerne etwas für dich kochen, wenn ich wieder einziehe und ihn dazu einladen. Was meinst du?"

„Ja gerne, wir müssen nur einen Abend finden, an dem wir beide nicht in der Klause arbeiten."

Nach zwei Wochen erhielt sie Mattuschkes Anruf, die Arbeit sei erledigt, der gröbste Schmutz beseitigt, sie könne wieder einziehen. Louise war überglücklich, lud ihn für einen der folgenden Tage zum Essen ein und bot ihm - wegen Gila - aus Gründen der Symmetrie an, eine Begleiterin mitzubringen. Er nahm gerne an. Als sie die Wohnung wieder betrat, war sie erstaunt. Die Wand, an der das Bett stand, war komplett mit einer nach Maß gefertigten Schrankwand verkleidet, in deren Mitte ein riesiger Spiegel eingelassen war. Das helle Ahornholz passte farblich genau zu dem eben gekauften Tisch und der kleinen Couch, die am nächsten Tag geliefert werden sollten. In die Wand, mit praktischen Regalen, war ein geräumiger Schrank integriert mit Wäschefächern und einem hohen Teil für Mäntel, Kleider und Hosen. Platzmäßig würde sie keine Probleme mehr haben und einen Spiegel gab es bisher auch nicht; wie gut, dass sie sich keinen gekauft hatte.

Mattuschke brachte zum vereinbarten Abend einen hübschen, kurzgebundenen Rosenstrauß und seine Bekannte Vera mit. Louise hatte ein kleines Menu vorbereitet, das ihr nach eigener Einschätzung gut gelungen war, was sie nicht immer von ihren kulinarischen Kreationen behaupten konnte.

„Es gibt leider keine deutschen Garnelen, dafür aber ...", mit diesen launigen Worten bat sie ihre Gäste an den Tisch. Passenden Wein hatte sie den väterlichen Restbeständen im elterlichen Keller entnommen und mit dem feinherben Riesling offenbar seinen Geschmack getroffen. Vera, in einem schwarzen Hosenanzug, der ihr sehr gut stand, war aufgekratzt, versprühte gute Laune, reichhaltig wie ein Wassersprenger, riss Gila mit, so dass es ein ausnehmend heiterer Abend wurde. Bei der Verabschiedung umarmte und küsste Vera sie wie engste Freundinnen, ihre Herzlichkeit war ehrlich, die Spontanität entsprang ihrem Temperament. Mattuschke lobte Louises guten Geschmack bei der Möbel- und Geschirrwahl, was sie ein wenig stolz machte, kannte sie doch seinen exquisiten Stil und sein unbestechliches Urteil. Zum Abschied drückte sie ihm noch ein Schälchen Zimtgebäck in die Hand, das sie ihrer Tante abschwatzen konnte. Er war überrascht und freute sich sichtlich.

Gila blieb am Fenster stehen, sah, dass er Vera zum Auto brachte, und sie mit tuckerndem Motor nach Hause fuhr.

„Vera ist tatsächlich nicht bei ihm geblieben, da fragt man sich warum; sie ist sympathisch, attraktiv, die reinste Stimmungskanone und hatte gute Laune für Zehn." Sie lachten erleichtert. „Es war ein Superabend, alles gut gelungen, ich hätte nie gedacht, dass es so locker und unterhaltsam würde, Louise. Kompliment für dein Essen."

„Ich hab mir ein paar Tipps von Frank geholt, von ihm ist auch der Nachtisch, den habe ich nicht selbst gemacht. Das musste ich doch nicht verraten, oder?"

„Natürlich nicht, er war grandios. Ich habe Mattuschkes verzückte Augen beobachtet, für ‚*Süßes*' ist er offenbar zu haben." Sie knipste ihr ein Auge.

„Was willst du denn damit sagen?"

„Nichts meine Süße, nur so."

„Als Frank mein unsicheres Fragen bemerkte, hat er mir angeboten, das Dessert aus Gebäck, alkoholisierten Himbeeren, Mascarpone und Schokolade obenauf, zuzubereiten."

Frank Koch, passender hätte der Name gar nicht sein können, war Küchenchef der Försterklause, seit zwei Jahren. In dieser Zeit hatte das Lokal erheblichen Aufschwung genommen, er kochte ausgezeichnet und produzierte ständig neue Ideen, zuletzt die Themenwochen, die an jedem Abend ein ausverkauftes Lokal garantierten. Frank, eine Seele von Mann, gab gerne und bereitwillig Tipps, zumal, wenn er Louise oder Gila damit einen Gefallen erweisen konnte.

Nach kurzer Visite im Bad fielen sie todmüde ins Bett. Louise verzichtete darauf, die Liege im Arbeitszimmer herzurichten, sodass sie gemeinsam ins französische Bett krochen und augenblicklich einschliefen. Sie freute sich, dass Heinz selbst der Nachttisch schmeckte, er aß nie Dessert, nur selbstgemachtes, wenn er die Zutaten kannte.

Ein paar Tage später lud sie ihre Mutter ein, die seit der kürzlichen Weinplünderung vor Neugierde platzte, die neue Wohnung kennen zu lernen. Sie war begeistert.

„Hier wohnt man ja wie im Paradies, aber Kind, wie willst du denn nur diese Miete bezahlen?" Im letzten Moment gelang es ihr, die neue Jacke unter dem Bett zu verstecken, bevor sie den Schrank inspizierte und die gut durchdachte Platzaufteilung lobte.

„Das wird schon gehen", erklärte sie, „Herr Mattuschke hat mir einen nicht schlecht bezahlten Nebenjob angeboten, so dass ich mit dem, was ich in der Klause verdiene, über die Runden komme."

„Ich denke nur, etwas einfacher wäre es sicher auch gegangen."

„Natürlich, aber diese war komplett möbliert", schwindelte sie, „bei einer anderen hätte ich erst noch alles kaufen müssen." Mutter schwieg.

„Diesen Mattuschke hätte ich gerne einmal kennengelernt", ihr Gesicht war in Falten gelegt und der Blick von Zweifeln umwölkt.

Kurz darauf klingelte es, und er stand leibhaftig vor der Tür.

„Entschuldige Louise, ich wollte dir nur das Schälchen zurückgeben."

„Haben sie dir so gut geschmeckt, dass du sie alle auf einmal verschlungen hast?" Sie war verblüfft, gerade hatte sie sich gewünscht, er wäre da, um ihn Mutter präsentieren zu können.

„Natürlich nicht, aber ich wollte dein Geschirr nicht so lange blockieren. Ich erlaube mir pro Tag nur eine dieser Köstlichkeiten."

Sie lachte laut: „Darf ich dich vielleicht kurz hineinbitten, Heinz? Meine Mutter ist gerade da, wenn es dir recht ist, möchte ich euch gerne miteinander bekanntmachen."

Mattuschke begrüßte sie mit ausgesuchter Höflichkeit und blieb für eine kurze Konversation. Louise amüsierte sich. Das Gesicht ihrer Mutter, eben noch von argen Zweifeln gezeichnet, hatte einen weichen Glanz angenommen, die in letzter Zeit eher weinerliche Stimme, das Gurren eines Täubchens und ihre Sprache wirkte seltsam gewählt und akzentuiert. Der Mann gefiel ihr, das war nicht zu übersehen. Wahrscheinlich stellte sie sich gerade vor, einen solchen und nicht ihren weichen Ehegatten mit den wankenden Grundsätzen geheiratet zu haben.

„Wenn du wüsstest, dass ich ihm einen Kredit über 6.000€ schulde, wäre der Anflug von Glückseligkeit schnell aus deinem Gesicht verschwunden", sagte sie leise zu sich, als sie in der Küche hantierte. Er trank noch ein Glas Sekt mit ihnen, von dem guten, den Vera nach dem Einzug mitgebracht hatte, unterhielt sich angeregt mit Frau Leblanc, machte versteckte Komplimente und verabschiedete sich. Er habe leider noch zu arbeiten. Mutters Zweifel waren wie weggeblasen.

„Ein interessanter Mann, charmant und mit Manieren ...", sie verdrehte genüsslich die Augen, wirkte gelöst, heute waren keine Klagen oder Vorwürfe mehr zu erwarten, so dass sie sich wie in guten Zeiten unterhalten konnten.

„Was hast du denn bei deiner Einladung gekocht?" Sie erzählte ausführlich, ohne jedoch den Nachtisch zu erwähnen. Mutter gab noch den einen oder anderen Tipp, dann fielen beide schwärmend in Erinnerungen ihrer Lieblingsgerichte ein, die sie schon Jahre nicht mehr gegessen hatten. ‚*Ragout fin*' in Blätterteigpasteten. Lachend überboten sie sich im Aufzählen der Zutaten. „Kalbszunge, Kalbsbraten." „Huhn, nicht zu vergessen die Champignons." „Und natürlich Kapern für die feine Säure." „Ich sterbe für dieses Gericht", seufzte Louise laut. Seit langem war es wieder ein lockeres Gespräch, das sie miteinander führten, sie wusste sich gar nicht mehr zu erinnern, wann sie ihre Mutter zuletzt so fröhlich sah.

Mattuschke bot ihr einen Golf ‚*mit Masern*' für einige Tage an, als Unfallfahrzeug hergerichtet, war er noch überall mit Spachtelflecken dekoriert und harrte der Lackierung, die sich verzögerte, so dass sie das Angebot dankend annahm. Zurzeit war asiatische Woche in der Klause, was anstrengende

Abende versprach. Sie kam spät nach Hause, froh, das eigene Gefährt zu haben, die Füße schmerzten und das Einschlafen wollte lange nicht gelingen, so sehr putschten Hektik, Stimmengewirr, die Musik im Lokal und die nervösen Kommandos aus der Küche und vom Buffet auf. Mattuschke hatte ihr erste Arbeiten gegeben, Kalkulationsberechnungen, Buchungsvorgänge, Überlegungen zur Steuerersparnis, was in diesem Falle eine gnädigere Bezeichnung für Steuerhinterziehung bedeutete. Am Wochenende würde sie sich damit auseinandersetzen.

Überraschend rief Rick an, das war ungewöhnlich. „Entschuldige, dass ich so spät anrufe, aber ich versuche es schon eine Weile, du bist sicher gerade aus der Klause zurückgekommen und todmüde."

„Erster Preis, du hast es erraten; Panneder verdient sich eine goldene Nase und wir laufen uns Blasen an die Füße. Was gibt's?"

„Ich wollte nur wissen, ob du etwas von Eric gehört hast, er ist seit Tagen nicht ins Silverspot gekommen und telefonisch nicht erreichbar."

„Mich hat er vor kurzem angerufen und gefragt, wann ich in die Disco komme. Ich sagte ihm, dass in der Klause die Hölle los ist und es vorerst nicht klappt. Dann wollte er mir sein Gedicht am Telefon vorlesen. Ich war zu geschafft und habe ihn vertröstet. Ich glaube, er war ziemlich enttäuscht."

„Der Kerl nervt langsam mit seiner Wortsülze, ich hab ihm neulich etwas an den Kopf geworfen, nichts Nettes, war aber gar nicht so gemeint. Er ist sofort aufgestanden und gegangen. Ok, wenn du nichts weißt ..., schlaf gut und sei auf der Hut vor Mattuschke."

Am nächsten Tag erfuhr sie, dass Eric nach einem Selbstmordversuch in die Uniklinik eingeliefert worden war. Mit Valium und Schlaftabletten, die er seinen Eltern entwendet hatte. Louise war geschockt und machte sich Vorwürfe, ihm und seinen literarischen Ergüssen nicht mehr Aufmerksamkeit gewidmet zu haben. Persönliche Probleme waren ihr wichtiger gewesen, als die des Freundes, sie wusste doch um seine Sensibilität. Wie sich herausstellte, hatte er vergeblich auf das Gespräch mit Louise gewartet, dann unglücklicherweise Rick die Verse präsentiert und erwartungsvoll seine Meinung erfragt. Ricks Kurzrezension lautete prägnant, hoffnungslos und fäkalistisch: „Gequirlte Scheiße." Am Tag danach erhielt er das Manuskript von dem Verlag zurück, in den er große Hoffnungen setzte, überzeugt, diesmal ein Meisterwerk der Lyrik geschaffen zu haben. Man lehnte es mit der wenig barmherzigen Empfehlung ab, es immerhin zur Wärmegewinnung im Kamin verwenden zu können. Das überforderte seine sensible Seele.

Hätte sie schon damals ehrlicher mit ihm umgehen müssen, ihm ihre Meinung offen sagen sollen, natürlich nicht mit Ricks beleidigenden Worten? Sie hatte ein furchtbar schlechtes Gewissen, er war ein wertvoller, feinfühliger Mann. Die wirren Zeilen seines Gedichts gingen ihr noch einmal durch den Kopf, welch starke Gefühle mussten sein Inneres bewegt haben, als er versuchte, ihnen damit Ausdruck zu geben. Wie viel Hoffnung strahlte er aus, als er zuletzt im Silverspot auf ihre Kritik lauerte und sie das Gespräch in eine andere Richtung lenkte. Sie barg ihr Gesicht in beide Hände, musste weinen. Es half, etwas von der vermeintlichen Schuld wegschwemmen zu lassen. Hoffentlich überlebt er, war ihr einziger Gedanke. Länger saß sie regungslos im Sessel. Hatte es geläutet? Sie hob den Kopf, tatsächlich, fuhr sich über die feuchten, verquollenen Augen, schnäuzte sich und öffnete die Tür. Mattuschke stand da mit einer Tasse dampfender Schokolade, sogar ein Sahnehäubchen war darauf drapiert.

„Mir war plötzlich so, als hättest du Kummer, da hat bei mir heiße Schokolade immer Wunder gewirkt." Sie war total verwirrt, musste fürchterlich aussehen.

„Woher wusstest du denn …?" Er war schon verschwunden. Sie trank einen Schluck, das heiße Getränk war reine Medizin, genau das, was sie jetzt benötigte, flüssig warmen Trost. Der Mann war ein Goldstück und schien den sechsten Sinn zu haben. Ein dankbares Gefühl durchströmte sie, welch ein Glück, dass sie ihn kennengelernt hatte und hier wohnen durfte.

Louise besuchte Eric alleine. Rick wollte mit ihr gemeinsam die Klinik aufzusuchen, aber sie hielt das nicht für die beste Idee nach seiner verbalen Entgleisung. Sie hatte das unbestimmte Gefühl, dass sich Eric ein Gespräch mit ihr wünschte, die ihm damals, wenn auch nicht wirklich überzeugt, Hoffnung und Inspiration gegeben hatte. Bleich wie ihre Serviertücher lag er im Bett, angeschlossen an eine Infusion. Sie erschrak über seinen Anblick und die blutleeren Lippen. Als sie sich über ihn beugte, gab sie ihm einen Kuss. Seine Augen weiteten sich vor Verwunderung, dann legte er einen Arm um ihren Hals und drückte sie zart an sich.

„Dass du gekommen bist …?", stammelte er sprachlos. Seine Augen glänzten feucht. Louise hielt nur stumm seine Hand.

„Auch wenn wir nicht immer aufmerksam sind oder in angespannter Stimmung das falsche Wort wählen, achten und mögen wir dich doch als Freund und stehen zu dir, gerade in Niederlagen, die es für jeden von uns gibt. Uns allen platzt von Zeit zu Zeit ein Traum, was uns hart auf dem Boden aufschlagen lässt. Aber das darf nie das Ende der Träume und schon gar nicht das des Lebens bedeuten. Man lernt daraus, neue Träume zu bilden, die sich stärker der Realität annähern, Enttäuschungen oder Kritik besser zu verkraften und weitere Versuche zu starten. Dir steht so viel Schönes bevor Eric, der Abschluss deines Studiums, Liebe, Familie, Kinder, die dir aufs Haar gleichen, Erfolge im Beruf." Eric schniefte geräuschvoll.

„Man darf nicht bei der ersten schmerzhaften Niederlage resignieren. Glaub mir, aus jedem Kampf geht man stärker hervor, auch als Verlierer. Du musst mir versprechen, wieder Hoffnung zu schöpfen, musst wieder dichten, einen ganz neuen Stil finden. Wenn ich dir dabei helfen kann, gerne. Alle mögen dich, du bist ein selten lieber, feinfühlender und", sie lachte ihn verschmitzt an, „gutaussehender Mann, den sich viele Frauen sehnsüchtig wünschen. Und du hast die Sensibilität, Gefühle auszudrücken, ein Talent, mit Worten umzugehen. Schlag einen anderen Weg ein, versuche es mit schlichteren Versen, man muss nicht Shakespeare nachahmen, um ins Herz zu treffen. Das ist auch mit einfachen, aber den richtigen Worten möglich."

Eric nickte, sah sie lange an, sprach kein Wort. In seinen Augen erkannte sie Liebe.

„Danke Louise", hörte sie seine schwache Stimme, „du hast mehr für meine Lebensrettung getan, als die Ärzte."

Bevor sie ging, drückte sie ihm einen Kuss auf die Wange. Nachdenklich schritt sie über die Gänge dem Ausgang zu. Sie hatte gar nicht auf ihre Worte geachtet, das meiste, was sie sich vorgenommen hatte, zu sagen, vergessen und in diesen Minuten Herz und Eingebung sprechen lassen. Sie war guten Mutes, dass er körperlich und seelisch gesunden würde. Wie hart mögen ihn die gehässigen Kommentare getroffen haben und wie sorglos und oberflächlich hatte sie bisher gelebt.

Eine ganze Weile lauschte Eric noch ihren leiser werdenden Schritten auf dem Flur. Tränen überschwemmten seine Augen. „Louise, wundervolle Louise", flüsterte er vor sich hin, „du hast mir geholfen, mir die Lösung gezeigt."

Als sie zurückkehrte, hing ein Zettel an der Tür: ‚*Ich würde dich gerne am Samstagabend zum Essen einladen. Ich hoffe, du kannst kommen. Lieben Gruß und gute Nacht. H.*'

Eigentlich hatte sie nichts Bestimmtes vor, vielleicht in die Disco hineinschauen, aber das könnte sie auch am Sonntag tun.

Es war ein kleines gemütliches Treffen. Nur sie, Vera und er. Vera begrüßte sie so stürmisch, als hätten sie sich ewig nicht mehr gesehen. Angesichts des herzlichen Kontakts, gestattete sich auch der Hausherr einen Begrüßungskuss auf beide Wangen. Sie drückte ihm dankend die Kakao-Tasse in die Hand: „Sie hat mir das Leben gerettet."

Er grinste. „Bei mir hat er meistens geholfen, wir freuen uns, dass du kommen konntest. Stirbst du vor Hunger oder können wir vorher noch einen Champagner trinken?"

„Champagner für alle", sagte sie übermütig und nahm auf der weißen Ledercouch Platz.

Mirka, die Katze, schlich schnurrend an ihren Beinen vorbei. Vera war mit einem extravaganten schwarzen Leinenkleid, tief ausgeschnitten, erschienen, das sie sehr gut kleidete. Wahrscheinlich will sie ihn reizen, was bei diesem Outfit und ihrer blendenden Figur problemlos gelingen sollte, dachte Louise und schämte sich ihres locker sportlichen Aussehens. Sie trug Jeans, Bluse und einen Pullover, den sie sich auch vom gewährten Vorschuss geleistet hatte.

„Geschmackvoller Pullover, schöne gedeckte Farbe", hörte sie Mattuschke sagen, dann stießen sie miteinander an.

„Bist du verrückt Heinz, ‚*Roederer Cristal*', was gibt's denn heute zu feiern?", sagte Vera.

„Das Wiedersehen mit euch, ist das nicht Anlass genug?", entgegnete er zufrieden lächelnd.

Der Champagner schmeckte köstlich und trug Louise schon nach dem ersten Schluck in schwindelnde Stimmungshöhen. Die erwähnte Marke sagte ihr zwar nichts, aber es musste nach Veras Reaktion ein außergewöhnliches Getränk sein. Genießerisch nahm sie weitere kleine Schlucke und ließ sie auf der Zunge prickeln. Mattuschke sah zu ihr hin, zwinkerte mit den Augen, sagte aber nichts.

Nach einer feinen Suppe aus pürierter Petersilienwurzel mit Sahnehaube und gerösteten Pinienkernen, letztere nur für die Gäste, wurde das Hauptgericht serviert. Wieder war die gutaussehende Bedienung, die sie vom ersten Abend her kannte, engagiert. Diesmal trug sie normale ‚*klare*' Seidenstrümpfe. Während sie die Teller brachte, wehte ein herrlicher Duft herüber.

„Königinpasteten mit Ragout-fin", sagte er, „eins meiner Lieblingsgerichte aus der Jugend." Louise musste unwillkürlich lachen, konnte sich kaum noch beherrschen.

„Das gibt es doch nicht, du wirst es nicht glauben", sagte sie, „noch vor wenigen Tagen habe ich davon geschwärmt und es mir sehnlichst gewünscht. So langsam denke ich, du bist die männliche Fee, die jeden Wunsch erfüllt, der Geist aus der Flasche."

„Zu viel der Ehre, reiner Zufall, nimmst du feinherben Wein, Louise? Vera brauche ich nicht zu fragen, sie liebt trockenen Weißburgunder über alles."

Sie entschied sich für feinherben Rheingauer mit reizvoll lebendiger Fruchtigkeit und dachte, wie verrückt die Welt doch sein kann. Das musste sie unbedingt ihrer Mutter erzählen. Nach reichlich genossenem Wein und vorzüglichem Essen verabschiedeten sie sich. Vera küsste sie stürmisch auf den Mund, Louise schwankte leicht und musste kichern, als sie Veras Zunge zart auf ihren Lippen spürte. „Wir sind alle übermütig und beschwipst", dachte sie. Gemeinsam mit Mattuschke winkten sie, bis Vera im Taxi davongefahren war.

„Danke Heinz für den schönen Abend und das kulinarische Highlight, es war kötzlich, hm ... ich meine köstlich. Gute Nacht."

„Gute Nacht Louise", ein amüsiertes Lächeln umspielte seinen Mund, „danke für deine Gesellschaft, ich habe sie sehr genossen."

Er gab ihr einen scheuen Kuss. Sie schloss die Tür auf, was erst im dritten Anlauf gelang, tanzte ausgelassen durch ihre Wohnung, zog ein Kleidungsstück nach dem anderen aus, ließ es fallen, wo sie es gerade abstreifte oder mit dem Fuß hinschleuderte und tanzte nackt zu schwungvoller Reggae Musik. Es tat gut, übermütig zu sein, zumal sie gute Nachrichten von Eric hatte, der bald entlassen werden sollte und neuen Mut geschöpft hatte. Nach einer Weile hüpfte sie ins Bad, schnitt Grimassen im Spiegel und vertrieb den guten Weingeschmack mit dem Pfefferminzaroma der Zahnpasta. Ein leises Quietschen ertönte, wie von Katze Mirka. Wenn sie jetzt hier wäre, würde sie die Verschmuste glatt mit ins Bett nehmen.

Auch Mattuschke ging zu Bett, der Abend hatte ihm gut gefallen, vor allem der allerletzte Teil. Er war sehr zufrieden. Genüsslich ließ er eins der letzten Plätzchen am Gaumen schmelzen. Geschmack der Kindheit. Er schloss die Augen, seine Gedanken glitten von der Gegenwart zurück in die Welt der Erinnerungen, zu Bildern der Vergangenheit, die ihm durch den Kopf gingen.

Er war etwa zwölf Jahre. Eine Sondergenehmigung erlaubte es, der Schule fernzubleiben; allerdings mussten Britta, er und zwei weitere Mädchen den Stoff mit einem Hauslehrer erarbeiten, was schneller und effektiver gelang, als in einer Klasse, die damals meist mit mehr als vierzig Kindern bestückt war. Er war an allem interessiert und lernte schnell. Das meiste hatte er sich ohnehin selbst beigebracht. Seine ersten zehn Jahre waren ganz entscheidend für die persönliche Entwicklung. Schon seit geraumer Zeit versuchte sein Vater, ihn auf das Artistenleben vorzubereiten, vermittelte Zaubertricks und ließ ihn die Fingerfertigkeit üben. Er war nicht untalentiert, aber es schien nicht auszureichen für eine spätere Karriere. Gleichgewichtsübungen absolvierte er auf schmalen Balken, dann auf dem Schlappseil, aber es sah ängstlich und wackelig aus. Seinen Wunsch, mit Ricardo und den Löwen zu üben, schlug sein Vater ab, es sei zu gefährlich. Daraufhin ließ er ihn mit Messern trainieren, sicher auch nicht ungefährlich, er warf nicht schlecht, aber zu unbeständig. Selbst nach mehr als einem Jahr zeigte sich weder Konstanz noch Verbesserung. Auch die Jonglage mit Keulen, Tellern, Diabolos oder Bällen war nicht seine Sache. Trotz des Verbots schlich er immer wieder zu den Löwen und war oft unerlaubt im Käfig dabei, wenn Ricardo mit ihnen übte. Beide liebten die Tiere. Jedes Mal beim Training und während der Vorführung standen Assistenten mit der Gabel bereit, notfalls einzugreifen, etwa, wenn Ricardo auf den Boden fallen sollte. Sie hatten vor allem auf seine Rückenseite zu achten. „Eins musst du dir merken Heinz", sagte er nach einer Trainingsstunde, in der es ihm schwer fiel, sich wie gewohnt zu konzentrieren. Er hatte schlechte Nachrichten von seiner Mutter erhalten, die sich einer gefährlichen Operation unterziehen musste und gerade unter dem Skalpell lag: „Du darfst dem Tier an keinem Tag Launen zeigen, es muss sich hundertprozentig auf dich und deine Performance verlassen können, sonst verliert es sein Vertrauen."

„Du meinst, wenn du grundlos zornig wirst oder es tadelst, obwohl es nicht berechtigt war?", fragte er.

„Genau, dann werden die Tiere misstrauisch und verlieren den Respekt vor dir." Er lachte und fuhr ihm durch die Haare wie eine Löwenmähne.

„Die kennen dich besser als du glaubst, denen kannst du nichts vorspielen, das musst du dir immer wieder sagen, aber was soll's, du bist ja selbst ein halber Löwe, Heinz."

Vorübergehend half er Morello, dem Clown aus, was ihm Spaß bereitete, aber keine Zukunft versprach. So blieb sein Vater in abwartender Haltung, wie er es ausdrückte, um seine Entwicklung zu beobachten. Er half gerne, wo Hilfe gebraucht wurde, bei den Elefanten, Löwen, Tigern, Affen und Zebras. Am liebsten allerdings bei den Pferden mit der Aussicht, Sina zu sehen und ein paar Worte mit ihr wechseln zu können. Inzwischen ritt er zwar ganz passabel, aber ob er das Talent hätte, einmal Kunstreiter zu werden, war nicht einzuschätzen. Er füllte Futter und Wasser in die Tröge, half beim Ausmisten, sprang überall ein, wo Hilfe gebraucht wurde und fuhr häufig mit der Vorhut voraus, um die Unterkünfte für die Tiere, das Küchenzelt und das der Bäckerei aufzubauen, mit Futter und Vorräten zu bestücken, damit die hungrigen Arbeiter und Ankömmlinge sich sättigen konnten. Es waren robuste Gestalten, die den Aufbaujob ausführten. Ihre Oberarmmuskeln konnten jedes T-Shirt sprengen, wenn sie es darauf anlegten. Sie schlugen mit schweren Hämmern die Pflöcke ein, richteten Masten und Balken mit Seilwinden auf, zurrten und verankerten die Taue, damit die Zelte sicher standen und windigem Wetter trotzen konnten. Sie kannten jeden Handgriff, wussten alle auftretenden Probleme zu lösen, montierten Gradin, Logen, Scheinwerfer und die Geräte für Trapezflieger und Artisten am Vertikalseil.

Alles vollzog sich in einem hämmernden Gleichklang, lauten Kommandos, Fluchen, Rauchen und Spucken von Tabaksaft. Ihm, den alle mochten, war bald kein Fluch oder Schimpfwort mehr fremd, auch wenn er von vielen nicht die Bedeutung kannte. Abends spielte er heimlich Poker mit ihnen. Die, die ihn anfangs geringschätzig belächelten, wurden schnell eines Besseren belehrt. Hier kam ihm seine Fähigkeit, in ihren Kopf zu schauen, Reaktionen vorauszuahnen, ideal zu Gute. Half Bluff den meisten, ihre Mitspieler zu verunsichern, bewirkte er bei ihm das Gegenteil - er wurde zu einem verräterischen Werkzeug, dessen er sich gerne bediente, um Gedanken und Karten der Mitspieler wie ein offenes Buch zu lesen. Er verlor sehr selten und auch nur bei außergewöhnlichen Kartenkonstellationen. Schon in jungen Jahren erwarb er sich den Ruf eines eiskalten, fast unbezwingbaren Zockers.

„Warum übt ihr eigentlich diesen gefährlichen Beruf aus?", wollte er von den Eltern wissen, „genügt die Zauberei nicht, muss es das Messerwerfen sein?"

Aus eigener Erfahrung wusste er inzwischen, wie schnell ein Messer ausrutschen und sein präzises Ziel verfehlen konnte. Sein Vater hatte die Spannung inzwischen noch erhöht, indem er sich die Augen verbinden ließ und auf die drehende Scheibe warf. Ein Risiko, das Heinz zu hoch einschätzte.

„Merke dir, mein Junge, in der Manege sind deine Eltern ein beachtlicher Prozentsatz ‚Wir', die nicht nur ihr Können, sondern auch den Nervenkitzel des Risikos verkaufen. Dafür ist das Publikum bereit zu zahlen, der Direktor willens, uns einzustellen. Zu unserem ‚Wir' gehört das Unwägbare, das Verdrängen der Angst, das Spiel mit der Gesundheit untrennbar dazu, ebenso bei Wackernagels, den Raubkatzendompteuren, Feuerschluckern, Rennfahrern und anderen. Ihre Geschicklichkeit oder Perfektion alleine reicht nicht, es ist schön anzusehen. Das Spiel mit dem Risiko oder dem Tod ist es, was die Leute daran fasziniert."

Er sprach mit Heidrun darüber.

„Ich kann deine Befürchtungen verstehen, Heinz, aber so ist es einmal bei den Artisten. Das Vertrauen in ihre Fähigkeit und Konzentration macht sie sicher, bis an die Grenze des Risikos, auf dem schmalen Grat gehen zu können. Sie brauchen die atemlose Spannung, die vom Publikum ausgeht, sie sind süchtig danach. Solange sie sich nicht überschätzen, ist das in Ordnung. Problematisch wird es immer dann, wenn sie nicht spüren, wann das Risiko zum Unkalkulierbaren wird oder Überheblichkeit einsetzt. Ein großer Artist ist immer selbstbewusst, aber ebenso demütig."

Er lauschte ihren Worten. „Pudel-, Elefanten-, oder Pferdedressuren sind aber weniger gefährlich und trotzdem locken sie die Leute an."

„Da reizt weniger das Risiko, sondern das Außergewöhnliche, das man sonst nie sehen kann, wie bei den Elefanten, überraschende Kunststücke, die man Hunden und Pferden beibringt und auch deren unnachahmliche Eleganz."

„Wie findest du Sina, Harry und ihre Dressurnummer?", lenkte er das Gespräch in diese Richtung.

„Da kommt vieles zusammen, die Eleganz dieser Geschöpfe, ihre außerordentliche Gelehrigkeit, die Kunst derjenigen, die sie dressieren und deren Grazie. Das Gesamtbild der ästhetischen Bewegungen und die vertrauensvolle Hingabe des Tiers dem Menschen gegenüber ist es, was den Zuschauer bewegt und fesselt. Dass ein Mensch es fertig bringt, natürliche Meidereaktionen eines Pferdes auszuschalten, und es im Vertrauen darauf, dass er ihm nichts Böses abverlangt, ungewöhnliche Dinge tut. Das geht nur über eine ganz enge Verbindung von Mensch und Tier und über das Prinzip der Belohnung, nicht der Bestrafung. Hast du gesehen, wie behutsam Sina die Peitsche einsetzt? Sie ist eine zierliche Königin in der Manege, außergewöhnlich schön und ein Goldstück von Mensch. Sie hat eine reine Seele."

Er musste aufpassen, sich nicht durch allzu große Begeisterung zu verraten. Heidrun wirkte plötzlich wie in weiter Ferne und flüsterte: „Sie ist fast unwirklich schön, wenn sie in die Manege schreitet, man möchte den Atem anhalten, ihr Gang, ihre Ausstrahlung und das wundervoll fließende blonde Haar ... Haare, wie ‚*getrocknetes Wasser*'."

Sie blickte versonnen in den Raum und dachte wohl, wie ihr Leben verlaufen wäre, wenn sie wie diese junge Frau mit ebensolcher Schönheit auf die Welt gekommen wäre und nicht als zur Schau gestelltes menschliches Monstrum. Beide schwiegen eine Weile, in der jeder seinen Gedanken nachhing. Er sah Sina vor sich, hatte ‚*trockenes Wasser*' weder gesehen, noch die Beschreibung je gehört und war tief beeindruckt. Was Heidrun alles wusste, dabei war nur ihr Körper so ungeheuer dick, ihr Kopf eher normal und damit wohl auch der Umfang ihres Hirns. Er wollte sie nicht nach der Bedeutung fragen, um nicht dumm zu erscheinen, nahm sich aber vor, diesen Begriff zu behalten, er passte in seiner mystischen Unerklärbarkeit zu der geheimnisvollen Ausstrahlung dieser überirdisch schönen Frau mit der reinen Seele, für die er sein Leben geben würde. Heidrun dagegen war eine ‚*jolie laide*' für ihn, den Ausdruck hatte er von Morello gehört. Eine ‚*schöne Hässliche*', eine Frau, so liebenswert und sympathisch, dass sie allein dadurch hübsch wird und ihren unförmigen Körper vergessen macht.

Ganz in Gedanken schlich er zurück. Sie hatten an einem neuen Spielort Quartier gemacht, die Vorstellungen würden morgen beginnen, die meisten waren mit den Vorbereitungen beschäftigt, bis eben hörte man noch Hammerschläge, das Knarren von Transportwagen und die heiseren Schreie der Arbeiter beim Entladen des Materials und der Tiere. Der Kartenvorverkauf war phantastisch gelaufen und hatte alle in gute Stimmung versetzt. Er schlenderte an Sinas Wohnwagen vorbei, unwillkürlich spürte er, wie sich sein Herzschlag steigerte. Im hinteren Teil brannte Licht, die Gardine stand einen Spalt offen. Er schlich sich im Dunkeln heran und stieg auf die schmale Seitenleiste, um einen Blick hinein zu werfen. Sina war allein, sie stand im Schlafraum und kämmte sich das lange, glänzend fließende Haar mit einer Bürste. Gleichmäßig und ausladend waren ihre Bewegungen. Vom Scheitel bis zu den Haarspitzen teilte die Bürste ihr feines Haar in Strähnen. Heinz war von ihrem Anblick gebannt. Wie gern würde ich das tun, dachte er. Sie bürstet sie mit derselben Ausdauer und Eleganz wie den langen Schweif ihrer edlen Pferde. Bei diesen war alles echt, aber es gab noch eine weitere Nummer mit kleineren Araber-Pferden, die von Samuel präsentiert wurde. Er hatte die Schweife der Pferde mit eingeflochtenen Haarteilen geschönt. Was soll's, der Zuschauer erwartet schließlich Illusionen von einem Zirkus. Zwei Klammern hielt Sina zwischen den Lippen fest und steckte mit einer geschickten Handbewegung von hinten ihr Haar zusammen. Er mochte sich von diesem Schauspiel kaum lösen, konnte aber nicht länger auf der Leiste stehen bleiben, die nur Platz für seine Zehenspitzen bot.

Er sprang ab; in der Nähe fand er einen Holzklotz, den er bis zum Wagen rollte. Vorsichtig sah er sich um, bevor er ihn bestieg. Von außen war er kaum zu sehen, der Wagen stand zurückversetzt neben einem Baum, dessen Äste ihm Deckung boten. Wieder blickte er durch den Spalt, Sina hatte die Bürste aus der Hand gelegt und die Bluse aufgeknöpft. Aus der Klappe des Einbauschranks nahm sie ein seiden schimmerndes Hemd und legte es auf das Bett. Dann zog sie ihre Bluse aus. Den Rock löste sie am Bund, ließ ihn hinunterrutschen und angelte ihn geschickt mit dem Fuß, der ihn auf das Bett beförderte. Jetzt stand sie im matten Schein der Deckenlampe nur in weißem Slip und hauchdünnem BH. Röte stieg in ihm auf, sein Kopf wurde heiß, es hämmerte in den Schläfen. Sie griff hinter den Rücken, öffnete den Verschluss und streifte den BH geübt über Schultern, die vorgestreckten Arme und Hände. Er sah die zartgebräunte Haut, die runden Brüste mit großen Höfen, nicht üppig, auch nicht klein, ideal zu ihrer zierlichen Figur passend. Sie drehte sich um, so dass er sie von vorne sah und das Gefühl hatte, sie greifen und berühren zu können. Leicht wippten sie auf und ab, während ihrer eleganten Bewegungen. Unwillkürlich wich er zurück und zog den Kopf zur Seite. Wenn sie ihn entdecken würde, nicht auszudenken, das durfte er nicht riskieren.

Er wartete einige Sekunden, dann schob er seinen Kopf vorsichtig an den Spalt des Vorhangs. Sie stand jetzt vor dem Spiegel und cremte sich mit einer Lotion ein. Er sah, wie ihre Hände über die glatte Haut glitten, die Brüste leicht anhoben, um das Fluid zu verteilen, sie wieder absenkten, mit einer artistischen Verrenkung Schultern und Rücken bedachten, dann die Seiten und den flachen Bauch. Er atmete schwer, die starke Erregung, die ihn erfasste, war kaum auszuhalten. Jetzt erinnerte er sich wieder an das Kindheitserlebnis unter dem Bett, als er Lavinia beim Umziehen überraschte und nackt sah. Schon damals hatte er eigenartige Aufregung gespürt, die er nicht erklären konnte, jetzt empfand er sie wieder, ungleich stärker, sie drohte ihn zu übermannen. Er hielt sich an der Wand des Wagens fest, drückte sein Gesicht nah an das Fenster, um sich keine ihrer Bewegungen entgehen zu lassen. „Haare wie getrocknetes Wasser", murmelte er leise vor sich hin. Dann streifte sie den Slip ab, zog ihn erst über das eine, dann das andere Bein und pflückte ihn vom Fuß. Sie stand völlig nackt vor ihm. Der Anblick traf ihn wie ein Blitz; eine Welle des Begehrens fuhr ihm wie ein plötzlicher Windstoß durch den Körper. Vollkommen erschien sie ihm in ihrem natürlichen Kleid. Lang fielen blonde Strähnen über eine Schulter, den Rest hielten die Klammern fest. Sanft rundete sich ihr Körper, ging in einen wohlgeformten Po über. Sie setzte sich auf das Bett, schlug die Beine übereinander und begann, die Oberschenkel einzureiben. Er zitterte, musste seinen schnellen Atem drosseln. Unbeschreiblich, was seinen Augen geboten wurde, aufregend, sie heimlich und ohne ihr Wissen beobachten zu können, dass er aufstöhnte. Es pochte in seinem Leib. Jetzt stand sie auf, cremte mit langsamem Kreisen ihr Gesäß ein, setzte einen Fuß auf die Bettkante, um ihren Unterschenkel zu erreichen. Als sie den Fuß wechselte, drehte sie sich ihm zu, er sah das zierliche dunkelblonde Dreieck, sah wie sie ihre Beine öffnete, anwinkelte, um mit der erregenden Behandlung fortzufahren. Er glaubte, vor Schwindel vom Holzklotz zu fallen, noch schneller raste sein Herz. Was war das? Er presste die Hand fest in seinen Schritt, musste sich beherrschen, um nicht laut aufzuschreien. Der erste Höhepunkt seines Lebens.

Zitternd lehnte er an dem Wagen, während Sina die Arme hob, einen letzten Blick auf ihre ästhetischen Brüste bot und das bereitliegende Nachthemd über den Kopf streifte. Kurz danach erlosch das Licht. Mit wackligen Knien sprang er vom Klotz, rollte ihn von der verräterischen Stelle weg und machte sich benommen auf den Weg nach Hause. Ein Gefühl von Glück und eigenartiger Schwäche durchströmte ihn, hoffentlich begegnete er jetzt niemandem, die Aufregung war ihm ins Gesicht geschrieben.

Er hielt die heiße Haut in den kühl aufkommenden Nachtwind, der das trockene Laub raschelnd vor sich hertrieb und spürte, wie sich seine erregten Gedanken langsam beruhigten. Er schämte sich, Sinas Intimität ausgenutzt zu haben. Das heimliche Beobachten kam ihm jetzt wie Verrat an ihr vor. Und dennoch war das Erlebnis, der Reiz, der von dieser unbemerkten Betrachtung ausging, so stark, dass er über Scham und Gewissensbisse siegte und wohl immer siegen würde. Schon damals wurde ihm unbewusst klar, dass dies eine Schwäche im Leben sein würde, obwohl er früh bemüht war, jede, die aufkam, auszumerzen. Nach Lavinias köstlichen Plätzchen, die ihn alle Vorsätze brechen ließen, war dies eine zweite, der er nicht Herr zu werden fürchtete. Er nahm sich fest vor, das, was er heute getan hatte, nie mehr zu wiederholen. Augenblicklich fühlte er sich besser. Dann fiel ihm ein, dass er Sina nun nie mehr so unbefangen begegnen könnte wie bisher. Der Gedanke verursachte Bauchschmerzen, sie nach diesem Erlebnis wieder zu sehen. Ob sie ihm etwas anmerken würde?

Noch immer zitterten seine Beine leicht. Er setzte sich auf einen Holzstapel, die Bretter fühlten sich noch warm an, hatten die Sonne des Nachmittags gespeichert und dachte nach. Sein Blick streifte das wuchtige Hauptzelt, das ‚*Chapiteau*‘, wie es Zukolowski nannte, weshalb ihm die Artisten das Wort als ‚*Nickname*‘ verpassten. Jedenfalls gebrauchte Harry, der schon in Amerika gewesen war, diesen Ausdruck. Wunderschön und geheimnisvoll wirkte die Beleuchtung des ‚*Chapiteaus*' gegen den nächtlichen Himmel. Tausende Lämpchen zeichneten die Konturen des riesigen Zelts, die bunten Fähnchen, die geschwungene Schrift und abfallenden Flanken nach, eine prächtige Illumination, die ihm jedes Mal das Herz weit machte, wenn er sie sah.

Aber ein Zirkus besteht nicht nur aus Illumination, Kunst und Romantik. Es gibt auch die Seite, die dem begeisterten Zuschauer verborgen bleibt. Tod von Mensch und Tier, persönliche Schicksalsschläge, die keinen Auftritt mehr erlauben, Katastrophen wie das Verbluten seiner Mutter im Zirkuswagen, finanzielle Sorgen, wenn das Gastspiel nicht einmal die Kosten für Platzmiete und Futter einspielt, Missgunst auf den Erfolg anderer. Dazu der nicht einfache Umgang unterschiedlichster Menschen auf engstem Raum, eingesperrt in eine wandernde Zeltstadt ohne festen Ort und schützende Palisaden. Eingebettet in die strenge Zirkushierarchie des reisenden Kosmos, der vor keinem Leid, keiner Niederlage halt machen darf. Vieles hatte er miterlebt. Wenn seine tierischen Freunde morgens tot im Käfig lagen, an Gegenständen verendet, die Besucher ihnen während der Tierschau zuwarfen, das edelste Pferd an einer Kolik starb oder erschossen werden musste, Artisten verunglückten, Arbeiter sich verletzten, wie Jonas, der ihm immer das dichte Haar durchwuschelte. Er konnte einem schlecht verankerten Gittermast nicht schnell genug ausweichen und wurde erschlagen.

„Der Zirkus ist eine einzige Familie", sagen alle, aber wie in jeder Familie gab es auch hier Auseinandersetzungen, die den Ablauf störten und geklärt werden mussten. Oft konnte er selbst in solchen Fällen schlichten und beruhigen. Er kannte ja alle und sie mochten ihn. Natürlich gab es unverzeihliche Verstöße, wenn jemand stahl, Kameraden betrog, Eifersuchtstaten und sexuelle Übergriffe erfolgten. Ehernes Zirkusgesetz war es, diese Entgleisungen selbst, sozusagen innerfamiliär, zu lösen und angemessen zu bestrafen, bis hin zum Ausschluss aus der Familie. Er war erst wenige Jahre alt, konnte sich aber noch gut an die Aufregung erinnern, als Sissy, das Schlangenmädchen, von einem der Vorhutarbeiter überfallen, verletzt und vergewaltigt wurde. Noch am selben Abend verschwand der Täter spurlos und tauchte nie mehr auf, obwohl Geld und Sachen zurückblieben. Da es ein Herumtreiber war, von dem man den richtigen Namen nicht kannte, fragte keiner nach ihm, auch die Polizei nicht. Später erzählte Gregorius nach heftigem Gelage, man habe ihn im Kofferraum eines Schrottautos zusammenpressen lassen. Ob es tatsächlich so war, ließ sich niemand je entlocken. Dagegen mutete die Geschichte von Imre, dem ersten Trompeter des Zirkusorchesters, einem Ungarn, dem ein gehörnter Ehemann heimlich in die Trompete schiss, geradezu harmlos an, obwohl er, der kleine Heinz, es damals als schändliches Verbrechen empfand.

Boris Plonsky kam mit schweren Schritten vorbei, grüßte kaum und heftete seinen mürrischen Blick auf den unebenen Boden des Geländes. Man hörte ihn schon lange, bevor man ihn sah, an seinem ständigen Husten

„Wie geht's Boris, hab dich langer nicht gesehen?"

„Hast auch nichts versäumt", war die brummige Antwort. Er musste lachen, der Feuerschlucker war der einzige, dessen unfreundlich mürrische Art selbst er nicht zu knacken wusste. Ein typischer Einzelgänger, Eigenbrötler und Menschenhasser, er lebte in seiner Feuerwelt und war, wie Medusa glaubte, mit dem Teufel im Bund.

„Riechst du nicht, dass er nach Schwefel stinkt?", wollte sie ihn einmal überzeugen. Als Kind war er daraufhin tatsächlich in den Wohnwagen geschlichen, um an dem schnarchenden Riesen zu riechen. Aber außer Benzin- und fürchterlichem Schweißgeruch war ihm nichts Höllisches aufgefallen. Als er wieder hinauskriechen wollte, entdeckte ihn Boris, verpasste ihm eins auf den Hosenboden, hielt ihn mit seiner kräftigen Faust in die Höhe und versprach ihm: „Wenn ich dich noch einmal in meinem Wagen erwische, du Knirps, dann werfe ich dich auf die Spitze des Hauptzeltes, wo du bei Wind und Wetter hängen bleibst, bis die Männer es wieder abschlagen." Dann ließ er ihn in eine riesige Tonne fallen, aus der er erst Stunden später befreit wurde. Heinz hatte keinen Zweifel, dass er seine Worte in die Tat umsetzen würde und mied ihn fortan wie die Pest. Boris war Russland-Deutscher, was er früher gemacht hatte, war nicht aus ihm herauszubekommen. Zukolowski hing in besonderer Weise an ihm. Wer weiß, welche Dienste ihm der verschwiegene Herkules schon erwiesen hatte. Er war zwei Meter groß, hatte die Brust eines Gorillas, wog mehr als zweieinhalb Zentner, ohne fett zu wirken. Die Brust war mit schwarzem Kraushaar bedeckt. In seinen unheimlich blickenden Augen unter vorgewölbten Brauen, schien ständig ein Feuer zu lodern. Als Kind dachte er, Boris bewahre das für seine Kunststücke verwendete, dort auf.

Im Zirkus trat er als *Boris Pyrophoris, die lebende Fackel* auf und war eine Sensation. Er betrat die Bühne wie Aladin mit der Wunderlampe, in Pumphosen, Schnabelschuhen, einem breiten Gürtel um die Hüften und freiem Oberkörper, nachdem er sein Bolero ähnliches Lederwams mit theatralischer Geste in die Manege geschleudert hatte. Zwei Fackeln mit langen, zitternden Flammen brannten neben ihm. Er griff nach einem Becher, wandte sich kurz ab, nahm einen kräftigen Schluck, hielt eine Fackel vor den Mund und stieß unter dem überraschten Aufschrei des Publikums meterlange Feuerzungen aus, die jedem Drachen zur Ehre gereicht hätten. Der aufgenommene Vorrat an brennbarer Flüssigkeit schien riesig zu sein, denn er wiederholte das Schauspiel mehrmals, ohne erneut zum Becher greifen zu müssen. Zum Schluss spie er zur Verwunderung des Publikums Feuerstöße in der Form miteinander verbundener Herzen. Dann spülte er den Mund mit Wasser, ließ Flammen auf der fettglänzenden Haut seiner Oberarme tanzen, warf brennende Fackeln wie ein Jongleur durch die Luft, spie wieder Feuer in gelber und dunkelroter Farbe und löschte die Fackeln am Schluss in seinem weit aufgerissenen Rachen. Anschließend stank das Zelt nach Rauch, Paraffin und versengten Haaren, das Publikum aber tobte. Er verbeugte sich kurz, ließ noch einmal die Muskeln spielen und verließ die Manege ohne Lachen oder freundlichen Blick.

Wenn Boris Alkohol trank, was nur gelegentlich nicht vorkam, schnarchte er wie eine Armee nach heftigstem Kampfeinsatz. Es ist nicht erfunden, dass Mira Bellenbaum, eine neue Artistin, die sich in der Nähe seines Wagens aufhielt, wirklich glaubte, das ohrenbetäubende Fauchen und Schnarchen stamme von einem entlaufenen Löwen. Erst nachdem sie das ganze Lager verrückt gemacht hatte, weil man zunächst verstand, sie habe den Löwen gesehen und nicht nur gehört, klärte sich der Irrtum auf. Ihr war zu Gute zu halten, dass sich das Schnarchen tatsächlich alles andere als menschlich anhörte. Noch Jahre später wurde Mira nicht nur mit ihrem kompatiblen Namen, sondern auch mit dieser Geschichte gehänselt.

Wenn man es genau nimmt, war Boris Feuerspucker und -schlucker in einer Person. Oft hatte er ihm beim Üben und in den Vorstellungen zugesehen. Früher verwendete er Benzin, dann hochgereinigtes Petroleum, spie es so in die brennende Fackel, dass ein feiner Sprühnebel entstand, der sich wie ein Feuerschweif entzündete. Da er sich dabei zurücklehnte und die Flamme nach oben stieß, bestand immer die Gefahr, dass sie in seinen Mund zurückschlagen oder er das giftige Öl schlucken könnte. Einige Brandnarben in dem grobkörnigen Gesicht zeugten davon. Spektakulär war jedes Mal das Finale, wenn er die brennenden Fackeln in seinem Mund löschte und für den Betrachter zu schlucken schien. Dabei hatte er ihn genau beobachtet. Eine Weile bevor er die Fackel zum Mund führte, hielt er die Luft an, so dass sich der Kohlenmonoxidgehalt im Atem konzentrierte und die Flamme beim Ausatmen erstickte. Sicher stammte der dauernde Husten von den über Jahre hin eingeatmeten heißen Dämpfen.

Er stand auf, ging zum elterlichen Wohnwagen und legte sich ins Bett. In der Nacht suchten ihn verführerische Bilder von Sinas elfenhaftem Körper heim, das blonde Haar quoll üppig aus ihrem Kopf, floss langsam über sein Gesicht, den Körper, das Bett und erstarrte am Boden zu trockenem Wasser. Unruhig wand er sich im Schlaf.

Max Zukolowsky, das ‚*Chapiteau*‘, wurde ein Opfer guten Appetits und mangelnder Bewegung. Er erlitt einen Herzinfarkt, ausgerechnet in der Galavorstellung mit den Honoratioren der Stadt, die sich ohne Eintrittsgeld in den Logenplätze aalten. Gottlob ereilte es ihn unmittelbar vor der großen Pause, als er auf den Schoß des Bürgermeisters sank, so dass man ihn ohne großes Aufsehen hinausbringen und das Ganze als vorübergehende Unpässlichkeit verkaufen konnte.

Zu dieser Zeit war Mattuschke auf Wunsch seiner Eltern in einem Internat untergebracht; just an diesem Tag begannen die großen Ferien, so dass er gleich am nächsten zum momentanen Standort reisen konnte. Er freute sich auf die Zeit mit den Eltern, die Zirkusluft, die er so gerne schnupperte, auf Britta, die inzwischen eine der großen Attraktionen war und natürlich Sina, die ihm nicht aus dem Kopf gehen wollte. Während einige der Mitschüler stolz auf erste Erfahrungen mit Mädchen zurückblickten, hatte er nur seine erotischen Beobachtungen und hielt sich bei den Gesprächen bedeckt, um nicht als unwissend zu gelten.

In unmittelbarer Nähe des Internats war ein Mädchenpensionat, von Nonnen geleitet und streng bewacht. Die Lehrer sprachen etwas despektierlich von dort untergebrachten ‚*höheren Töchtern*‘.

Zu den Gebäuden gehörte ein separates Häuschen, in dem Wäsche gewaschen und Badetag abgehalten wurde. Die Gebäude, auch Kloster und Kirche, lagen hinter hohen Mauern vor Blicken geschützt, nur das Badehaus bildete den seitlichen Abschluss des Areals und war als einziges nicht von einer Mauer umgeben. Es war kein Geheimnis, dass an jedem Freitag Wasch- und Badetag war. Schon am Morgen wurden die Öfen mit Brennmaterial gestopft, die Kessel mit Wasser gefüllt, bald stieg weithin sichtbarer Rauch aus dem Schornstein, Schwaden milchigen Wasserdampfs quollen aus den Fenstern und verbreiteten ihr seifiges Odeur. Im Anschluss an die Wäscheaktion, die ihn an die Geschäftigkeit im Waschzelt erinnerte, begannen die Badeexerzitien nach strengen Regeln. Mehrere Zinkwannen mit dampfendem Wasser, aus dem Fichtennadelduft bis hin zum Internat kräuselte, standen bereit, an den Wänden waren Waschbecken angebracht, daneben harrten Duschen, aus denen nur kaltes Wasser floss, auf die Mutigen. Sechs Mädchen wurden in den Raum hineingelassen, sobald sie Dusche und warmes Bad hinter sich hatten, durfte die nächste Abteilung antreten. Seit er von diesen Ritualen erfahren hatte, reizte es ihn, hinter die Kulissen zu schauen und das Spektakel zu beobachten.

Im Herbst, als alle zum Pilze suchen in die nahen Wälder ausschwärmten, schlich er heimlich zurück und untersuchte die Außenwand des Badehauses. Sie bestand nicht aus den dicken Bruchsteinen der umlaufenden Mauer, sondern einer dünnen Ziegelsteinwand, die er auf brüchige Stellen hin abklopfte. An einigen war der Mörtel herausgebrochen, an anderen, Ecken aus den gebrannten Flachsteinen. An einer Stelle, an der Tannenzweige bis an das Mauerwerk heranreichten, entdeckte er einen Ziegel, der kaum noch von Mörtel gehalten wurde. Er rückte einen Baumstumpf herbei und begann, die Schicht mit einem Draht herauszukratzen. Mit dem Ergebnis war er zufrieden, der Ziegel lag außen bereits frei in der Wand, wurde lediglich noch von innen oder dem Innenputz gehalten. Den Baumstumpf versteckte er so unter der Tanne, dass er nicht gesehen werden konnte.

Beim nächsten Waldausflug steckte er Messer und zwei Gabeln ein, mit deren Hilfe es gelang, den restlichen Mörtel wegzukratzen, den Ziegel an jeder Seite zu lockern und herauszuziehen. Er war auch von der anderen Seite unverputzt. Natürlich würde es auffallen, wenn er ihn ganz zum Beobachten entfernen würde, er musste ihn teilen, so dass nur eine kleine Lücke entstehen würde, die man von innen nicht bemerkte. Ein Glück, dass die Tannenzweige Schatten an diese Stelle warfen, so dass tagsüber kein verräterischer Sonnenstrahl nach innen fallen könnte. Aber wie sollte er den Ziegel ohne splittern in ungleiche Teile spalten? Der Zufall half ... An der Einfassung des Petersilienbeetes entdeckte er zwei Ziegelstücke, sauber gekantet, die genau seiner Vorstellung entsprachen. Er ließ sie in die Tasche gleiten. Jetzt würde sein Vorhaben gelingen. Vor Aufregung konnte er kaum noch schlafen. Die gefundenen Stücke polierte er glatt und ersetzte damit den Wandziegel. Sie passten exakt. Die Premiere konnte er kaum erwarten. Der Freitag kam, alles war vorbereitet, aber es regnete in Strömen, die Attacke musste abgeblasen werden. Eine ganze Woche warten: Die Zeit verging quälend langsam. Endlich war es soweit. Er hatte sich Fett aus der Küche besorgt, mit dem er die untere Fläche der Stücke einrieb, damit ein geräuschloses Verschieben gewährleistet war, dann blickte er hindurch.

Noch konnte er im Wasserdampf nur schemenhafte Umrisse erkennen, die sich erst langsam verdeutlichten. Jetzt sah er, wie die Mädchen ihre Bademäntel auszogen, sich unter der kalten Dusche wuschen, heraustraten, mit vor Kälte erhabenen Brustwarzen, in das warme Wasser stiegen und ihre nackten Körper anschließend in großen Tüchern trockneten. Wieder überfiel ihn das aufregende Gefühl, ein Fieber, das in ihm wütete, wie bei der Jagd, dachte er, wenn plötzlich ein Reh in voller Anmut vor dem Jäger steht und dieser kaum mehr zu atmen wagt, aus Angst, den unwiederbringlichen Anblick und die Chance zum Schuss zu verlieren. Andere kamen, ältere, mit voll entwickelten Brüsten und kräftigerer Intimbehaarung. Obwohl sie in ihrer natürlichen Nacktheit alle anmutig und schön waren, gefielen ihm nur einige; manche Figuren waren nicht für die ästhetische Präsentation nach seinen strengen Maßstäben geschaffen. Die dünnen, deren Knochen sich vorwitzig zeigten, die übermäßig dicken, deren Körperkonturen in Molligkeit verschwammen, die schwarzhaarigen, wenn Arme und Beine so mit Haaren bedeckt waren, dass sie, dem Wasser entstiegen, wie dünne Würmer auf der Haut lagen. Bei manchem Anblick musste er sich sofort abwenden, um seine bekannten allergischen Reaktionen zu vermeiden. Einige jedoch gefielen ihm so sehr, dass er sie tagelang hätte beobachten können, ihre erhitzten Gesichter, jede Biegung ihres Körpers, jede Stelle der glatten rosigen Haut, jede Bewegung, jedes Härchen. „Wie unbeschreiblich reizvoll hat Gott doch die Frauen erschaffen", stöhnte er leise vor sich hin, „als ewig lockende Versuchung, als Belohnung unserer Augen." Einige Male konnte er das Schauspiel, auf das er die ganze Woche mit wachsender Ungeduld wartete, heimlich genießen und sich unbemerkt davonschleichen.

Gerade hatte er eine Schönheit im Blick, die seine Augen förmlich verschlangen und heftige Erregung auslöste, nicht vergleichbar mit der vollkommenen Sina, als er unsanft am Bein gepackt wurde. Erschrocken fuhr er herum, das Ziegelstück, das er in der Hand hielt, fiel zu Boden. Er drehte sich um, Konrad Steinbrech, sein Zimmergefährte, war ihm nachgeschlichen.

„Was machst du denn da, hast du Geheimnisse?", rief er laut und zornig.

„Psst, Ruhe", besänftigte er ihn, „ich wollte alles erst mal ausloten, bevor ich dir Bescheid sage. Ich bin eben erst fertig geworden, den Stein sauber zu lösen."

„Und, kannst du tatsächlich etwas von den Mädchen sehen?"

„Komm rauf und überzeuge dich selbst, aber nicht den großen Ziegel berühren, dann fällt es auf und wir sind dran."

Konrad sah durch die Lücke und war entzückt. Ein Wahnsinn, das hätte er sich in kühnsten Träumen nicht vorstellen können. Er schwärmte für eins der Mädchen, das er nur vom gelegentlichen Sehen kannte. Tausendmal hatte er sich schon in seinen Träumen vorgestellt, es in unverhüllter Schönheit zu sehen, es zu berühren, Küsse auszutauschen oder gar ... Gerade zog es, unmittelbar vor ihm stehend, seinen Bademantel aus. Ihm entfuhr ein leiser Ausruf der Überraschung.

„Bist du verrückt, du verrätst uns noch alle, komm wieder runter."

„Jetzt nicht, das muss ich unbedingt sehen", flüsterte er heiser. Heinz überlegte, ein Mitwisser bei dieser Sache war gefährlich, sie müssten in Zukunft vorsichtiger und seltener hiervon Gebrauch machen, wenn es nicht anderen auffallen sollte.

Abwechselnd beobachteten sie das Schauspiel, dann schlichen sie zurück. Wieder ungesehen im Zimmer, sprach er das heikle Thema an, er war sicher, dass Konrad die Brisanz erkannt hatte und wusste, dass das ‚*Consilium abeundi*', um den Rausschmiss vornehmer zu formulieren, unweigerlich folgen würde, von der hysterischen Reaktion der Nonnen und Eltern ganz zu schweigen. Sie schworen sich ihr Ehrenwort, keinen anderen einzuweihen und das Geheimnis alleine zu bewahren. Natürlich wäre es zu gefährlich, künftig gemeinsam hinzugehen, sie würden sich abwechseln müssen oder auslosen. Am nächsten Morgen rückte Konrad mit einer Idee heraus. Um das Stillschweigen über das ungeheure Geheimnis zu bewahren und den geleisteten Schwur zu untermauern, sollte er ihn in den Ferien für zwei Wochen in den Zirkus einladen. „Ich spreche mit meinen Eltern, aber nicht weil unser Schwur einer Untermauerung bedarf, wir haben ihn ohne Bedingung geleistet, sondern weil wir Freunde sind, und es für uns beide eine Superzeit würde." Konrad stimmte beschämt zu. Heinz war jetzt sicher, sich auf ihn verlassen zu können.

Als sie im Zirkus ankamen, herrschte helle Aufregung, ‚*Chapiteau*' lag im Krankenhaus, keiner kannte sich in seinen Aufgaben aus, und es war eine Menge an Entscheidungen zu treffen. Einige der Arbeiter wurden aufsässig und fragten direkt nach ihrem Lohn. Seinen Vater berief man zum vorübergehenden Leiter, er wusste nicht, welcher Fähigkeit er das Zutrauen zu verdanken hatte, vielleicht dachte man, er könne tatsächlich zaubern, was in dieser Situation auch von Nöten war. Sie erfuhren, dass der vorgesehene nächste Spielort erst vor kurzem von einer kleinen Zirkustruppe besucht wurde, so dass man sich keinen besonderen Erfolg ausrechnen konnte. Vater entschied sich spontan für einen Ersatzspielort, den man noch nie angesteuert hatte. Es war ein großes Risiko, aber damit lebte er ja ständig. Um keine unnötige Zeit zu verlieren, brach man dorthin auf, noch bevor der Platz gemietet und die Genehmigungen erteilt waren. Es musste in der Tat gezaubert werden. Heinz und Konrad sprangen bei der Organisation ein, fuhren voraus, sorgten für Futter, klapperten Schreinereien wegen der Sägespäne ab, erledigten die Behördengänge, die Vater schon telefonisch abgestimmt hatte. Ein paar spontan umgesetzte Ideen erwiesen sich vorteilhafter als die bisher praktizierten Abläufe.

Gegenüber der ursprünglichen Planung verlor man nur einen Tag, hatte aber einen Erfolg, wie er nie zu erwarten war. Blomerstadt, das schon lange keine derartige Attraktion mehr erlebt hatte, revanchierte sich mit einem Andrang, der an jedem Tag für ausverkaufte Plätze sorgte. Außerdem kam man ihnen bei Platzmiete und sonstigem entgegen.

„Na wenn das dem Alten nicht bei der Spontangesundung hilft, dann weiß ich es nicht", lachte Harry und klopfte ihnen auf die Schulter, er hatte ein Faible für Anglizismen, wo er doch schon in Amerika gewesen war. „Well done, my friends", meinte er und warf ihnen einen anerkennenden Blick zu. Konrad strahlte. Zu Hause im ruhigen familiären Beamtenhaushalt, konnte er sich gar nicht vorstellen, wie hier organisiert und improvisiert werden musste. „Das ist ein Leben", schwärmte er, sehnsüchtige Augen auf Britta gerichtet, der er auch zu gefallen schien.

Heinz bekam bei dem Wurf ins kalte Wasser zum ersten Mal Gewissheit, wohin seine berufliche Laufbahn tendieren könnte. Hier lag sein Talent, im Organisieren, in kaufmännischen Aktivitäten, im geschickten Verhandeln, nicht in der Artistik, so sehr er alles liebte, was damit zusammenhing. Als er Sina begegnete, die ihn, von Harry informiert, küsste und ihm gratulierte, konnte er vor Verlegenheit kein Wort herausbringen.

„Mein Gott Heinz, du bist ja plötzlich ein Mann geworden. Ich glaube, du möchtest gar nicht mehr, dass ich dich küsse."

„Wenn du wüsstest", dachte er. Der Kuss war wie ein Versprechen für ihn, er spürte, wie er glühend rot wurde.

Die Vorstellungen liefen, alle Hände wurden gebraucht. Vater hatte einige Wagen günstig von einem aufgegebenen Zirkus gekauft. Sie konnten die Materialverstärkung gut gebrauchen. Schnippel, wie sie den Zirkusmaler nannten, war gerade dabei, alte Farbe und Schriftzüge abzubeizen, als Heinz vorbeikam. Es musste ein aggressives Zeug sein, denn er hatte sich ein Tuch um Mund und Nase gebunden und arbeitete mit Handschuhen. Farbe für die Neubemalung im hauseigenen Bunt stand schon bereit. Er wechselte ein paar Worte mit ihm, bevor er in den Bürowagen ging, wo Dringendes zu erledigen war. Auf dem Rückweg, sah er, dass Schnippel eine Pause eingelegt hatte. Eine volle Flasche der ätzenden Lauge stand auf der Fensterbank eines der Wagen, zwei leere lagen auf dem Boden. Wer weiß, wofür man es gebrauchen kann, dachte er, füllte etwas in die leere Flasche und nahm sie mit. Zwei Wochen waren vorbei, Konrad musste schweren Herzens nach Hause fahren.

„Es waren aufregende Tage hier, vielen Dank Heinz, es hat mir riesigen Spaß gemacht. Jedenfalls weiß ich schon, worüber ich den nächsten Aufsatz schreibe. ‚*Über den Bildungswert des Zirkus*'." „Na, dann hast du schon ein lohnendes Thema, ich muss mir noch was ausdenken. Diesmal wird der Schulbeginn leichter fallen, wegen unserer verborgenen Blicke." Konrad grinste verschwörerisch.

Wieder stand ein neues Gastspiel an, er fuhr mit der Vorhut voraus. Inzwischen sechzehnjährig, hatte er genügend Kraft, energisch anzupacken; die Arbeiter schonten ihn nicht, ließen ihn aber ihre Anerkennung spüren. Als das Wichtigste aufgebaut war, feierten sie mit reichlich Schnaps und Bier. Enrico, der Bärenstarke, war nach kurzer Zeit so betrunken, dass er zur größten Erheiterung Blumen aus der Wiese pflückte und schmatzend verspeiste. Auch Heinz konnte sich einiger Runden nicht entziehen. Die Männer hatten Frauen organisiert, die das Lager munter schnatternd aufsuchten und den Getränken zusprachen. So wie sie aussahen, intensiv geschminkt und freizügig gekleidet, hätte Zukolowski sie kaum als Damen bezeichnet. Aber er war weit weg, und es würde eine Weile dauern, bis er wieder seinen Platz einnehmen könnte. Abwechselnd verschwanden Männer mit den Frauen in Zelten, kamen grinsend zurück und nahmen wieder vor ihren Gläsern Platz. Chou-Chou, die einzige junge, mit zart geschminkten Lippen, hübschem Gesicht, tiefen Wangengrübchen und draller Figur, hatte sich zu ihm gesetzt und ihn mit schmeichelnder Stimme in ein Gespräch verwickelt. Sie prosteten einander zu, er wankte leicht, spürte ihren Körper aufregend nah an dem seinen, dann ihre geübte Hand am Hosenschlitz. Die Erregung war unvermeidbar, es war ihm unangenehm, aber Chou-Chou schien zu gefallen, was sie dort spürte, bugsierte ihn in das Zelt, wo einige Decken ausgebreitet lagen und zog sich mit lasziven Bewegungen aus. Er starrte auf die vollen Brüste, die ihm wie aufgepumpt vorkamen, den weiblich runden Körper und die dunkle Stelle, die ihre gespreizten Beine offenbarten.

„Komm mein Junge, beim ersten Mal ist man noch verlegen, da ist es gut, so ein zärtliches Täubchen wie mich zu haben." Sie streichelte sanft über die erigierte Männlichkeit und zog ihn auf sich. Sie war ihm nicht unappetitlich, aber als er den warmen, feuchten Körper unter sich spürte, ihren Duft wahrnahm, sie berühren wollte, musste er sich abwenden. Er konnte den Kontakt nicht ertragen, ihren Leib nicht an dem eigenen spüren. Er wollte im Boden versinken, schließlich wäre es sein erstes Mal gewesen, und er hätte mitreden können mit den anderen, aber es war unmöglich. Nicht, dass er ohne Erregung gewesen wäre, Chou-Chou hatte durchaus einen verführerischen Körper, aber sein eigener trat unbegreiflicherweise in einen Generalstreik. Überrascht sah sie zu ihm auf.

„Hab keine Angst", sagte sie mit glucksendem Lachen und zeigte auf ihren Schoß, „er frisst den kleinen Mann nicht auf."

Er vermochte es nicht, kniete neben ihr, ließ sich von ihr berühren. Er wollte etwas Nettes sagen, die unerträgliche Situation entkrampfen, aber was? „Du hast wunderschöne Haare, Haare wie trockenes Wasser", stotterte er. Etwas Besseres fiel ihm in diesem Moment nicht ein, so hieß doch das mystische Kompliment, das Heidrun der schönen Sina gemacht, und er als Wort gewordenen Schatz in seinem Inneren bewahrt hatte? Chou-Chou war manches Kompliment zu Ohren gekommen, aber das machte sie sprachlos. Ratlos blieb ihr Mund offen, dann warf sie ihm einen mitleidigen Blick zu und schob den kleinen Irren zum Ausgang. Als sie hinaustraten, er mit rotem Kopf, Chou-Chou irritiert, aber mit vielsagendem Lächeln, johlte die Bande und ließ den frischgebackenen ‚Mann' hochleben. Sie hatten die Liebesdame bezahlt, um ihn ‚entjungfern' zu lassen. Er hatte zum ersten Mal versagt, am liebsten wäre er davongelaufen.

‚Chapiteau' kam zurück; der Infarkt war einigermaßen überstanden, bediente sich aber zunächst weiter des Zauberers, um sich zu entlasten. Auf Dauer würde er den Anforderungen alleine nicht mehr gewachsen sein. Mattuschke senior stimmte zu, ihn vorübergehend zu unterstützen; eine endgültige Lösung musste gefunden werden.

Die Ferien waren zu Ende, der Internatsalltag zog wieder ein. Obwohl er sich vorgenommen hatte, das Badehaus seltener aufzusuchen, wurde er schon am ersten Tag bei seinem Anblick schwach und fieberte dem Freitag mit Unruhe entgegen. Der Gedanke, den Mädchen wieder unbemerkt zusehen zu können, ließ ihn schwindlig werden, auf der Stelle taumeln. Endlich konnte er wieder den verbotenen Anblick ihrer nackten Schönheit genießen. Drei sprachen ihn besonders an; wenn sie - aller Kleidung ledig - vor ihm standen, erfasste ihn ein gefährlicher Rausch, versuchte er selbst das Atmen zu vermeiden, um kein Zittern, keinen Moment der Unschärfe in seinem Blick zu erzeugen. Nachts erlebte er das Gesehene in bunten Bildern seiner inneren ‚laterna magica', wurde auf voyeuristischer Ebene eins mit diesen Wesen, die ohne ihr Wissen allein seinen Augen und ihm gehörten, so als wären sie einander versprochen. Da er das Schauspiel nur abwechselnd mit Konrad erleben konnte, wurde die Zeit bis zur nächsten Vorstellung quälend lang. Die Versuchung wurde zu einer Sucht, die Schatten seiner Gedanken verfolgten ihn, ließen ihn nicht mehr los und im Laufe der Zeit immer unvorsichtiger werden. Er musste an Nietzsche denken, den sie gerade behandelten: „Es ist leichter, einer Begierde ganz zu entsagen, als in ihr Maß zu halten."

Wieder nahte ein Freitag, über ein halbes Jahr war inzwischen vergangen, ohne dass ihre Geheimsitzungen bemerkt worden wären, als er wieder mit klopfendem Herzen an der Mauer hochstieg, um den kleinen Ziegel zu lösen.

Aber was war das? Er fand ihn nicht. Die bewusste Stelle war verputzt und ließ keine Lücke mehr offen. Jähe Wut durchfuhr ihn, er schlug mit den Fäusten an die Steine, fluchte, wischte sich Tränen der Enttäuschung ab, roch plötzlich den ordinären Gestank gebratenen Fischs, der durchdringend in der Luft lag, keinen Seifenduft, keine Fichtennadeln. Man musste das Loch entdeckt und von beiden Seiten verschlossen haben. Vielleicht hatte Konrad vergessen, das Ziegelstück hineinzuschieben, so dass Licht einfiel und der Wind hineinwehte. Er war verzweifelt, ein neues zu kratzen, wäre jetzt sinnlos. Als er resigniert vom Baumstumpf sprang, nahmen ihn starke Arme in Empfang.

Direktor Frieder Eisenrost, humor- und freudlos, ein Typ ‚Steißbeintrommler', kannte kein Erbarmen, der Schulverweis war unumgänglich. Selbst, wenn er Humor besessen hätte, wäre seine Lage kaum besser gewesen, denn ‚höhere Töchter' in der Obhut strenger Nonnen beim Baden zu beobachten, war kein Streich, sondern eine unnachgiebig zu bestrafende Tat. Mit weniger als diesem Exempel hätte sich auch die Oberin, die heiligen Zorn versprühte, nicht einverstanden erklärt. Als der Hausmeister die Lücke entdeckte, Konrad hatte tatsächlich vergessen, sie zu schließen, war klar, was dort gespielt wurde. Man musste sich nur am Freitag auf die Lauer legen und den Delinquenten auf frischer Tat ertappen, er ging prompt in die Falle. „Wie blöde, dass ich das Fehlen der üblichen Gerüche nicht bemerkt habe", schimpfte er ärgerlich mit sich selbst, den Badetag hatte man wegen der besonderen Vorkommnisse ausfallen lassen. Das hätte ihn stutzig werden lassen müssen, hätte nicht passieren dürfen. Schulverweis, Spott am Schulpranger, Vermerk im Abgangszeugnis, Vorladen der Eltern ... die ganze Bestrafungspalette.

Aber er hatte nicht umsonst gelernt, Gedanken anderer zu lesen, Reaktionen vorauszuberechnen, und so war ihm schnell klar, dass die Oberin nicht das geringste Interesse daran haben konnte, die Sache publik werden zu lassen, möglicherweise wussten die Mädchen gar nichts von dem Vorfall und sollten es auch nicht erfahren. Er wartete, bis sich Eisenrost ausgetobt hatte, dann setzte er alles auf eine Karte: „Ich sehe ein, dass eine harte Bestrafung vonnöten ist, obwohl ich nur ein einziges Mal hindurchgeschaut und vor Dampf nur Schemen gesehen habe." Die Oberin sandte einen dankbaren Blick nach oben. Die Offenlegung wurde sich allerdings wie ein Lauffeuer verbreiten, bisher ahnungslose Eltern und Schülerinnen verunsichern, obwohl die Sache ohne Schaden behoben sei. „Da nur ich alleine beteiligt war, muss es niemand sonst erfahren. Es hängt allein von Ihrer Entscheidung ab, ob ich Stillschweigen bewahre oder die Geschichte überall verbreite, was nicht zu vermeiden ist, wenn man mich sofort von der Schule verweist und einen Zeugniseintrag vornimmt. Außerdem könnten Nachahmer auf ähnliche Ideen verfallen." Das Gesicht der Oberin, nahm ein zartes Olivgrün an, während Eisenrost extreme Mühe hatte, seine Kiefer zu schließen, das waren Dinge, die er im ersten Zorn nicht bedacht hatte.

Man berate sich, er möge warten. Er hatte ihre Verunsicherung gespürt, außer den unmittelbar Beteiligten wusste keiner von der Beobachtung. So könnte er Konrad aus der Sache heraushalten und die Strafmaßnahmen günstiger gestalten. Seine Hinweise zeigten Wirkung. Man nahm den sofortigen Schulverweis zurück. Er habe das Internat nach Ablauf des Schuljahres mit der mittleren Reife zu verlassen, kein Zeugnisvermerk, kein Pranger, kein Brief an die Eltern, vier Wochen Küchendienst unter der Zusicherung absoluten Stillschweigens. Würden allerdings seine Eltern auf eine Fortsetzung der Internatslaufbahn bestehen, müsse man sie über die Vorkommnisse informieren. Er war zufrieden, den Abgang würde er schon zu Hause regeln können.

Alles lief in geordneten Bahnen. Freitags erfüllte wieder ein Duft nach Seife, Fichtennadeln und Reinlichkeit die Luft, und er dachte mit wehmütigem Sehnen an das, was sich hinter den brüchigen Mauern abspielte. Seine Augen trugen Trauer. Konrad war dankbar, dass er ihn aus der Sache heraushielt, nicht auszudenken, was andernfalls im bigotten Hause Steinbrech los gewesen wäre. Das Schuljahr ging zu Ende, nach etlichen Diskussionen hatte Vater seinem Wunsch nachgegeben, von der Schule abzugehen und eine kaufmännische Ausbildung im Zirkus zu absolvieren. Sein Einsatz während Zukolowskis Erkrankung hatte sich herumgesprochen, und er war schließlich froh, sich wieder ganz der Artistenkunst widmen zu können. Den eigentlichen Grund für die Beendigung der Schullaufbahn erfuhr keiner.

Nachdem er seinen neuen Job angetreten hatte, waren die ersten Herausforderungen zu bewältigen. Organisatorische Umstellungen, neue Verträge, andere Nummern. Dann fand man Schnippel, den Maler, eines Morgens tot in seinem Wagen, mit einer Lampenschnur erhängt. Ricardo, im Käfig ausgerutscht, wurde von einem Löwen angefallen, der ihm die Pranke an der Schulter vorbei schlug, Fleisch und Sehnen von den Knochen trennte. Er kam sofort ins Krankenhaus. Was war zu tun? Die Abendvorstellung stand unmittelbar bevor.

Ehe sich die Nachricht zu seinen Eltern verbreitet hatte, stieg Heinz in den Käfig und präsentierte eine abgespeckte Nummer. Die Löwenvorführung kam als erste des Programms, da der massive Käfig aufzustellen war, was man bereits vor Beginn der Vorstellung erledigte. Während der Pause errichtete man ihn erneut für die Tigerdressur. Heinz kannte die Löwen, auch er war ihnen vertraut. Tausend Mal war er bei den Dressuren im Käfig anwesend und hatte Einzelheiten mit Ricardo diskutiert, aber noch nie hatte er allein die Kommandos gegeben und im Käfig gestanden.

Als sich das Tor schloss, die Katzen durch den engen Gittertunnel auf ihn zuliefen, die Assistenten mit langen Gabeln am Käfig postiert, um sie notfalls abzulenken, war ihm plötzlich mulmig zu Mute, aber es gab kein zurück. Die Tiere schienen verunsichert, aber nicht feindselig. Winzige Schweißperlen standen ihm auf der Oberlippe, aber nach außen wirkte er ruhig. Eine kurze Verbeugung zum Publikum, dann sofort die Katzen im Blick, um ihnen nicht den Rücken zuzukehren. Er rief jede einzeln mit ihrem Namen, sagte dieselben Kommandos, ließ die Peitsche knallen und alle außer Sultan hoben die Vorderpfoten in die Höhe. Er ging näher auf ihn zu, der die Peitsche mit den Krallen zu fassen suchte, nach ihr schlug und Anstalten machte, von seinem Postament herabzusteigen. Scharf sah er ihm in die Augen, ein mutiger Schritt nach vorne, nicht zu weit, ohne die anderen außer Acht zu lassen, ein weiterer Knall mit der Peitsche und der Renitente bequemte sich murrend, es den anderen gleichzutun. Heinz bewegte sich wie auf Watte durch den Käfig, der Boden schien seine Bewegungen zu verschlingen, die Laute aus dem Publikum nahm er nicht mehr wahr. Alle gängigen Nummern liefen problemlos ab, er begann aufzuatmen. So hätten ihn die Internatskameraden oder höheren Töchter sehen sollen, furchtlos wie ein Startorero.

Auf die schwierigsten Übungen verzichtete er, auch die Todesnummer ‚*Kopf im Rachen des Löwen*' fiel aus, dennoch zollte ihm das Publikum begeistert Beifall, vor allem, als Zukolowski mit blassen Lippen verkündete, dass er für den kurz vorher verletzten Dompteur todesmutig eingesprungen sei. War er bisher der von allen gemochte große Junge mit besonderen Talenten, schaute man ihn nach der verwegenen Tat mit anderen, respektvollen Augen an. Das süße Gift von Macht und Beherrschen strömte durch seine Adern, ähnlich erregend hatte er es auch bei seinen geheimen Beobachtungen empfunden, ein erhabenes, euphorisches Gefühl.

Er erlernte das Zirkusgeschäft, Buchen vielfältiger Vorgänge, Verwaltungsaufgaben durch immer zahlreichere Vorschriften. Am liebsten waren ihm aber Organisation und Besprechungen, bei denen er sein Verhandlungsgeschick einsetzen und Zugeständnisse erreichen konnte, über die sich seine Gesprächspartner später selbst wunderten. ‚Chapiteau' vertraute ihm sukzessive Aufgaben zur selbstständigen Erledigung an, auch die Werbegestaltung, die plötzlich verbal erblühte und manche Attraktion versprach, über die der Zirkus nicht verfügte. Uranus, das Krokodil, mit einem Ferkel im Maul, ein Kamel, das schreiben konnte oder ‚Genius', der die Gedanken der Zuschauer lesen und sie in Trance versetzen konnte. Die Ankündigungen waren reißerisch und lockten Interessierte an, denen er wortreich erklärte, warum die eine oder andere Nummer gerade heute nicht vorgeführt werden könne, obwohl sie gar nicht existierte. Zukolowski stritt mit ihm, biss wütend das Ende seiner Zigarre ab und spuckte es in weitem Bogen aus dem Fenster, das sei unseriös, aber Mattuschke setzte sich darüber hinweg, noch gab der Erfolg ihm recht.

Immer wieder schlich er abends an Sinas Wagen vorbei, in der Hoffnung, einen unbemerkten Blick auf sie werfen zu können, aber es bot sich keine Chance, kein geöffneter Vorhang, bis zu einem Freitag, an dem er etwas Waghalsiges versuchte. Er kroch auf den Wohnwagen, legte sich flach aufs Dach und schaute durch das Deckenfenster ins Innere. Kurz darauf kam Sina von ihrer Vorstellung zurück und zog sich um. Sie tauschte das dünne Manegenkostüm bis zum Finale gegen einen bequemen Hausanzug. Der Anblick trieb ihm sofort das Blut ins Gesicht. Zwar sah er sie nicht nackt, aber selbst mit Slip, Strümpfen und blanken Brüsten war sie so erregend, dass er sich beherrschen musste, nicht laut aufzustöhnen. Wenn sie ihren Blick nur einmal nach oben richten würde, wäre er verloren. Ein wahnwitziges Unterfangen betrieb er da, das ihn Kopf und Kragen kosten konnte, aber die Sucht hatte ihn im Griff und war stärker als alle Vernunft. Sie bemerkte ihn nicht, auch von außerhalb schien ihn niemand gesehen zu haben, als er leichtfüßig vom Wagen absprang. Sina, das grazile Wesen, war ein Traum. Mehr und mehr verfestigte sich der Gedanke, dass ihr Anblick ihm gehöre, alleine ihm zustehe.

Er begann Harry dafür zu hassen, dass es ihm vergönnt war, sie zu sehen, wann immer er es wollte, sie zu berühren, ihren Atem in der Nacht zu spüren, obwohl sie doch seinen Augen, denen des jungen Löwendompteurs gehörte. Harry bemerkte die Veränderung an ihm. „Schlechte Laune? Is it all right, old fellow?", fragte er aufmunternd und schlug ihm auf die Schulter; wie gesagt, Harry war schon einmal ... Am liebsten wäre er ihm an die Kehle gesprungen, hätte ihn angeschrien, Sina in Ruhe zu lassen, aufzugeben für ihn und war sich gleichzeitig seiner wahnwitzigen Gedanken bewusst. Harry bemerkte das unruhige Flackern in seinen Augen und stieß ihm leicht die Faust vor die Brust: „Überschüssige Kraft junger Held? Deine Löwennummer ist grandios, den Schneid hätte ich nie gehabt, aber mute dir nicht zu viel zu, du weißt ja, Demut ist eine eherne Zirkusregel, don't forget it!"

Seit dem denkwürdigen Tag von Ricardos Unfall, präsentierte er die Löwennummer und traute sich sogar einige Erweiterungen zu. Ganz wohl war ihm nicht dabei, und er sehnte sich nach Ricardos Rückkehr, dessen Wunde schneller verheilte, als gedacht. Allerdings würde er die Finger der linken Hand nie mehr richtig bewegen können.

Wochenlang widerstand er der Versuchung, erneut auf das Wagendach zu klettern, dann übermannte sie ihn. Wieder legte er sich flach auf das kühle gewölbte Blech vor das Oberlicht und wartete auf Sina, die nach ihrer Vorführung immer direkt zum Wagen eilte, während Harry noch bei den Tieren blieb, bis alle in den Boxen waren. Diesmal dauerte es ungewöhnlich lange, das Orchester hatte schon vor etlichen Minuten den Ausmarsch der Pferde gespielt, wo blieb sie nur? Dort, auf dem dunklen Streifen, an den dichten Gebüschen vorbei, müsste er sie auftauchen sehen. Vorhin hatte er ein Rascheln gehört, einen hellen Schrei, wie von einem kleinen Kind, wahrscheinlich eine Katze, dachte er. Das Warten wurde ihm lang. Gerade wollte er sich aufrichten, als er eine vermummte Gestalt mit schwarzem Umhang und einer Mütze über dem Gesicht, gebückt vorbeihasten sah. Gleich darauf hörte er das herzzerreißende Schluchzen einer Frau. Noch konnte er nichts sehen, er kletterte vom Wagen und lief dorthin, woher die Klagelaute kamen. Sein Herzschlag stockte, Sina lag am Boden im Schmutz, ihr silbernes Kostüm war zerrissen, die Haare hingen gelöst und wirr um den Kopf, notdürftig bedeckte sie ihre Nacktheit mit Armen und Händen. Sie sah ihn an mit Augen, die nicht sehen konnten, starr waren die Züge, ihre Glieder zitterten, leises Wimmern drang unaufhörlich aus ihrer Kehle. Er war entsetzt, blind vor Wut und Entrüstung, half der Zitternden aufzustehen und trug sie, leicht wie eine Feder, zum Wohnwagen. Dort legte er sie auf das Bett, das er eben noch von oben im Blick hatte, deckte den heftig bebenden Körper mit warmen Decken zu, wagte nicht, sie alleine zu lassen, bis Harry auftauchte, dem er voller Wut berichtete.

Sofort wollte er sich auf den Weg nach dem Verdächtigen machen, ihm an die Gurgel gehen. Harry wies ihn an, im Wagen zu bleiben und kümmerte sich zunächst um Sina, die unter Schock stand, half ihr, das Bad aufzusuchen, während Heinz Wasser einschenkte, das sie hastig hinunterschluckte. Sie wusste nicht, wer über sie herfiel, das hauchdünne Kostüm vom Leib riss, den Mund mit seiner groben Hand verschloss, dass sie fast erstickte und gewaltsam in sie eindrang. Das Gebüsch hatte ihren Rücken zerkratzt, der Arm wies blau-rote Stellen auf, so hart musste der Täter zugegriffen haben, der Kopf war verdreht und schmerzte bei der kleinsten Bewegung. Heinz lief zu Amarena, die seinem schnellen Schritt nur mühsam folgen konnte; sie verabreichte ihr einen Beruhigungstrank und blieb an ihrem Bett sitzen. Harry besprach sich mit ihm im anderen Wagenteil. „Es hat keinen Sinn, jetzt alle verrückt zu machen, es ist schon Nacht, wir müssen in Ruhe abwarten, woran Sina sich morgen erinnern kann, oder ob sich der Täter selbst verrät. Lass uns noch einmal die Stelle untersuchen, vielleicht finden wir etwas, das er verloren hat oder abgerissen wurde."

Sie sahen sich das Terrain an, suchten Boden und Zweige mit Taschenlampen ab, konnten aber nichts entdecken. Resigniert kehrten sie zum Wagen zurück. „Vorerst zu keinem ein Wort", sagte Harry, auch zu Amarena gewandt, der Tränen über das uralte Gesicht liefen, „meine Prinzessin, wer kann ihr nur so etwas antun?"

Widerstrebend legte sich Heinz schlafen, ständig wachte er auf, angefüllt mit ohnmächtiger Wut auf den Unbekannten, der sein Liebstes verletzt und auf so üble Weise entehrt hatte, während er nur wenige Meter entfernt war und ihr nicht beistehen konnte. Aber war er nicht ebenso schlecht, hatte er sie nicht auch entehrt, wäre sie innerlich nicht ebenso verletzt, wenn sie von seinen Beobachtungen wüsste? Er wischte sich mit dem Handrücken dumme Tränen ab. Fürchterlich hatte sie ausgesehen, die liebenswerten, schönen Züge zu einer Maske erstarrt, die Schminke verlaufen, die Augen mit Tusche-Krähenfüßen umrahmt, im beängstigend bleichen Gesicht. Die Bilder zerrten an seinen Nerven, er versuchte, sich die Situation auf dem Dach noch einmal in Erinnerung zu rufen. Er hatte sich auf den einen Gedanken konzentriert, warum sie so spät zurückkommt, die Geräusche mehr im Unterbewusstsein gehört, einer Katze zugeordnet, dann überraschte ihn die vorbeihuschende Gestalt in Schwarz. Fiel ihm etwas an ihr auf? Sie war groß, der Umhang weit, Mütze oder Maske dunkel. Er konnte sich nicht erinnern, Umhang oder Kopfbedeckung irgendwann gesehen zu haben. Harrys Worte kamen ihm wieder in Erinnerung. „Vielleicht war es keiner von unseren Leuten, einer aus dem Ort, der auf eine Gelegenheit gelauert hat und Sina war eine leichte Beute, allein in der Dunkelheit, in ihrem dünnen Kostüm." Wieder krampfte sich sein Magen vor Schmerz zusammen. Angestrengt dachte er nach, vielleicht hatte er irgendeine Kleinigkeit übersehen, in Erwartung der aufregenden Sina nicht registriert. Schließlich überwältigte ihn die Müdigkeit. Als er im Morgengrauen erwachte und sich der fürchterlichen Tat sofort mit Schrecken bewusst wurde, durchzuckte ihn ein Gedanke, etwas war ihm eingefallen. Am Abend vorher hatte Medusa bereits eine Katastrophe vorhergesagt, es fröstelte ihn.

Am nächsten Morgen erwachte Louise mit Kopfschmerzen und einem trockenen Mund, als sei er in Sand verpackt. Schwankend stand sie auf und nahm einen kräftigen Schluck Wasser zu sich. Sie öffnete das Fenster und legte sich wieder ins Bett. Es war ein schöner, lustiger Abend, das Essen großartig, etwas viel Alkohol, aber sie konnte ja ausschlafen. Eine Stunde später rief Gila an und berichtete von einer neuen Flamme. „Er heißt Siegfried und hat mich heute zum Brunch eingeladen, erst ein opulentes Frühstück mit allem Schnickschnack, zum Schluss noch ein halbes Schwein auf Toast und dann Nächstenliebe, wenn du weißt, was ich meine."

„Ach", seufzte Louise, „mit frisch gepresstem Orangensaft, weich gekochtem Ei, einem Berg würzigen Schinkens, Quark und Ananas ... da wäre ich jetzt sofort dabei." Ihr lief das Wasser im Munde zusammen.

Sie tratschten noch eine Weile miteinander, dann stand Louise auf und zog sich etwas Bequemes an. Das Telefon machte sich bemerkbar. „Heinz? Guten Morgen, vielen Dank für den netten Abend, ich bin ganz schön versackt, aber die Stimmung war hervorragend und das Essen ein Traum."

„Ja, ja, nun beruhige dich noch mal. Ich wollte nur fragen, ob du mir beim Frühstück Gesellschaft leisten möchtest; nach einem abendlichen Exzess, habe ich am nächsten Tag meist einen Löwenhunger." Er musste an Selim denken und lachen. „Wie wär's, oder hast du schon ‚*getafelt*'?"

Sie hielt die Muschel zu, stieß einen kleinen Freudenschrei aus und sagte dann ganz lässig: „Na ja, wenn's auch einen guten Kaffee gibt, gerne?"

„No problem, das hat Harry, einer meiner Zirkusfreunde, immer gesagt, er war einmal in Amerika, musst du wissen, worauf er besonderen Wert legte."

Sie lachte: „Wenn's wirklich keine Umstände macht. Darf ich denn in meinem Schlabberlook kommen?"

„Wie immer du möchtest, selbst nackt."

Sie zögerte einen Augenblick mit der Antwort, aber er hatte schon aufgelegt. Die Überraschung war perfekt. Es gab weichgekochte Eier, Schinken, Quark, frische Ananas, Erdbeermarmelade und selbstgepressten Orangensaft. Geröstete Brotscheiben schnellten mit hellem Klicken aus dem Toaster und verbreiteten ihren anregenden Duft im Raum.

„Wow, langsam wirst du mir unheimlich", meinte sie.

„Das wollen wir doch nicht hoffen", sagte er gutgelaunt und zwinkerte ihr zu, „guten Appetit, ich habe einen Löwenhunger."

Sie arbeitete sich in betriebliche Abläufe und die Buchführung ein. Wenn man Diversifizierung in der Praxis erleben wollte, war man bei Mattuschke an der richtigen Adresse. An wenigstens zehn anderen Firmen war er beteiligt, hatte seine Finger in allerlei Geschäften stecken, Gelder flossen zwischen Konten hin und her, um Geschäftsabwicklungen zu belegen, die nie stattgefunden hatten. Daneben waren Luftbuchungen an der Tagesordnung. Entsetzt sprach sie ihn auf das illegale Geflecht an.

„Ach, alles halb so wild Louise, absolut wasserdicht, von Huber geprüft und eingefädelt."

Daher kam also der Wind, sie hatte von Beginn an richtig vermutet. Überwiegend waren lukrative Beteiligungen darunter, teilweise Beträge vorhanden, für die es keine Belege gab und die mit Phantasie begründet werden wollten.

„Ich appelliere an deine kreative Buchhaltung", war sein süffisanter Kommentar. Die Nonchalance bei der Umgehung klarer Vorschriften erstaunte sie maßlos.

Sie befand sich in einer Zwickmühle. Lehnte sie ab für ihn zu arbeiten, wäre sein Kredit fällig, die Wohnung aufzugeben und so manche Annehmlichkeit dahin. Wirkte sie mit bei dem illegalen Spiel, machte sie sich schuldig. In der Nacht grübelte sie über die richtige Entscheidung nach. Aber hatte sie überhaupt eine Wahl? Schließlich beruhigte sie sich mit dem Gedanken, dass er der Verantwortliche sei, sie offiziell gar nicht auftauchte und wenn, nur Hilfsdienste auf Anweisung geleistet habe. Dennoch war ihr nicht wohl dabei, längstens bis zur Abzahlung des Kredits würde sie mitspielen. Als Gila wenig später besorgt fragte, welche Tätigkeit sie für ihn leiste, antwortete sie ausweichend. Es sei ein lukratives Unternehmen mit chaotischer Buchführung, bei der sie Ordnung machen müsse. Tatsächlich verfing sie sich immer mehr im vielmaschigen Netz des wenig seriösen Mattuschke-Imperiums. Vielleicht sollte sie mit ihrem Vater darüber sprechen.

Gila hatte mit Siegfried einen Volltreffer gelandet und bisher keine Achillesferse entdeckt. Louise lernt ihn kennen, er war auf den ersten Blick sympathisch, ernsthaft an Gila interessiert und gutaussehend. Er arbeitete als Prokurist in einer Druckerei. Hoffentlich geht diese Verbindung gut, dachte sie. Gila war es wirklich zu gönnen. Im Silverspot war sie länger nicht mehr, die aufgelegte Musik wiederholte sich ebenso wie die Gespräche und Zoten der Freunde. Zwar empfand sie es noch immer als heitere Abwechslung, aber eine gewisse Distanz tat gut. Heute ging sie wieder hin und traf auch Eric an. Er schob ihr ein Blatt hin, auf dem in kleiner sorgfältiger Schrift ein Gedicht verfasst war, schlicht in seinen Worten, aber berührend. Sie sah ihn an und hob den Daumen. „Du bist auf dem richtigen Weg." Er nickte, seine Augen waren klar und hatten nicht mehr diesen fiebrigen Glanz der Vergangenheit. Das Gedicht gefiel ihr, es war nicht pathetisch, er schien seinen Stil gefunden zu haben.

Als sie in dem kleinen blauen Ford, den ihr Mattuschke für einige Tage überlassen hatte, nach Hause fuhr, sah sie, dass ihre Mutter mehrmals angerufen hatte. Es schien wichtig zu sein. Sie meldete sich, bekam aber keine Verbindung, versuchte es über die Handynummer. Jetzt war sie sofort am Apparat, ihre Stimme klang leise und fremd.

„Ich bin im Krankenhaus, Vater hatte eine Herzattacke, kannst du kommen?"

„In welchem? Ja ich verstehe, ich fahre sofort los." Eine Viertelstunde später ließ sie sich auf die Intensivstation führen.

„Bitte nur einer und nur ganz kurz", war der knappe Kommentar der Schwester. Ihr Vater lag bleich und leicht aufgerichtet in seinen Kissen, einen Sauerstoffschlauch in der Nase und an mehrere Kabel angeschlossen. Sie gab ihm einen Kuss und nahm seine kühle Hand in die ihre. Ein zartes Lächeln huschte über seine Züge.

„Louise", sagte er matt, „ich habe einen Fehler gemacht, ich wollte die Familie nicht zerstören. Ich liebe euch doch, ich habe mich damit übernommen."

„Jetzt brauchst du erst einmal Ruhe, musst die Gedanken total abschalten, alles andere wird sich später regeln. Schlafe, ich bleibe draußen und schaue nachher wieder nach dir."

„Du solltest jetzt nach Hause fahren Mutter, ich löse dich ab und sag dir morgen früh Bescheid. Du brauchst ein bisschen Schlaf nach der Aufregung."

Ihre Mutter nickte: „Solana war hier, eine befremdliche Situation am Anfang, aber wir haben uns ausgesprochen. Sie ist wirklich nett. Ich habe eingesehen, dass Vater nicht mehr glücklich mit mir war und es mit ihr nicht sein konnte, wegen seines schlechten Gewissens. Ich werde ihm morgen sagen, dass ich das Kriegsbeil begrabe. Ich glaube, ich könnte mich mit Solana verstehen."

„Das wird ihn sehr freuen, die ganze Situation hat ihn überfordert."

Ihre Mutter ging nur wiederstrebend, Louise saß in dem kleinen Warteraum der Intensivstation, der Arzt, ein junger Mann, Anfang dreißig in blauer Montur, kam herein und sprach mit ihr, ‚Dr. Heilmann' stand auf seinem Namensschild, sie nahm es als gutes Omen.

„Natürlich besteht immer ein Risiko, aber wir sind guten Mutes, dass es ihm bald besser geht, im Augenblick ist alles stabil. Wir werden ihm zwei Stents setzen müssen", sagte er eifrig. „Morgen sieht die Welt ganz anders aus", tröstete er sie. Mit dem letzten Teil sollte er in der Tat recht behalten.

In der Nacht saß sie erneut an seinem Bett, er schlief, wieder nahm sie seine Hand und betrachtete die vertrauten Züge, die jetzt entspannter wirkten. Ein paar graue Strähnen waren im letzten Jahr dazugekommen, ein warmes Gefühl der Zuneigung überflutete sie. Wie oft hatte er an ihrem Bett gesessen, wenn sie als Kind mit Fieberträumen kämpfte. Jetzt empfand sie es umgekehrt, er wurde zum Kind und sie zur Erwachsenen, die Trost spendet. Sie musste lächeln. Uns Kindern gegenüber war er ein wunderbarer Vater, sie würde ihm in Zukunft mehr Zeit widmen, nahm sie sich vor.

Gegen Morgen rief man sie hinein, sein Zustand hatte sich plötzlich verschlechtert. Während sie bei ihm saß, erlitt er einen Herzstillstand. Sie erschrak fürchterlich über sein tiefblaues Gesicht. Man schickte sie hinaus, reanimierte, aber ohne Erfolg. Er starb, ging ohne Abschied von ihnen, bevor alles, was sie sich vorgenommen hatten, gesagt oder getan werden konnte. Sie machte sich Vorwürfe, taumelte hinaus, alles fühlte sich wie Watte an, sie hörte die Stimmen der Pfleger: „Möchten Sie sich hinlegen, Frau Leblanc, sollen wir ein Taxi rufen?" Aber sie drangen nicht wirklich zu ihr. Sie empfand keine Realität, nur eine bizarre Szenerie, in der sie zufällig mitwirkte, wie in einem vorbeilaufenden Film. Sie wusste weder wie sie das Krankenhaus verlassen hatte, noch wie sie den Ausgang und ihr Auto fand. Erschöpft ließ sie sich in den Wagensitz sinken. Erst jetzt spürte sie, wie stark ihre Knie zitterten. Sie schlug die Hände vors Gesicht und weinte haltlos. Dann rief sie ihre Mutter an, die Stimme versagte, sie hörte ihren Schrei, dann war die Leitung tot. Warum sie Mattuschke anrief, konnte sie sich selbst nicht erklären. Ihr Brustkorb verengte sich. Ich werde ersticken, dachte sie mit einem plötzlichen Angstgefühl das sie lähmte.

„Ich stehe vor dem Marienkrankenhaus", war alles was sie herausbrachte. Obwohl er nicht wusste, was sich ereignet hatte, ahnte er es sofort.

„Ich bin in ein paar Minuten bei dir." Gemeinsam mit Rick holte er sie ab und lud sie in seinen Wagen, sie hätte nicht selbst fahren können. Rick brachte den blauen zurück.

„Kümmere dich um ihre Mutter, steh ihr zur Verfügung, fahre sie wohin sie möchte und bring sie anschließend zu Louise."

Dann informierte er Gila. Als sie zu Hause waren, nahm er Louise den Mantel ab, zog ihr die Schuhe aus, legte sie zugedeckt aufs Bett und rief seinen Hausarzt an, der ihr ein Beruhigungsmittel gab. Gila war erstaunt, zu sehen, wie liebevoll er sich um sie kümmerte. Ob da doch mehr ist, als Louise ihr erzählt hatte, ging ihr durch den Kopf. Sie wusste es nicht zu deuten.

Louise verbrachte die nächsten Tage wie in Trance, Mattuschke kümmerte sich um alles, organisierte Beerdigung, Behördengänge, Kondolenzkarten, Sterbeamt und legte Auslagen aus eigener Tasche vor. Erst später wurde ihr so recht bewusst, wie sehr er sie in den schweren Tagen unterstützt hatte und war ihm unendlich dankbar. Lange Zeit fühlte sie eine Lähmung in sich, eine unbekannte Schwermut und Antriebslosigkeit, zu tief saß der Schock über den plötzlichen Tod, zu schmerzlich war die Trauer und empfundene Schuld. Erst allmählich löste sich die Starre. Alle waren bemüht um sie, auch Gila und Vera, Sophie und Eric. Vera bot an, bei ihr zu übernachten, was sie rührend fand, es aber dankend ablehnte, dazu bestand keine Notwendigkeit.

Mehrere Wochen waren vergangen.

„Nicht, dass du mich falsch verstehst", sprach Mattuschke sie an, „ich habe geschäftlich in der Schweiz zu tun, ich könnte zwei, drei Tage anhängen und ein wenig Urlaub machen. Hättest du nicht Lust mitzufahren? Etwas Abwechslung und gute Alpenluft würden dir sicher gut tun, nach den Belastungen. Das Wetter im Wallis soll zur Zeit hervorragend sein." Er zwinkerte ihr aufmunternd zu. Sie schaute irritiert.

„Natürlich hat jeder ein Einzelzimmer, du würdest als meine Assistentin mitfahren. Lass es dir mal durch den Kopf gehen, du brauchst wieder Zerstreuung und neue Energie. Sag Bescheid, in drei Tagen werde ich fahren."

Das Angebot überraschte sie völlig. Für Mattuschke, der sie in den Wochen fürsorglich betreute, empfand sie tiefe Dankbarkeit und Wärme. Wie könnte sie sich für alles revanchieren? Auch wenn er Einzelzimmer bestellte, rechnete er vielleicht damit, sie bei der gemeinsamen Fahrt näher kennenzulernen und mit ihrem Entgegenkommen. Sie mochte ihn wirklich, seine höfliche Art, die Großzügigkeit, den sechsten Sinn, mit dem er ihre Wünsche und Gedanken zu erraten schien, die überlegene Ruhe, die er ausstrahlte und sie in seiner Gegenwart geborgen fühlen ließ. Auch als Mann gefiel er ihr durchaus, unabhängig von dem großen Altersunterschied. Es war ein jugendlicher, altersloser Typ, interessant, mit Charme, Witz und Wissen. Sie war nicht verliebt, und der Gedanke an ein erotisches Abenteuer mit ihm, hatte keinen Reiz. Neugierig, auf welche Art er mit einer Frau umgehen würde, war sie allerdings. Auf der einen Seite wollte sie keine Veränderung des harmonischen Verhältnisses. Wer weiß, wie sich ein näheres Kennenlernen darauf auswirken würde? Auf der anderen, würde Luftveränderung, ein paar Tage abschalten in anderer Umgebung, sie von ihren trüben Gedanken befreien. Und vielleicht spielte er ja auch nicht mit solchen Erwartungen. Sie begann, einen viel zu großen Koffer zu packen.

Louise hatte das Gefühl, in der anderen Umgebung mit vielen neuen Eindrücken richtig aufzuleben, das großartige Wetter tat ein Übriges dazu. Schon die Fahrt faszinierte sie. In Kandersteg nutzten sie den Autoverlad durch den Lötschbergtunnel nach Goppenstein. In Sierre, im südlichen Wallis, bat sie ihn, an einer Serpentinenstraße anzuhalten. Das Landschaftsbild war imposant. Steile Weinberge, die sich bis zu tausend Metern hinaufzogen, von akkuraten Terrassen gequert, im Hintergrund von schneebedeckten Bergen geschützt. Am Fuß glänzte das schmale Band der Rhone.

„Ist der Kontrast der leuchtenden Weinhänge und der weißen Berggipfel nicht einmalig? Selbst die Wärme, die die Hänge im Sonnenlicht ausstrahlen, bildet einen Gegensatz zu der Kühle der schneebedeckten Berge." Sie schwärmte so von dem landschaftlichen Stillleben, der Symmetrie der Trockenmauern, Plateaus und Terrassen, von Menschenhand geschaffen, dass Mattuschke sie gerührt in die Arme nahm.

„Ach Louise, ich bin so froh, dass du mitgefahren bist und es dir gut gefällt."

Sie gab ihm einen dankbaren Kuss.

„Danke Heinz, dass du mich eingeladen und überredet hast, ich fühle mich wie befreit hier. Die Reben müssen doch unglaublich widerstandsfähig sein, dass sie unter diesen Bedingungen wachsen?"

„Ja, das ist wirklich erstaunlich, ich bin schon darauf gespannt, wie widerstandsfähig wir sein werden, wenn wir ihre Weine probieren."

Sie lachten beide und fuhren die enge Bergstraße mit ihren vielen Windungen hinauf. Die geschäftlichen Dinge waren erfreulich schnell geregelt, noch einige Telefonate, dann gehörte die Zeit ganz ihnen. Er hatte eine Pension organisiert, ein weiß getünchtes Haus, dessen massives Holzdach tief hinuntergezogen war, mit hübschen Zimmern und herrlichem Blick auf die Bergwelt mit den Giganten Matterhorn, Besso, Zinalrothorn und anderen in der Ferne. Tief sog sie die glasklare, kalte Luft in die Lungen. In tiefem Schnee wanderten sie zu einer Hütte, zogen sich gegenseitig aus den Schneegruben, wenn sie bis zu den Oberschenkeln im kalten Weiß versanken, stützten sich beim vorsichtigen Stelzen über eisgefrorene Passagen und ließen sich erhitzt, ein durstlöschendes Skiwasser auf der Hüttenterrasse servieren. „A votre santé", sagte die freundliche Bedienung. Strahlende Sonne schmeichelte ihren Gesichtern, sie schlossen die Augen und genossen die angenehme Wärme. Ein paar Skifahrer nutzten das noch verbliebene Weiß für kühne Schwünge und Abfahrten. Die Ruhe war himmlisch. Sie besuchten das Höhendorf Chandolin auf fast 2000 Metern, fuhren in Grimenz mit der Seilbahn in die Höhe, blickten auf den smaragdgrünen Moiry-Stausee und begeisterten sich im Ort an uralten, schwarz gewordenen Holzhäusern aus derben Balken, die ihnen die Historie des Örtchens und die Schicksale seiner Bewohner förmlich zuflüsterten. Abends aßen sie in gemütlichen Stuben Spezialitäten aus dem Val d'Anniviers zu interessanten lokalen Weinen. Louise lernte Heinz von einer ganz anderen, entspannten, launigen Seite kennen, sie hatten Spaß miteinander.

„Es ist so schön hier, am liebsten möchte ich immer bleiben", stöhnte sie, nachdem sie ein opulentes Abendessen und ein paar Gläser Rotwein genossen hatte.

„Könntest du dir das auch mit einem alten Mann wie mir vorstellen?", fragte er spaßhaft.

„Das könnte ich vielleicht", blinzelte sie übermütig, „weil ich mit dir wieder fröhlich sein kann und mich sehr umsorgt fühle."

Er lächelte, sagte aber weiter nichts. Vor den Schlafzimmern wünschten sie sich eine gute Nacht mit Kuss, dann schlüpfte jeder hinein. Vorsorglich schloss Louise ihre Tür nicht ab. Der heutige Tag hatte sie seit langem wieder in eine frohe, befreite Stimmung versetzt, in der sie sich eine gemeinsame Nacht vorstellen konnte. Seit der Trennung von Rick gab es keinen Kontakt mehr zu einem Mann. Ein wenig hatte sie sich wohl doch in Heinz verliebt, oder war es große Dankbarkeit, die sie so empfinden ließ? Eine Weile lag sie noch wach, achtete auf Geräusche, dann schlief sie ein und erwachte erst am späteren Morgen. Er war schon angezogen und hatte Telefonate geführt, als sie hastig zum Frühstücksraum lief, wo er auf sie wartete.

„Entschuldige, ich habe geschlafen wie ein Murmeltier und keinen Wecker gestellt."

„Daran merkt man, dass wirklich Urlaub ist, wenn es gelingt, die innere Uhr auszuschalten, ich beneide dich darum."

Von ihrem Platz am Tisch konnte sie Häuser, die sich eng an die steilen Hänge schmiegen, sehen. Sie lagen bereits im gleißenden Sonnenlicht und trugen auf den Dächern meterhohe Schneehauben, die nur zögernd ihr Schmelzwasser hergaben. Sie fuhren zurück, vorbei an Martigny, durch liebreizende Landschaften zum Genfer See, wandelten an der Seepromenade von Montreux, dem schön gelegenen Casino, der Mike Davis Hall und mondänen Hotelbauten entlang. Es waren die letzten Tage des traditionellen Jazzfestivals, überall kündigten Plakate das Doppelkonzert von Prince an. Heinz erzählte begeistert von der vierzigjährigen Tradition dieser Einrichtung, die der geniale Claude Nobs begründet hatte und bis heute leitet. Ihr Quartier schlugen sie in Vevey auf, einem kleinen Städtchen mit romantischer Atmosphäre, heimeligen Gässchen und schönen alten Häusern, direkt am See gelegen.

Ein altes Kinderkarussell am Ufer drehte quietschend seine Runden, übermütig setzte sich Louise auf ein Sesselchen und ließ sich im Kreis schweben, schneebedeckte Berge im fernen Blick. Mattuschke schaute von einer der Sitzbänke amüsiert zu ihr hinüber. Er sah wehende Haare, leuchtende Augen, hörte fröhliches Lachen, das ihm tief ins Herz drang. Wie sollte er sich jemals ein Leben ohne sie vorstellen? Allein der Gedanke daran versetzte sein Inneres in apokalyptische Finsternis und ließ jeden Freudenfunken erstarren.

Nach längerer Zeit war Louise wieder in der Försterklause. Sie reichte den Gästen die Speisekarten und räumte die gespülten Gläser ein.

„Du siehst richtig gut aus, sogar braun, warst du in der Sonne?", fragte Gila, die ihr dabei half.

Sie erzählte ihr in knappen Worten von dem überraschenden Urlaub und den erholsamen Tagen.

„Das kannst du mir doch nicht erzählen, dass ihr nur gewandert seid und Händchen gehalten habt. Einem Mann, der offenkundig verrückt nach dir ist, einen Kurzurlaub spendiert, mit einer blendend aussehenden jungen Frau, soll nichts anderes eingefallen sein? Ich würde ja sagen, der ist schwul, aber dafür habe ich einen Riecher, und wie er dich anschaut. Ich weiß es nicht, der Typ ist alles andere als schüchtern, da stimmt doch was nicht."

„Nun mach dir darüber mal keine Gedanken. So wie es war, ist es gut. Andernfalls hätte sich das Ganze nur verkompliziert."

Gila schüttelte den Kopf. „Da denkt man, langsam alles über die Männer zu wissen und schon kommt wieder eine Merkwürdigkeit hinzu."

Obwohl es ein anstrengender Abend war, spürte Louise, wie sehr ihr die abwechslungsreiche Hektik, die Gespräche mit den Gästen und der Flachs mit Gila gefehlt hatten. Langsam bekam sie Abstand zu dem überraschenden Tod ihres Vaters, konnte beginnen ihn zu verarbeiten, die Fahrt in die Schweiz war ein wichtiger Schlüssel dazu. Sie war Heinz sehr dankbar, es wurde Zeit, ihn noch einmal einzuladen, gemeinsam mit Vera, Gila und ihrer neuen Liebe. Gila war sofort einverstanden. Die übernächste Woche würde gut passen.

Der junge Mattuschke sprang sofort aus dem Bett und lief zu der Stelle, an der Sina überfallen wurde. Es war noch sehr früh, aber im ersten Licht, das gerade über den schlaftrunkenen Wagen und Zelten aufging, würde ihm vielleicht etwas auffallen, was er gestern im Schein der Lampen nicht gesehen hatte und das seinen Verdacht bestätigen könnte. Sorgfältig untersuchte er Boden, Sträucher und Fußabdrücke. Sina hatte sich gewehrt, an der Kleidung gerissen, irgendein verräterisches Teilchen müsste doch zu finden sein. Mehrmals ging er den Weg auf und ab. Er wollte schon aufgeben, als er unter dichten Zweigen einen schwarzen Knopf entdeckte. Schnell steckte er ihn in die Tasche, als er Harry kommen hörte.

„Du bist schon da, Heinz? Ich wollte auch gerade sehen, ob etwas zu finden ist, ist dir was aufgefallen?" „Nichts", brummte er, „es ist wie verhext, Sina hat an seiner Kleidung gerissen, da müssten doch Stofffetzen sein. Wie geht es ihr?"

„Mit dem Schlafmittel konnte sie wenigstens schlafen, sie ist völlig fertig und kann heute nicht auftreten, überall blaue Flecken. Ihre Nummer beherrsche ich nicht, höchstens einen kleinen Teil, damned!"

„Sag ihr liebe Grüße von mir; kann ich es meinen Eltern erzählen?"

„Ja, sie freut sich sicher, wenn Lavinia kommt, aber sonst sollte es keiner wissen. ‚Chapiteau' wollen wir nicht beunruhigen. Heute Abend sollten wir uns in der Nähe auf die Lauer legen, falls er es noch einmal versuchen sollte." Er legte ihm die Hand auf die Schulter.

„Danke Heinz, dass du dich gleich so lieb um sie gekümmert hast." „Wäre ich nur früher dort gewesen", sagte er zornig und trat kräftig gegen einen der Büsche.

Seine Eltern schliefen noch, als er zum Wagen kam. Er suchte etwas in seiner Kiste, fand es aber nicht, ärgerlich schlug er mit der Faust dagegen, sollte er es doch in einer anderen verstaut haben? Er wühlte weiter, räumte fast den ganzen Inhalt aus, dann entdeckte er es endlich, steckte es in seine Jackentasche und verließ den Wagen wieder. Zielstrebig ging er in die Richtung eines anderen, der abseits stand und legte sich ins feuchte Gras. Er musste eine Weile warten, bis sich die Tür öffnete und der Bewohner hinaustrat. Er wusste, wohin er gehen würde, wartete, bis die Gestalt nicht mehr zu sehen war, schlich sich heran und öffnete das Schloss mit einem Draht, den er zu diesem Zweck mitgenommen hatte. Rasch durchwühlte er die Kleider, die auf einem Stapel lagen und den Schrank. Da hing tatsächlich ein schwarzer Umhang, mit zitternden Händen untersuchte er ihn, Erde klebte daran, braune, sandige Flecken und ein Knopf fehlte, einer in der Art, wie er ihn gefunden hatte. Jetzt gab es Gewissheit, er wusste, was er zu tun hatte. Als er fertig war, spähte er vorsichtig aus der Tür, dann verschloss er sie wieder und huschte davon. Niemand hatte ihn gesehen, so früh war es, dass die meisten noch schliefen.

Es war ein denkwürdiger Abend, den Zukolowskis Zirkus lange nicht mehr erlebt hatte. Mattuschke betrat den Käfig in der Manege. Lärmende Stille. Er fühlte sich übersensibilisiert, leiseste Geräusche empfand er unerträglich laut, der Geruch nach Zelt, Schweiß, Urin und stickigem Sägemehl stieg ihm so stark in die Nase, dass er ihm fast den Atem nahm. Bei der Löwennummer war er aufgeregt, sodass die Tiere seine Nervosität rochen und Dressurakte misslangen. Einmal griffen die Assistenten sogar mit der Gabel ein, als es brenzlig für ihn wurde. Mehrmals musste er mit der langen Peitsche die Aufmerksamkeit der Tiere einfordern und den Tupfer gebrauchen, damit sie nicht ihr Postament verließen. Mira ließ ihr Gebrüll erschallen und hieb mit der Pranke nach der Peitsche, die er ihr auf die Brust gesetzt hatte.

„Pascha Sprung! Selim down", wenigstens das gelang. Die Tiere spürten Anspannung und mangelnde Konzentration.

„Bebeto, Simba, Leo hoch!" Nur einer folgte seinem Befehl. „Sultan, guter Löwe, roll!", er stieß ihn leicht an. Er gehorchte zwar allen Kommandos, war aber durch das undisziplinierte Verhalten seiner Kollegen abgelenkt. Jetzt aber rollte er sich wie gewünscht am Boden, was den Kindern ein entzücktes Klatschen entlockte. „Braaaaav Sultan."

Er fühlte die Augen der Zirkusmannschaft auf sich gerichtet, ihr unerschütterliches Vertrauen ließ ihn fast zusammenbrechen; er musste diese Nummer anständig zu Ende bringen. Schweiß lief ihm in den Nacken, tropfte von der Stirn, die er mit dem weiten Ärmel seines Hemds abwischte, damit er nicht beißend in die Augen lief. Noch einmal alle Tatzen hoch, diesmal patzte nur einer, der sich überhaupt nicht für ihn zu interessieren schien. Es war ihm unangenehm, er fühlte sich in seiner Artistenehre gekränkt. So wollte er sich nicht vom Publikum verabschieden. Da entschied er sich zu einem tollkühnen Vorhaben. Sambesi war als einziger Löwe in normaler Verfassung. Wie beim üblichen Ende der Show ließ er die Löwen mit lautem Peitschenknall durch den Gittertunnel zurücklaufen, nur ihn behielt er da. Es war eine Situation, in der er Ricardo zugeraten hätte, seinen Kopf ins Löwenmaul zu stecken, aber er hatte es noch nie getan. Zukolowski, der heilfroh war, dass die Nummer mit den fauchenden und aufsässigen Löwen ohne Zwischenfall beendet war, stutzte und griff sich an die Stirn. Was sollte denn jetzt noch kommen? Hatte man denn kein Erbarmen mit seinen Nerven? Ein Malheur, das ihm sonst nie wiederfuhr, passierte, seine Punch, eine echte Havanna, erlosch vor Aufregung zwischen seinen Lippen und hinterließ einen metallisch strengen Geschmack.

Heinz schritt langsam auf den Löwen zu, blickte ihm direkt in die Augen und sprach beruhigend auf ihn ein, schnalzte leicht mit der Zunge und streichelte ihn am Kopf. Dann wiederholte er Ricardos Kommandos, versuchte seine Stimme, seinen Tonfall zu imitieren. Der Löwe schaute ihn mit zur Seite geneigtem Kopf an, prüfend wie er glaubte, er hielt seinem Blick stand. Im Publikum herrschte Totenstille, man spürte, dass sich etwas Besonderes ereignen würde. Jetzt bewegte er sich näher auf den Löwen zu, der in diesem Moment sein Maul weit aufriss. Augenblicklich wich die Nervosität von ihm. Er wurde ruhig, eiskalt, seine Augen verengten sich zu Schlitzen

„So ist es, wenn man heroisch zum Schafott schreitet", sagte er leise. Dann steckte er seinen Kopf mit einer schnellen Drehung in das Löwenmaul, hob seitlich beide Arme in die Höhe und zog ihn wieder heraus. Schwindel umgab ihn, tosender Beifall des Publikums und der Zirkusleute, der kaum zu ihm drang. Vor lauter Spannung hatte die Kapelle aufgehört zu spielen und beeilte sich nun, den Trommelwirbel nachzuholen. Zukolowski sank auf einen Stuhl, die kalte Zigarre entglitt seinem Mund. Heinz tätschelte Sambesis Fell: „Braaaaav Sambesi, gut gemacht!" Er steckte ihm ein Titbit, ein Leckerli, ins Maul. Das Gitter des Tunnels wurde hochgezogen und der letzte Löwe verließ unter anhaltendem Applaus die Manege. Mattuschke verbeugte sich tief nach allen Seiten, sein Gesicht zeigte vornehme Blässe.

Die Pferdedressur konnte durch Sinas Ausfall nur teilweise stattfinden und war ohne Glanz, sein Vater, von der Aufregung angesteckt, warf zwei Messer neben die Wand, was bei einigen Zuschauern Hohngelächter und qualvolles Stöhnen bei ‚Chapiteau' auslöste, der heute wirklich nicht zu beneiden war.

Dann kam die Feuernummer mit Boris, der lebenden Fackel. Sein krauses Schwarzhaar wucherte wie wildes Gestrüpp aus seinem Kopf. Wieder schleuderte er sein Wams mit großer Geste in die Arena und ließ die beeindruckenden Muskeln spielen. Mattuschke blieb im Zelt, wusch sich nicht einmal den Geifer des Löwen vom Kopf, sondern starrte gebannt auf die Darbietung. Zunächst hantierte er mit den brennenden Fackeln, warf sie überschlagend in die Luft, fing sie hinter seinem Rücken auf und löschte sie in seinem Rachen, entfachte neue, nahm einen Schluck des Brandmittels, um seine Feuerzungen hinauszuspeien, als ein fürchterlicher Schrei durch das Zelt hallte. Der Riese wälzte sich auf dem Boden, hielt sich Kopf und Hals fest und stürzte aus dem Zelt, indem er unmenschliche Laute, wie die eines verendenden Tiers ausstieß. Heinz saß unbeweglich da, sein Gesicht drückte keine Überraschung, keine Regung aus. Ein aufmerksamer Beobachter hätte nur ein knappes Nicken bemerkt.

Als Mattuschke am Morgen, nach der Tat an Sina, aufgewacht war, hatte er sich wieder an ein Hüsteln erinnert, dem er keine Beachtung schenkte. Es hörte sich nach Boris' signifikantem Räuspern an. Letzte Sicherheit gewann er, als er in dessen Wagen den abgerissenen Knopf entdeckte und bittere Rache schwor. Die ätzende Lösung, die er damals von Schnippels Beständen abzweigte, hatte er in die Brandmittelflasche gefüllt, die Boris für seine Feuerstöße benutzte und ihm nun Mund und Rachen verätzt.

Im Zirkus herrschte große Aufregung, Boris brachte man ins Krankenhaus, ‚Chapiteau' tobte fürchterlich, nachdem man die ätzende Lösung in der Flasche und den Grund für den tragischen Abbruch der Darbietung entdeckt hatte. Nach vier Wochen kehrte Boris zurück, seine Nummer konnte er nicht mehr vorführen, er blickte noch feindseliger, konnte sich nur noch mühsam artikulieren. Einen Tag blieb er im Zirkus, um seine Sachen zu räumen, dann verschwand er, ohne sich von jemandem zu verabschieden.

In derselben Nacht brach Feuer an verschiedenen Stellen aus, das eindeutig gelegt worden war. Zum Glück wurde es schnell bemerkt, aber bei mehreren Brandherden gelang es nicht, alles unter Kontrolle zu bringen. Ein Vorratszelt brannte vollständig aus, Heuballen verglühten, ein Zebra wurde Opfer der Flammen, zwei Arbeiter zogen sich Verletzungen zu. Da eins der Pferde fehlte und ein Materialwagen nach einer Panne zu spät eintraf, waren einige Leute wach, die sofort Alarm schlugen. Sonst hätte es eine Katastrophe gegeben. Niemand hatte den geringsten Zweifel, dass Boris, die lebende Fackel, der Pyromane war.

„Wenn ich mir alles zusammenreime, bin ich fast sicher, dass er der Mann in schwarz war, der über Sina hergefallen ist, nicht Narben-Kurt, wie ich zuerst vermutete. It's clear for me, aber wer hat ihn gerichtet?", fragte Harry, als sie im Wagen der Mattuschkes saßen.

Heinz zuckte mit den Schultern. „Vielleicht hat er selbst im Rausch die Flüssigkeiten verwechselt?".

Seine Augen waren auf Sina gerichtet, die blass und mit scheuem Blick dem Gespräch folgte. Dann sagte sie plötzlich sehr bestimmt:

„Wir werden den Zirkus wechseln, nach diesem Gastspiel sprechen wir mit ‚Chapiteau'. Hier ist das Unglück eingezogen, Medusa hat Recht."

Alle waren wie vor den Kopf gestoßen. Er wollte protestieren, herausschreien, dass er nicht leben könne ohne sie oder zumindest die Aussicht, sie ab und zu sehen und sich seine erotischen Träume erfüllen zu können, aber die Kehle war wie zugeschnürt. Wortlos verließ er den Wagen, um sie nicht die Tränen seiner Enttäuschung sehen zu lassen. Er hatte sie gerächt, den Scharlatan, der sie entehrte, gerichtet, und das sollte der Lohn sein? Könnte er ihr sagen, dass er es war, dass er keine Sekunde vergehen ließ, um ihren Peiniger zu bestrafen? Nein, das konnte er nicht, damit durfte er sie nicht belasten, niemand durfte es erfahren, obwohl man alles tat, um den Schuldigen zu finden.

Sie wussten ja nicht, was Boris vorher verbrochen hatte, Sina und Harry hatten den Vorfall verschwiegen. Sie machten ihre Ankündigung wahr und heuerten bei einem anderen Zirkus an, er und seine Eltern trauerten gleichermaßen und doch aus unterschiedlichen Gründen. Wochenlang war er verzweifelt, der Anblick der schönen Frau gehörte ihm, gehörte allein seinen Augen. Wie konnte sie ihm das nur antun?

Ricardo nahm das Training wieder auf, musste sich umstellen, da er die zweite Peitsche in der linken Hand nicht mehr wie bisher führen konnte. Er dankte Heinz innig für die mutige, gelungene Vertretung und umarmte ihn wie seinen Bruder.

„Die Löwen lieben dich und umgekehrt, sonst wäre es nicht möglich gewesen."

Sie engagierten eine neue Pferdenummer, aber sie war kein wirklicher Ersatz für die beiden, weder qualitativ, noch optisch. Aber das Spiel musste weitergehen. Er traf sich öfter mit Britta, die darunter litt, eiserne Disziplin zu halten, die Essensportionen waren so gut wie abgewogen, kein Kuchen, keine Süßigkeiten, kein Alkohol. Auch er hielt sich von ihm fern bis auf das gelegentliche Glas Wein, das ‚Chapiteau' nach gelungenen Geschäftsabschlüssen mit ihm teilte und immer von bester Qualität war. Wenn er trank, dann nie gegen den Durst, sondern allein für den Genuss. Mattuschke lernte Weine in diesen Jahren zu schätzen. So differenziert und fundiert ‚Chapiteau' über das Zirkusgeschäft Bescheid wusste, so künstlerisch erfasste er auch den Geschmack eines Weines. „Spürst du die vibrierende Säure, Aromen von Orange und Aprikose, die auf der Zunge tanzen?" Vor allem das reizvolle Spiel unterschiedlicher Jahrgänge und der feinen Reifenuancen reizte ihn. Oft ließ er ihn mit geschlossenen Augen probieren und das Alter erraten, damit er nicht von der Farbe gereifter Weine beeinflusst wurde.

„Weinkommentierungen", sagte er und schlürfte genüsslich aus seinem Glas, „müssen sein wie ein Minirock." Mattuschke lachte amüsiert. „Das Wesentliche knapp umspannen und dabei so kurz, dass das Interesse daran immer wach bleibt. Regen lässt das Gras wachsen, Wein das Gespräch."

Heinz' Vater liebte dagegen edle Whiskys, die kräftigen Malts der schottischen Insel Islay, die markant von Torf und Rauch geprägt waren oder solche von Orkney, die ein leichter Hauch von Salz und Meer begleitete. Der Single Malt ‚Corryvreckan' von Ardbeg, ging ihm nie aus.

Britta hatte sich zur Frau entwickelt, apart, mit braunem Haar und grünen Augen, die ihn an die Lichter seiner Katzen erinnerten. Sie hatte etwas Schelmisches, Herausforderndes im Blick. Wenn sie nicht gerade im Training war, suchte sie ihn öfter im Bürowagen auf oder holte ihn dort ab. Viel konnte man bei dem strengen Trainingsplan und zwei Aufführungen am Tag nicht unternehmen. Von Kindertagen an waren sie vertraut miteinander wie ein Paar, aber in letzter Zeit war etwas anderes entstanden, in erster Linie bei ihr, nachdem er sie mit seiner mutigen Löwennummer begeistert hatte. Ein Glühen lag in ihren Augen, ein leidenschaftliches Flackern, das allein ihm galt. Sie trafen sich nach ihrer Vorstellung, schnell sprang sie aus dem Artistenkostüm, schlüpfte in einen bequemen Jogginganzug. Das Adrenalin, bei ihren waghalsigen Flügen und Saltos reichlich ausgeschüttet, glaubte er förmlich riechen zu können.

Britta zog ihn in eins der leeren Zelte, gab ihm einen langen Kuss und schmiegte sich in seine Arme.

„Ich fühle mich wohl bei dir, kannst du mich ein wenig wärmen?", er schlang seine Arme um sie und zog sie näher zu sich. Ihre Küsse wurden intensiver, fordernder. Zärtlich streichelte er ihr über das braune Haar, das zu einem Zopf zusammengebunden war. Sie nahm seine Hand und schob sie unter ihr Oberteil.

„Auch, wenn ich den lästigen Anzug ausziehe?", fragte sie kokett und wand sich aus der Umhüllung, so dass sie in ihrer Wäsche vor ihm stand. Der Anblick erregte ihn spontan, augenblicklich fühlte er sich an die reizvollen Beobachtungen am Badehaus erinnert, obwohl der starke Reiz des Heimlichen, Versteckten, fehlte. Sie legte ihre Hand zart auf die entstandene Wölbung und meinte übermütig: „Da scheine ich ja etwas angerichtet zu haben, was ich nie und nimmer wollte."

Sie lächelte zufrieden und begann ihre Hand zu bewegen. Ihr Mund schmeckte angenehm nach Veilchen, wahrscheinlich von den Pastillen, die sie gerne lutschte. Sie stand auf, zerrte den Zeltspalt zu, damit keiner hineinsehen konnte und ließ langsam BH und Slip fallen. Er spürte starkes Begehren beim Anblick des anmutig schlanken Körpers mit durchtrainierten Muskeln und straffen Brüsten, wie modelliert. Hastig zog auch er sich aus, Britta erwartete ihn auf ihrer Decke. Er legte sich neben sie, fühlte ihre Wärme, roch ihren Duft, wollte sie spüren, in sie dringen, die ihm so vertraut war, endlich den Makel seiner Jungfernschaft ablegen. Sie atmete tief. Als er sich über sie beugte, sein heißer Körper den ihren berührte, stöhnte sie leise auf. Vorsichtig versuchte er, in sie einzudringen, aber kaum hatte er ihre nackte Haut gespürt, verschwand die eben noch starke Erregung schlagartig. Es war dasselbe Phänomen, das er damals bei Chou-Chou erlebte und das ihn bis jetzt daran gehindert hatte, einen neuen Versuch zu unternehmen. Enttäuscht wandte er sich ab, sein Gesicht in der Decke vergraben. Britta verharrte einige Augenblicke ratlos, dann streichelte sie sanft über seinen Rücken.

„Sei nicht traurig, es ist auch so wunderschön, mit dir zusammen zu sein, ich genieße deine Nähe und Wärme." Sie kuschelte sich eng an ihn: „Beim nächsten Mal ist alles ganz anders."

Aber auch weitere Versuche änderten nichts, und seine Sehnsucht nach versteckter Beobachtung wurde immer drängender. So wie er schon als Kind bestimmte Farben nicht sehen, Speisen nicht essen, Dinge nicht berühren konnte, war es ihm unmöglich, eine nackte Frau zu berühren und mit ihr zu schlafen. Die tiefe Freundschaft zu Britta beeinträchtigte dies nicht, aber ihre erotischen Versuche stellten sie schließlich ein. Sie hatte keine Erklärung dafür, suchte die Schuld bei sich und mangelnder Ausstrahlung, ihm wurde voller Resignation bewusst, dass er unter einem lebenslangen Stigma leiden würde, einem ewigen Versteckspiel und der verzweifelten Suche nach Erfüllung seiner außergewöhnlichen Begierden.

‚Chapiteau' überließ ihm mehr und mehr Organisation und Verhandlungen. Er war erfolgreich, besser als er, das musste der alte Zirkuschef ihm lassen, auch wenn er mit manch unseriösen Übertreibungen nicht einverstanden war. Finanziell stand der Zirkus so gut wie lange nicht da. Mattuschkes Geschick und Kaltschnäuzigkeit sprachen sich langsam herum. Er hatte längst ausgelernt, war vierundzwanzig Jahre alt und kannte das Zirkusgeschäft in allen Facetten. Über den Anschlag auf Boris wurde noch lange gerätselt, aber kein Täter gefunden. Vom Feuerschlucker hörte man nichts mehr.

Bei einer besonders zähen Verhandlung fiel er John Kornfeld auf. Das geschickte Taktieren, die Ruhe abzuwarten und das Gefühl bereits zu wissen, was seine Partner dachten oder planten, imponierte ihm. Er lud ihn zu einem Gespräch ein und erfuhr mehr über den jungen Mann, seine Aktivitäten als Ersatzdompteur und die effektiven, aber nicht ganz legalen Werbemethoden. Er wäre fähig, mit seiner überzeugenden, kultivierten Art gestandene Leute auszuspielen, ohne dass sie Verdacht schöpften. Seit langem suchte er nach jemandem, der seine rechte Hand werden könne. Es gab den ein oder anderen, aber entweder waren Gerissenheit mit groben Manieren oder gute mit wenig Biss, Intelligenz, mangelndem Mut oder Risikobereitschaft und umgekehrt kombiniert.

Der junge Löwenbändiger besaß alles, war heißblütig, trotzdem kontrolliert bis an Herz, scharfzüngig, geistreich und besaß Einfühlungsvermögen. Alkohol schien er, bis auf feinen Genuss, zu verschmähen, und seine Informanten hatten weder Weibergeschichten, noch kritische Eigenschaften herausgefunden. Er bot ihm an, in sein Unternehmen einzusteigen, mit einem Anfangsgehalt, von dem Mattuschke nur träumen konnte, einer Wohnung innerhalb des Unternehmensbereichs und eigenem Firmenwagen. Zwar besaß er keinen Führerschein, hatte aber den Zirkuseigenen Fuhrpark, einschließlich schwerer Laster, so oft rangiert, dass er darin nur eine Formsache sah. Er fragte nach Kornfelds zeitlichen Vorstellungen und bat sich Bedenkzeit aus. Spätestens zu Beginn des neuen Jahres müsse die Position besetzt sein. Heinz überlegte, bis dahin verblieben noch einige Monate, ein Weggang fiele in die Phase des Winterlagers. Bis zur neuen Saison könnte sich ‚Chapiteau' nach Ersatz umsehen. Von jetzt auf gleich würde er ihn nicht im Regen stehen lassen.

Zukolowski verschlug es die Sprache, als er ihm den möglichen Weggang eröffnete. Er nahm den feuchten Zigarrenstummel aus dem Mund. „Wenn es an der finanziellen Seite liegt, kein Problem, ich wollte dein Salär ohnehin deutlich aufstocken."

„Nein daran liegt es nicht", sagte er und stellte sich die Veränderung seiner Gesichtsfarbe vor, wenn er erfahren würde, was Kornfeld ihm geboten hatte. Aber das Gehalt war nicht das Ausschlaggebende, er liebte den Zirkus und die Gemeinschaft. Die Zukunftsperspektive war nicht verlockend. Hätte er die Chance, Teilhaber oder Direktor zu werden, käme kein anderes Angebot für ihn in Frage. Aber bei den Zukolowskis handelte es sich um eine alte Zirkusdynastie, die auf Tradition setzte. Nicht umsonst musste der Alte ihn führen, obwohl er sonstige Ambitionen hatte. Wenn er sich zurückzieht, würden andere Familienzweige das Unternehmen fortführen. Wer weiß, was dann aus ihm werden würde. Diesen Grund nannte er Zukolowski, der wie erwartet, wenig dagegenzusetzen hatte. Auch seine Eltern waren dafür, auch wenn ihnen die Kornfeld'schen Unternehmungen etwas undurchsichtig schienen, aber wer nichts riskiert, gewinnt auch nichts.

„Du darfst das Messer bis an die Haut heran werfen, aber nicht näher, bleibe immer auf der rechten Seite und bewahre dir den Mut, deine eigene Meinung zu vertreten. Ich hätte dich gerne als meinen Nachfolger gesehen, aber ich verstehe deine Gründe", riet ihm sein Vater. Er sagte Kornfeld zu.

Der Abschied aus der Zirkusfamilie fiel schwer, besonders von Britta, seiner engsten Freundin, Heidrun, die inzwischen weitere Kilos auf die Waage brachte, Ricardo, Fiete, Morello, Wackernagels und Amarena, die ihr Augenlicht verloren hatte und ihn lange umarmte, wohl ahnend, dass es ein Abschied für immer sein würde.

Kornfeld, ein hochgewachsener Mann mit aristokratischem Auftreten, angeborener Autorität und der vornehmen Bräune höherer Schichten, die im Sommer die Sonne von Cannes und im Winter die von St. Moritz genossen, hatte sich ein Firmenimperium unterschiedlichster Bereiche aufgebaut. Ursprung war das elterliche Baugeschäft, das er über viele Jahre hinweg, durch lukrative Aufträge ausbauen konnte. Wie er an die Aufträge kam, blieb sein Geheimnis, jedenfalls munkelte man in der Branche, dass es nicht immer mit rechten Dingen zuging. Später erweiterte er die Unternehmung zu einem Projektentwickler, der interessante Grundstückareale aufkaufte und bebaute, unter anderem Fabrikbrachen oder ehemals militärisches Konversionsgelände. Nachdem er zahlreiche Objekte aus Versteigerungen aufkaufte, herrichtete und anschließend als Geschäfte oder Praxen vermietete, stieg er in die Gastronomiebranche ein, der bald die Eröffnung einiger Rotlichtetablissements folgte. Den unmittelbaren Betrieb übertrug er den Platzhirschen der Branche, blieb aber beteiligt und sicherte sich Mitspracherechte. Nachdem größere Summen, die er Bekannten ‚*selbstlos*' geliehen hatte, trotz wiederholter Prolongation der Wechsel nicht zurückerstattet werden konnten, übernahm er auch deren Betriebe, zwei Druckereien, ein Sägewerk und setzte sie als Geschäftsführer ein, so dass sie nach außen ihr Gesicht wahren konnten und ihm sogar dankbar waren. Eher hobbymäßig spekulierte er mit Aktien und Termingeschäften und hatte auch hier ein so glückliches Händchen, dass er mit geschicktem Verkauf zum richtigen Zeitpunkt enorme Gewinne erzielte. Auch dies sollen Insidertipps ermöglicht haben.

Kornfeld behielt immer eine saubere Weste. Waren schmutzige Geschäfte zu erledigen, hatte er entsprechende Leute dafür oder ließ sie von seinen Scheinfirmen ausführen, über die keine Verbindung zu ihm hergestellt werden konnte. Mattuschke war überrascht, die weitverzweigte Struktur kennenzulernen, arbeitete sich aber schnell ein. Die Philosophie gefiel ihm. Kornfeld ließ ihn heimlich testen. Er sollte vom Betreiber eines Etablissements einen Anteil der Erlöse abholen. Der Mann war instruiert und schlug den Deal vor, eine niedrigere Summe anzusetzen und sich den Rest aufzuteilen, Kornfeld würde es nicht merken, da er die Bücher nur von seinen Leuten prüfen lasse. Es wäre ein hübsches Sümmchen gewesen, aber er lehnte ab und informierte Kornfeld über den unzuverlässigen Partner. Nicht weil er Skrupel hatte, etwas Illegales zu tun, aber er gehörte hier ebenso wie im Zirkus zu einer Familie, in der man kein falsches Spiel trieb. Als nächstes setzte Kornfeld eine attraktive Frau auf ihn an, die ihm gegen Liebesdienste bestimmte Informationen entlocken sollte. Die Dame gefiel ihm gut, aber sein Problem hinderte ihn daran, sich mit ihr einzulassen, so blieben auch die Informationen unter Verschluss.

Von da an weihte ihn Kornfeld in alle Vorgänge ein und übertrug ihm delikatere Aufträge. Wurden Grundstücke gesucht, sollten Häuser verkauft oder Entscheidungsträger umgestimmt werden, entwickelte er subtile Methoden, um zunächst im Namen anderer zum Ziel zu kommen. Seine sprichwörtliche Überzeugungs- und Überredungskunst kam ihm dabei sehr zustatten. Hatte er trotz aller Kniffe keinen Erfolg, leitete er die Aktion ‚*Torero*' ein, wie er sie nannte. Sie war wenig fein, aber umso wirkungsvoller und bedeutete, wie der Name schon erkennen ließ, Ablenkung vom Täter und den finalen Stich. Den ließ er von solchen durchführen, zu denen ihm keine Verbindung nachgewiesen werden konnte. Hauseigentümer, die nicht bereit waren, ihre Immobilie herzugeben, wurden plötzlich überfallen, erlitten unerklärliche Verkehrsunfälle, das Haus brannte ab, Kredite wurden fällig gestellt, Arbeitsverhältnisse mit fadenscheinigen Gründen gekündigt, so dass Verkäufe unvermeidbar wurden. Das Perfide war, dass Kornfeld nach solchen Schicksalsschlägen als Retter auftrat und sich anbot, das Unglücksgrundstück zu einem nicht mehr erwarteten Preis zu kaufen, Wohnungen günstig zur Verfügung zu stellen oder in der Notlage anderweitig zu helfen. Er sei ein warmherziger Mensch, unverschuldete Schicksalsschläge rührten ihn eben. Mattuschke bewunderte das Phänomen, wie konnte einer, der rücksichtslos seine Interessen durchsetzte, als Wohltäter gelten und sich eines Saubermannimages erfreuen?

Kornfeld lud ihn in sein herrschaftliches Haus ein. Nach einem kleinen Imbiss mit Gänseleberpastete zu einem edelsüßen, goldfarbenen Monbazillac, dessen Schlieren sich wie pralle Adern träge an der Innenwand ihrer Gläser hinab bewegten, besprachen sie bei einem hervorragenden Bordeaux aus der Region ‚*Margaux*' ein Projekt, an dem Kornfeld besonders viel gelegen war und das lukrative Gewinne versprach. Der Eigentümer war zum Verkauf bereit, er brauchte das Geld dringend aufgrund einer Notlage, in die ihn Kornfeld ohne sein Wissen gebracht hatte, nur der Leiter des Bauamtes verweigerte die Genehmigung für die geplante Nutzung. Raffinierte Bestechungsversuche schlugen allesamt fehl.

„Lass dir was einfallen Heinz, wenn du das schaffst, wäre es dein Meisterstück, ich würde mich sehr erkenntlich, zeigen", er schmunzelte und schlug ihm freundschaftlich auf den Arm. Mattuschke wusste, wie sehr er an diesem Vorhaben hing, aber ebenso, wie unbeugsam das Bauamt dazu stand.

„Ich werde mir Gedanken machen." Der Rotwein wärmte innerlich, beide tranken ihn genießerisch in kleinen Schlucken.

„Was hältst du davon?", fragte Kornfeld und erhob das Glas, in dem es ziegelrot schimmerte.

„Ich finde ihn ausgezeichnet, die runde Süße der Brombeer-Holunderfrucht, das feine Mineralische, Feuerstein, das mir schon bei Rieslingen aus Schieferlagen besonders gefallen hat, harmonisch und ohne Strenge."

„Ich sehe, du verstehst etwas vom Wein, das gefällt mir; es ist ein besonderes Stück Kultur, sich mit ihm auseinanderzusetzen. Ich mag Bordeaux, am liebsten die aus dem Margaux."

„Warum gerade die?"

„Sie erscheinen mir gefälliger als die Giganten aus dem Pauillac, haben größere Merlotanteile, ohne dabei Rasse und Finesse zu verlieren. Wie alt schätzt du diesen ein?"

Er erinnerte sich der Abende, an denen er mit ‚Chapiteau' zusammensaß und die Jahrgänge verdeckt probierter Weißweine schätzen sollte. „Ich kenne mich bei Rotweinen nicht so aus, aber er dürfte vielleicht fünfzehn Jahre auf dem Buckel haben." Kornfeld lachte anerkennend. „Nicht schlecht probiert, er ist 18 Jahre alt, ein 1968er, gereift trinke ich ihn am liebsten. Chateau Siran, Prieuré-Lichine, Palmer und Margaux sind meine Lieblingsgüter. ‚*Eine Flasche Wein möchte immer geteilt werden, ich habe nie einen geizigen Weinliebhaber getroffen*', sagt Clifton Fadiman, er hat Recht, am meisten Genuss bereitet er, in Gemeinschaft von anderen getrunken zu werden, die ihn schätzen. Wein ist Magie."

Baudezernent Friedrich von Leuchtenburg, geborener Stadelmacher, der den Namen seiner adeligen Frau angenommen hatte, war ein schwer durchschaubarer Mann, der, wie Mattuschkes Recherchen ergaben, keine besonderen Schwächen zu haben schien, bei denen man ansetzen könnte. Da er wusste, welche Bedeutung das Projekt für Kornfeld hatte, war er besonders motiviert, außerdem interessierte es ihn brennend, auf welche Weise er sich ihm erkenntlich zeigen würde. „Ich habe meinen Kopf in den Rachen eines Löwen gesteckt, da wird es mir doch wohl gelingen, mit diesem Leuchtenburg fertig zu werden", sagte er laut vor sich hin, „ich werde persönlich mit ihm sprechen."

Er war ein aufgeblasener, borniener, kleiner Mann mit fleischiger Nase und deutlicher Bauchfülle. Das, was dort zu viel des Guten war, fehlte ihm an Haaren auf dem Kopf, der mit seiner bescheidenen Pracht ungewöhnlich massig wirkte. Eine Zeitlang hatte er versucht, das Haar der rechten Kopfhälfte über die Glatze zur anderen zu ziehen, den lächerlichen Versuch aber schließlich aufgegeben. Das Alter forderte seinen Tribut unerbittlich. Seine herablassende Art ließ deutlich spüren, dass er es als Gnade ansah, ihn überhaupt empfangen zu haben.

„Drei Minuten Herr ..., ach ich werde mir den Namen ohnehin nicht merken, mehr gibt's nicht, ich habe Wichtigeres zu tun."

Auf seinem Schreibtisch lag die aufgeschlagene Seite eines Börsenmagazins. Mattuschkes Überredungskünste verfingen nicht. Um sich in der Sache nicht geschlagen zu zeigen, sagte er beim Hinausgehen frostig: „Das war nicht unser letztes Gespräch Herr von Leuchtenburg", und verließ das Büro. Er zog Recherchen über die Familie ein, sie hatte zwei Töchter, die zum Gymnasium gingen, lebte in einem feudalen Haus, das er sich von seinem Beamtengehalt nicht hätte leisten können. Er war offenbar abhängig von seiner Frau und dem Wohlwollen derer von Leuchtenburg. Mattuschke ließ ihn überwachen. Aber er gab sich keine Blöße, der Mann ging nicht aus, machte alleine keinen Sport, hatte weder Skat- noch Kegelclub und spielte an jedem Wochenende brav Golf gemeinsam mit Frau und Schwager. Von einem seiner Leute, der mit dem Hausmädchen flirtete, erfuhr er, dass Frau von Leuchtenburg das Kommando führe und er völlig unter ihrem Pantoffel stehe, einer kalten, herzlosen Person, die nicht zögern würde, ihn bei einem Streit vor die Türe zu setzen. Er dagegen sonne sich im Glanz des Namens, sie genieße es, zur ersten Garde der Stadt zu gehören.

Er hatte sich schon entschlossen, die Überwachung einzustellen, als er einen Anruf seines Mitarbeiters erhielt, von Leuchtenburg verabschiede sich soeben liebevoll von seiner Frau und steige mit Reisetasche in den Wagen.

„Wahrscheinlich eine Dienstreise", murmelte er und aus einer Eingebung heraus, „fahre ihm doch einfach mal nach Erich."

Die Fahrt führte bis zum Bodensee, dort mietete er sich in einem kleinen romantischen Hotel ein. Erich ließ eine Weile verstreichen, dann erkundigte er sich an der Rezeption, ob das Ehepaar Leuchtenburg schon eingetroffen sei, man wolle es am Abend gerne überraschen. Bereitwillig erhielt er die Auskunft, die Herrschaften seien bereits auf ihrem Zimmer.

Mattuschke zögerte keine Sekunde, organisierte seine Tagesplanung um, fuhr zum Liebesnest und quartierte sich dort für eine Nacht ein. Der Portier schaute fragend, als er das Einzelzimmer orderte, offenbar wurde das Haus selten von Singles aufgesucht. Beim Abendessen ließ er sich einen Tisch in der Ecke geben, von dem aus er den Speisesaal gut beobachten konnte. Er war schon beim Hauptgericht, als der Gesuchte mit Begleitung erschien. In hellem Anzug mit jugendlicher Krawatte, sie in einem elegant zartgrünen Kleid mit auffälligen Ohrringen, die sie während des Gesprächs öfter berührte und ihm zeigte, offenbar ein Geschenk, das sie von ihm erhalten hatte. Sie war jung, wesentlich jünger als er jedenfalls, vielleicht Mitte dreißig, schwarzhaarig, mit schulterlangem Haar, von Spangen gehalten und einem erfrischenden Lachen, das bis zu ihm herüberdrang. Da sie Mattuschke zugewandt saß, konnte er sie beobachten, während er von Leuchtenburg verborgen blieb. Er hatte seine Hand auf die ihre gelegt, nahm sie von Zeit zu Zeit und führte sie zum Handkuss an den Mund.

„Was fängt eine Frau nur mit diesem arroganten Mann, der die Attraktivität einer Sperrholzplatte hat, an", sagte er vor sich hin und wünschte sich im gleichen Augenblick, mit Sina hier zu sein. Er hatte keine Ahnung, wo sie sich aufhielt.

Als das Essen beendet war, orderte Mattuschke eine Flasche Champagner und drei Gläser an ihren Tisch und begrüßte beide mit Herzlichkeit und unwiderstehlichem Strahlen, so dass die Begleiterin sofort von ihm eingenommen war und freundschaftliche Kontakte vermutete. „Welch freudige Überraschung, Sie so schnell wieder zu sehen, Herr von Leuchtenburg. Gnädige Frau, ich habe mir erlaubt, mit einem Gläschen Champagner auf das nette Wiedersehen anzustoßen. Ich störe Sie und ihre charmante Begleiterin doch hoffentlich nicht?"

„Keineswegs, ich finde, das war eine ausgezeichnete Idee", sagte sie freundlich und nahm damit von Leuchtenburg, der rot angelaufen war und stark zu transpirieren begann, den Wind aus den Segeln. „Entschuldigen Sie, Mattuschke ist mein Name, wir kennen uns geschäftlich sehr gut und bald noch besser", er lächelte zu ihm hinüber, nahm am Tisch Platz und stieß mit beiden an. Ein entspannter, zufriedener Ausdruck lag auf Mattuschkes Gesicht. Selten hatte ihm Champagner so gut geschmeckt. Von Leuchtenburg saß wie erstarrt, klammerte sich verlegen an sein Glas und lächelte gequält über die launigen Bemerkungen des ungebetenen Gastes, die seine Begleiterin bestens amüsierten. Den Rest der Flasche ließ er auf dem Tisch stehen, verabschiedete sich und wünschte einen angenehmen Abend.

„Ich wäre gerne noch in ihrer reizenden Gesellschaft geblieben, habe aber schon sehr früh eine geschäftliche Besprechung, zu der ich ausgeschlafen sein möchte."

Diskret legte er seine Visitenkarte auf den Tisch. Frau Harvey, die Begleiterin, hatte einen Ausdruck des Bedauerns in ihren Augen. Er zwinkerte ihr freundlich zu, als er ging.

„Dem Himmel sei Dank, jetzt hängt er am Haken", jubilierte er leise, zahlte seine Rechnung und überließ dem verblüfften Kellner ein ansehnliches Trinkgeld. Von Leuchtenburg war eine Erscheinung, die auf der Appetitlichkeitsskala ganz unten rangierte. Er hatte sich stark überwinden müssen, ihm die Hand zu geben, aber für den Erfolg war es nötig, über seinen Schatten zu springen. Im Zimmer angekommen, wusch er sich lange die Hände.

Zwei Tage später erhielt er den erwarteten Anruf. Man sollte sich noch einmal über das Projekt unterhalten. Von Leuchtenburg empfing ihn mit ausgesuchter Freundlichkeit, er hatte Schweißperlen auf der Stirn und ein feuchtes Hemd, obwohl es früher Vormittag und eher kühl war.

„Unter einer Bedingung bin ich bereit, meine Haltung zu überdenken, Herr Mattuschke", der Name kam ihm wie geölt über die Lippen.

„Die Bedingung ist erfüllt, absolute Diskretion, nur ein Überdenken reicht mir nicht."

„Also ich meine, wir sperren uns nicht mehr gegen die Bebauung, wenn ...."

Er erbat sich kleine Änderungen als Zugeständnis, die Mattuschke zur Gesichtswahrung gerne einräumte, dann gab er ihm eine schriftliche Bestätigung.

„Ich kann mich auf Sie verlassen?", fragte er besorgt, als er ihn zur Tür begleitete.

„Natürlich, sind wir nicht beide Ehrenmänner? Herzliche Grüße an ihre reizende Begleitung."

„Kaffee Heinz?" „Gerne, bitte schwarz mit viel Zucker."

„Wie kommst du in der Projektsache weiter?", wollte Kornfeld wissen, seine Tasse mit abgestandenem Milchkaffe stand vor ihm auf dem Tisch, er schenkte Mattuschke ein. Der riesige Schreibtisch, quadratisch und an den Rändern umlaufend mit Intarsien versehen, bot ideale Möglichkeiten für Besprechungen im Kreis von vier Personen, Kornfelds engstem Vertrautenzirkel. Trotz seiner wuchtigen Größe stand er auf zierlichen, feingeschwungenen Füßen. Wahrscheinlich war das edle Stück sehr wertvoll, ging ihm in diesem Moment durch den Kopf. Hinter ihm hing das fast lebensgroße Ölbild eines Mannes mit markanten Zügen, eine Zigarre in der rechten Hand, vor einer schemenhaft kubistisch dargestellten Landschaft, im Stile eines Lyonel Feininger. Sein Vater schien es nicht zu sein, wahrscheinlich der Schwiegervater, aber er war nicht sicher.

„Es ist eine zähe Angelegenheit", sagte er gespielt zerknirscht und legte die Bestätigung des Bauamtes lässig auf den Tisch, während er winzige Schlucke des dampfenden Kaffees schlürfte.

„Wem sagst du das", stöhnte Kornfeld resigniert, „wenn es wenigstens einen Hoffnungsstrahl gäbe."

„Werfen Sie doch mal einen Blick darauf!", Mattuschke verging fast vor Spannung.

Kornfeld überflog das Schreiben. „Ich fasse es nicht, wie hast du das nur geschafft?", er sprang auf, umarmte ihn, klopfte ihm auf die Schulter wie einem gehorsamen Pferd und geriet ganz außer sich.

„Ich habe schon nicht mehr daran geglaubt, wie ist es gelungen?"

„Bleibt mein Geheimnis", strahlte er.

„Das muss gefeiert werden, das war dein Ritterschlag. Wer das fertig gebracht hat, der kann es sogar nach oben schneien lassen."

Kornfeld ließ sich nicht lumpen. Zuviel war ihm diese Sache wert. Er überließ ihm einen Teil seines Aktienbestandes und bot ihm eine von zwei insolventen Firmen mit hineingepumptem Betriebskapital an, die er gerade gekauft hatte. Eine Textilfabrik mit fünfzig Näherinnen und ein EDV-Unternehmen zweier junger Leute mit guten Ideen, aber völlig verschätzter Finanzplanung. Er entschied sich für die jungen Leute. Kornfeld lachte: „Hast wohl Manschetten vor einem größeren Unternehmen? Wie du möchtest."

Mattuschke sagte nichts, mit dem kleinen Betrieb würde er auf das richtige Pferd setzen. Im Textilbereich gab es so viele Unwägbarkeiten und Modetrends, die man falsch einschätzen könnte, aber dieser Branche gehörte die Zukunft, zumal zu diesem Zeitpunkt gegen Ende der achtziger Jahre. Außerdem gefielen ihm die beiden idealistischen Spezialisten, die brannten und gute Ideen für neue Programme und Internetplattformen hatten. Nur fehlendes Kapital bremste ihre Aktivitäten. Er unterhielt sich oft mit ihnen, schenkte ihnen Vertrauen, freie Hand und sollte dafür belohnt werden. Befreit von finanziellem Druck und persönlicher Belastung entfalteten beide eine Kreativität, die sich bald in barer Münze auszahlte. Er erkannte Potential und Entwicklung und machte sie zu Mitgesellschaftern, um ihre Abwerbung zu verhindern. Neue Programme entstanden aus ihrem Ideenfundus, Patente konnten an Konzerne verkauft werden. Er hatte eine Goldgrube in seinem Besitz.

Hin und wieder besuchte er Etablissements, in denen Frauen auf sein Spiel versteckter Beobachtung eingingen, immer in der Vorstellung, Sina, die Vollkommene, unbemerkt betrachten zu können. Er erlebte zwar Befriedigung, aber der Reiz war nicht mit dem früherer Erlebnisse vergleichbar, weil es keine echten, nur simulierte Szenen waren. Einmal suchte er ein Edelbordell auf, wurde mit Chérie handelseinig, einer blonden Schönen, die Sina ähnlich sah. Hinter einem Paravent konnte er beobachten, wie sie sich auf dem Bett räkelte. Bevor er ging, fiel sein Blick aus dem Fenster des Erdgeschosses auf den Hinterhof, der Parkmöglichkeiten bot, was ihm vorher nicht aufgefallen war. So hatte er seinen Wagen einige hundert Meter entfernt abgestellt. Mit Chérie war er zufrieden, ihr fließendes langes Blondhaar konnte ihm für kurze Zeit die Illusion der schwebenden Sina vermitteln, er entlohnte sie großzügig. Draußen warf er noch einen Blick auf den Parkplatz für den Fall eines erneuten Besuchs, als er aus dem offenen Fenster Chéries spöttische Stimme hörte, die sich gerade mit einer Kollegin unterhielt:

„Der verrückte Irre, wollte nur spannen und zahlt noch drauf, der hat garantiert keinen Schwanz."

Er konnte nur schwer ertragen, dass sich jemand über ihn und seine Defizite lustig machte. In dieser Hinsicht verfügte er weder über den Schutzfilm selbstsicherer Überlegenheit, noch den der Verachtung. Beider Gelächter hallte noch in seinen Ohren, lange nachdem er die Stadt verlassen hatte. Wenige Tage später fragte ein Mann mit mürrischem Blick und ungewöhnlich langem Ledermantel nach Chéries Liebesdiensten. Da sie nicht frei war, bot man ihm ebenbürtigen Ersatz aus dem reichen Haremsensemble an, aber er bestand auf Cherie und kam später wieder. Den Lohn legte er direkt auf den Tisch.

„Zieh dich aus", befahl er barsch. Schon wieder ein Eigenartiger, der auf Leder und Gewalt steht, dachte sie. Der Unbekannte warf sich auf sie, zückte ein Messer und schnitt mit einer blitzschnellen Bewegung zwei Mal diagonal durch ihr Gesicht, dann sprang er durch das offene Fenster auf den Hof, ehe die Verletzte den Schmerz spürte und um Hilfe rufen konnte. Die Suche des stummen Türstehers, Boris Plonsky, blieb ohne Erfolg.

Mattuschke litt darunter, keine normale sexuelle Beziehung führen zu können, auch alle späteren Versuche waren auf dieselbe Weise gescheitert; der Wunsch nach neuen heimlichen Beobachtungen wurde unerträglich stark. Verzicht hätte Befreiung bedeuten können, aber dazu war er zu schwach. Nur in solchen Situationen fühlte er sich vollwertig, den visuellen weiblichen Opfern überlegen, mit unbegrenzter Macht. Ihnen, den Stummen seiner Lust, konnte er eigene Phantasie-Vorstellungen überziehen, wie ein zartes Seidenkleid, sie die unausgesprochenen Worte sagen lassen, die er hören wollte. Er wurde zu einem voyeuristischen Flaneur, schlich abends an Gärten und erleuchteten Fenstern vorbei, in der verzweifelten Hoffnung auf Beute. Dabei entdeckte er ein Holzhaus, versteckt am Waldrand errichtet, dessen Vorhänge nie zugezogen waren. Immer wieder pirschte er sich an die kleinen Fenster heran, um Einblicke zu erhaschen. Zur Zeit schien es nur von einer Frau bewohnt, einer figürlich ansprechenden, die sich ungehemmt darin bewegte, in der Annahme, vor Blicken geschützt zu sein. Er fand heraus, dass sie meist zur selben Zeit das Bad aufsuchte, sich entkleidete und anschließend durchs Haus lief, bevor sie ihr Schlafzimmer im oberen Stockwerk aufsuchte. Er spürte, wie ihn die Versuchung erfasste, weiter trieb; er wollte mehr, war von ungesunder, unbarmherziger Unruhe befallen.

Wieder einmal hatte er sich an das Haus geschlichen und beobachtet, wie sie nur in ein Handtuch gehüllt, aus dem Bad kam, mit den Händen durch das feuchte Haar fuhr und, nackt auf ihren Sessel sitzend, telefonierte, bevor sie hinaufging, wo nach einer Weile die Lichter erloschen. Es drängte ihn, ins Haus zu gelangen, die Eingangstür war verschlossen, von der Terrasse gelang es nicht, aber die Kellertür war offen, sie wäre ohnehin ein leichtes Spiel für ihn gewesen. Er zog die Schuhe aus, schlich die Treppe hinauf und befand sich im Wohnzimmer. Durch die häufigen Beobachtungen hatte er eine passable Orientierung, außerdem warf das Mondlicht einen Schein hinein, der ihn Umrisse erkennen ließ. Er öffnete die Tür zum Bad, konnte noch das Parfum riechen, das sie benutzte und sog es in sich hinein. Die Aufregung ließ ihn auf angenehme Weise erzittern. Nie konnte er dieses Gefühl der Spannung bei den arrangierten Szenen erleben. Es war großartig, das Rauschen des Blutes wieder in den Ohren zu haben. Eine Steintreppe führte zu den oberen Zimmern, eigenartig in einem Holzhaus, aber sie würde nicht knarren. Ein Flur mit drei Türen.

Er hielt den Atem an, lauschte. Leise, regelmäßige Atemzüge waren zu hören. Die vorsichtig hinunter gedrückte Klinke gab ein leises Schnarren von sich. Er war in ihr Schlafzimmer eingedrungen.

Das Fenster, ohne Vorhänge und Jalousien, war gekippt, ein leichter Luftzug wehte zu ihm, schnell lehnte er die Tür an. Das einfallende Licht zeigte ihm die Umrisse ihres Körpers, warf einen Schein auf ihr Gesicht, das viel schöner war, als er es aus der Entfernung einschätzen konnte. Friedlich, wie die glatte Oberfläche eines Sees, die kein Windhauch kräuselt, befreit von Anspannung, Traurigkeit, verletzender Gleichgültigkeit oder hochmütigem Blick. Sie lag nur bis zum Oberkörper bedeckt im Bett, die Brüste, die sich im Rhythmus der Atmung hoben, frei, den Kopf leicht zur Seite abgewinkelt, mit leicht geöffneten Lippen, als wollte sie gerade etwas fragen. Er trat näher an ihr Bett heran und genoss die Minuten unbemerkter Beobachtung, saugte den Anblick in sich hinein. Sie drehte sich zur Seite, nahm das dünne Tuch mit, das sie bedeckte und bot ihm den Anblick der nackten Rückseite. Ihm wurde schwindlig beim Blick auf die unbekleidete Gestalt, nur Zentimeter von ihm entfernt. Noch eine Weile kostete er die Erregung in atemloser Spannung aus, dann verließ er das Zimmer wieder auf Zehenspitzen.

Kornfelds luden ihn häufiger ein, er wurde fast zu einem Familienmitglied. Sie führten ein vornehmes, gastfreundliches Haus, interessante Leute lernte er dort kennen, knüpfte Verbindungen, die sich bei geschäftlichen Aktivitäten auszahlten. An einem dieser Abende lernte er Martine Pionto kennen, die Geschäftsführerin einer auswärtigen Filiale, braunhaarig, kess und offenbar tüchtig. Sie war ihm sofort sympathisch, und auch er schien ihr zu gefallen. Kornfeld war ausgezeichneter Stimmung, bot exzellente Bordeauxweine an, ein 1985er Rauzan-Ségla gefiel Mattuschke in seiner Feinnervigkeit und milden Süße am besten.

„Der 1982er ist zwar als Jahrgang besser, aber nicht bei diesem Gut", klärte ihn Kornfeld auf. Am nächsten Tag besuchte Martine ihn im Büro, ließ sich über seine Arbeit informieren. Er lud sie zum Mittagessen ein, sie unterhielten sich, als seien sie schon lange miteinander bekannt und versprachen ein baldiges Wiedersehen. Sie war intelligent, gutaussehend, hatte eine wache Frische, freundlichen Charme und Niveau.

Das nächtliche Erlebnis ließ ihn nicht zur Ruhe kommen, er musste das Haus wieder aufsuchen. Er fuhr am Tag hin, wollte ihren Namen erfahren, jetzt, wo ihr Anblick ihm gehörte. Es sollte keine anonyme Beziehung sein. Charlotte Spitzer hieß sie, „Charlotte", sagte er in unterschiedlicher Betonung wie ein Schauspielschüler, jetzt kannte er ihren Namen. Es trieb ihn erneut zum Haus, wieder wartete er, bis die Lichter erloschen waren und schlich auf dieselbe Weise nach oben. Auch diesmal gelang es, unbemerkt in ihr Zimmer zu kommen. Es war warm und schwül, den ganzen Tag über hatte sich ein Gewitter angekündigt, sich dann aber zurückgezogen. Sie lag nackt auf dem Bett, die Decke an den Füßen zusammengerollt. Gebannt betrachtete er ihre Schönheit mit angehaltenem Atem, ihr kurzes Haar, das sich im Nacken kräuselte, die zart gebräunte Haut, nur an Brüsten und Schoß weiß geblieben, die Lippen, im Schlaf wie zu einem Kuss geformt. „Charlotte", sein Mund bildete den Namen lautlos. Er trat näher, ließ seinen Blick zentimeterweise über die sanft geschwungene Landschaft ihres Körpers schweifen, nahm jede Stelle in sein Gedächtnis auf. Reste von Parfum und Düften hingen im Raum wie vergessene Beeren nach herbstlicher Traubenlese. Er erlebte intensive Intimität mit angespanntesten Sinnen, die Kraft des Verbotenen, die sonst keinem Liebhaber vergönnt ist.

Versunken in bebender Erregung, nur eine Hand breit entfernt, versuchte er, kühn nach vorne gebeugt, sie zu berühren, ihre Haut an seinen Fingerspitzen zu spüren, als ohne Warnung ein greller Blitz das Zimmer erleuchtete, dem unmittelbar krachender Donner folgte. Charlotte Spitzer fuhr erschrocken hoch, riss die Augen auf, sah die Gestalt an ihrem Bett, ohne Frage ein Vergewaltiger oder Dieb und schrie hysterisch. Benommen stolperte er aus dem Zimmer, fiel die Treppe hinunter, humpelte hinaus. Bis zum Wagen hatte er noch ein Stück zurückzulegen. Der Schreck saß ihm im Nacken. Nur mit Mühe brachte er den Schlüssel ins Wagenschloss, so zitterten seine Hände. Auf dem Weg nach Hause hörte er die Sirene eines Polizeiwagens. Ob man bereits nach ihm suchte?

Martine traf er jetzt öfter, sie verstanden sich gut, und er hatte das Gefühl, Kornfeld habe ihr Zusammentreffen arrangiert. Das Ehepaar ging geradezu liebevoll mit ihr um und behandelte sie wie eine Tochter. Nicht umsonst fragte er ihn in letzter Zeit häufig, ob er nicht daran denke, eine Familie zu gründen. „Mit der Firma verheiratet zu sein, ist ja schön, aber auf Dauer unbefriedigend", meinte er augenzwinkernd.

In den Jahren der Zusammenarbeit gab es beachtliche Erfolge, die auf Mattuschkes Initiative zurückgingen. Von dem bewussten Projekt und anderen lukrativen Unternehmungen ganz zu schweigen, hatte er bei dem übernommenen maroden Sägewerk eine zündende Idee. Schnitt man früher nur Bau- oder Brennholz, fügte er die Sparte Fertigbauelemente hinzu, die aus Gründen der Zeitersparnis immer häufiger beim Hausbau zum Einsatz kamen. Bei Frontteilen oder Gauben verzichtete man auf das Mauern und verwandte stattdessen vorgefertigte Leimbinderelemente. Als Nebenprodukt fielen Pellets zum Heizen von Holzöfen an. Man kam damit zum richtigen Zeitpunkt auf den Markt. Dennoch reizte es ihn, ein eigenes Großprojekt auf die Beine zu stellen, für das er alleine die Grundlagen schuf. Er hatte eine Sache im Auge, mit der er Kornfeld überraschen und sich höchsten Respekt erwerben könnte. Zielstrebig brachte er sie auf den Weg, ohne ihn einzuweihen, aber es ergaben sich Schwierigkeiten, die allein mit seiner Überzeugungskunst nicht zu überwinden waren. Er musste in die Trickkiste greifen, der er sich schon bei der Zirkuswerbung bedient hatte. Falsche Angaben, geschönte Fakten. Er war in einer ehrgeizigen Weise von seinem Vorhaben beseelt, dass er selbst vor gefälschten Unterschriften, die er zögernden Partnern zur endgültigen Überwindung ihres Widerstandes vorlegte, nicht zurückschreckte. Er verrannte, ja verbiss sich in sein Prestigeprojekt, mit dem er Kornfeld endlich beweisen könnte, auf gleicher Erfolgsstufe zu stehen.

Es lief gründlich schief. Das Ganze platzte zu einem Zeitpunkt, als er sich schon am Ziel fühlte und endete mit einer Verurteilung wegen Betrugs und Urkundenfälschung. Aufgrund der geschickten mehrstöckigen Firmenstruktur blieb Kornfeld nicht nur unbehelligt, er konnte sich im letzten Moment sogar als Sanierer und Retter des Projekts empfehlen. Mattuschke war der Dumme.

„Du bist ein intelligenter, cleverer Bursche, Heinz und mein bester Mann, aber nur so lange du mit kühlem Verstand an die Dinge herangehst, sobald du dich von Emotionen oder falschem Ehrgeiz leiten lässt, verlierst du den Blick für den richtigen Weg. Es wird eine wertvolle Lehre für dich sein."

Er hätte schreien mögen, war zutiefst deprimiert und wütend auf sich selbst. Zum ersten Mal hatte er, dessen Stärke es war, kühl zu analysieren, andere auszurechnen und beherrscht abzuwarten, eine schwere Niederlage erlitten, weil er ungeduldig von seinem Weg abwich. Jetzt war er auch äußerlich von einem Stigma gezeichnet. Er schämte sich vor Martine, die Geduld brauchte, um ihn über den Misserfolg hinwegzutrösten, der sich letztlich vorteilhaft für das Imperium, nur nicht für ihn, erwies. Er suchte ihre Nähe. Die warme Herzlichkeit empfand er als großes Glück, das hatte er lange vermisst. Am liebsten würde er mit ihr zusammenleben und spürte doch seine Bindungsängste.

Martine war lange der Meinung, für ein Singledasein prädestiniert zu sein, warum sollte man sich an einen Mann binden, wenn man beruflich erfolgreich war, die Unabhängigkeit liebte, keine Familie gründen wollte und an Sexuellem wenig Freude hatte. Nach einer Unterleibsoperation schlugen Penetrationsversuche jedes Mal schmerzhaft fehl. So fiel es leicht, den Gedanken an eine Lebenspartnerschaft aufzugeben und im Kreis von Freunden und Bekannten, die ihre herzliche Art schätzten, einen Familienersatz zu finden. Aber bei diesem Mann war alles anders. Schon, als sie ihn zum ersten Mal sah, bei dieser privaten Einladung, die ihr arrangiert vorkam, hatte sie einen Klang in sich gespürt, eine spontane Sympathie, die sie zu ihm hingezogen fühlen ließ. Er war drahtig, gutaussehend, in ihrem Alter oder unwesentlich jünger, mit geschmeidigen Bewegungen einer Katze, bis in ihr Inneres blickenden Augen, frechem Schnäuzer und geballter, furchtloser Energie. Als er ihr sein umwerfendes Strahlen zusandte und sie die ruhige, gewinnende Stimme hörte, die ihn älter und reifer erscheinen ließ, spürte sie, dass dieser Mann in der Lage sein könnte, ihre Vorsätze schmelzen zu lassen. In den Folgetagen ertappte sie sich immer wieder, sein Bild in Erinnerung zu rufen und gab nicht eher Ruhe, bis es ihr gelang, das Konterfei wie bei einem Puzzle zusammen zu setzen. Ohne Notwendigkeit fuhr sie einige Tage später mit fadenscheinigem Grund zur Zentrale, in der Hoffnung, ihm dort zu begegnen. Wieder erlebte sie den innerlichen Schmelzprozess, der, einmal in Gang gesetzt, nicht enden wollte. Sie hatte sich verliebt, konnte die Tage kaum abwarten, bis sie sich wieder sehen durften, sie sein Strahlen aufnehmen und die vertraute Stimme hören konnte. Es gab Momente, da war ihre Sehnsucht so intensiv, dass sie zu zerspringen glaubte.

Aber wie wäre ein Leben mit diesem vitalen Mann möglich, wenn sie ihm keine körperliche Erfüllung gewähren könnte, wenn ihm dieser Teil der Partnerschaft durch ihr Handicap versagt bliebe? Welcher Mann würde sich darauf einlassen? Den körperlichen Schmerz könnte sie noch überwinden, aber die erfolglosen Versuche der Vergangenheit hatten ihr gezeigt, dass es bei allem Wollen nicht möglich war, so sehr verkrampfte sich ihr Leib, als wollte er fremde Eindringlinge unnachgiebig am Weiterkommen hindern. So selbstbewusst sie in allen Lebenslagen war, wenn ihr jetzt diese Gedanken durch den Kopf gingen, erfasste sie Schwermut, Verzweiflung, die sie zum Weinen brachte.

Auch Mattuschke musste sich eingestehen, Gefühle, bisher nicht gekannter Art, für diese Frau zu empfinden. Es war nicht das Verehren, die leidenschaftliche Glut, die er bei Sina erlebte, sondern tiefes Glück, sie in seiner Nähe zu wissen, etwas auf wunderbare Weise in sich auszufüllen, wo lange ein Vakuum war, das er mit Betriebsamkeit und Arbeit überdeckt hatte. Er ertappte sich dabei, sein Tun zu unterbrechen, die Augen zu schließen und sich Szenen ihrer letzten Begegnungen vorzustellen, ihre Stimme zu hören, das Gesicht mit der Ausstrahlung einer erfolgreichen Frau zu sehen. Sie war nicht so schön wie die engelsgleiche Sina, auch ihr Gang hatte nicht das elegant Schwebende, aber ihre gesamte Erscheinung beeindruckte ihn, die Wärme und Freundlichkeit, die sie ausstrahlte, ihre Klugheit und Fähigkeit, die Worte zu finden, die ihm wohltaten oder die er brauchte, um deprimierende Gedanken zu vertreiben. Er konnte sich über alles mit ihr unterhalten, und auch in geschäftlichen Dingen lagen sie auf einer Ebene, von der groben Fehleinschätzung seines Prestigeprojekts abgesehen. Mit ihr war ein gemeinsames Leben vorstellbar, der Gedanke, sie nackt zu beobachten, reizte ihn, aber es war nicht realisierbar. Wie sollte er ihr seine Schwäche offenbaren, einer Frau, die sicher Kinder wünschte und ein Anrecht darauf hatte. Wieder verfluchte er seine unheilvolle Veranlagung, die ihn fast in die Fänge der Polizei getrieben hatte.

Dennoch zwang ihn die verzehrende Sucht wieder zum Haus, wo er Charlotte noch einmal hüllenlos beobachteten konnte, dann waren Vorhänge angebracht, die es ihm nicht mehr ermöglichten. In das Haus vorzudringen, wagte er nach dem fatalen Gewittererlebnis nicht mehr. Kurz danach begegnete er ihr zufällig in einem Café, der Anblick war so überraschend, dass er sein Getränk verschüttete und die Hand verbrannte, aber sie erkannte ihn nicht, was ihn beruhigte. Sie saß ein paar Tische von ihm entfernt, aber so, dass er sie beobachten konnte. Unverwandt und gleichgültig schaute sie zu ihm herüber. Es war ein eigenartiges Gefühl von Macht, einem Menschen gegenüberzusitzen, für den man ein Fremder ist, während man selbst nicht nur den Namen, jeden Winkel seiner Wohnung, sondern auch die Art der Bewegung, seinen Körper und die Intimität seiner Atemzüge kennt. Die Vorstellung, sie damit zu konfrontieren, erregte ihn plötzlich stark. *‚Ich kenne sie, Name, Gewohnheiten, wie sie sich bewegen, nach dem Duschen abtrocknen, ihren nackten Körper, wie sie schlafen und dass sie auf der linken Gesäßhälfte ein winzig ovales Muttermal besitzen'.* Ein überlegenes Lächeln spielte um seinen Mund, er musste der Versuchung regelrecht widerstehen, nicht aufzuspringen und ihr das, was er gerade dachte, ins Gesicht zu schreien. Sie hatte sich seinen Augen verweigert, das war böse, das tat weh und schmerzte brennend.

Am nächsten Tag ließ er ihre Wohnung aufbrechen, alle Vorhänge herunterreißen und im Garten verbrennen. Ansonsten gab er Anweisung, nichts anzurühren.

Martine, zu der er sich immer stärker hingezogen fühlte, wollte er nicht aufgeben. Es kostete ihn große Überwindung, einen Psychiater aufzusuchen, um sich von der inneren Berührungssperre heilen zu lassen. Dr. Hohl vermutete den Grund darin, dass er als Baby nie Brust- und Hautkontakt seiner Mutter genossen hatte und sich aus dem emotionalen Defizit eine Sperre gebildet habe. Sie führe zu großen Bindungsängsten, das Zerrissene seines Gemüts rühre vom Fehlen dieser Wärme und von unerfüllter Sehnsucht nach Mutterliebe her. Zusätzlich besäße er strenge ästhetische Vorstellungsmuster, gewachsen auf dem Boden einer narzisstischen Persönlichkeitsstörung. Was fällt dem Quacksalber ein? Er gab zwar eine mögliche Erklärung, seine fragwürdige Therapie vermochte aber am Zustand nichts zu ändern. Über seine voyeuristische Sucht sprach er nicht mit ihm, er hatte das Vertrauen verloren.

Als Dr. Hohl nach herrlichem Pfingstwochenende die Praxis betrat, wankte er entsetzt hinaus. Ein Haufen Fischabfälle hatte über das heiße verlängerte Wochenende bei geschlossenen Fenstern einen bestialischen Duft kreiert, der jede Fischfabrik in den Schatten gestellt hätte und dazu zwang, für Wochen zu schließen. Selbst die eilig engagierten Maler rückten nach erster Nasenprobe wieder ab, schließlich seien sie Anstreicher und keine Pathologen.

Martine lag in Mattuschkes Armen, sie küssten sich, gestanden einander ihre Gefühle.

„Könntest du dir vorstellen, mit einer Frau zu leben, ohne mit ihr zu schlafen, ich meine, wenn sie … sagen wir einmal, in diesem Bereich behindert ist, so dass es nicht möglich wäre?"

Allzu schnell wollte er die Frage beantworten, formulierte dann aber zurückhaltender, um keinen Verdacht zu erregen.

„Wenn ich sie liebte, wäre das für mich kein Problem, glaube ich, es ist ohnehin weit weniger wichtig, als die meisten annehmen."

Martine durchlief ein heißer Strahl der Hoffnung. Nie hätte sie mit einer derartigen Antwort gerechnet.

„Und du bist dir sicher, dass du es nicht nach kurzer Zeit vermissen und unzufrieden sein würdest?"

„Wenn es nicht so wäre, hätte ich anders geantwortet, im Ernst, es würde mir nichts ausmachen, ich glaube sogar, dass Menschen, die ein solches Problem gemeinsam bewältigen, sich mehr schätzen und vertrauter miteinander umgehen können, gerade weil es nicht selbstverständlich ist."

Sie schaute ihm lange in die Augen, sein Blick war ehrlich und zeigte Liebe für sie.

„Ich möchte dir etwas sagen Heinz, worüber ich bisher noch nie mit einem Menschen gesprochen habe, und was nicht einfach für mich ist."

Er sah, wie schwer es ihr fiel, sich innerlich zu entblößen, aber ihre Liebe, ihr großes Vertrauen zu ihm machte es möglich. Sie erzählte von ihrer Einschränkung, den Misserfolgen und seelischen Nöten. Er nahm sie verständnisvoll in den Arm. Er war nicht zusammengezuckt, nicht von ihr abgerückt, es schien ihn nicht zu stören oder seine Gefühle für sie zu beeinträchtigen. Er drückte sie an sich, hatte ein solch starkes Bedürfnis, sie zu trösten, sie zu halten, wie er es noch nie verspürt hatte. Eine starke Erleichterung überkam ihn, nie hätte er es für möglich gehalten, dass sich sein Problem auf solche Weise lösen, überspielen lassen könnte, ohne sich zu outen, wie man inzwischen sagte. Welch ein Glücksfall. Sein Herz schlug unkontrolliert pochend. Wie gut konnte er sie verstehen; über seine Probleme sprach er nicht, hielt es unter diesen Umständen nicht mehr für erforderlich.

„Ich glaube, mit uns haben sich die Richtigen gefunden."

Voller Dankbarkeit schaute sie ihn an, er war der Mann ihres Lebens, daran gab es keinen Zweifel mehr für sie.

„Martine, wir sind keine Jugendlichen mehr, passen zueinander, jeder von uns hat nach einem solchen Partner gesucht und nicht damit gerechnet, ihn zu finden, lass es uns miteinander versuchen."

„War das jetzt ein Heiratsantrag oder die Einladung zu einer vorläufigen Wohngemeinschaft?", fragte sie augenzwinkernd und sah ihn herausfordernd an.

„Es war", jetzt überkam ihn doch ein Schwall von Unsicherheit und leichter Atemnot, „ein Heiratsantrag", stotterte er verlegen. „Ich bitte dich um die Hand *deines Vaters Tochter*, sagt sie ja?"

„Sie sagt tausendmal ja."

Sie überschüttete ihn so stürmisch mit Küssen und Umarmungen, dass beide vom Sofa auf den Boden rutschten und sich dort lachend aneinander schmiegten.

„Ich weiß nicht, wie du darüber denkst", keuchte sie außer Atem, während noch Freudentränen von ihren Wangen liefen, „Hochzeit ohne Kirche geht nicht, meine Mutter bekäme sofort eine Herzattacke, ich möchte sie aber gerne noch lange behalten, und in dem kleinen Ort, aus dem ich stamme, gibt es mehr Kirchenbänke als Einwohner."

„Wo liegt das Problem? Ich bin mit allem einverstanden, als allererstes besuchen wir unsere Leute im Zirkus, ich muss sie dir unbedingt vorstellen und dann deine Familie. Wir könnten vielleicht in der Winterpause heiraten, da haben sie am ehesten Zeit."

„Ich freue mich darauf, erzähl mir ein wenig von dieser Zeit, ich weiß sicher noch nicht alles, und sie ist ungeheuer spannend für mich, die unbekannte Welt des Zirkus und der Sensationen."

Alles darfst selbst du nicht erfahren, dachte er und begann, ihr die Geschichte von Ricardos Verletzung und seinen Auftritten als Löwendompteur zu erzählen.

„Jetzt flunkerst du aber ganz schön", sagte sie sanft und zupfte ihn am Bärtchen, „du willst mich wohl um jeden Preis beeindrucken."

„Es ist die reine Wahrheit." Sie sah seinen Augen an, dass er es ernst meinte

Im Zirkus hatte sich viel verändert. ‚Chapiteau' war nicht mehr da, die Nachfolge hatte, wie zu erwarten, jemand aus dem Familienclan übernommen. Wirtschaftlich stand es nicht zum Besten, man rechnete mit einer Fusion.

„Die Zeiten sind schlechter geworden Herr Mattuschke, man hält noch immer große Stücke auf Sie und Ihre Einfälle. Der Zirkus hat Konkurrenz bekommen, das Fernsehen, die Leute sind mobil geworden, können in die Zoos fahren, man braucht den Zirkus nicht mehr, um eine Show oder exotische Tiere zu sehen. Das spüren wir deutlich und sind dabei, uns umzustellen, ein anderes Zirkuserlebnis zu schaffen, sehen Sie sich ‚Roncalli' an, der ist auf dem richtigen Weg."

Er hatte einen Kasten Bier dabei, den er Fiete und den Elefanten, vor allem Mathilde, spendieren wollte. Seit neun Jahren war er nicht mehr da, ob sie ihn noch wiedererkennen würden? Im Elefantenzelt hoben sie die Rüssel und schnupperten. Als er mit ihnen sprach, Mathilde über den haarigen Rüssel streichelte, begannen sie zu trompeten und kamen auf ihn zu. Martine fütterte sie mit Zuckerstückchen. Für Mathilde öffnete er ein Bier, das sie zu Martines Erstaunen, genüsslich wie ein Fußballfan in der Südkurve leerte. Fiete umarmte ihn herzlich. „Schmucke Deern", begrüßte er Martine, nachdem er sich verlegen die Hände an der Hose abgewischt hatte. Er war alt und schlohweiß geworden, die korrodierende Wirkung der Zeit hatte auch ihn nicht verschont. Die Dressurnummer führte er nicht mehr vor, einen jungen Nachfolger gab's, aber als Pfleger blieb er bei seinen Elefanten, von denen er sich nicht trennen konnte.

Amarena, seine Geburtshelferin und Heidrun, die Dicke Berta, waren gestorben, Britta war seit kurzem Verlobte eines Jungunternehmers und Assistentin eines Jongleurs. Von den Löwen, die er kannte, waren nur noch vier da, Selim, Sultan und Sambesi gestorben, Leo verkauft. Ricardo, der sich vor Freude kaum fassen konnte, ihn endlich wiederzusehen, trat jetzt mit einer gemischten Gruppe von vier Löwen und Tigern auf. Die eigenständige Tigernummer war gestrichen worden, nachdem sich der Dompteur anderweitig bewarb. Ricardo berichtete ihm stolz, man habe bei der Planung des diesjährigen Winterlagers Gespräche mit einem jungen Referenten der Stadtverwaltung geführt, der sich den Zirkus persönlich angesehen und fabelhafte Konditionen vereinbart habe. „Der kannte was von unserem Laden und hatte Verständnis für alle Anliegen, du wirst nie erraten, wer es ist", frohlockte Ricardo und sah ihn herausfordernd an wie seine Katzen, bevor sie auf „hoch" die Vorderpfoten erhoben.

„Konrad Steinbrech, weißt du, dein Klassenkamerad, der damals in den Ferien bei uns war. Die meisten hat er noch gekannt. Er hoffte, dich hier wiederzusehen, aber wir haben ihm gesagt, welch große Nummer du inzwischen geworden bist und andere große Tiere durch den Reifen springen lässt", er lachte wie ein Kind über die gelungene Formulierung. Auch die Löwen schienen ihn wiedererkannt zu haben, fauchten zunächst, als er sich den Käfigen näherte, aber als sie seine Stimme hörten, und er ihre Namen rief, kamen sie an das Gitter heran. Bebeto ließ sich kraulen und schnurrte. Martine nahm respektvollen Abstand ein, als das gefährliche Fauchen einsetzte und war nicht wenig erstaunt, dass Heinz seine Hand in den Käfig steckte und den langmähnigen Löwen kraulte.

Britta umarmte ihn wie einen Bruder und überraschte Martine mit ihrer Liebenswürdigkeit, die einen eher reservierten Empfang erwartet hatte.

„Heinz ist ein lieber und mutiger Mann, ich freue mich sehr für ihn, dass er eine solch nette Partnerin gefunden hat, Martine, ich darf doch *‚Du'* zu dir sagen?"

Martine war beeindruckt, warum nur hatte er sich nicht für diese Frau entschieden, die ihn offensichtlich sehr mochte? Er stellte sie seinen Eltern und den anderen im Zirkus vor. Alle waren von Martine begeistert. Später lernte er ihre sympathischen Verwandten kennen.

Die Hochzeit wurde zu einem unvergesslichen Fest, Martines Verwandte und Freunde kamen, ebenso eine große Abordnung des Zirkus mit bester Laune, Britta und ihr Mann Guido, der bei jedem Modellathletenwettbewerb hätte teilnehmen können. Sogar ein Teil des Orchesters spielte auf. Als er Martine von der missbrauchten Trompete erzählte, konnte sie sich vor Lachen kaum noch beherrschen.

Heinz' Eltern ließen es sich nicht nehmen, eine Zaubernummer zu präsentieren, bei der sie Martine zu aller Erstaunen verschwinden und am hinteren Ende des Saals in anderer Kleidung wieder auftauchen ließen. Sie hatten ihre

Show weiter perfektioniert. Ein Gefäß mit glasklarer Flüssigkeit war aufgestellt, Kerzen vom Hochzeitstisch sollten hineingetaucht werden und vollständig verschwinden, ohne überdeckendes Tuch, doppelwandiges Glas, Spiegel oder ähnliches. Es funktionierte. Die Kerzen verschwanden vor den fassungslosen Gästen innerhalb von Zehntelsekunden ohne jeglichen Rückstand, die Flüssigkeit blieb kristallklar, die Kerzen existierten nicht mehr.

Die Stimmung war großartig. Was Mattuschke allerdings nicht gefiel, war die Art, in der Guido Mira Bellenbaum ansah und heimlich bedrängte.

„Wie funktioniert dein neuer Trick?", wollte er von seinem Vater wissen.

„Diesmal ist es kein Trick, sondern Chemie", sagte er und nahm genüsslich einen Schluck aus dem Whiskyglas, „in dem Glasbehälter befindet sich magische Säure, millionenfach saurer als Schwefelsäure, sie löst das Paraffin restlos auf. Ich kann dir die genauen Zusammenhänge selbst nicht erklären, es hängt mit der Molekularstruktur zusammen. Ein Chemiker, mit dem ich seit langem zusammenarbeite, hat mir den Tipp gegeben. Es ist ein Gemisch aus Fluorsulfonsäure und Antimonpentafluorid. Man muss mit der Zeit gehen auch in der Zauberei, hier liegt unsere Zukunft, nicht mehr beim Messerwerfen."

Heinz und Martine fanden Wege, körperliche Sehnsüchte zu erfüllen. Martine hatte herausgefunden, dass es ihn erregte, ihr beim Umkleiden zuzusehen. Sie machte ihm gerne die Freude, abends vor ihm das Schafzimmer aufzusuchen, die Tür einen Spalt offenzulassen und sich langsam, manchmal bewusst lasziv, auszuziehen und nackt vor dem Spiegel zu bewegen, ihre Haare zu bürsten, sich einzucremen und für die Nacht vorzubereiten. Sie wusste, dass er ihr heimlich nachstieg und sie beobachtete, ließ sich aber nichts anmerken. Sie spielte das Spiel der Illusion gerne mit, freute es sie doch, dass sie ihm gefiel und ihr Anblick ihm Freude bereitete. Was sie bedrückte, war, dass er ihren nackten Körper nie berührte, so als fürchte er, sich anzustecken, wie an Aussatz. Außer Küssen und Umarmungen im bekleideten Zustand musste sie auf Zärtlichkeit verzichten. Zwar waren sie sich einig, nicht miteinander zu schlafen, aber mit totalem Verzicht hatte sie nicht gerechnet. Sprach sie ihn hierauf an, antwortete er ausweichend, es gehöre zum Gesamtpaket der Vereinbarung. Wie sich das anhörte, ‚*Gesamtpaket*' in diesem Zusammenhang? Ansonsten verstanden sie sich ausgezeichnet, sie wusste, dass er sie liebte und sprichwörtlich auf Händen trug.

Das kleine EDV-Unternehmen, das er gekauft hatte, entwickelte sich prächtig, er entschloss sich mit seinen Teilhabern, Plattformen, Know-how und Patente an einen der Branchenriesen zu verkaufen, womit sie einen horrenden Gewinn machten. Auch seine Beteiligung an einer Supermarktkette stieß er zu vorteilhaften Bedingungen ab. Eine kleine Maschinenfabrik, die Präzisionsteile herstellte, und die er ebenfalls aus einer Insolvenzmasse gekauft hatte, zeigte eine gute Entwicklung, sie wollte er behalten. Er war inzwischen ein vermögender Mann, hatte bei ‚*Chapiteau*' und Kornfeld die feinen Dinge des Lebens kennen- und schätzengelernt, eine zauberhafte Frau und hätte glücklich sein können, wenn nicht die Sucht wieder aufgeflammt wäre. Erneut begann er, sich nachts herumzutreiben, wagte es, in Häuser einzusteigen, wurde kühner und unvorsichtiger, bis man ihn bei einer dieser Aktionen erwischte. Zu verlockend war die Aussicht, eine der Freikörperkultur frönende Dame bei ihrem sorglosen Tun zu beobachten. Unglücklicherweise hatte er sich ein bereits von Dieben heimgesuchtes Objekt ausgesucht, das mit Überwachungsanlagen ausgestattet war, so dass er überführt werden konnte. Da nichts gestohlen wurde, er das Schlafzimmer aufsuchte, ohne sich an der Dame des Hauses zu vergehen, erreichte sein Anwalt eine Verurteilung wegen Hausfriedensbruchs, sein Mandant sei in trunkenem Zustand in das Haus eingedrungen, in der Annahme, es sei sein eigenes, um dort dem dringenden Schlafbedürfnis nachzukommen. Da er nicht einschlägig vorbestraft war, kam er glimpflich davon, aber seine Reputation war dahin.

Kornfeld ließ ihn seine Missachtung deutlich spüren.

Martine war tief enttäuscht, von diesem Zeitpunkt an, begann die Liebe zwischen ihnen zu bröckeln. Sie entschlossen sich, fortzuziehen, eine eigene Existenz zu gründen und ein neues Leben in der Nähe von Ulm zu beginnen, aber der schleichende Prozess war nicht aufzuhalten. Mattuschke erwarb ein schönes Haus abseits des Zentrums, kaufte umliegendes Land dazu, das er günstig erhielt, eine Werkstatt mit Gebrauchtwagenhandel samt Personal, ließ neue Geschäftsgebäude errichten und verlegte den Betrieb an diesen Standort. Martine arbeitete im Büro, die Sache lief gut an, und er begann mit kleinen Betrügereien, gegen die sie sich entschieden wehrte.

„Wir haben es nicht nötig, auf diese Weise Gewinne zu erzielen. Wir sind reich, uns steht das Wasser nicht am Hals wie anderen, die hierin den letzten Ausweg sehen. Ich spiele da nicht mit."

„Aber Martine, natürlich ist das kein Unternehmensprinzip, aber bei einigen Geschäften reizt es mich einfach, sie der Konkurrenz wegzuschnappen."

Martine lebte sich schneller als erwartet, in der neuen Umgebung ein, fand Freunde, trat einer Sportgruppe bei. Mattuschkes Personal bestand zum großen Teil aus ehemaligen Knackis, die es ihm hoch anrechneten, sie bei der Übernahme behalten zu haben. Er behandelte sie gut, sie gingen für ihn durch dick und dünn; inzwischen hatte er auf ihre Empfehlung weitere aus der Szene eingestellt. Die Konversation mit Martine wurde einseitiger, mehr und mehr zog sie sich zurück. Abends war sie häufig mit der Damengruppe unterwegs. Er hatte ein ungutes Gefühl, irgendwann ließ er sie beobachten.

Martine fühlte sich nicht mehr glücklich; es schmerzte sie, dass in ihrer Ehe Zärtlichkeit fehlte, immer öfter hatte sie das Bedürfnis nach Erfüllung, die sie sich selbst bereiten musste. Früher richtete sie es hin und wieder so ein, dass er sie dabei beobachten konnte. Aber seit der Affäre mit dem Hauseinbruch war etwas zerbrochen, das es ihr unmöglich machte, das heimliche Spiel fortzusetzen. Der Sport mit den Clubfrauen bekam ihr gut; häufig genoss sie hinterher Massagen und Saunagänge. Besonders Dirk, ein junger, talentierter Masseur, gefiel ihr. Sie unterhielt sich gerne mit ihm. Für ihn war der Job im Sportzentrum vorübergehend, er hatte feste Pläne, sich selbstständig zu machen und alle qualitativen Voraussetzungen dazu.

„Was schwebt dir denn vor Dirk?", fragte sie, während seine geschickten Hände über ihren Körper glitten und sie in einer unbekannten Weise ansprachen.

„Ein Massagestudio mit qualifizierten Mitarbeitern, ein spezieller Bereich für Unfall- und Schlaganfallpatienten, Lymphdränage, Osteopathie, Sauna, finnisch und Dampf, klein aber fein."

Martine lachte: „Du hast ja exakte Vorstellungen, woran hapert es noch?"

„Natürlich am Geld, die Bank erwartet ein bestimmtes Eigenkapital, bevor Förderung oder Kredite bewilligt werden."

Sie freute sich jedes Mal auf die Behandlung und das Gespräch mit dem ehrgeizigen Mann, der vielleicht Ende zwanzig sein mochte, über zehn Jahre jünger als sie. Jedesmal war sie enttäuscht, wenn ein anderer ihre Massage übernahm, an dessen Dienstleistung sie nichts auszusetzen hatte, aber das angenehme Gefühl in ihr nicht erzeugen konnte. An einem Abend bissen sie sich an einem besonderen Gesprächsthema fest und fanden keinen Schluss, nachdem die Massage längst beendet war.

„Wir können unsere Unterhaltung unmöglich so abrupt unterbrechen", sagte sie, „wenn Sie nichts anderes vorhaben, würde ich Sie gerne noch auf einen Kaffee einladen und das Gespräch zu Ende führen."

Es war ein gelungener Tagesabschluss. Sie fühlte sich wohl in seiner Gegenwart, ihr gefiel die zielstrebige Art, der Ernst, mit dem er sich engagierte und auch er als Mann, das konnte sie nicht leugnen. Von seinen geschickten Händen gar nicht zu reden. Sie trafen sich regelmäßig nach der Massage, saßen in dem kleinen Kaffee mit der blonden Bedienung, die ihre Haare wie Zuckerwatte mit steilen grünen Spitzen trug und ihnen schon ungefragt die Getränke brachte.

Ein paar Wochen später, er knetete gerade ihre Nackenmuskulatur, fragte er beiläufig: „Wenn Sie anschließend zu mir kommen, könnte ich Ihnen meine Pläne zeigen, die Zeichnungen habe ich gestern bekommen. Ihre Meinung würde mich sehr interessieren."

Sie drehte sich um, es funkelte in seinen Augen, er sah sie in einer Weise an, die sie plötzlich mit heißen Wallungen überzog und für einen Moment unsicher werden ließ.

„Ich komme gerne mit, für einen kurzen Blick", sie nickte ihm optimistisch zu, „ich sehe schon, Sie werden es bald geschafft haben."

Er hatte eine kleine Wohnung in der Marktstraße, außergewöhnlich ordentlich für einen männlichen Haushalt, geschmackvoll eingerichtet. Aufgeregt breitete er die Pläne aus, sie beugten sich darüber, stießen im Eifer mit den Köpfen zusammen.

„Entschuldigung, ich habe nicht aufgepasst", sagte sie.

„Nein, ich war zu stürmisch, ich hab dir doch nicht weh getan?"

„Iwo, zu stürmisch bist du also, interessant."

Er erklärte die Einzelheiten, sie stellte Fragen, vor Begeisterung bekam er glühende Ohren. Sie musste unwillkürlich darüber lachen und nahm seinen Kopf in beide Hände, seine Ohren waren heiß. Er schaute sie an, schlang seine Arme um ihre Schultern und küsste sie. Sie war so überrascht, dass sie nicht reagieren konnte, spürte warme, seidige Lippen, zarte Hände an den Seiten ihres Körpers entlang gleiten, drängende Nähe seines Körpers. Sie wollte sich aus seinen Armen befreien, protestieren, aber die Berührung löste ein derart starkes Gefühl in ihr aus, das sie nicht zu beenden vermochte. Sein Streicheln blieb zärtlich, allein auf sie ausgerichtet. Wie sehr hatte sie die geschickten Hände lieb gewonnen in den letzten Monaten, jetzt spürte sie sie an Stellen, die sie bisher nie berührten. Er zog sie behutsam aus, wanderte mit den Fingerspitzen über ihren erstaunten Körper, der sich aufbäumte, seinen Händen entgegen, prall gefüllt mit unbekannter Lust. Seine Hände wanderten über den Bauch, kraulten das zarte Dreieck und berührten sie dort, wo ihr Empfinden zu explodieren drohte. Nur noch wenige Bewegungen und ich komme zum Abschluss, dachte sie.

Geschickt zog er sich aus, mit einer Hand, ohne das Streicheln zu vernachlässigen, sie fühlte nackte warme Haut, die angenehm roch nach einem unbekannten Duftwasser. Vorsichtig schob er ihre Beine auseinander, um sie besser erreichen zu können und glitt mit einer schnellen Bewegung in sie hinein, so behutsam und zart, dass ihr gar nicht bewusst wurde, dass er eingedrungen war. Jäh schreckte sie auf und erwartete den schmerzhaften Krampf, der sich seltsamerweise nicht einstellte, sie spürte Dirk tatsächlich in ihrem Inneren. Es war unglaublich, was da geschah. Eine Glückswelle breitete sich in ihr aus, sie musste lachen, es hörte sich hysterisch an, dann schluchzen, vor Überraschung überwältigt. Wie war das möglich?

Ungläubig verfolgte er ihre Reaktion, sie schlang ihre Arme um ihn, war nicht in der Lage zu sprechen, die Erleichterung, die sich in ihr ausbreitete, machte sie leicht, gab ihr das Gefühl, zu fliegen. Sie presste ihn an sich, spürte seine Bewegungen heftiger werden.

„Pass bitte auf", konnte sie noch sagen, bevor er außer Atem auf sie sank. Sie war wiedergeboren, zum ersten Mal als Frau ohne Minderwertigkeitskomplex. Sie schämte sich ihrer Tränen nicht, die sie ungehemmt fließen ließ.

Ab diesem Abend trafen sie sich bei Dirk. Martine blühte auf. Haut und Gesichtsfarbe veränderten sich und frischer Schwung umgab sie, der ihre Sportfrauen nach Gründen für die auffallende Verjüngung rätseln ließ.

„Martine, du wirst ständig attraktiver, verrate uns den Zaubertrank, den du dir mixt."

Sie schmunzelte nur und zuckte mit den Schultern, sie fühlte sich in einer Weise glücklich, die sie nur schwer beschreiben konnte. Damals war sie von Heinz fasziniert, bewunderte seinen Erfolg, die kühle Überlegenheit, Weltgewandtheit und das Verständnis für sie. Viele Interessen teilten sie, vor allem ihr gemeinsames für das Imperium. Aber die Ereignisse der Vergangenheit hatten das Bild getrübt, Risse in ihre Harmonie getrieben. Nach Jahren der Vertrautheit, von seiner abartigen Veranlagung zu erfahren, empfand sie wie Verrat, nachdem sie, ihrer Einschränkung wegen, immer ein schlechtes Gewissen hatte. Hier durfte sie etwas anderes erleben. Dirk hatte nicht seine Coolness und Weltgewandtheit, er sah auch nicht so gut aus, aber in seinen Augen brannte Feuer, sein Körper war voll positiver Spannung, seine heiße Leidenschaft puschte, entzündete sie auf nie dagewesene Weise. Sexualität schien ihr immer die unvermeidbare Pflichtkomponente einer Beziehung, deren Mindeststandard sie nicht einmal zu genügen vermochte, und nun konnte sie es kaum erwarten, ihm nahe zu sein, berührt, geliebt und vom wilden Strudel ihrer Gefühle mitgerissen zu werden. Es war nicht in Worte zu fassen, was sie diesem Mann verdankte, der sie von einem Menetekel befreit und in die unbekümmerte Welt jugendlich optimistischen Schwungs entführt hatte. Sie genoss die übermütige Stimmung, die neue Form reicher Liebe, Begierde. Unbekannte Wünsche entstanden, Phantasien wollten ausgelebt werden, und Dirk war darauf versessen, sie zu erfüllen, auszuprobieren, was die lustvollen Gedanken ihnen zuflüsterten.

Warum sollte sie dem Mann, der sie so glücklich sein ließ, nicht bei seinem sehnlichsten Wunsch unter die Arme greifen? Sie besprachen das Saunavorhaben, erstellten den Businessplan, führten Gespräche mit Lieferanten und Banken. Dirk bewunderte ihre Erfahrung, die souveräne Art zu verhandeln, die mehr überzeugte, als seine oft zu ungeduldige. Sie gab ihm die Summe, die an Eigenkapital fehlte, und der Traum begann, reale Formen anzunehmen.

‚Dirks Wellnessoase' eröffnete, Massage- und Saunaräume waren nach modernsten Gesichtspunkten ausgestattet, mit sorgfältig abgestimmten Farben. Martine war gerührt, seine kindliche Freude und Begeisterung zu erleben. Sein Optimismus und der seiner Mannschaft war grenzenlos. Endlich fand er sich am Ziel seiner Wünsche, in diesem Qualitätsniveau gab es weit und breit keine Konkurrenz.

Mattuschke war geschockt, als er den wahren Grund für Martines häufige Abwesenheit erfuhr. Seine Leute hatten gut recherchiert, konnten mit Daten, Adresse und Fotos aufwarten. Einige, im Sommer auf einer Wiese aufgenommen, zeigten sie eindeutig beim Liebesakt, der ihr nach eigenem Bekunden keinesfalls möglich sein sollte. Er sank auf seinen Stuhl, fühlte sich hundeelend, zerbrochen, aller Lebensfreude beraubt. Wie konnte sie ihm das antun? Wie sehr schmerzt jeden die Erkenntnis, betrogen zu werden, belogen und hintergangen? Aber er fühlte sich in weit schlimmerer Weise verletzt und verwundet.

Ihr intimstes, von beiden gehütetes Geheimnis, das es ihm in seiner elementaren Beschränkung überhaupt ermöglichte, sie zu heiraten, mit ihr glücklich zu leben, war verraten, stellte sich als Trugschluss heraus. Es gab noch nicht einmal Waffengleichheit zwischen ihm und dem jungen Rivalen, der unter keinen Einschränkungen litt. Schmerz und Enttäuschung überwältigten ihn so sehr, dass sein Herzschlag auszusetzen drohte. Er schrie im Schmerz wie von Sinnen, die Hände an seinen Kopf gepresst, rannte trunken gegen Wände und Gegenstände, bis er schließlich sein Bett erreichte und sich darauf fallen ließ. Die Nacht über ließ ihn die Ungeheuerlichkeit nicht zur Ruhe kommen, er schlief, ohne zu schlafen, sagte sich immer wieder, dass seine Verletzung weit schwerer war, als die jedes normalen Betrogenen.

Am nächsten Morgen packte er die nötigsten Sachen ein, legte Martine eine kurze Nachricht hin und fuhr zu Rudinskys Jagdhütte, er brauchte Ruhe zum Nachdenken, wollte keinen Menschen sehen. Aber er war machtlos gegen die immer wieder aufkommenden schmerzhaften Bilder seiner Frau in den Armen dieses Jünglings. Wie Schübe des Erbrechens würgte es in seinem Inneren und zwang ihn, seine Pein hinauszuschreien, hinaus in das stetige Flüstern der im Wind bewegten Blätter, die ihn, so schien es, beruhigen und besänftigen wollten. Lange Spaziergänge durch einsame Waldstücke ließen ihn durchatmen und wieder klare Gedanken fassen. Martine, die ihm allein gehörte, hatte ihn in übler Weise verraten, hintergangen und bei ihrem Liebhaber gefunden, was er ihr nie geben konnte. Wie leicht war es ihr gefallen, ihm Normalität vorzuspielen, ihn zu belügen, wenn sie ihre Abwesenheit mit harmlosen Erklärungen begründete, unschuldig neben ihm im Bett lag, er liebevoll ihre Hand hielt, um den imaginären Stromkreis zwischen ihnen auch in der Nacht nicht zu unterbrechen, während sie nur an den anderen dachte. Unsägliche Trostlosigkeit und Tropfen kalten Hasses sickerten aus seinem Kopf in das wunde Herz. Was bin ich? Ein verlassener, betrogener, armer Mann in seinem naturbedingten Exil. Als er zurückfuhr, hatte er eine Entscheidung getroffen.

Er stellte Martine zur Rede, sie war überrascht, dass er von dem Verhältnis wusste, natürlich hatte sie ein schlechtes Gewissen, ihn zu belügen, sie fürchtete sich vor dem Gespräch und seiner Reaktion. Dass sie in einer Weise mit Dirk zusammen sein konnte, die sie ihm immer verwehrte, musste ihn furchtbar treffen. Umso verwunderter war sie, seine gefasste Haltung zu erleben.

„Es ist mir nicht leicht gefallen, dich zu hintergehen, aber ich habe einfach keinen Mut gehabt, mit dir zu sprechen, dich zu enttäuschen, hatte Angst vor deiner Reaktion. Ich kann dir nicht erklären, wie es passiert ist, es kam ungeplant und überraschend zum Kontakt zwischen uns, ich kann das Wunder selbst nicht verstehen, dass mit ihm gelang, was bisher mit keinem Mann möglich war."

„Du hast unser Geheimnis verraten und mich schamlos hintergangen, woher kommt nur diese Kaltschnäuzigkeit und innere Kälte?"

„Hast du mich nicht ebenso getäuscht und belogen?"

Er antwortete nicht. „Und wie sehen deine Zukunftspläne aus?", fragte er müde. Jedes Wort von ihr traf ihn wie ein Messerstich in die Seele.

„Ich möchte mit ihm leben, Heinz, du wirst es nicht verstehen, aber ich kann mich zum ersten Mal als vollwertige Frau fühlen. Du weißt nicht, wie bedrückend der Makel jahrelang für mich war, wie schwer, auch dir diesen Verzicht abzuverlangen", sie biss sich auf die Unterlippe und schwieg, als sie seine schmerzverzerrte Miene bemerkte.

Er streichelte über ihr Haar, als hätte er zum letzten Mal Gelegenheit dazu, ohne sie anzusehen. Sie legte ihre Hand auf die seine, für ein paar Sekunden waren sie wie früher miteinander verbunden.

Sie berichtete Dirk von dem wider Erwarten verständnisvoll verlaufenen Gespräch. Jetzt, nachdem sie wusste, wie schön das Zusammenleben sein konnte, würde sie nie mehr zufrieden mit Heinz leben können. Die Unruhe ihres Herzens würde ihr keinen Schlaf mehr gönnen.

„Ich bin so erleichtert, mit ihm gesprochen zu haben. Es gab keine Auseinandersetzung, keine Vorwürfe, es tut mir leid, Enttäuschung und Schmerz zu sehen, aber ich bin überzeugt, dass er ihn überwindet und wir ohne Streit auseinandergehen können. Das ist mir wichtig. Ich liebe dich Dirk und freue mich auf ein neues Leben mit dir. Ich möchte den Kornfelds erzählen, wie glücklich ich bin."

„Das Schicksal hat es gut mit mir gemeint, als es dich in meine Arme geführt hat, am liebsten würde ich schon heute heiraten. Dann brauchten wir uns nicht mehr zu verstecken."

Er packte Martine um die Hüften, hob sie hoch und wirbelte sie stürmisch herum.

„Du meinst wohl, als es mich unter deine Hände gelegt hat", rief sie übermütig, „sie waren der Schlüssel für das neue Leben, das jetzt beginnt."

Sie standen geraume Zeit vor der Haustür, er sah die Umrisse der beiden Männer verschwommen durch die gewölbte Glasscheibe des Türelements, noch bevor sie die Klingel betätigten.

„Herr Mattuschke?", sie hatten die Mützen abgenommen und drehten sie verlegen in den Händen, „wir haben leider keine gute Nachricht für Sie, möchten Sie sich nicht setzen?"

Er bat sie in das Haus und ließ sie ihm gegenüber Platz nehmen.

„Was gibt es denn so Schlimmes am frühen Morgen?", fragte er scheinbar unbefangen.

„Ihre Frau", der ältere von beiden räusperte sich und legte eine kleine Pause ein, „ihre Frau hatte heute Morgen einen schweren Autounfall auf der Bundesstraße…", die Nummer ging in seinem Hüsteln unter, „sie hat ihn leider nicht überlebt."

Mattuschke schlug die Hände vor den Kopf. Innerlich nahm er die Nachricht ruhig auf, die tiefe, lähmende Traurigkeit, die ihn seit Wochen umgab, wollte durch nichts gestört werden.

„Können wir etwas für Sie tun, jemanden benachrichtigen, ihren Arzt, einen Seelsorger anrufen?"

„Danke, es wird schon irgendwie gehen, am liebsten wäre ich jetzt ganz alleine."

„Selbstverständlich."

Er erhielt noch kurze Informationen, der Wagen sei in der Kurve ausgebrochen und eine Böschung hinuntergestürzt, Frau Mattuschke sofort tot gewesen. Er bedankte sich zerfahren und schloss die Tür. Die Polizisten waren um ihren Job nicht zu beneiden.

Aufatmend und nachdenklich verließen die Beamten das Haus. Das Fehlen jeglicher Überraschung und Emotion machte sie nachdenklich. „Ich werde nie vergessen, als ich meine erste Todesnachricht überbringen musste, hat die Ehefrau gelacht, hysterisch gelacht, kannst du dir das vorstellen?", sagte er zu seinem jungen Kollegen, als sie in den Wagen stiegen, „jeder Mensch reagiert anders in solchen Extremsituationen." Er schüttelte den Kopf.

Die Untersuchungen ergaben einen technischen Defekt durch Materialermüdung, der das Fahrzeug ausbrechen ließ, in Kombination mit einer schreckbedingten Fehlreaktion der Unglücksfahrerin, was zum Sturz in die Böschung führte.

Wenig später ging Dirks Wellnessoase in Flammen auf, brannte bis auf die Grundmauern nieder. Es ereignete sich in der Nacht, so dass kein Gast zu Schaden kam. Am Morgen machte man in den Trümmern eine grausame Entdeckung. Im Bereich des Büros fand man die verkohlte Leiche des jungen Betreibers. Sachverständige kamen zu dem Ergebnis, eine elektrische Hilfskonstruktion, die er offenbar selbst bastelte, um in der Nacht Büroarbeiten zu erledigen, habe zu einem Schmorbrand geführt, den der wohl Eingenickte nicht bemerkte.

Die nicht geringe Lebensversicherung sah wegen der Kreditgewährung Martine als Begünstigte vor. Mattuschke kassierte sie als ihr Erbe und konnte sich ein maliziöses Grinsen nicht verkneifen. Damit hatte er nicht gerechnet. Er ging in die Werkstatt, es brannte noch Licht, Ivo war beim Aufräumen. Er drückte ihm einen Umschlag mit Scheinen in die Hand. „Danke, gute Arbeit", Ivo grinste breit und ließ eine Reihe Nikotin verfärbter Zähne sehen.

Louise hatte liebevoll gedeckt und den Tisch mit einer originellen Dekoration versehen. Sie wollte Heinz eine Freude machen, sich für seine uneigennützige Hilfe und die schönen Tage in der Schweiz revanchieren. Er kam mit Vera, die wieder hinreißend aussah und sich sehr über die Einladung freute, außerdem waren Gila und Siegfried eingeladen. Sie servierte Pflanzerl aus Zander und Krabben gebraten, auf einem Bett von Feldsalat, Avocado- und Mangoscheiben, dekoriert mit leuchtend roten Granatapfelkernen, die dem Ganzen einen erfrischenden Süße-Säuretouch gaben. Sie erhielt großes Lob für die ausgefallene Kombination, vor allem von Vera, die sie spontan umarmte und bereits das vierte Glas Sekt geleert hatte. Es war ein besonderer Abend mit zwei von Vera vorgetragenen Arien aus der Csárdásfürstin, die zurzeit auf dem Spielplan stand, und interessanten Gesprächen, bei denen sich Siegfried als einfallsreicher Gesprächspartner entpuppte. Gila wich nicht von seiner Seite, schenkte ihm Küsse und Blicke einer verliebten Sechzehnjährigen, was Louise sehr amüsierte, kannte sie doch ihre burschikose Haltung dem männlichen Geschlecht gegenüber; aber sie gönnte ihr das Glück. Sie fühlte Mattuschkes Augen auf ihr ruhen und glaubte, Sehnsucht darin zu erkennen. Vielleicht wartete er auf ein Zeichen der Bereitschaft von Ihr. Wenn alle weg wären, könnte sie ja unter einem Vorwand bei ihm anklopfen und sehen, was sich entwickeln würde. Augenblicklich spürte sie einen schnelleren Herzschlag. Als sich die Gäste verabschiedeten, meinte Vera auf unsicheren Beinen: „Am liebsten würde ich gleich hier bleiben, Louise, kannst du dir vorstellen, einer beschwipsten Nachtigall wie mir, ein Nachtquartier zu geben und das Bett mit ihr zu teilen?" Dabei ließ sie ein paar trällernde Töne erschallen. Mattuschke schien nichts dagegen zu haben, er nickte zustimmend. Die Sache hatte Komik, Louise musste lachen und zwinkerte ihr zu.

„Natürlich, Nachtigallen hatten bei mir schon immer freies Wohnrecht unter der Bedingung, mich zum Frühstück mit einem Ständchen zu unterhalten."

„Du bist die wunderbarste Frau, die ich kenne", hauchte Vera und riss sie fast um bei der stürmischen Umarmung.

Louise hob abwehrend die Hände, als sie ihr beim Abräumen helfen wollte.

„In deiner ausgelassenen Stimmung bist du noch in der Lage, mein mühsam erstandenes Geschirr an die Wand zu werfen, geh lieber ins Bad und präpariere dich für den Schlaf. Du kannst die blaue Zahnbürste benutzen."

Schnell räumte sie Gläser und Geschirr zusammen und legte Vera einen ihrer Schlafanzüge bereit.

„Kein Rasierapparat, kein Rasierwasser?", murmelte sie verwundert, die Zahnbürste zwischen den Zähnen, „du lebst ja ganz keusch, Liebes."

Splitternackt trat sie aus dem Bad und schien nicht die geringsten Anstalten zu machen, in den Schlafanzug zu flüchten, im Gegenteil ging sie auf Louise zu und umarmte sie.

„Das ist unendlich lieb von dir, mich bei dir schlafen zu lassen, nach diesem stimmungsvollen Abend."

Louise war überrascht, dass sie sich derart unbefangen bewegte. Vera löste sich wieder, schwebte mit drehenden Bewegungen Richtung Bett, verbeugte sich vor dem großen Spiegel, warf ihm Kusshände zu, was allzu drollig wirkte und ließ sich nackt in die Kissen fallen. Louise kicherte, auch sie fühlte sich animiert und übermütig schwebend, aber Vera war richtig angeheitert und nicht mehr Herr ihrer Zunge und der eleganten Füße. Mit den kritischen Augen einer Frau gestand sie ihr eine gute Figur zu, mit glatter, faltenfreier Haut, straffem Busen, schlanker Taille und süßem kleinen Po. Ohne Frage war sie sexy, da musste sie Rick Recht geben, eigenartig, dass sie keinen Mann hatte, wenn man von dem eigenartigen Verhältnis zu Mattuschke absah.

Als sie aus dem Bad kam, lag Veras schöner Körper noch immer unverhüllt auf dem Bett; die Augen halbgeschlossen. War sie eingeschlafen? Louise schlüpfte ins Nachthemd und legte sich neben sie.

„Da bist du ja endlich", hörte sie Vera undeutlich. Sie griff nach dem Pyjama, um ihr beim Anziehen behilflich zu sein, aber sie schob ihre Hand weg, umarmte und küsste sie zärtlich. Sie griff dabei in Louises Nachthemd, berührte ihre Brust und küsste sie durch das offene Hemd hindurch.

„Aber Vera, du bist ja total beschwipst", lachte sie und entwand sich ihrer Umklammerung. Dabei berührte sie Veras Busen, die ihre Hand darauf legte und an sich gedrückt hielt. Wieder näherte sich der Mund ihren Lippen.

„Ich möchte dich spüren", flüsterte sie und ihre Hand begann an Louises Körper entlang zu wandern.

Ein eigenartiges Gefühl durchströmte sie, eine Spur Erregung, Sekt bedingten Schwindels und Peinlichkeit. Es war nicht unangenehm, den warmen, weichen, gut riechenden Körper neben sich zu spüren, aber sie war niemand, der auf Frauen stand. Deshalb sagte sie energischer als gewollt: „Jetzt ist es genug Vera, du bist ja völlig durch den Wind, du Schmusekatze, wenn du jetzt nicht brav bist, kannst du hier bleiben und ich lege mich auf die Liege im Arbeitszimmer."

Vera schaute so schuldbewusst, dass sie lachen musste; sie half ihr in den Schlafanzug, was nicht so einfach war, denn ihre Arme fielen, kaum, dass sie hochgehoben wurden, wie willenlos nach unten. Dann löschten sie das Licht und kuschelten sich aneinander.

„Schläfst du schon Louise?", flüsterte sie kurz danach.

„Hm, schon eine ganze Weile."

Sie kicherte vor sich hin. „Bist du mir böse?"

„Aber, i wo." „Dann ist es gut, ich war voller Zärtlichkeit und hatte Lust, dich zu streicheln, ich glaube, ich bin ganz schön angesäuselt. Schlaf gut!"

„Du auch, meine Nachtigall."

Ihre Worte wirkten noch eine Weile nach. Zärtlichkeit vermisste sie schon lange, vielleicht hätte sich ja heute etwas mit Heinz ergeben.

Mattuschke lag wach in seinem Bett und fixierte einen undefinierbaren Punkt an der Decke. Er war mit dem Abend nicht zufrieden, einiges hatte er sich anders vorgestellt.

„Das war ein gelungener Abend, du wirst noch zu einer perfekten Hausfrau", lobte Gila, als sie wieder in der Försterklause servierten.

„Da hat dir Vera aber einen Strich durch die Rechnung gemacht, Dein Mattuschke hat dich den ganzen Abend über angesehen, wie eine Kobra das Kaninchen, glaub mir, der ist scharf auf dich wie eine Peperoni." „Ach lass doch den Quatsch", sagte sie ärgerlich und war sich nicht sicher, ob sie es wegen der Formulierung oder der verpassten Chance war.

Der Speisesaal leerte sich früher als gewöhnlich; einige Gäste hatten an der Theke Platz genommen. Einer beobachtete sie schon eine ganze Weile; sie registrierte es aus den Augenwinkeln heraus. Er mochte dreißig sein, hatte pechschwarzes, kräftiges Haar, um das ihn manche Frau beneidet hätte, eine kleine Narbe, die von der Oberlippe bis zum Kinn lief und möglicherweise vom Schmiss einer schlagenden Verbindung herrührte, weiche Züge und blaue Augen mit außergewöhnlich langen Wimpern, die dazu einen auffallenden Kontrast bildeten. Die Narbe, ganz Komment getreu, vermittelte eine verwegene männliche Attitüde; wäre sie nicht gewesen, hätte man die sanften Züge auch für die einer Frau halten können. Louise hatte ihn schon einige Male gesehen, meist saß er an der Theke, unterhielt sich mit einem Freund oder notierte etwas in einem winzigen Blöckchen, das in den großen Händen fast lächerlich wirkte. Dann legte er die Stirn in Falten, schloss die Augen oder ließ sie zur Decke wandern, als suche er dort eine Lösung oder passende Worte, um sie dem Heftchen anzuvertrauen. Weitere Gäste gingen; sie kam mit dem Narbenmann ins Gespräch. Er war gepflegt und so gut rasiert, dass man sich hätte fragen können, ob er überhaupt Bartwuchs hatte.

Karsten Selig war Schriftsteller. Louise zogen leichte Schauer über den Rücken, als sie das hörte und an die ‚unseligen' Gedichte von Erik dachte, aber er war Romanschreiber und gehörte damit einer anderen Spezies an. Sein erster ‚Kommt Gott aus der Hölle', war ein mittlerer Erfolg, der ihn noch für einige Zeit finanziell über Wasser halten würde. Gerade arbeitete er an einem zweiten Roman, dessen Titel er noch suchte. Er duzte Louise sofort, ohne zu fragen, und sie ging darauf ein, weil er ihr sympathisch war. Etwas Sanftes, Gefühlvolles strahlte er aus, und sie verspürte das Bedürfnis, sich anzulehnen.

„Wie geht man überhaupt an einen Roman heran?"

Karsten war froh, eine interessierte Zuhörerin gefunden zu haben und setzte sich in Positur.

„Ich kann nur für mich sprechen, zuerst hat man die Idee, aus der sich ein Stoff entwickelt. Ich trage Stichworte und Informationen zusammen, gliedere sie, lege die handelnden Personen fest, zunächst nur als Nummern."

„Wieso denn das? Wäre es nicht einfacher mit Namen?"

Er lächelte nachsichtig.

„Nein, während ich schreibe, sehe ich die Personen vor mir, entwickle Aussehen, Charakter, Eigenheiten über Seiten hinweg. Irgendwann sind sie so ausgeprägt, dass ich Namen geben kann, die zu ihnen passen. Täte ich es vorher, ehe ich sie kennengelernt habe" - er sprach so, als wären ihm die Protagonisten persönlich begegnet - „wären sie nachher nicht mehr stimmig und müssten geändert werden."

Das war Louise neu.

„Du beginnst mit der Einleitung und schreibst dann sukzessive bis zum Ende?"

„Ja und nein, man muss schon seinem Handlungsstrang, dem Plot, folgen, aber bei mir ist es so, dass ich den Anfang erst am Schluss schreibe und mir dann den endgültigen Titel überlege."

„Darüber macht man sich als Leser gar keine Gedanken."

„Das Faszinierende ist, dass man Handlung und Personen Tag und Nacht im Kopf behält, um Wiederholungen zu vermeiden und keine Gedankenbrüche zu produzieren. Du lebst mit deinen geschaffenen Figuren, unterhältst dich im Schlaf, wirst mit ihnen wach und hast die Macht, sie leben, lieben oder sterben zu lassen."

Louise dachte über die Worte nach, sie las sehr gerne, aber von dieser Seite hatte sie es nie betrachtet. Es reizte sie, nach dem kleinen Büchlein zu fragen.

„Weil die Geschichte dauernd im Kopf herumgeht, fallen dir Dinge spontan ein, die du an dieser oder jener Stelle einfügen könntest, aber so schnell, wie sie kommen, so schnell sind sie vergessen, deshalb notiere ich sie in diesem handlichen Ding, das überall hineinpasst."

„Und wie kamst du zum Schreiben?"

„Ich hatte immer das Bedürfnis, einen Drang in mir, Gefühle auszudrücken, in Gedichten, Geschichten und den Traum von einem Roman. Wenn ich schreibe, dann verliere ich mich in der Phantasie, meine Gedanken versickern auf Papier wie Nässe in trockener Erde, suche ich Beschreibungen, wie aus dem überbordenden Angebot eines ‚KdW' der Worte."

„Ist denn dein erster ein religiöser Stoff?"

„Nein, nur am Rande. Wenn ich darf, schenke ich dir ein Exemplar, du musst mir deine ehrliche Meinung sagen."

Damit hatte sie in Erics Fall schon leidvolle Erfahrungen gesammelt. Eigenartig, über seine Art des Schreibens hatte er nie gesprochen, nur, wie lange er für die sich reimenden Zeilen mit sechs gleichen Buchstaben benötigt hatte. Louise fuhr ihn nach Hause, sie verabredeten sich für den nächsten Tag.

Diesmal sprachen sie über andere Themen, Karsten war vielseitig interessiert, sie konnte sich ähnlich gut mit ihm unterhalten, wie mit Heinz. Im Vergleich dazu hatten Unterhaltungen mit Rick immer hohen Schweigewert. Irgendwie erinnerte er sie an ihren Vater, obwohl er anders aussah, es war das weiche, wankelmütige, das sie auch in ihm erkannte. Karstens ‚*Ich*' würde immer im Vordergrund stehen, worin sie einen Ausdruck von Schwäche sah. Als sie ihn nach Hause fuhr, küsste er sie auf den Mund. Sie war überrascht, aber es war ihr nicht unangenehm.

An den nächsten Tagen wollte sie sich ganz ihrer Diplomarbeit widmen. Schon früh stand sie auf, es lief besser als erwartet, knabberte Unmengen von Schokolade dabei. Gerade wollte sich ein erstes Euphoriegefühl über das schnelle Vorankommen einstellen, als sich der Computer ohne Gruß verabschiedete und nicht mehr zum Öffnen ihres Dokuments zu bewegen war. Gottseidank hatte sie alles bis auf wenige Seiten gespeichert. Diese elende Kiste. Sie hieb mit der Faust auf den Tisch, die eben noch so hoch schwebende Laune war plötzlich unterirdisch. Abends rief Gila an: „Was treibst du denn so, dein Hemingway sitzt seit Stunden traurig an der Theke, weil ihm die Muse fehlt? Ich fürchte, er ist am Stuhl festgeschraubt."

Louise lachte: „Der ist Jahre ohne mich ausgekommen, da wird er sich schon über einen Abend hinwegtrösten können."

„Du willst ja meine Meinung über Karsten nicht erfahren. Kann ich verstehen bei meinen schonungslosen Beurteilungen. Ich denke nur, wenn du mich fragten solltest, würde ich sagen, dass auch er nicht zu dir passt, zu selbstverliebt, zu überzeugt von der eigenen Meinung, zu wenig innere Persönlichkeit. Wie er im Bett ist, kann ich nicht beurteilen, aber das ist ja nicht alles, vor allem nicht für dich."

„Gottseidank habe ich dich nicht gefragt."

„Deshalb habe ich ja auch nichts gesagt", meinte sie und grinste breit ins Telefon.

Louise glaubte, es förmlich vor sich zu sehen.

„Ich habe mich fürchterlich geärgert, mitten in meiner Arbeit, wollte der elende Computer nicht mehr", sie schilderte sarkastisch ihren Gemütszustand.

„Wenn du eh nichts machen kannst, komm doch vorbei und fahre mich anschließend nach Hause."

Karsten sprang begeistert auf, umarmte sie mit der Erleichterung eines Bräutigams, der nicht mehr mit der Anzutrauenden gerechnet hat.

„Vielleicht kann ich dir weiterhelfen, habe ja durch meine Schreiberei einige Erfahrungen sammeln können. Sie nahm ihn mit in ihre Wohnung. Im Flur begegneten sie Mattuschke, sie stellte die Herren einander vor, ein kurzer Plausch, dann schlossen sich die Türen. Es war ihr unangenehm, dass er den Besuch mitbekam, sie hatte sich nichts vorzuwerfen, aber dennoch wäre es ihr lieber gewesen, er hätte nichts davon erfahren.

Auch Karstens Autorenhände vermochten das Gerät nicht umzustimmen, eher ihren Hunger nach Zärtlichkeit zu wecken. Spontan bat sie ihn, zu bleiben. Es war schön, nach langem wieder umarmt zu werden.

Am nächsten Tag fuhr sie mit einen tannengrünen Polo zur Uni. Wenn sie schon nicht schreiben konnte, wollte sie wenigstens mit ihren Recherchen weiterkommen. Als sie zurückkehrte, stand ein Paket vor ihrer Tür, sie hatte nichts bestellt und nahm es mit hinein, ohne es zu öffnen.

Abends klingelte Mattuschke. „Hast du das Paket gefunden?".

„Ja, aber nichts bestellt, sicher ist es für dich, Heinz."

„Das glaube ich nicht", sagte er lächelnd und begann das schwere Monstrum zu öffnen. Ein neuer Computer, Louise blieb vor Erstaunen der Mund offen, er wusste nichts von ihren technischen Problemen, der Mann musste in der Tat den sechsten Sinn haben.

„Aber das kann ich doch unmöglich annehmen."

„Wenn du ihn nicht gebrauchen kannst, nehme ich ihn halt wieder mit", sagte er gut gelaunt, „jetzt, wo du mehr und mehr für mich arbeitest, gehört ein leistungsfähiges Teil zur Betriebsausstattung."

Louise fiel ihm erleichtert um den Hals.

Am nächsten Tag besuchte er sie überraschend in der Försterklause, an der Theke unterhielt er sich mit ihr und Karsten. Als sie Karsten an diesem Abend nach Hause fuhr, blieb sie bei ihm. Nach der Enttäuschung mit Rick, wollte sie sich eigentlich nicht mehr so leicht in eine Beziehung begeben, aber aus irgendwelchen Gründen zog es sie zu ihm hin. Sie erzählte von Rick und der schmerzlichen Erfahrung, betrogen worden zu sein.

„Ich sollte es in meinen Roman einbauen", überlegte er zerstreut.

Das fand sie geschmacklos.

Sie nahm ihre Arbeit mit dem neuen Computer wieder auf und kam entscheidend voran. Karsten sah sie einige Tage nicht, man telefonierte miteinander, sie war eine leidenschaftliche Telefon-Anhängerin, was zuhause stets den Zorn ihrer Mutter herausgefordert hatte. Aber so intelligent und belesen Karsten auch sein mochte, seine Ansichten zu manchen Themen wichen total von den ihren ab, oder waren gar abstrus zu nennen. Teilweise lieferten sie sich richtige Wortgefechte durch die Muschel.

„Seit wir uns kennen, bin ich beflügelt", schwärmte er, „du bist meine Muse, ich schreibe wie der Teufel."

„Hoffentlich keine *‚satanischen Verse'*", lachte sie.

„Nein, im Ernst, es ist so, als würden mir Worte und Vergleiche zufliegen wie Tauben, denen man Futter streut. Fährst du über das Wochenende mit mir an den Tiefenbachsee? Wir treffen uns dort in einer ehemaligen Sportschule, ein paar Klassenkameraden und ihre Frauen. Es wäre schön, wenn du dabei sein könntest", bettelte er, „es würde dir garantiert gefallen. Wenn ich durch die Wälder streife, kommen mir meist die besten Ideen. Landschaftlich ein Traum, kristallklares Wasser, vielleicht ein bisschen kalt und grillen bis zum Umfallen, das ganze Wochenende über, geangelte Forellen, Würstchen, Steaks und weiß was alles, bringt Schorsch aus der elterlichen Metzgerei mit."

„Grillen hört sich super an", sagte sie, „ich frage mich schon die ganze Zeit, warum Mattuschke seinen schönen Garten nicht mal für ein Grillwochenende nutzt. Der wäre herrlich geeignet. Dazu würde ich dich mitbringen, ihr habt euch ja inzwischen kennengelernt."

„Ja, okay. Wenn du willst, kannst du auch den ganzen Tag über am See angeln oder Tischtennis spielen. Für mich ist es immer ein kleiner Urlaub. Nun sag schon ja und lass mich nicht so lange zappeln."

Sie gab seinem Drängen nach, obwohl sie von den Leuten, die das Haus mit ihr teilen würden, niemanden kannte.

Für Karsten war es immer dasselbe; wenn er schrieb, überkam ihn jedes Mal das mulmige Gefühl mangelnden Vertrauens in sein Schreibvermögen. Oft flüchteten die Worte regelrecht vor seiner Feder und versteckten sich im Unterholz von Sprach- und Einfallslosigkeit. Immer musste er zäh mit den Zweifeln ringen und sie besiegen, aber noch nie gelang es so spielend wie diesmal, mit der Inspiration und dem Schwung von Louise. Das musste er sich unbedingt erhalten.

Sie holte ihn ab, mit gemischten Gefühlen, vielleicht hatte er sie auch nur gefragt, um einen Fahrer zu bekommen. Das Wetter schien mitzuspielen, ein reiner Tag. Sonne schon am frühen Morgen und wolkenloser Himmel. Während der Fahrt durch das liebliche Allgäu entspannte sie sich. Über kleine Seitenstraßen und schmale Wege erreichten sie schon früh den See, idyllisch gelegen und von dichtem Wald umsäumt. Das Sportheim wurde schon seit Jahren nicht mehr offiziell genutzt und an Ausflugsgruppen oder für private Feiern vermietet. Sport schien keiner mehr betrieben zu haben, dafür sah der Grillplatz aus, als er sei er noch vor kurzem genutzt worden. Würziger Duft nach Tannen und Harz füllte die Luft. Neben Schorsch, der allein mit Steaks und Würsten eintraf, waren sie die ersten. Karsten zeigte ihr das Haus, es war geräumiger, als sie es von außen vermutete. Es hatte mehrere spartanisch eingerichtete Zimmer mit herrlichem Ausblick, einen großen Speisesaal sowie Gemeinschaftswaschräume. Es strahlte Gemütlichkeit aus.

„Du glaubst nicht, was wir hier schon alles erlebt haben, viele Erinnerungen hängen daran", sagte Karsten und blickte verträumt aus einem der Fenster. Von hier, aus den oberen Stockwerken, konnte man auch den Bach sehen, der die Morgensonne wie Metall reflektierte und am spitz zulaufenden Ende in den See mündete.

„Noch können wir uns das Zimmer aussuchen, Louise, für welches möchtest du dich entscheiden?"

Er hatte seine Tasche bereits in einem deponiert, das ihr das größte zu sein schien, ihr gefiel aber ein anderes im zweiten Stockwerk mit unvergleichlichem Ausblick in die Landschaft besser.

„Dann werden wir das okkupieren", sagte er leicht gereizt, „wer zuerst kommt, mahlt zuerst."

Er hob Louise hoch und warf sie wie einen Mehlsack auf das Bett, das ächzende Laute von sich gab, der wuchtigen Herausforderung aber stand hielt.

„Wenn du das unter mahlen verstehst?", lachte sie und ordnete ihre aus den Fugen geratene Kleidung. Er nahm sie in den Arm und küsste sie leidenschaftlich.

„Am liebsten würde ich sofort mit dir in die Kissen fallen, aber das können wir Schorsch nicht antun", sagte er und zuckte bedauernd mit den Schultern.

„Das wäre auch nicht in meinem Sinne", bemerkte sie unterkühlt. Er machte den Fehler zu glauben, das, was er gerade fühlte oder mochte, sei identisch mit dem anderer oder seiner Partnerin. Bei Diskussionsthemen war es ähnlich, da blickte er fast erschrocken, wenn er merkte, dass ihre Meinung unerwartet von seiner abwich. Es ging ihm ähnlich wie denen, die am süßen Nektar des Erfolgs, der Bewunderung geleckt hatten und sich allein im Kegel des Lichts sehen.

Nach und nach trafen die anderen ein, allesamt sympathisch, unkompliziert und aufgeschlossen, mit denen sie sich schnell verstand. Man spürte, dass sie sich mochten und lange kannten, so vertraut der Umgang miteinander war. Sie hatte das Gefühl, dass man Karsten ein wenig belächelte oder ihn trotz seines Erfolgs nicht ganz ernst nahm.

Er hatte nicht übertrieben, den ganzen Tag über hielt Schorsch dem Grill die Treue, egal zu welcher Zeit man ihn aufsuchte, immer hatte er gerade etwas fertig, was verführerisch roch und schmeckte. Louise gehörte zu den Mutigen, die ins eisig frische Wasser sprangen, gemeinsam mit Garnet, einer bildhübschen Amerikanerin mit überaus kräftigen Oberschenkeln, der sportlichen Gioya und Viktor, den der Sprung ins Eiskalte erhebliche Überwindung kostete, die er den Frauen gegenüber nicht eingestehen wollte. Abends saßen sie beim Lagerfeuer, sangen und erzählten Geschichten. Sie fühlte sich weit zurückversetzt in die Zeit, als sie mit ihrem Vater und Peer am Fluss campte und abends im Schein des flackernden Feuers mit Angstfrösteln im Rücken, eine ganz ähnliche Stimmung aufkam. Ihre Gedanken wanderten zurück in die glücklichen Jahre der Kindheit, als das Familienleben noch harmonisch war und sie Abenteuer erlebten, wie Vater ihre gemeinsamen Unternehmungen immer nannte, um die Spannung zu erhöhen. Jetzt war er tot, und es blieb nur noch die Erinnerung, die sich manchmal so deutlich in ihr Bewusstsein drängte, dass sie freudig erschrak, lebhafter, plastischer, ein wenig verklärter vielleicht, als zu seinen Lebzeiten. Viele Einzelheiten erinnerten sie an ihn: Gesten, Worte, sein Stirnrunzeln oder Lachen, das sie manchmal zu vernehmen glaubte. Hierin lebte er fort, blieb präsent für sie, nur nicht greifbar.

„Was ist überhaupt ein Leben?", fragte sie leise, zu Karsten gewandt und in das knackende Sengen des Feuers hinein, „ein Berg gesammelter und aufgetürmter Erfahrungen, Erlebnisse, glücklicher Erinnerungen neben einer Müllhalde von Kummer, Schicksalsschlägen, Fehlentscheidungen und Enttäuschungen. Und selbst ist man in dauerndem Wechsel von einem Hügel zum anderen. Es müsste gelingen, Müll des einen zu recyceln und damit den positiven Berg aufzubauen, dann hast du die richtige Lebensphilosophie gefunden."

Sie wunderte sich über ihre plötzlich aufgekommene Nachdenklichkeit. Hierüber müsste Karsten einmal schreiben.

Trotz des warmen Tages, wurde es nachts kalt in den Zimmern, sie schmiegte sich nah an Karsten, sog seine Wärme, die Zärtlichkeit seiner Hände ein und öffnete sich ihm, als sie seine Sehnsucht verspürte. Kaum war er eingedrungen, bewegte er sich hastig mit egoistischer Zielstrebigkeit, wie ein Raubtier, das befürchtet, von seiner Beute verdrängt zu werden. Mit zufriedenem Stöhnen bäumte er sich auf und drehte sich zur Seite.

„War es nicht wundervoll?", fragte er mit leuchtenden, erwartungsvollen Augen. Offensichtlich hielt er sein Gefühl für das ihre. Sie nickte nur, zu müde, um sich ein Wortgefecht mit ihm zu liefern. Gerade in ihrer leicht melancholischen Stimmung hätte sie sich mehr Zärtlichkeit und Geduld gewünscht. Er ist ein Egomane, dachte sie fast schon im Schlaf, hoffentlich kommt er nie auf die Idee, einen Liebesroman zu schreiben. Sie verzog das Gesicht zu einer Grimasse, er konnte es nicht sehen, da er ihr den Rücken zugewandt hatte.

Es waren schöne Tage, die sie zu neunt in herrlicher Natur und dem gemütlichen Haus verbrachten. Am letzten Abend spielten sie in zwei Gruppen, sehr kurzweilig, wobei sich Karsten als schlechter Verlierer erwies. Die anderen sahen großzügig darüber hinweg. Louise gefiel das nicht, sie mochte ihn, den gutaussehenden Mann mit der Modellfigur. Am Anfang war sie beeindruckt von seinem Wissen, der überlegenen Art, mit der er sich in der ihr fremden Welt bewegte, Lebenserfahrung und Gefühlstiefe signalisierte. Inzwischen war ihr klar geworden, dass Selbstliebe den größten Teil seines Ichs beherrschte und sein Charakter alles andere als gefestigt war.

Obwohl sie am Sonntagabend zu Hause sein wollte, blieb sie auf sein Drängen bei ihm, aber der Ablauf glich dem vergangenen Abend, selbst nachdem sie ihm unmissverständlich ihre Wünsche andeutete. Am nächsten Morgen stand er auf, sie blieb noch eine Weile liegen, genoss die wohlige Wärme und den angenehmen Geruch des verführerischen Kaffeedufts in der Nase. Karsten klopfte sich gerade After Shave auf die mädchenhaften Wangen. Als sie aufstand, entdeckte sie im Schrank zwei Kleider. Sieh mal an, dachte sie, doch eine heimliche Freundin.

„Von welcher Flamme sind denn die beiden Kleider? Das sieht jedenfalls nicht nach endgültig beendeter Beziehung aus, eher nach dem Koffer in Berlin", bemerkte sie leicht provozierend. Karsten wurde verlegen.

„Hat meine Schwester nach ihrem letzten Besuch hängen lassen."

„Ungewöhnlich für eine Frau, auch noch in dieser Größe", sagte sie leichthin, „und dann gleich beide?"

Seit dem damaligen gemeinsamen Frühstück war es zu einer lieben Gewohnheit geworden, sich sonntags bei Mattuschke zu treffen. Inzwischen wohnte sie schon über ein Jahr alleine dort und fühlte sich himmlisch. Wenn es sich nicht so blöde anhören würde, könnte sie wirklich sagen: „Er liest mir meine Wünsche von den Augen ab."

„Was hältst du von Karsten?", fragte sie beiläufig.

„Hm, er ist sympathisch und intelligent, soweit ich das beurteilen kann", sagte er und schob sich den Rest eines Marmeladenbrötchens in den Mund. Für hausgemachte Erdbeermarmelade würde er meilenweit laufen. Er bekam sie von Ida Rudinsky, keine machte sie so gut wie sie.

„Allerdings", sagte er gedehnt, „scheint er mir etwas instabil zu sein, schwach, kein Mann für eine Frau, die Treue bevorzugt, bei der ersten Versuchung fällt er um."

„Da liegst du sicher falsch, Heinz, ihm geht nur sein Roman im Kopf herum, nichts anderes."

„So, bist du ihm nicht trotzdem durch den Kopf gegangen? Außerdem ist er ein selbstverliebter Beau."

Das fehlte noch, dass ihm die Märchentante seine Mieterin abspenstig machen würde. So wie er den Typen einschätzte, trug der vor dem Spiegel heimlich Frauenkleider. Er grinste unwillkürlich.

„Was denkst du gerade, warum lachst du?"

„Ach, es ist nichts, ich habe nur an seinen Buchtitel gedacht, ‚Kommt Gott aus der Hölle', wie kommt man nur auf eine solche Idee?"

Und wie war er selbst auf die seine gekommen, die ihn gerade durchzuckte?

„Übrigens habe ich mir gedacht, vielleicht im nächsten Monat einen Grillabend im Garten zu machen, würdest du mir dabei ein wenig helfen? Ich könnte ihn ja mit meinem fünfzigsten Geburtstag zusammenfallen lassen, den ich eigentlich nicht feiern wollte. Du kannst gerne den Romancier mitbringen."

Louise sagte nichts, wunderte sich aber immer wieder, wie treffsicher Mattuschkes Einschätzungen waren, wie traumhaft sicher er Wünsche oder Nöte erriet und ihre Ansichten vertrat, ehe sie sie offengelegt hatte, wenn sie ihm von abendlichen Telefondisputen erzählte, so als wäre er dabeigewesen. Sie empfand tiefe Zuneigung für den Mann, mit dem sie sich blendend verstand und harmonischer zusammenlebte, als die meisten Ehepaare. Jetzt musste sie sich ein zufriedenes Lächeln verkneifen.

Eine Woche danach bekam Karsten nette Gesellschaft an der Theke. Ein Reisender, mit dem er ins Gespräch kam, interessierte sich brennend für sein laufendes Buchprojekt und hatte beste Verbindungen zu einem der großen Verlage, wie er sagte.

„Ich kann mich für Sie einsetzen, nahe Verwandtschaft, wissen Sie. Ich bin begeistert von Ihrer Schreibe, nie könnte ich das."

Er gab ihm seine Visitenkarte, die er vorsichtig in die Tasche steckte, wie einen Diamanten. Karsten Selig schwebte im siebten Poetenhimmel, welch ein Glück, diesen Mann getroffen zu haben, der sein großes Talent mit einem Blick erkannte. Lange unterhielten sie sich. Als er von der Toilette kam, stand ein Glas Campari-Orange auf seinem Platz.

„Auf ihr Wohl junger Thomas Mann und Ihren großen Erfolg." Sein Gönner hob das Glas und stieß freundschaftlich mit ihm an. War es die Aussicht auf den baldigen Erfolg oder der Alkohol, plötzlich drehte sich alles, Karstens Beine wurden schwer, er wollte etwas sagen, aber es gelang ihm nicht. Sein Begleiter, der schon die Rechnung beglichen hatte, ließ das Glas unauffällig in seiner Manteltasche verschwinden, packte Karsten energisch unter dem Arm und schleppte ihn zum Wagen, der direkt vor dem Ausgang parkte. Wenig später waren sie in der Wohnung von Amina, der *Edelkurtisane*'. Karsten befand sich in einer Art Ohnmacht. Schnell entkleidete man ihn und machte Aufnahmen mit der nackten Amina.

„Wie viele Tropfen hast du ihm verabreicht?", wollte sie wissen.

„So viele, dass er wenigstens noch eine Stunde besinnungslos ist."

Sie kleideten ihn notdürftig an und legten ihn auf einer Parkbank ab, wo er Stunden später erwachte, einen Malerpinsel mit frischer Farbe in tauben Händen. Er fühlte sich übel, hatte keine Erinnerung, wie er aus der Försterklause heraus und auf diese Bank gekommen war. Wahrscheinlich hatte er zu viel getrunken und das Zeug nicht vertragen, oder man hatte ihm? ... Aber unmöglich, der nette Mann, der ihm noch seine Visitenkarte übergeben hatte. Er suchte zittrig in seinen Taschen, fand sie aber nicht mehr, dafür bemerkte er, dass seine Kleidung voller Farbflecke war, die er sich nicht erklären konnte. Mühsam versuchte er, sich aufzurichten, als eine Polizeistreife vor ihm auftauchte.

„Da ist ja der Schmierfink, erst das ganze Gebäude versauen und sich dann betrunken davorlegen, das wird dich eine Stange kosten, bester Freund."

Sie halfen ihm in den Streifenwagen, er war zu matt, um sich zu rechtfertigen.

Am nächsten Abend, als Louise ihre Wohnungstür öffnete, trat sie auf einen Umschlag ohne Adresse, der unter der Tür durchgeschoben war. Sie hing ihren Mantel an die Garderobe und riss ihn auf. Fotos fielen heraus, sie bückte sich und verharrte in ihrer Haltung. Das konnte unmöglich wahr sein, sie setzte sich auf das Bett und leerte den Umschlag aus. Sie zeigten eindeutig Karsten in den Armen einer nackten Frau; nach den aufgedruckten Daten zu urteilen, waren sie ganz aktuell. Sie war betroffen und konnte das Gesehene nicht fassen.

„Dann hatte Heinz recht", murmelte sie nach einer Weile, „und mit den Kleidern im Schrank verhält es sich auch anders, von wegen Schwester ... Ich reize die Männer wohl dazu, mich zu betrügen", sagte sie in bitterer Ironie. Gerade hatte sie ihm noch von dem schmerzlichen Ende mit Rick erzählt und seine geheuchelte Anteilnahme empfunden, da war er schon in den Armen einer anderen. Sie ließ sich hinterrücks auf das Bett fallen, spürte gallebitteren Geschmack im Mund und eine alles überdeckende Traurigkeit. Heute wollte sie mit niemandem sprechen, keinen Menschen mehr sehen.

Mit heftigen Kopfschmerzen wachte sie am Morgen auf, das Telefon schrillte. Gila war am Apparat.

„Stell dir vor Louise, dein Karsten hat ein paar Stunden auf der Polizeiwache verbracht. Die Streife hat ihn gestern halbnackt und betrunken auf einer Parkbank gefunden, die Klamotten voller Farbe, mit der er das Rathaus besudelt hat. Der ist völlig hinüber, kann sich angeblich an nichts mehr erinnern. Was hast du denn mit ihm gemacht?"

Louise war konsterniert. „Nenn mir bitte seinen Namen nicht mehr, das muss ein exklusiver Abend gewesen sein, inklusive Erotikprogramm und Malstunde. Brauchte er wohl als Anregung für seinen Roman." Sie musste plötzlich weinen.

„Ich verstehe gar nichts mehr", hörte sie Gila sagen, „soll ich vorbeikommen, ich bringe frische Brötchen mit, oder hast du schon gefrühstückt?"

„Danach ist mir nicht zu Mute. Ich weiß nicht, ob ich überhaupt einen Bissen hinunterbringe. Ich bin so niedergeschlagen. Aber es wäre lieb, wenn du kommen kannst."

Gila sah sich die Fotos an.

"Eigenartig, entweder hat er die Augen geschlossen oder schaut wie high aus. Er kann sich angeblich an nichts erinnern und meint, irgendeiner hat ihm etwas verabreicht."

"Wieso macht man Bilder und lässt sie mir zukommen?"

"Ich habe keine Ahnung, eine Macke hat er in jedem Fall, wie käme er sonst dazu, das Rathaus zu streichen? Da sagt er allerdings auch, er wüsste nicht, woher Farbe und Pinsel kämen. Wenn man ihn als Schriftsteller zum Gespött machen möchte, werden die Fotos sicher noch an die Presse lanciert. Gib mir doch eins davon mit, vielleicht erinnert er sich ja auch nicht an die Dame, in deren Armen er gelegen hat. Die hat ja Holz vor der Hütte, das für drei strenge Winter reichen müsste." "Meinetwegen kann er sie alle haben", sagte Louise deprimiert. Gila nahm sie tröstend in den Arm: "Wenn das Leben dir Zitronen schenkt, mach einfach Limonade daraus! Er ist ohnehin nicht der Richtige für dich; außerdem hat er einen traurigen Hintern. Übrigens ist mir das ideale Geburtstagsgeschenk für Deinen Mattuschke eingefallen: - Wellblech glättende Faltencreme - ist das nichts?" Louise verzog nur das Gesicht, sie war nicht aufzuheitern. "Du hast jetzt den Blues, deshalb habe ich dir etwas mitgebracht, zum Trost. Eine junge Frau mit deinem Temperament muss nicht auf den nächsten Mann warten, um sich Wünsche zu erfüllen", sie grinste breit und überreichte ihr das noch in Folie eingeschweißte kleine Wunderding, gerade als Messeneuheit erworben, "als wenn wir von den Männern abhängig wären."

Karsten versuchte Louise von seiner Unschuld zu überzeugen, aber sie wollte nichts davon wissen und ihm keine Chance geben. Die Ereignisse hatten sie desillusioniert, realistisch betrachtet, waren bei einem Zusammenleben mit ihm mehr Schwierigkeiten als Freuden zu erwarten. Er gab sich nicht damit zufrieden, es störte sein Ego, abserviert zu werden, und so suchte er sie in ihrer Wohnung auf, um persönlich mit ihr zu sprechen. Satz für Satz hatte er sorgfältig erarbeitet, er brauchte sie, ihre Inspiration, den verführerischen Körper und den Fahrdienst, wollte sie nicht aufgeben, zumal er sich keiner Schuld bewusst war. Aber das Tor war verschlossen, der Zaun nicht zu übersteigen. Er rüttelte und rief vergebens. Am nächsten Tag unternahm er einen neuen Versuch zu einem früheren Zeitpunkt.

Schon vor dem Tor machte Mattuschke ihn aus. Unter dem langen Fußweg hatte das Blumensträußchen in seiner Hand beträchtlich gelitten, einzelne Stängel waren bereits in der Mitte abgeknickt, was er selbst aus der Entfernung sehen konnte. Ein kurzer Wink an seine Leute genügte, um sie in Gang zu setzen. „Louise hat weder Interesse an seiner Aufwartung, noch an weiteren Besuchen in der Försterklause, wenn er das nicht versteht, müsst ihr es ihm deutlicher sagen und hiermit nachhelfen." Er reichte ihnen ein dünnes Päckchen Scheine. Ein verächtlicher Ausdruck lag auf seinem Gesicht.

Karsten wurde übel zugerichtet, er würde es kein zweites Mal riskieren, von Louise bestraft zu werden. Das konnte er ihr nicht verzeihen. Schade um die Försterklause, in der er sich immer wohlgefühlt hatte, aber mit diesen Verbrechern würde er sich nicht anlegen. Alles in ihm schrie nach Rache, er wollte es ihr heimzahlen. Andererseits war das Geld ein wirksames Pflaster. Da war er sich schnell wieder selbst der nächste.

Louise, die nichts von dem Vorfall erfuhr, wunderte sich, wie schnell er sich aus ihrem Leben verabschiedete, selbst in die Försterklause kam er nicht mehr. Sein Gefühl für sie war offenbar sehr flüchtig, und an der Erotikgeschichte mehr daran, als er jammernd vorgab. Wenn sie auch die Beziehung beendet hatte, schmerzte es sie doch, dass er keinen Versuch unternahm, sie zu sehen oder Sehnsucht nach ihr zeigte. Sie empfand es wie heute gesehen und morgen vergessen, er war eben ein Egomane, in den sie vergeblich Gefühle investiert hatte.

Erst am Grillabend wich die bedrückte Stimmung von ihr. Sie half Mattuschke, einige Saucen und Salate vorzubereiten, Feldsalat mit marinierten Selleriewürfeln, Kartoffelsalat mit Gurkenscheiben, Rucola und knackige Bohnen mit einer Prise Fleur du Sel. Die Steaks hatte sein Metzger eingelegt, Garnelen brachte Rudinsky mit.

„Was er in die Hand nimmt, gelingt", sagte sie zu Vera, die sie stürmisch begrüßte, „er hat Bilderbuchwetter erwischt." „Ja, was er haben möchte, bekommt er auch meist", antwortete sie und setzte eine vieldeutige Miene auf.

Rudinskys, Hubers, Vera, Gerrit Wollhüsen, der Geschäftsführer von Mattuschkes Maschinenfabrik mit seiner zierlichen Frau und ein weiteres Paar waren eingeladen, von dem sie nur den Namen Schnitzler gehört hatte, und dass die Begleiterin Amina hieß. Irgendwie kam sie ihr bekannt vor, obwohl sie keine Ahnung hatte, wo sie ihr schon einmal begegnet sein konnte. Rudinskys begrüßten sie herzlich mit Kuss, sie freute sich, die netten Leute wiederzusehen, mit denen sie sich schon am ersten Abend gut verstanden hatte. Die Garnelen, von Ida Rudinsky eingelegt, waren wieder exzellent.

„Pass nur auf Heinz, dass sie nicht zu lange auf dem Grill bleiben und trocken werden", rief sie besorgt. Im Laufe des Abends in prächtig lauer Sommerluft setzte sich Vera zu ihr und legte den Arm um ihre Taille.

„Du wirkst traurig, bedrückt dich etwas?"

„Ach, es gab Ärger mit meinem Freund, aber ich möchte nicht mehr darüber sprechen, es tut nur weh, festzustellen, wie sehr man sich in einem Menschen getäuscht hat."

Vera biss sich leicht auf die Unterlippe und schwieg ein paar Sekunden lang.

„Das war ein wunderschöner Abend neulich bei dir, ich habe mich schon ewig nicht mehr so wohl und angeregt gefühlt. Du bist mir hoffentlich nicht böse, ich war ziemlich beschwipst?"

„Aber nein, Vera, ich war genau so aufgedreht übermütig, weil alles geklappt hat und die Stimmung so gut war."

„Dann ist es gut, aber eins würde ich auch im nüchternen Zustand zu dir sagen, dass ich dich wahnsinnig gern mag und Lust hätte, mich auf der Stelle an dich zu kuscheln."

Dabei lachte sie herzerfrischend, drückte sie fest und sah sie mit einem so lieben Blick an, dass Louise spontane Rührung verspürte. Veras Gefühl war ehrlich, da hatte sie keine Zweifel.

„Ich mag dich auch gerne Vera und bin froh, dass wir uns kennengelernt haben. Außer Gila, dir und Heinz gibt es keine Menschen, die so gut zu mir sind. Ihr seid wirkliche Freunde."

Vera schwieg, für einen Augenblick huschte ein schmerzlicher Schatten über ihr Gesicht, sie öffnete den Mund, als wollte sie etwas sagen, schloss ihn aber wieder. Louise hatte es nicht bemerkt.

Huber hatte bereits deutlich Schlagseite und sich mit Amina in den hinteren Gartenteil zurückgezogen, um zu rauchen. Sie sah, wie er sie ungeniert betatschte, sie aber gelassen darauf reagierte. Ein Widerling, dieser Huber, und sie musste ständig mit ihm zusammenarbeiten, um Mattuschkes kreative Buchführung wasserdicht zu machen, wie er sich ausdrückte. „Das sollte er mal bei mir versuchen, der schmierige Vogel", sagte sie angeekelt, „bei den gemeinsamen Sitzungen achte ich schon immer darauf, keine Blusen mit größerem Ausschnitt zu tragen, ich fühle mich schon allein von seinen gierigen Augen angefasst."

Den Rest des Abends verbrachten Vera und Amina in angeregtem Gespräch.

Wollhüsen gefiel Louise sofort, ein Mann mit klaren, ehrlichen Augen, jünger als Mattuschke, Mitte vierzig vielleicht, bodenständig wie Rudinsky und mit einer Power, die in seinem Umfeld geradezu energetische Strahlung erzeugte. Kein Wunder, dass Mattuschke große Stücke auf den tüchtigen Mann hielt. Vielleicht hat er ihn als potentiellen Nachfolger für sein Unternehmen im Auge, sieht in ihm so etwas wie den jungen Mattuschke damals, nur in seriöser Ausgabe. Louise hatte Bücher und Bilanzen des Unternehmens gesehen. Solidität pur mit satten Gewinnen. Auch seine Frau war reizend, strahlte Wärme und Liebenswürdigkeit aus. Mit Mattuschke schien sie sehr vertraut zu sein. Louise schätzte sie altersmäßig etwa wie ihren Mann ein, aber das konnte täuschen bei der zierlich schlanken Figur, dem kecken Pagenschnitt und der jugendlichen Art.

Diesmal bat Vera nicht um Asyl, sie ließ sich von Frau Huber mitnehmen, die nach wie vor Erfolg mit ihrem Autohaus hatte und sich den ganzen Abend über mit Mineralwasser, Saft und dem unerfreulichen Schauspiel begnügen musste, das ihr Mann bot. Amina und Vera küssten sich zum Abschied länger als flüchtig, wie Louise aus dem Augenwinkel beobachtete, ebenso Frau Wollhüsen und Heinz, gleichgültig ließ es sie nicht.

Nach langer Abwesenheit kreuzte sie wieder im Silverspot auf, freute sich, die Gruppe wiederzusehen, genoss die unkomplizierte Konversation, die lustigen Bemerkungen und Lästereien, die sie schon vermisst hatte. Sophie und Rick waren ebenfalls da, sie fühlte keine Eifersucht mehr und unterhielt sich ungezwungen wie mit den anderen. Rick hatte den Job in der Werkstatt vor kurzem aufgegeben und sich mit zwei Bekannten selbständig gemacht. Häufigere Meinungsverschiedenheiten führten seinen endgültigen Entschluss herbei.

„Er ist und bleibt ein unverbesserlicher Sturschädel", beschwerte Mattuschke sich kürzlich bei ihr, „ich hatte ihn als späteren Nachfolger für meinen Laden im Auge, technisch ist er ein As, schade."

Er war nicht verärgert oder nachtragend, sondern gewährte Rick für die gute Arbeitsleistung eine saftige Prämie, mit der sich der Neustart leichter bewältigen ließ. Louise fand es toll und sah es als Ausdruck seiner menschlichen Souveränität, außerdem wurde sie das Gefühl nicht los, dass er sich in gewisser Weise für Rick verantwortlich fühlte.

Eric fehlte, besorgt erkundigte sie sich nach ihm, sie hatte in der Vergangenheit einige Male telefoniert, in der Zeit mit Karsten aber keine Zeit für ein Gespräch gefunden.

„Es geht ihm gut", sagten alle und grinsten, „stell dir vor, er konnte die neuen Gedichte tatsächlich bei einem Verlag unterbringen. Heute ist er dort, um letzte Einzelheiten vor der Veröffentlichung zu klären, ist das nichts? Und die ganze Zeit sagt er, ‚*das habe ich nur Louise zu verdanken, meinem Schutzengel*'."

Sie musste unwillkürlich schlucken: „Das ist wunderbar, ihr glaubt gar nicht, wie sehr ich mich für ihn freue."

Hano rückte zu ihr und sah sie mit verklärtem Blick an, früher fand er kaum Gelegenheit, sie zu beachten, so sehr war er auf die Funktion des Alleinunterhalters fixiert.

„Ich, das heißt wir alle haben sehnsüchtig auf dich gewartet, wie schön, dass du wieder bei uns bist. Wie geht es, erzähl doch mal?"

Louise war nicht wenig erstaunt, dass er seine Rolle als Wortführer freiwillig an sie abgab, er war wirklich ungewöhnlich nett zu ihr, das musste sie schon sagen. Sie berichtete von ihrem Erlebnis mit Karsten, was einige Diskussionen nach sich zog. Hano zeigte sich betroffen und legte tröstend seinen Arm um sie, Sophie kamen tatsächlich Tränen, Peters Augen wagten sich noch deutlicher hervor, nur Rick schüttelte zweifelnd den Kopf, als könne er nicht glauben, was geschehen ist.

„Für mich passt das nicht zusammen." Er hatte seine eigene Theorie.

Mattuschke lud sie jetzt öfter ein und zeigte sich mit ihr in der Öffentlichkeit. Sie aßen in angesagten Restaurants, alleine oder mit Geschäftsfreunden, er nahm sie zu Empfängen, Einladungen oder Besprechungen mit. Auch wenn sie früher abstritt, dass ihr Glamour oder Tanz auf gesellschaftlichem Parkett etwas bedeuten würde, musste sie sich eingestehen, dass es ihr heute gefiel, Konversation mit dem Oberbürgermeister, Bankdirektoren, Präsidenten der Universität, Kammern oder Unternehmern zu führen und den eifersüchtigen Blicken der Gesellschaftsdamen zu trotzen, die sie wohl für seine Mätresse hielten. Er fuhr mit ihr in Modehäuser und kaufte extravagante Kleidung, die sie noch vor einem Jahr bewundert, aber nie angezogen hätte. Schließlich muss ich doch mit meiner Assistentin repräsentieren können, war seine Antwort auf ihre Proteste, wieder beschenkt zu werden.

Ein Besuch seiner ‚*Truppen*' stand an, wie er die Mitarbeiter der außerhalb gelegenen Unternehmen nannte. Sie fuhren nach Stuttgart, wo er ihr den Musterbetrieb vor Ort zeigen wollte. Durch ihre Arbeit erhielt sie Einblick in seine wirtschaftlichen Verhältnisse, um die ihn die meisten beneidet hätten, und dabei war sein beachtliches Privatvermögen, das sie nur schätzen konnte, nicht berücksichtigt. Gerrit Wollhüsen empfing sie fast mit militärischen Ehren, die ganze Mannschaft war angetreten, er ließ sie und Mattuschke wie auf einem roten Teppich vorbei defilieren. Die Produktionshallen waren blitzauber, das Unternehmen ertragreich und bestens in Schuss. Nach kurzer Ansprache an die Belegschaft, zogen sie sich für Strategiegespräche zurück. Anschließend ging es zu Fuß zum Restaurant, sie überquerten den lebhaften Markt mit bunten Auslagen und hektischer Betriebsamkeit. Während sie die vor Frische strotzenden Gemüse- und Obststände begutachtete, was das Hungergefühl dramatisch steigerte, musterte Mattuschke das um sie wogende Menschenknäul. Verächtlich zog er die Mundwinkel herunter.

„Alles Aldisten."

Sie musste lachen. „Alles wer?"

Er grinste: „Aldisten, pensionierte Führungskräfte, die sich früher in die Brust warfen, wie von Leuchtenburg und heute, ihrer Bedeutung beraubt, zu Tütentragern ihrer Frauen mutiert sind. Ein Bild des Jammers."

„Wieso ‚Aldisten'?" „‚Aldi-Assistenten', sie dürfen die Artikel vom Band nehmen, in Tüten verstauen und gemäß der allein verbliebenen Bestimmung, gebeugt hinter der Gnädigsten hertragen."

Wollhüsen hatte schmunzelnd zugehört. „Zu originell, den Begriff muss ich mir merken, ich kenne einige, denen es haargenau so ergangen ist, gestern noch viel zu sagen und heute sagt man ihnen was."

„Ihr seht die Sache spaßig", warf Louise ein, „dabei ist es ein gesellschaftssoziales Problem. Wie werden Spitzenkräfte, die sich ein Leben lang voll für ihren Job engagiert haben, damit fertig, plötzlich ein Leben ohne Entscheidungskompetenz und Status führen zu müssen, beruflich nicht mehr gebraucht zu werden? Mit der Arbeit sind Grundfesten ihres Lebens weggebrochen. Das ungenutzte Wissen ist auch ein volkswirtschaftlicher Verlust. Wohl keiner sieht es als Krönung an, ‚Aldist' zu werden, eher als Tragödie."

Sie hatte sich in Rage geredet. Mattuschke gefiel sie in der kämpferischen Ausgabe, sie redete ihm nicht nach dem Mund und hatte recht mit ihrer Ansicht. Sein zynischer Witz auf Kosten dieser Personen kam ihm auf einmal dumm und schäbig vor. Für eine Weile fühlte er sich unbehaglich neben ihr.

Als sie am späten Abend ihr Hotel betraten, gab es eine Überraschung, Wollhüsen hatte in der Annahme ihrer Partnerschaft ein Doppelzimmer reserviert, andere Zimmer waren wegen eines Kongresses nicht mehr verfügbar. Louise musste innerlich lächeln, als sie sah, wie aufgeregt Mattuschke diskutierte; offenbar sollte das Schicksal auf diese Weise ‚Amor' spielen, um die Schwellenangst zu beseitigen. Nach wie vor hatte eine gemeinsame Nacht gewissen Reiz für sie. Er entschuldigte sich mehrmals für das Missgeschick, eine andere Lösung bot sich nicht an. Sie ging als erste ins Bad, verließ es ganz bewusst in zarter Unterwäsche und bewegte sich zeitlupenartig auf ihr Nachthemd zu, indem sie ihn, scheinbar in die Zeitung vertieft, aus den Augenwinkeln beobachtete. Sein Blick ging eindeutig über den Rand des Blattes hinaus, wenn er dort etwas lesen wollte, wo er gebannt hinsah, hätte schon ein Teleprompter installiert sein müssen. Sie schmunzelte, gleichgültig war ihm ihre Silhouette jedenfalls nicht. Als er das Bad verließ, schloss sie die Augen und harrte gespannt seiner Annäherung. Sie war aufgeregt und spürte deutlich ihren schnelleren Herzschlag.

„Ich wünsche dir eine gute Nacht, Louise, und noch einmal Entschuldigung für die Unbequemlichkeit." „Dir auch gute Nacht Heinz, es war ein interessanter Tag." Er löschte das Licht, sie wartete noch eine Weile, hustete leicht, um zu zeigen, dass sie noch nicht schlief, aber er reagierte nicht und verhielt sich korrekt, obwohl ihr in diesem Falle etwas Unkorrektheit durchaus recht gewesen wäre. Ein wenig ärgerte es sie, ihn nicht in Versuchung gebracht zu haben, völlig reizlos hatte sie sich bisher nicht empfunden. So schlief sie missmutig ein.

Das üppige Frühstücksbuffet vertrieb ihre schlechte Stimmung wieder, er war bester Laune und machte Pläne für die Tagesgestaltung. „Was will ich eigentlich?", sagte sie zu sich selbst, „ich bin mit einem Mann hier, der quasi mein Chef ist und mein Vater sein könnte, der mich rücksichtsvoll behandelt, beschenkt, nett und großzügig ist, wie keiner je zuvor, in den ich nicht oder nur ein wenig verliebt bin, was er respektiert, und trotzdem unzufrieden."

„Lass mich deine Gedanken wissen, Louise, du legst die Stirn in Falten, dass ich wirklich Angst bekomme. Löwe Sambesi war ehrlich gesagt, ungefährlich dagegen."

Jetzt musste sie lächeln und gab ihm einen schnellen Kuss, die trüben Gedanken verflogen.

„Es ist nichts, mir gingen nur gerade ein paar Zahlen durch den Kopf."

„Hoffentlich keine, die unser gutes Betriebsergebnis trüben?"

„Nein, nein, Wollhüsen macht schon einen ausgezeichneten Job und reagiert flexibel auf den Markt, die Zahlen könnten nicht besser sein. Er weiß, was richtig ist."

„Und er weiß, was schön ist", er schaute sie herausfordernd an, und sie wurde doch tatsächlich rot. „Ich denke, er ist glücklich verheiratet?" „Verheiratet ist er nicht, aber er lebt in der Tat in großer Harmonie mit einer bezaubernden Frau zusammen, die ich seit langem kenne. Das heißt doch nicht, dass er den Blick für die Schönheit anderer verlieren muss."

Morgens hatte sie ihre Diplomarbeit abgegeben, mit dem Gefühl, ein Kind in die Obhut anderer zu entlassen, so sehr war sie in den letzten Wochen damit verschmolzen. Das müsste eigentlich gefeiert werden, ich sollte auf ein gutes Ergebnis anstoßen, dachte sie und klingelte bei Heinz, vergeblich. „Für mich alleine?", fragte sie unschlüssig, die Hand schon am Sektverschluss. Kurz darauf klingelte Vera.

„Heinz ist nicht da, da sagte ich mir, ich läute bei Louise, wenn ich schon einmal hier bin."

„Vera, du kommst wie gerufen, ich dachte gerade, wie schön es wäre, jetzt mit jemandem anzustoßen, ich habe nämlich heute meine Arbeit abgegeben."

„Gratuliere!", sie drückte sie herzlich, „ich kenne das Gefühl, auf der einen Seite die große Erleichterung, dass man sie fertig hat, auf der anderen, etwas verloren zu haben mit der Unsicherheit, wie sie wohl aufgenommen wird."

Louise schoss den Sektkorken mit lauten Knall ab. „Entschuldigung, ich glaube, der wollte unbedingt getrunken werden. Gut, dass ich dich nicht erschossen habe, gibt's denn bei der Gesangsausbildung auch Diplomarbeiten?"

„Die, die ich meine, wird an der Uni geschrieben, ich habe Philologie und Geschichte studiert."

Louise blickte überrascht. „Fertig?" „Ja, ich könnte unsere Unterhaltung in Englisch oder Französisch weiterführen."

„Ich weiß viel zu wenig von dir", sagte sie entschuldigend.

„Daraus machen wir mal einen eigenen Abend", zwinkerte Vera, „heute geht es allein um dich und deinen Erfolg, den ich dir von Herzen wünsche."

Sie tranken den spritzigen Sekt, Louise erzählte von ihrem Studium.

„Hast du dich nicht mal in einen deiner Professoren verliebt, ich war damals in meinen ganz schön verknallt, aber der hatte nur Augen für Sybille Wille, was ich nie begreifen konnte, denn sie watschelte auf solchen O-Beinen, dass man ein Fass hätte durchrollen können."

Sie lachten beide. „Nein, von den Professoren reizt mich keiner, der neue Assistent sieht ganz nett aus, aber ich kenne ihn gar nicht näher."

„Lass es nur Heinz nicht merken, der wäre gewaltig eifersüchtig."

Louise protestierte: „Heinz und eifersüchtig, der sieht doch gar keine Frau in mir, für den bin ich ein neutrales Miet- und Assistentenwesen."

„Wenn du dich da mal nicht täuschst. Heinz ist nicht immer, wie er sich gibt, er ist sehr großzügig, aber auch sehr egoistisch und gewohnt, dass man seine Wünsche respektiert."

Sie sagte es gedankenverloren vor sich hin, aber in ihren Augen konnte Louise etwas Warnendes lesen. Aber gab es einen Anlass dafür, hatte sie jemals Grund, an seinen ehrlichen Absichten zu zweifeln? Sie überging die Bemerkung und schenkte nach. Langsam brachte das schäumende Medium ein beschwingtes Gefühl zustande. Vera hatte Korkstückchen im Glas, Louise wollte sie herausfischen, was aber bei ihrem heftigem Sträuben misslang. Dann trank Vera sie aus Übermut mit.

„Warum das?" „Damit ich morgen besser schwimmen kann."

Herzhaft lachend fielen sie einander um den Hals.

Sie hatte eine Woche intensiver Arbeit für Mattuschkes Firma hinter sich, in Abstimmung mit diesem Brechmittel namens Huber. Alles andere als ein gutes Gefühl kam in ihr auf, es wurde in einer Weise getrickst und vernebelt, dass ihr mulmig zumute war. Wenn das herauskommt, hänge ich mit am Haken, befürchtete sie. Heinz strahlte: „Na, da ist ja ein dicker Brocken bewältigt, und wir haben extra ein paar Häppchen für die Prüfer eingepackt, damit sie auch ein Erfolgserlebnis haben. Eine echte ‚*win-win- Situation*' Louise, oder nicht?"

Ihr stand der Sinn nach Sonne, sie klagte Gila ihr Leid am Telefon: „Der Herbst war viel zu kühl und verregnet, wenn ich an den langen Winter denke, werde ich richtig schwermütig. Noch einmal Sonne tanken, bevor die kurzen trüben Tage kommen, das wäre es."

Kurz darauf fragte Mattuschke: „Hättest du vielleicht Lust, ein paar Tage am Mittelmeer zu verbringen? Ralf Rudinsky hat mir sein Ferienhaus in der Nähe von Dubrovnic angeboten, er fährt in diesem Jahr wegen der Garnelen nicht und wäre froh, wenn jemand vor dem Winter nach dem Rechten sieht." Louise war es unheimlich, er schien wirklich ihre Gedanken zu erraten. Innerlich machte sie einen Luftsprung.

„Aber diesmal wäre es keine Geschäftsreise, als was nimmst du mich denn mit, wenn nicht als Assistentin?", fragte sie kokett und schickte ihm einen ihrer patentreifen Augenaufschläge.

„Ich denke, diesmal als meinen Schutzengel, und wenn du Bedenken haben solltest, mit mir alleine zu reisen, dann nehmen wir Vera mit, als Anstandsdame sozusagen."

Absichten scheint er wirklich keine zu haben, vielleicht wäre die ganze Situation zu dritt sogar entspannter. „Das Angebot ist sehr verlockend, ein wenig Sonne bevor der Winter kommt, wäre zu schön, ich bin direkt dabei und hätte nichts dagegen, wenn Vera mitfährt, im Gegenteil, wir hätten sicher viel Spaß miteinander, du entscheidest."

Sie flogen zu dritt, Vera konnte im letzten Moment eine Aufführung tauschen. Es regnete in Strömen als sie zum Flughafen fuhren, die Wolken hingen bleischwer und so tief, dass man sie zum Greifen nahe glaubte, Nebel hüllte die Landschaft in unwirkliche Schemen, was die Reiseeuphorie, in der sie sich seit Tagen befanden, merklich dämpfte. Der Tower war nur noch als angedeutete Silhouette zu erkennen. Bei der Landung in Dubrovnik, der Perle der Adria, wie man das alte Ragusa nennt, ging ein starkes Gewitter nieder, die Wellen schlugen hart und zornig an die Felsen. Zur trist trommelnden Melodie nicht enden wollenden Regens, der andere Geräusche egoistisch erstickte, ließen sie sich zu Rudinskys Haus fahren, das sie durch tiefe Pfützen watend, erreichten, Schultern und Regenjacken hochgezogen, als könnten sie damit der peitschenden Berieselung ihrer Köpfe entgehen. Trotz des Regens war die Luft dick und klebrig. Lange Regenphasen bedrückten Louise und erzeugten ein Gefühl schmerzhafter Eintönigkeit in ihr. Das Haus empfing sie mit feuchter Kühle. Eigentlich war geplant, die Ankunft mit einem Essen im Freien, in einem der Restaurants direkt am Meer zu feiern, aber niemand hatte Lust, sich noch einmal der Nässe auszusetzen, zumal das Feuer im Kamin, das Heinz geschickt angezündet hatte, angenehme Wärme verbreitete und die klamme Kleidung trocknete.

Sie stöberte mit Vera in Speisekammer und Keller. Es waren Konserven da, ein geräucherter Schinken - kroatischer Prsut - deutsches Schwarzbrot in Dosen, das Rudinsky hierher exportiert haben musste und einige Flaschen kroatischen Weins. Das bunt zusammengestellte Abendessen schmeckte, sie hatten Hunger, Durst und einen guten Rotwein erwischt, der glutvolle Süße und Dichte aufwies. Vera erinnerte er im Duft an Stechginster. Heinz schnitt mit einem schmalen Messer elegant und freihändig Scheiben des ausgezeichneten Schinkens ab, betonte, es sei ein Schinkenmesser, das für keinen anderen Zweck eingesetzt werden dürfe, und schnitt im gleichen Atemzug alles andere damit. Als es aufgehört hatte zu regnen, fand er im Garten reife Tomaten, die - welcher Frevel - ebenfalls vom Schinkenmesser zerteilt, in dünne Scheiben fielen. Wie oft in solchen Fällen schuf das improvisierte Essen eine Laune so heiter, dass man die trübe Tagesstimmung vergaß. Heinz gönnte ihnen mit lustigen Episoden aus der Zirkuszeit keine Pause zwischen den Lachschüben. Schließlich fielen sie müde in die Betten. Jeder hatte ein eigenes Zimmer. Das Gewitter war vergessen, es machte nur noch durch entferntes Grummeln und gelegentliches Wetterleuchten auf sich aufmerksam, der Wind heulte um das Haus und rüttelte ab und zu an den Fensterläden.

Louise erwachte am Morgen von einem Sonnenstrahl, der durch das Fenster drang und ihr vorwitzig ins Gesicht leuchtete, sie musste die Augen zusammenkneifen, so intensiv war das Licht. Ein paar Sekunden brauchte ihr Kopf, um sich zu orientieren, dann durchströmte sie ein warmes Glücksgefühl, sie hatte Urlaub, war am Meer, das Wetter hatte sich gewandelt und wie. Sie sprang aus dem Bett, lief zum Fenster und stieß die Flügel weit auf. Da lag sie, direkt vor ihren Füßen, die blaue Adria, vom Wind leicht gekräuselt und glitzernd in der schon intensiven Morgensonne. Nach dem unaufhörlichen Regen hatte sich der Himmel sein intensives Blau zurückerobert. Ein seidig frischer Lufthauch wehte zu ihr, tief sog sie die kühle Brise in ihre Lungen. Heiterkeit lag in der Luft. Die Weite des Meeres, die Ferne des Blicks, der nicht mehr zwischen Wasser und Horizont unterscheiden konnte, machten sie frei und ihr Herz leicht. „Wie schön ist es hier", rief sie jubelnd, dann zog sie sich rasch an und lief aus dem Haus durch den Garten, hinunter zu den Klippen, wo die noch aufgeregten Wellen klatschend an die Steine schlugen und wie Sprühnebel zerstäubten.

Sie roch den intensiven Duft des Meeres, spürte Salz auf ihren Lippen und zuckte zusammen, als hätte sie eine leichte Berührung wahrgenommen. Heinz stand hinter ihr.

„Ist es nicht ein Paradies? Ralf hat es von seinen Großeltern geerbt, sie waren Kroaten."

„Ja es ist ein Traum, ich bin glücklich, hier zu sein, wenn ich nur wüsste, wie ich dir danken kann."

„Vielleicht naht der Tag, und ich komme auf den Wunsch zurück. Bis dahin sammle ich Dankespunkte", sagte er aufgekratzt, „wie viele habe ich denn heute erworben?"

„Tausend, nein hunderttausend", Louise strahlte, während der Wind ihre schönen Haare empor trug und fließen ließ. Er spürte einen Anflug heiterer Melancholie.

„Hast du etwas gesagt?"

„Na, wir wollen es doch nicht übertreiben mit den Punkten, oder?"

„Doch verehrter Gönner", sagte sie lachend, „ich stehe tief in Ihrer Schuld."

Sie hakte sich bei ihm unter und stieg den Weg hinauf, erst jetzt fiel ihr auf, dass zu dem Anwesen auch ein kleiner eigener Strand gehörte mit grobem Sand, der flach ins Wasser hineinlief. „Der Badespaß ist jedenfalls gesichert."

Da Mattuschke schon einmal hier war, wusste er, dass es einen Laden in der Nähe gab, einen mittleren Fußweg entfernt. Er öffnete die Tür zu einem Verschlag mit Gartengeräten und Liegestühlen und fand das alte Rad mit dem Rudinsky damals seine Einkäufe gemacht hatte. Sogar der Reifendruck reichte noch aus. Er schwang sich auf den Drahtesel und fuhr los. Die einfachen Natursteinhäuser in der Nachbarschaft glänzten wie frisch geputzt in der Morgensonne, weiße Wäsche trocknete an straff gespannten Schnüren vor ihren Fenstern. Die Luft war klar, roch nach Salz und Jod. Er war froh, beiden Frauen mit der Einladung eine Freude gemacht zu haben, Louises Dankbarkeit tat ihm gut, es war gut, dass sich das Gespräch zu den Dankespunkten hin entwickelte, vielleicht brauchte er sie irgendwann und könnte sich den Kredit seiner Großzügigkeit zurückerstatten lassen. Auch er genoss es, auszuspannen, zumal in der netten Gesellschaft, Louise hätte er ohnehin am liebsten ständig in seiner Nähe. Sie inspirierte ihn, sie war ein Geschenk des Schicksals.

„Manchmal frage ich mich, warum ich mir die ganze Arbeit überhaupt auflade und nicht öfter verreise, von meinen Mitteln könnte ich bis zu meinem Ende bestens leben", sagte er mit kräftigem Tritt in die Pedale, keuchend vor sich hin. Bald hatte er das kleine Geschäft, das an die alten Kaufmannsläden der sechziger Jahre erinnerte, in denen man vom Hering über Obst, Hemden, Pflaster bis zu Nägeln alles erwerben konnte, erreicht; nichts hatte sich seit seinem letzten Besuch verändert.

Zum gemütlichen Frühstück auf der kleinen Terrasse vor dem Haus, zauberte er einen fabelhaften Kaffee auf den Tisch. „Die beste Voraussetzung für einen guten Tag", schnurrte Vera zufrieden und streckte sich aus wie eine Katze in der Sonne, „ich weiß nicht, wie es euch geht, aber ich habe prächtig geschlafen und von dem Gewitter nichts mehr mitbekommen."

„Ich auch nicht", sagte Louise, „es ist wie ein Wunder, gestern noch fast Weltuntergang und heute schönstes Wetter."

„Was gedenken die Damen heute zu tun? Sofort eine Stadtbesichtigung, Einkaufsbummel oder relaxen in Sonne und Wasser?"

„Relaxen", riefen beide wie aus einem Mund. „Wir können ja am Nachmittag in die Stadt fahren, auf die ich schon sehr gespannt bin und anschließend dort zu Abend essen", schlug Louise vor.

„Und bis dahin baden wir und lassen uns von der Herbstsonne verwöhnen", rief Vera und begann, das Frühstücksgeschirr zusammenzutragen.

„Kommst du mit ins Wasser Heinz?"

„Ehrlich gesagt habe ich es nicht so mit dem kalten Wasser, vielleicht heute Mittag. Erst lese ich mal die Zeitungen, die ich bekommen habe."

Vera und Louise gingen zu den Klippen hinunter. Tatsächlich gab es einen kleinen Strand mit grobkörnigem Sand, der flach ins Wasser abfiel. Links davon ragten mächtige Steinbrocken aus dem Wasser, glatt gewaschen, mit flacher Oberfläche, auf der man liegen konnte. Rechts, wo Louise am Morgen gestanden hatte, wiesen die Klippen spitze, zackige Steine auf, die man nur mit festen Schuhen betreten konnte. „Wahrscheinlich ideale Aufenthaltsorte für Seeigel", vermutete Vera. Sie entschlossen sich, vom flachen Strand ins Meer zu gehen. Louise hatte schon den Badeanzug an und prüfte die Wassertemperatur mit den Zehenspitzen. Vera zog sich aus, legte ihre Kleidung auf einen der Steinblöcke und trat nackt neben sie.

„Du brauchst doch hier keinen Badeanzug, es sieht uns keiner, und wenn du aus dem Wasser kommst, musst du nicht mit dem nassen Ding herumlaufen." Sie schritt forsch in die Fluten, das Wasser reichte ihr schon bis zu den Oberschenkeln. Eine schöne Frau, dachte Louise, mit schlankem, durchtrainiertem Körper, einem bildhübschen Po, der nicht hervorsprang und sich zum Abstellen eignete, wie Gilas'. Jetzt tauchte sie bis zu den Schultern ins Wasser und spritzte sie nass.

Sie streifte den Badeanzug ab und ging ebenfalls nackt in die Fluten. Im ersten Augenblick verschlug das kalte Wasser ihr den Atem, dann schaufelte sie es mit beiden Händen auf ihren Oberkörper und tauchte ein. Schon nach wenigen Sekunden war das Kältegefühl verschwunden und einer angenehmen Frische gewichen. Es prickelte auf ihrer Haut wie eine sanfte Bürstenmassage. Vera war schon weit draußen, in kräftigen Zügen schwamm sie hinterher, bis sie sie eingeholt hatte. Louise war eine gute Schwimmerin, immerhin hatte sie Sport als Leistungsfach und gerade mit ihren Schwimmerfolgen besonders überzeugt.

„Ist das nicht herrlich?", prustete Vera. Beide legten sich nebeneinander auf den Rücken und hielten sich mit leichten Arm- und Beinschlägen über Wasser.

„Belebend und überhaupt nicht mehr kalt?!", sie drehte sich um und versuchte ihr einen Kuss zu geben. „Ich finde es super, dass wir beide hier zusammen sind", sagte Louise.

„Wärst du nicht lieber mit Heinz alleine hier gewesen?"

„Keineswegs, ich wollte, dass du mitfährst."

„Dann hat er mir also die Wahrheit gesagt", sagte Vera erleichtert.

Als sie das Wasser verließen, legten sie sich auf die flache Oberfläche der Steine, die bereits von der Sonne erwärmt waren und ließen sich trocknen. Es war ein angenehmes Gefühl, hüllenlos zu sein, ohne feuchtes Textil am Körper. Die Sonne wanderte über die Haut und heizte sie wohlig auf, der leichte Lufthauch berührte sie sanft wie eine Feder. Ein Gefühl freudiger Erregung durchströmte sie, sie genoss es plötzlich, nackt zu sein, Natur in Natur, befreit von allen Einschränkungen.

„Findest du es nicht auch besser so?", fragte Vera, schon leicht schläfrig, von der wohligen Wärme eingelullt.

„Doch, es ist phantastisch. Ich hätte nie gedacht, dass es ein solcher Unterschied ist." Sie schloss die Augen, Bilder der Erinnerung zogen an ihr vorbei. Seit sie in Mattuschkes Haus wohnte, war sie glücklich, es war ihre Burg, der auch Ricks Weggang und die Enttäuschung mit Karsten nichts anhaben konnte. Es war eine gute Zeit für sie, in der sie dank Mattuschkes liebenswürdiger Großzügigkeit exklusiv lebte. „Mein Märchen-Prinz", murmelte sie spaßhaft und sandte einen angedeuteten Kuss in Richtung Ferienhaus.

Er stand mit einem Fernglas am Fenster seines Zimmers. Von hier hatte er den besten Ausblick auf die Klippen und das Meer, vor allem aber auf den Felsen, den die anmutigen Körper der beiden Frauen schmückten. Das Glas war von brillanter Qualität, was Ralf kaufte, war immer gut und reiflich überlegt. Jetzt kam es ihm wieder zustatten. Jede Einzelheit ihrer in der Sonne räkelnden Körper konnte er erkennen, ohne dass sie die geringste Ahnung hatten, beobachtet zu werden. Das war es, was ihn besonders erregen konnte, über den schönen Anblick einer in seinem Sinne ‚appetitlichen' Frau hinaus. Louises dunkelblondes Haar floss nach hinten über den Stein, erst jetzt fiel ihm auf, dass es exakt die wellenförmige Struktur der sich dahinter kräuselnden Wasserfläche hatte, die wie plissiert wirkte. Würde man diese augenblicklich trocknen und wie eine Zeitaufnahme festhalten, wäre ihr Relief mit der Maserung der Haare identisch. Jetzt glaubte er endlich zu verstehen, was Heidrun mit dem mystischen Satz gemeint hatte: „Sie hat Haare wie getrocknetes Wasser und eine reine Seele". Die Erinnerung zwang ihn zu einem Lächeln.

Er setzte das Glas hastig ab mit dem Gefühl, Louise hätte ihm eine Kusshand zugeworfen und war leicht erschrocken. Unmöglich, dass sie ihn bemerkt haben konnte. Ein Fensterflügel war schräg gestellt, so dass er Einblicke von außen verhindern musste. Nein, es war wohl nur eine zufällige Geste, die er falsch interpretiert hatte. Es war reizvoll, die beiden Körper miteinander zu vergleichen, den der jungen, sehr weiblichen Louise mit langen geschwungenen Beinen und den der reiferen, durchtrainierten, eine Spur maskulineren Vera. Sie hatte ihre schwarze Scham rasiert, was sie aus der Ferne fast geschlechtslos erscheinen ließ, im Gegensatz zu Louise, die ihr dunkelblondes akkurates Dreieck wie ein weithin sichtbares Locksignal des Körpers trug. Vera setzte sich auf und rieb ihre Freundin mit Sonnenmilch ein, bevor sie sich auf den Bauch drehte und ihm Rücken und Po präsentierte. Michelangelo hätte ihn nicht schöner meißeln können. Er grinste, weil ihm der Vergleich gefiel. Die Krönung wäre es, die makellosen Körper heimlich im Liebesspiel miteinander zu sehen, was würde er dafür geben. Allein die Vorstellung übermannte ihn, machte ihn unruhig, dörrte ihm förmlich die Kehle aus.

Louise drehte sich träge zur Seite. „Weißt du, wie man einen Keks nennt, der unter dem Apfelbaum liegt?"

Vera blinzelte aus halbgeschlossenen Augen. „Keine Ahnung."

„*Ein schattiges Plätzchen ...*', genau das, was ich jetzt brauche."

Amüsiert ließen sich beide vom glatten Stein direkt ins kühle Meer gleiten.

„Das ist ja viel besser, als vom Strand aus", rief Louise begeistert, „fast wie eine Rutsche und direkt ins tiefere Wasser."

Vera schwang sich erneut auf den Felsen und sprang Kopf über hinein. Sie schwammen ein Stück wie im Wettkampf gegeneinander, spritzten sich übermütig Wasser zu, spuckten das salzige Nass in weitem Bogen aus und ließen sich im Nichtstun treiben. Wieder trockneten sie sich in der Sonne und strebten dann, in Badetüchern gehüllt, dem Haus entgegen.

„Das einzige, was hier unten fehlt, ist eine Dusche, die nehmen wir im Haus, ansonsten bin ich wunschlos zufrieden", sagte Vera außer Atem. Als sie vom Duschen kamen, hatte Heinz frischen Salat mit Gurken, Zwiebeln, Oliven und Tomatenscheiben angerichtet, dazu Weißbrot knusprig aufgebacken. Eine riesige Schüssel mit Pfirsichen, Trauben und Feigen wartete als Nachtisch.

„Ich fühle mich wie im Schlaraffenland", freute sich Louise über den appetitlichen Anblick.

„Jetzt warten wir nur noch auf das gebratene Huhn mit der Gabel im Rücken", witzelte Vera, worauf Heinz schlagfertig bemerkte: „Mein Vater hätte eins gezaubert, so einfach wäre das."

Am Nachmittag fuhren sie in die Stadt. Das Taxi entließ sie unmittelbar vor der alten Stadtmauer, einer bis zu sechs Meter breiten Befestigungsanlage. Durch das reich verzierte Pile Tor gelangten sie in die Altstadt, vorbei am wasserspeienden Onofrio Brunnen und betraten den Stradun, die Prachtstraße und Flaniermeile im Herzen der beeindruckend schönen Altstadt. Die schrägstehende Sonne warf ihren gelbrötlichen Schein auf den Marmor des Straßenbelags und ließ ihn schimmern wie die glänzende Oberfläche eines Stroms. Viele Menschen bewegten sich dort, schwebten fast, ohne Hast, saßen vor den Cafés und Restaurants oder strömten aus den kleinen Läden, die ihre Markisen zum Schutz vor der einfallenden Sonne weit hinausgefahren hatten. Louise bemerkte, dass auch sie sich der Fortbewegung anderer angeschlossen hatte und über den glatten Boden schlurfte, wie mit Pantoffeln, ohne die Füße, wie gewohnt, anzuheben. Eine ganz eigene Atmosphäre strahlte diese Straße aus, Leichtigkeit, Zeitvergessenes, Entspannung vermittelnde Geschäftigkeit, die gedämpfte Geräuschkulisse eines melodischen Orchesters. Sie flanierten vorbei an den historischen Fassaden der sie säumenden Häuser mit blassroten Dachziegeln und der Apotheke, der ältesten Europas aus den Anfängen des 14. Jahrhunderts. Die Abendsonne bemalte die alten Steine mit den langen Fingern ihrer Strahlen in warmen bunten Farben und brach sich sternförmig in den Fensterscheiben.

Dubrovnik hatte, wie Mattuschke erläuterte, als freie Handels- und Seemetropole, durch die Rolandfigur belegt, schon sehr früh große Bedeutung, nicht nur in wirtschaftlicher, sondern auch kulturell-wissenschaftlicher Hinsicht. Staunend standen sie vor der Renaissancefassade des Sponzapalastes, der seinerzeit als Zollhaus diente. An einem freien Tisch vor den Cafés, tranken sie ein kühles Karlovacko Pivo und ließen den Strom vorbeischlurfender Menschen auf sich einwirken. Einheimische, Touristen, Ladenbesitzer, alle schien es hinauszutreiben auf diese Meile, die sie anlockte wie eine Versammlungsstätte.

„Nije sve tako sivo" (es ist nicht alles so grau), drang ein Song der Rockband ‚Hlano Pivo' (‚Kühles Bier') zu ihnen hinaus, zu dessen Takt Louise rhythmisch mit den Füßen wippte.

„Wie kommt der Name Dubrovnik zustande?", wollte sie wissen.

„Der italienische Name war Ragusa, der kroatische hat sich aus ‚Dubrava' für Eichenwald entwickelt. Schutzheiliger ist St. Blasius, Sveti Vlaho, nach dem auch die prächtige Kirche benannt ist, die wir eben gesehen haben."

Sie nahmen die letzten wärmenden Sonnenstrahlen auf und kamen auf ihrem Weg zum Restaurant an einem imposanten Gebäude im Gotik-Renaissance Stil vorbei, mit reichem Marmor, feinen Kapitellen und kunstvoll gearbeiteten Simsen.

„Kennst du das Gebäude?", fragte Vera bewundernd.

„Ja, es ist der Rektorenpalast aus dem 15. Jahrhundert, quasi der frühere Bürgermeister- oder Regierungssitz. Ist er nicht ein kulturhistorischer Diamant?" Vera nickte und ging um das beeindruckende Haus herum, um die feine Steinmetzarbeit zu bewundern. Louise war schon neugierig in den Innenhof vorgedrungen. Welch ehrwürdige Atmosphäre strahlte das Gebäude aus.

„Es gibt eine originelle Geschichte zu diesem Palast", machte Heinz sie neugierig. Er schmunzelte: „Ein diplomatischer Schachzug, den man bei uns auch einführen sollte. Damals waren Bestechung und Erpressung durchaus an der Tagesordnung und den Stadtvätern aus leidvoller Erfahrung bekannt. Deshalb wählte man den Rektor nur jeweils für einen einzigen Monat, dann trat wieder ein neuer an seine Stelle."

Louise schüttelte ungläubig den Kopf. „Der war ja noch nicht eingearbeitet, da musste er schon wieder gehen."

„Nun ja, für Feinheiten und Fachwissen hatte er seine Beamten oder Minister, er traf die Entscheidungen. Und das Verrückteste war, dass er den ganzen Monat über das Gebäude nicht verlassen durfte, weder tagsüber noch nachts. Damit wollte man jegliche Beeinflussung von außen ausschließen. Jede seiner Entscheidungen sollte nach bestem Wissen und Gewissen getroffen werden, ohne von bestimmten Interessenten manipuliert zu werden."

„Das ist ja irre, ähnliches habe ich noch nie gehört, ist er noch heute Verwaltungssitz?" „Nein, heute beherbergt er das National Archiv."

„Übrigens, der Innenhof steht voller Stühle?"

„Du nimmst mir ja meine Überraschung weg", sagte Mattuschke mahnend, „zur Zeit findet das Sommerfestival statt mit Konzerten in diesem Innenhof. Karten für das morgige habe ich schon bestellt, wenn ihr Interesse daran habt?"

„Heinz, du bist ein Schatz", schwärmte Vera, „es muss ein besonderes Erlebnis sein in diesem Ambiente."

Sie aßen gegrillten Fisch in einem über steile Stufen hinauf entdeckten Restaurant, der so frisch war, dass er keine Spur roch und fast noch mit den Flossen schlug, wie Heinz meinte.

Am nächsten Tag hatte sich der Wind vollständig gelegt, es war wärmer als am Vortag. Das Meer, ruhig glänzend und verheißungsvoll, lag da wie ein blaues Seidentuch. Sie waren zu dritt im Wasser, Heinz ließ sich von der Freizügigkeit der Damen nicht anstecken und sprang mit Badehose ins Wasser. Sie tauchten, alberten und spritzen übermütig mit dem salzigen Wasser.

„So verrückt bin ich lange nicht mehr gewesen", schnaufte Louise und zog sich ermattet auf den Stein zurück. Auch Heinz verließ das Wasser und schüttelte sich wie ein Hund. Er hatte eine gute Figur, obwohl er kaum Sport betrieb, einen männlichen Körper, allerdings ohne Behaarung an Brust und Beinen, und einen sexy Po.

„So, wie er aussieht, brauchte er jedenfalls keine Hemmungen zu haben, sich vor einer Frau zu zeigen", sagte sie halblaut zu sich, „wenn er sich schon nicht genieren muss, was hält ihn davon ab, die Gelegenheit zu ergreifen? Abgesehen von ihrer großen Dankbarkeit ihm gegenüber, übte dieser Gedanke noch immer einen gewissen Reiz auf sie aus."

Den Vormittag verbrachten sie schwimmend und faulenzend in der Sonne, alle hatten Farbe angenommen und Louise musste ein Handtuch über ihre Brüste legen, um den zarten Sonnenbrand nicht zu vertiefen. Als Heinz im Wasser war, fragte sie Vera verschwörerisch, ob sie früher mit ihm geschlafen habe oder es heute täte. Die Antwort interessierte sie brennend, jetzt hielt sie die Gelegenheit für günstig, danach zu fragen. Vera antwortete kurz angebunden. „Weder das eine, noch das andere", und ließ erkennen, an einer Fortsetzung dieser Thematik nicht interessiert zu sein.

Am späten Nachmittag fuhren sie erneut zur Altstadt. Da noch genügend Zeit bis zum Konzert verblieb, kletterten sie auf die Stadtmauer und umrundeten sie auf ihrem breiten Rücken. Die eindrucksvolle Aussicht auf andere Bereiche Dubrovniks, die vorgelagerte grüne Insel Lokrum, das festungsartige Kloster, den Bootshafen und die markanten historischen Monumente, eingetaucht in das schmeichelnde Goldgelb schwindender Abendsonne, belohnte sie großzügig. Gemischt mit dem Geruch des Meeres und dem lauten Geschrei der am Hafen ausladenden Fischer. Verwirrende, fremdländische Eindrücke, die wie Fischschwärme auf sie zuströmten und sich im Meer der Empfindungen verloren.

Der Innenhof des Rektorenpalastes hatte eine besondere Atmosphäre, das Ensemble strahlte Erhabenes aus. Eine repräsentative barocke Treppe führte in das Gebäude. Sie nahmen in der dritten Reihe Platz, die Dämmerung war aufgezogen, die Konturen des Gebäudes wirkten plötzlich weich im letzten schwachen Schein des verlöschenden Tages. Lichter und Fackeln zauberten eine Illumination, die die Besucher in feierliche Erwartung versetzte. Der Direktor des Festivals begrüßte und stellte die Interpretin des Abends vor, eine Pianistin aus Belgrad, die, wenn sie richtig verstanden hatten, von Radiokonzerten und internationalen Musikveranstaltungen her bekannt war. Sie spielte Liszt und Dvorák, ohne Noten, wobei die Hände in so schneller, fließender Bewegung über die Tasten huschten, dass man ihnen mit bloßem Auge kaum folgen konnte. Vera schaute wie gebannt auf die zierliche junge Frau, deren Aura sich immer prägnanter im Würfel des Hofes ausbreitete. Während Louise zu Beginn auf jeden Ton achtete, wurde sie mit zunehmender Dauer von den Melodien emporgehoben, ließ sich und ihre Gedanken davon tragen auf einem fliegenden Notenteppich. Welch herrliches Ambiente. Noch nie hatte sie ein solches Konzert im Freien erlebt, umgeben von Jahrhunderte alten Mauern, mit Blick in den Sternenhimmel, den Klang des Klaviers wie das Fließen von Meereswellen in den Ohren. Wie sollte sie Gila dieses Erlebnis beschreiben, gab es passende Worte für ihre Empfindungen? Wie gut ging es ihr, wenn sie das jetzt mit der damaligen Situation zu Hause verglich, mit den ewigen Zankereien und Geldnöten. Zwar warf sie nicht mit ihrem Geld um sich, aber das früher allgegenwärtige Gefühl, keins zu haben oder existentielle Ängste zu erleben, gab es seither nicht mehr. Und dann diese einmaligen Tage hier. Die Pianistin hatte geendet, erhob sich und dankte dem Publikum für den intensiven Applaus mit einer tiefen Verbeugung. Louise ergriff Mattuschkes Hand und drückte sie fest. Er sollte spüren, wie sehr ihr der Abend gefallen hatte und auch wie dankbar sie war. Sie wusste nicht, ob sie wegen der Abendkühle oder ihrer ergriffenen Stimmung fröstelte; schnell zog sie den mitgenommenen Pullover über.

Sie schlenderten über den Stradun, auch zu dieser Abendstunde genauso belebt wie am Nachmittag, zurück, zu dritt nebeneinander, sich gegenseitig an den Händen haltend. Es war ein eigenes Gefühl von gemeinsamer Freundschaft und Intimität. Vera war begeistert und schwärmte von der Pianistin, von der sie sich gleich nach dem Konzert ein Autogramm geben ließ. „War sie nicht großartig?" Heinz blinzelte Louise mit einem Auge zu, was wohl heißen sollte, ich weiß nicht so recht, ob sie die Virtuosität am Klavier oder die Tastenpoetin als Person meint.

In der Nacht wurde Louise von einer Bewegung geweckt. Jemand kroch zu ihr ins Bett und schmiegte sich an sie. „Darf ich?", hörte sie die kindliche Frage, „ich hatte einen schlechten Traum und brauche ein wenig Wärme." Sie musste lächeln, die souveräne und allen Situationen gerecht werdende Vera kuschelte sich an sie und war plötzlich ein kleines Mädchen, das vor dem Gewitter oder Geistern Schutz in der Geborgenheit Erwachsener sucht. Sie ist sensibler und verletzlicher, als sie sich nach außen gibt. „Ja, du kannst bleiben", murmelte sie schläfrig, „es ist schön, dich bei mir zu haben." Tatsächlich war ihr ein wenig kühl geworden und Vera wärmte ihr den Rücken angenehm. Ihr Haar roch nach einem fruchtigen Shampoo, aber sie war zu müde, um die Duftnote herauszufinden. Am nächsten Morgen erwachten beide gleichzeitig, schauten sich verlegen an und mussten lachen.

„Du machst dich über meine Schwäche lustig", gab sie sich schmollend.

„Wir lachen doch beide, ich fand das natürliche Wärmekissen sehr angenehm in der Nacht." Vera gab ihr einen Kuss. „Das behalten wir aber unbedingt für uns, Heinz braucht nicht alles zu wissen."

An diesem Tag mietete er einen Wagen, sie fuhren nach Mostar in Bosnien-Herzegowina an der smaragdgrünen Neretva, sahen sich die interessante Stadt mit vielen orientalischen Einflüssen und die eigenwillig gewölbte historische Brücke *Stari Most* an, die den West- vom Ostteil der Stadt trennt. Todesspringer stürzten ihre muskulösen, braungebrannten Körper gerade in die reißenden Fluten, für ein Trinkgeld der Touristen. „Sie war immer eine bedeutende historische Verbindung zwischen Orient und Okzident, zwischen Muslimen und Kroaten. Ich habe sie noch in ihrem ursprünglichen Zustand erlebt und war tief betroffen, dass man sie 1993 zerstört hat", sagte Heinz ernst.

„Wann ist sie denn wieder aufgebaut worden, sie wirkt relativ neu?", Louise ließ ihren Blick kritisch an dem Mauerwerk entlang gleiten.

„Ich glaube, dass sie 2004 offiziell eingeweiht wurde. Spender haben sich an der Errichtung des einmaligen Kulturdenkmals beteiligt. Es ist gut, dass es sie wieder gibt, aber es tut weh, ihre Wunden zu sehen."

„Wenn man bedenkt, dass sie in den Kriegsjahren, wie auch unzählige Gebäude im pittoresken Dubrovnik und unschuldige Menschen, von Landsleuten desselben ehemaligen Staates Jugoslawien zerstört und getötet wurden, kann man jeden Glauben an Zivilisation und Vernunft verlieren", sagte Vera bitter, die noch etliche Zeugnisse kriegerischer Auseinandersetzung an Gebäuden und Fassaden entdeckte.

„Begreifen kann man es nicht", nickte Louise betroffen. Die schlimmen Ereignisse lebten an Ort und Stelle förmlich wieder auf. Vieles musste ebenso wie in Dubrovnik mühsam restauriert werden oder war unrettbar verloren.

Nach einer Woche der Harmonie flogen sie zurück, Louise fiel der Abschied schwer, aber Vera musste zurück, sie war in Aufführungen besetzt, für die sie keinen Ersatz finden konnte.

Als Louise versuchte, Gila und den Freunden aus dem Silverspot ihre Reiseeindrücke zu beschreiben, wurde ihr bewusst, dass es nur andeutungsweise gelingen konnte, erlebte Atmosphäre und Gefühle zu beschreiben. Am ehesten schien Eric sie zu verstehen, er hatte Gabe und Feinfühligkeit, zwischen den Zeilen zu lesen. Sie gratulierte ihm zu seinem Erfolg. Hano war wieder aufmerksam, erzählte ihr von seinem Lauftreff und hatte eine Menge Fragen zu Dubrovnik. Ihre Vermutung verdichtete sich, dass er sie anbaggern wollte. Kurz danach lud sie ihre Mutter und Solana ein. Seit Vaters Tod hatten sich die beiden im gemeinsamen Leid getröstet und Frieden geschlossen.

„Kind, du siehst so gut aus, das Wetter war sicher wunderbar. Es soll ja überhaupt nicht gesund sein, sich der Sonne auszusetzen, da ist Krebs vorprogrammiert. Aber wer von der heutigen Jugend hört schon auf die Vernunft, nicht wahr Solana? Konntest du dir das denn überhaupt leisten? Also für mich wäre es undenkbar."

Es war immer dasselbe, sie würde sich nie ändern, aber aus der Distanz war es zu ertragen, die Vorstellung, noch einmal unter einem Dach mit ihr zu wohnen, allerdings nicht.

Jahre zuvor nach Martines Tod verfiel Mattuschke in tiefe Depression, begünstigt durch den völligen Bruch mit Kornfeld. Zwar hatte man sich vorher geschäftlich getrennt, aber die freundschaftliche Verbindung hatte weiter Bestand, bis sie unwiderruflich aufgekündigt wurde.

Er vermisste Martine, vermisste sie so, wie sie früher war.

„Ich will keine Einzelheiten wissen, das Ganze gefällt mir ganz und gar nicht, wir liegen nicht mehr auf der selben Welle Heinz, mit Martine ist uns eine Tochter gestorben", lautete Kornfelds definitiver Entschluss. Hätte er nicht seine Leute gehabt, die treu zu ihm standen, wäre seine Firma gescheitert, er hatte in dieser Zeit jegliches Interesse daran verloren, durchlebte lange Phasen inneren Stillstands, tiefgreifend schmerzender Gleichgültig- und Kraftlosigkeit.

Erst das Gespräch mit einem dynamischen Mann, den man ihm als Leiter seines Maschinenbau-Unternehmens vorschlug, veränderte seine Stimmung. Lustlos war er nach Stuttgart gefahren, um die unvermeidbaren Formalitäten zu erledigen. Dort lernte er den zielstrebigen Wollhüsen kennen, nur wenig jünger als er, der darauf brannte, den Betrieb zu leiten, ehrgeizig, aber mit der Geduld, keine überhasteten Entschlüsse zu fassen. So war ich auch einmal, dachte er, vieles an ihm erinnert mich an die Zeit, als ich bei Kornfeld begann. Seine Furchtlosigkeit, aber auch der Respekt vor den Aufgaben und seinen Partnern. Er hatte nicht das Geschliffene, das ihn damals auszeichnete, aber einen Ideenreichtum, der ihn aus der Lethargie riss und begeisterte. Es gefiel ihm, was er vorschlug, neue Strategien, Verbesserungen im Ablauf, die weder ihm noch dem bisherigen Leiter eingefallen waren. Was ungewöhnlich war und Mattuschke über sich selbst wundern ließ, er stellte den jungen Mann mit respektablem Gehalt ein und bot ihm direkt eine Beteiligung an, die sich je nach Entwicklung erhöhen könne. Aus einem Bauchgefühl heraus hatte er entschieden; wie richtig er damit lag, erfuhr er Monate später, als die Konkurrenz hartnäckig versuchte, ihn mit besserem Gehalt abzuwerben. Die Beteiligung war die lukrativere Perspektive und er wusste, wohin er das Unternehmen bringen könne. Die Begegnung mit Wollhüsen und seinem ‚alter Ego' war wie ein Weckruf. Die alte Energie kehrte wieder, er fand in seine Bahn zurück, engagierte Frau Schlemil als Haushälterin, die ihm das Haus sauber hielt, kochte, und das Appartement im Haus bewohnte.

Etwa zu dieser Zeit traf er Britta; er erschrak über ihr Aussehen. Wo war die Fröhlichkeit, das liebevolle Lächeln und die innere Sonne, die sonst aus ihr leuchtete? Sie verbrachten den Nachmittag gemeinsam; auf sein Drängen hin erzählte sie ihm von den letzten Jahren.

Guido Erlenbach, das schmucke Mannsbild mit dem einnehmenden Wesen und der Bodybuilder-Figur, der das Möbelhaus seines Vaters geerbt, den großflächigen Konkurrenten aber nicht mehr standhalten und nur noch das angeschlossene Beerdigungsinstitut retten konnte, lernte sie - makaber wie es war

- bei einer Trauerfeier kennen. Seine ausgeprägte Freundlichkeit und Höflichkeit bescherte ihm viele Kunden. Perfekt organisierte er Trauerfeiern, kümmerte sich um jedes Detail und spezialisierte sich auf Grabreden, die den Verstorbenen so feinfühlig beschrieben, als hätte er ihn jahrelang verehrt. Der Zuspruch war so groß, dass er mehrere Mitarbeiter beschäftigte, sogar eine frühere Hotelmanagerin, die bei der Organisation ihr Know-how einbrachte.

Selten hatte Britta einen so bescheidenen, rücksichtsvollen, sensiblen Mann kennengelernt, der ihr jeden Wunsch zu erfüllen versprach. Man beneidete sie um das *„Prachtstück"*, das eigentlich in ein Museum, nicht in die Wirklichkeit gehöre. Britta, die außer Heinz und einigen Schwärmereien, keine Liebesbeziehungen hatte, verliebte sich in selbstaufgebender, bedingungsloser Weise. Alles stimmte, geistige Ebene, Interessen und körperliche Harmonie. Nach einem Jahr heiratete sie, gab Namen und Arbeit im Zirkus auf, half in seinem Unternehmen mit und wurde die glücklichste Frau der Welt. Er war sanft, liebevoll, warmherzig. Sie suchte nach jeder Möglichkeit, ihm ihre Liebe und Dankbarkeit für das geschenkte Glück zu beweisen.

Während sie durch Gartenanlagen spazierten, die erste Blütenfarben hervorzauberten, legte Heinz seinen Arm freundschaftlich um sie. „Zwei Jahre lebten wir in einem paradiesischen Zustand", fuhr sie fort, „liebten uns, er war der reinste *‚Testosteronmeiler'*." Sie vertraute es ihm mit schüchternem Lächeln an.

„Eines Abends, wir hatten ein befreundetes Paar zu Besuch, tranken wir reichlich Sekt und fanden uns gemeinsam im Bett wieder. Von da an nahm das Unheil seinen Lauf."

„Er hat sich in die andere Frau verliebt und du wurdest zum fünften Rad am Wagen", schätzte Mattuschke, dem Guidos Annäherungsversuche an Mira bei der Hochzeit wieder in Erinnerung kamen.

„Nein, so war es nicht, er war immer weniger an unser beider Zärtlichkeit interessiert, wollte Sex zu dritt, zu viert, begann zu trinken, ließ sich bedienen, erteilte mir Befehle wie einer Sklavin. Er zweifelte an meiner Liebe, ich könne sie ihm beweisen, indem ich Freundinnen zu gemeinsamen Spielen nach Hause bringe. In meiner Blindheit und Verzweiflung habe ich getan, was er wollte, er sollte doch einen Beweis für meine abgöttische Liebe und Dankbarkeit erhalten."

Inzwischen hatten sie ein Café erreicht und draußen Platz genommen. Er bestellte Getränke. Für eine Weile war das Gespräch unterbrochen. Wut verspürte er auf den Kerl, den er um Britta beneidete. Wäre seine sexuelle Beeinträchtigung nicht gewesen, sicher wären sie ein Paar geworden.

„Er trank mehr und wurde immer herrischer", nahm sie die Erzählung wieder auf, nachdem die Bedienung im Zeitlupentempo gegangen war - das Gespräch schien sie offenbar zu interessieren - „suchte in Annoncen Paare und Männer, die er mir als Partner zuwies."

„Und das hast du wirklich getan?", fragte Mattuschke ungläubig.

Britta, die Energische, Disziplinierte und von den Zuschauern Verehrte, so unterwürfig und demütig?

„Ich verstehe es heute selbst nicht, aber die Angst, ihn zu enttäuschen oder zu verlieren, war so groß, dass ich Gott weiß was getan hätte, nur um ihn zu behalten, ihm gefällig zu sein. Zunächst durfte ich Partner ablehnen, dann gab es keine Mitsprache mehr. Je brutaler sie mit mir umgingen, desto anregender für ihn. Lief etwas nicht nach seinen Plänen, schrie er mich an, stieß mich von sich. Ich magerte zusehends ab, jeder fragte, ob ich krank sei, ob er helfen könne. In der Firma fing man an zu tuscheln. Ich war gezwungen, zu lügen, allen etwas vorzuspielen."

Mattuschke ballte die Fäuste bis die Knöchel weiß hervortraten und schüttelte angewidert den Kopf.

„Guido war nicht mehr wiederzuerkennen, sein Jähzorn grausam, nichts erinnerte mehr an den liebenswürdigen Mann, den ich geheiratet hatte. Ich flehte ihn an, eine Therapie zu machen, zur Normalität, zu uns zurückzukehren. Für kurze Zeit sah es so aus, als könnte sich alles zum Guten wenden. Wir machten Urlaub am Mittelmeer. *Wieso kann es dir gefallen, mir weh zu tun, mich so quälen zu lassen?*' Er erklärte, von einer bösen Sucht befallen zu sein, bat um Verzeihung, er hätte mich nicht verdient, liebe mich über alles. Es komme nicht mehr vor. Ich vertraute ihm, liebte ihn noch inniger, glaubte, er brauche mein Verständnis, meine uneigennützige Liebe, um sich von der verhängnisvollen Krankheit zu befreien. Wieder zu Hause, setzte sich das Trinken fort, er versuchte, mich systematisch zu isolieren. Wir bekamen keinen Besuch mehr, sagten Einladungen ab. *,Wir haben uns, das genügt völlig',* war seine Begründung. Wahllos griff er Männer auf, denen ich zu Willen sein musste. Es steigerte seine sadistische Lust, je fester sie mich schlugen, je härter sie mich nahmen." Sie trank einen Schluck, verstummte für eine Weile.

„Kannst du dir vorstellen, dass sich ein Mensch so ändern kann, aus einem liebevollen Partner ein rohes, brutales Tier wird, das deine Vernichtung eiskalt in Kauf nimmt?"

„Nur sehr schwer, aber solche Veränderungen sind möglich", sagte Mattuschke und dachte mit Bitternis an Boris frevelhafte Tat, aber auch seine eigenen. „Wer kann schon wirklich in einen Menschen hineinsehen?"

„Guido kannte Szenenplätze; dorthin fuhr er, prügelte mich aus dem Wagen und ließ mich von Wildfremden regelrecht vergewaltigen. Ich erduldete alles, bettelte um seine Zuneigung und ein gutes Wort. Es kam wie in Wellen über ihn, manchmal traten Pausen von mehreren Wochen ein, in denen ich Hoffnung schöpfte, dann wiederholten sich die Abläufe. Weigerte ich mich, schlug er zu, von Mal zu Mal brutaler. Einmal, als ich verzweifelt davonlief, fuhr er fort und ließ mich in Dunkelheit und eisiger Kälte halbnackt nach Hause gehen. Mit Unterkühlung kam ich ins Krankenhaus, wo man auf unzählige Flecken, Blutergüsse und Narben aufmerksam wurde und die Polizei verständigte. Erst jetzt offenbarte ich mich." Sie ordnete flüchtig ihr Haar, als wollte sie der Erzählung die Dramatik nehmen. „Die körperlichen Wunden sind verheilt, die seelischen noch lange nicht. Für kurze Zeit ging ich wieder zu meinen Eltern und fand in der Zirkusfamilie Trost und Hilfe."

Ihr zierlicher Körper zitterte plötzlich unter haltlosem Weinen.

Mattuschke hielt ihre Hand umklammert. Durch den Filter ohnmächtigen Zorns drang das Gesagte langsam in sein Bewusstsein. „Wie lange dauerte dein Martyrium?", fragte er mit rauer Stimme.

„Über vier Jahre, sechs sind wir verheiratet, inzwischen habe ich die Scheidung eingereicht, das Strafverfahren läuft. Ich war längere Zeit in einer Klinik. Wahrscheinlich werde ich erst wieder gesund, wenn ich weiß, dass er hinter Schloss und Riegel sitzt. Ich habe furchtbare Angst, ihm irgendwo wieder zu begegnen."

„Wo wohnst du jetzt?"

Sie nannte ihm die neue Adresse. Beide schwiegen lange. Ein Spatz flog auf den Tisch, schaute keck und bediente sich mit den übrig gebliebenen Krümeln. Sie bemerkten ihn nicht.

„Es tut mir leid Heinz, dich mit meinem Kummer belästigt zu haben, anstatt mich über das Wiedersehen zu freuen. Ich kann das Ganze heute nicht mehr verstehen, lange wollte ich meine Hörigkeit nicht wahrhaben, nicht an seiner Liebe zweifeln, die ich unter keinen Umständen verlieren wollte, dann schämte ich mich, es anderen gegenüber einzugestehen."

„Du hast sicher keine Arbeit zur Zeit?"

„Nein, in der Firma konnte ich nicht mehr arbeiten und dann brauchte ich lange, bis ich soweit hergestellt war, jetzt suche ich. Aber wer braucht schon eine Trapezakrobatin? Als Assistentin in den Zirkus möchte ich nicht mehr."

„Ich kümmere mich darum. Im nächsten Monat kannst du anfangen, versprochen, ich habe da eine Idee", er blickte sie warmherzig an.

„Warum hast du dich nur nicht bei mir gemeldet?" Britta hob ihre Schultern wie in gleichgültiger Geste. „Wie gut, dass wir uns wenigstens jetzt getroffen haben."

Tage später hielt sie den Brief einer Firma in der Nähe ihres Wohnortes in der Hand. Man freue sich auf die neue Mitarbeiterin und erwarte sie am ..., ein dicker Vorschuss steckte im Umschlag. Glücklich drückte sie das Papier an ihre Brust. „Danke Heinz", sagte sie halblaut, „ich spüre, dass es wieder aufwärts geht."

Geschäfte führten ihn damals nach München. In der Lobby des Hotels fiel ihm die Anzeige eines Eskortservice auf, der repräsentative, gebildete Damen für Geschäftsessen, Opernbesuch und sonstige Zerstreuungen offerierte. Der Gedanke, am nächsten Abend ohne Begleitung an einem gesellschaftlichen Empfang seines neuen Geschäftspartners teilnehmen zu müssen, war ihm schon die ganze Zeit über unangenehm; vielleicht böte sich hier eine Lösung. Mattuschke fragte nach einer geeigneten Dame für den genannten Zweck und ob sie sowohl heute zum Kennenlernen als auch für den morgigen Termin zur Verfügung stehen würde. Man bot ihm eine Dame an, die in einer Stunde in der Bar des Hotels sein könne und betonte ausdrücklich, dass sie für erotische Wünsche keinesfalls zur Verfügung stehe. Der Preis war gesalzen, aber wenn sie seinen Vorstellungen entsprach, und er bei den Geschäftspartnern punkten könnte, wäre der Betrag gut investiert. Mit gemischten Gefühlen wartete er in der Bar. „Ich kann nur hoffen, dass sie nicht den Hauch ordinärer Ausstrahlung besitzt, dann ist der Deal beendet."

Eine Stunde später betrat eine Dame die Bar, legte ihren Mantel ab und kam mit dem eleganten Gang einer Raubkatze auf ihn zu, geschmackvoll gekleidet. Die Frau hatte Stil und Niveau, das sah er auf den ersten Blick. Er ging ihr entgegen und begrüßte sie galant mit angedeutetem Handkuss.

So lernte er Vera Lanek kennen.

Vera wuchs in Bayreuth auf, behütet in der Familie. Von klein auf war es ihr Wunsch, Balletttänzerin zu werden, und so unterzog sie sich schon als Kind der harten Ausbildung. Sie war diszipliniert, erfolgreich und durfte zum Entzücken ihrer Mutter bereits in Aufführungen des Markgräflichen Opernhauses mitwirken, als sie unglücklich stürzte und sich den Fußknöchel brach. Damit wurde die steile Karriere für längere Zeit unterbrochen, danach setzte sie den Unterricht zwar fort, konnte aber nicht mehr an die damaligen Erfolge anknüpfen. Als Ersatz übernahm sie Rollen in der Theatergruppe des Gymnasiums. Auf Rat ihres Vaters begann sie mit dem Studium der Philologie und schloss es erfolgreich ab. Sie lebte in einer Wohngemeinschaft mit drei Männern und einer Studentin. Sie hatten eine sehr geräumige Wohnung mit hohen Decken und reicher Stuckverzierung zur Verfügung, jeder nutzte zwei eigene Zimmer. Zwei Bäder mit Duschen sowie eine separate Gästetoilette reichten für ihre hygienischen Bedürfnisse. Einzig die Küche war klein, aber damit konnten sie sich arrangieren, größere kulinarische Orgien waren ohnehin nicht ihre Sache. Mit Christina, die Psychologie studierte, verstand sie sich sofort. Basti, Sportstudent, der überall die Türen offen stehen ließ, einschließlich der Toilette, war nett und hilfsbereit, Rolf, angehender Biologe, der sympathische Stimmungsmacher, nur Sven war nicht ihr Fall, verschlossen und wortkarg. Er studierte Ökotrophologie, was man allerdings seinem kalorienreichen Speiseplan in keiner Weise ansah. Christina kannte ihn schon seit dem Kindergarten. Das Wohnhaus war repräsentativ, aber alt, hatte feudale Zeiten gesehen, die längst und nicht spurlos vorbeigegangen waren. So bescherte es ihnen öfter ein ‚Dark-Dinner', einen ausgefallenen Herd oder streikenden Kühlschrank, weil es Kurzschlüsse gab oder die alten Leitungen den Geist aufgaben.

Eines Nachts, als ein heftiges Gewitter tobte, das Licht im Haus und sogar das der Straßenbeleuchtung ausfiel, packte Vera solche Angst, dass sie zu Christina ins Bett flüchtete und sich an sie kuschelte. Schon als Kind flößten Gewitter ihr panische Angst ein. Christina streichelte sie wie ein Kind, sie fühlte sich wohl in der geborgenen, tröstenden Wärme. Ihre Hand wanderte beruhigend über ihren Rücken, langsam hinunter zu ihrem Gesäß, was ein eigenartiges Kribbeln auslöste, vorsichtig über den Bauch zu ihren Brüsten. Sie wurde rot, spürte Hitze in ihren Kopf steigen, wie gut, dass es stockdunkel war und niemand sie sehen konnte, versuchte, sich ihr zu entziehen, aber das aufregende Gefühl hinderte sie daran. Sie stellte sich schlafend, wollte die Erregung, die sich plötzlich einstellte, nicht unterbrechen. Christina schob auch ihr Nachthemd hoch, sie spürte ihre nackte Haut, als sie sich an sie schmiegte und dort berührte, wo sich noch nie eine fremde Hand befunden hatte. Das Gefühl wurde nach einer Weile so stark, dass sie ein Stöhnen nicht zurückhalten konnte und sich ganz der Führung ihrer Freundin hingab. Erfahrungen sexueller Art hatte sie kaum gemacht, ein paar Küsse mit Jungs ausgetauscht, flüchtige Berührungen, die ihr aber nichts bedeuteten.

Ab dieser Nacht fühlte sie sich zu Christina hingezogen und zu Frauen, statt zu Männern, zumindest, wenn es um erotische Kontakte ging. Als sie ihr Studium beendeten, zogen sie in eine gemeinsame Wohnung und lebten als Paar, streng verborgen vor ihren Eltern, die noch immer an eine bloße Wohngemeinschaft aus Kostengründen dachten. Christina war für sie wie eine zweite Tochter. Warum sollten sie ihre Illusion zerstören, sie hatten nicht die Toleranz und Flexibilität, damit umzugehen. Vera ließ sich als Dolmetscherin ausbilden, hatte Anstellungen bei Verlagen und Privatschulen, konnte aber den Theatertraum nie aus ihrem Herzen verdrängen. Christina arbeitete in einer psychologischen Praxis. Mit ihr teilte sie alle Interessen, es war eine glückliche Zeit. Sie war ein Sonnenschein, stets gut gelaunt, humorvoll, vielseitig interessiert, und wie sie, eine begeisterte Theaterbesucherin. Es gab gemeinsames Lachen, Gedankenlesen, Reisen in interessante Länder, in denen Veras gute Sprachkenntnisse von Nutzen waren. Ihre morgendlichen Ballettübungen machte sie noch an jedem Tag, aber sonst erfreute sie sich daran nur noch als Zuschauerin.

Christina hatte es entdeckt, das Haus lag an dem Waldweg, den sie bei ihrem Wochenendjogging immer passierten. „Mein Hexenhaus", nannte sie es, „wenn das mal verkauft wird, dann wird es unseres." Es war ihr gemeinsamer Traum. Irgendwann war es soweit, die Besitzerin wurde krank und zog zu ihrem Sohn, das Haus bot sie zum Verkauf an. Der Kaufpreis war nicht zu hoch, die Renovierungsarbeiten schlugen weit mehr zu Buche. Die Bank half mit einem günstigen Kredit. Endlich konnten sie sich ihren Wunsch erfüllen, waren überglücklich mit dem kleinen Schmuckstück, am Wald gelegen, mit kleinem Garten und altem Baumbestand. Es hatte eine gemütliche, große Küche, die gleichzeitig Esszimmer war, eine heimelige Wohnstube, zwei Arbeitszimmer und ein Schlafzimmer mit attraktiver Aussicht. Zwei glückliche Jahre vergingen, sie ergänzten sich in einer Weise, die man als perfekte, inspirierende Harmonie beschreiben könnte. Sie ließ keine Dominanz zu und sicherte jedem gleiche, prosperierende Anteile an ihrer Partnerschafts- und Liebesaktie.

Christina hatte an einem mehrtägigen Psychologenkongress teilgenommen, Vera holte sie frühmorgens freudig am Bahnhof ab, die voraussichtliche Ankunftszeit hatte sie ihr vor der Rückfahrt mitgeteilt. Ungeduldig ging sie hin und her und vergrub ihr Kinn in dem wärmenden Mantelkragen. Der Anschlusszug traf pünktlich ein, Christina stieg nicht aus; Vera wartete vergeblich in der Winterkälte des Bahnsteigs. Verflixt, über Handy bekam sie keinen Kontakt. Nachdem sie auch am Schalter keine Auskunft erhielt, fuhr sie beunruhigt zur Arbeit. Christina konnte den Anschlusszug, der sie nach Hause bringen sollte, nicht erreichen. Sie saß im schwach beleuchteten D-Zug 203 von Amsterdam nach Basel, der am 6. Februar 2000 kurz vor Mitternacht nahe dem Bahnhof Brühl entgleiste. Gemeinsam mit acht weiteren Menschen kam sie bei dem fürchterlichen Zugunglück ums Leben.

Vera verlor jeglichen Boden unter den Füßen, empfand nur noch Leere und Sinnlosigkeit, konnte ihrer Arbeit nicht mehr nachgehen, ihre lebhafte Art war nicht mehr in Ansätzen zu erahnen. Sie ließ sich gehen, vernachlässigte sich, kleinste Anstrengungen fielen unsagbar schwer. Aller Zuspruch prallte an ihr ab, Trauer und Hader hatten einen Wall um sie errichtet, der nicht zu überwinden war. Irgendwann rief man ihr in der Stadt *besoffene Pennerin* nach, das war die Initialzündung, sich wieder zu besinnen. Zu ihrer Arbeitsstelle wollte sie nicht zurück, in der Stadt nicht mehr bleiben, wo jeder Schritt an Christina erinnerte. Sie verkaufte das Haus, beglich ihre Schulden, zog nach München und begann eine Gesangsausbildung. Damit gewann sie eine Möglichkeit, Gefühle, die das schockierende Ereignis eingefroren hatte, wieder zuzulassen und auszudrücken. Sie konnte schauspielern, tanzen und singen. Ihr erstes Engagement erhielt sie als Soubrette- und Musicalinterpretin an einem Provinztheater. In dieser Atmosphäre fühlte sie sich wohl, es war die richtige Entscheidung, einen Strich unter die Vergangenheit zu ziehen. Später kam sie wieder nach München. Ihr Engagement bescherte ihr nur wenige Rollen, so dass sie sich nach einer zusätzlichen Beschäftigung umsah. Zum Begleitservice kam sie eher zufällig. Zunächst erschien ihr alles anrüchig, dann aber erlebte sie, wie interessant die Tätigkeit sein konnte. Wegen ihrer Sprachkenntnisse wurde sie als Messehostess engagiert, begleitete interessante Persönlichkeiten zu Geschäftsessen, Empfängen oder führte sie exklusiv zu Sehenswürdigkeiten der Stadt. Sie hatte sich ausbedungen, keine erotischen Dienstleistungen zu erbringen. Probleme gab es nicht.

Zwar hatte sie sporadische Kontakte zu lesbischen Freundinnen, eine feste Beziehung wollte sie aber nicht eingehen. Zu dieser Zeit kam das Treffen mit Mattuschke zustande.

„Vera Lanek vom Begleitservice *Amica*", stellte sie sich vor.

Sie saßen an der Bar, sprachen über vielfältige Themen und das derzeitige Engagement am Gärtnerplatztheater. Ihm gefiel ihre intelligente, lebhafte, unaufdringliche Art, sie hatte Stil und das nötige Gespür, sich unterschiedlichen Situationen anzupassen. Außerdem war sie eine gutaussehende, große Frau mit dezentem Geschmack. Noch etwas registrierte er wohlwollend an ihr, dass sie nicht rauchte. Raucherinnen hatten ihn immer abgestoßen. Sie verabredeten sich für den nächsten Abend. Er hatte sie ausreichend gebrieft, so dass sie die Beteiligten kannte und wusste, worauf es ihm ankam. „Ich erwarte Sie morgen um 19.30 Uhr an der Bar, von hier aus fahren wir gemeinsam zum Ort der Entscheidungen", er lächelte sie an und half ihr in den Mantel. Sie fragte nicht, welche Kleidung sie tragen oder welchen Smalltalk sie führen sollte. Er hatte ihr die Situation geschildert, die sie dort erwartete, sie war selbstsicher genug, sich für das passende Outfit oder angemessene Gesprächsthemen zu entscheiden und verließ das Hotel mit einem unnachahmlichem Gang. Mattuschke sah ihr nach, bis sie durch die Flügeltür entschwand.

Auch Vera war von ihrem Kunden angenehm überrascht. Sympathisch, gutaussehend, sehr sachlich und zielorientiert. In knappen Stichworten hatte er sie darauf vorbereitet, was sie erwartete und wie er sich dabei ihren Part als Begleiterin vorstellte. Was ihr vor allem gefiel, war der offene Blick, das umwerfende Strahlen, wenn er lachte und seine Korrektheit im Umgang mit ihr. Keine Vertraulichkeiten, keine Spur von Anzüglichkeit. Darüber hinaus rauchte er nicht, was ihr sehr angenehm war. Sie hatte bei den ihr zugeteilten Kunden keinen Einfluss darauf, atmete aber jedes Mal hörbar auf, wenn sie feststellte, einen Nichtraucher begleiten zu dürfen. Erstens waren ihr Geruch und stechender Qualm unangenehm, zweitens bekam es ihrer Stimme nicht, die sie für die Auftritte schonen musste. Am schlimmsten waren Zigarren, deren Langzeit-Einwirkung ihre Stimme so veränderte, dass sie danach das Gefühl hatte, im Alt singen zu können.

Der Abend verlief besser, als Mattuschke je geglaubt hätte. Vera zog von Beginn an die Blicke auf sich, sonnte sich aber keineswegs geschmeichelt im Licht der Bewunderung, sondern schien sie gar nicht wahrzunehmen. Ihre aufgeschlossene Natürlichkeit, Schlagfertigkeit und humorvollen Äußerungen kamen an. Sie griff in die Konversation mit einem indischen Geschäftsmann, der der deutschen Sprache nicht mächtig war, so geschickt und geräuschlos übersetzend ein, dass die schlechten Sprachkenntnisse der Gastgeber nicht auffielen und keine peinlichen Pausen entstanden. Die sonst eisenhart kalkulierenden Geschäftspartner gaben sich ihrem Charme geschlagen, so dass er optimale Verhandlungsergebnisse erzielte.

Mattuschke feierte den Erfolg mit ihr und steckte einen deutlich höheren Betrag in den Umschlag, als mit der Agentur vereinbart. Er sagte ihr, wie zufrieden er war, und dass er sie gerne in Anspruch nehmen wolle, sobald er wieder in München sei.

Dazu kam es schneller als vorgesehen, weil ihm ein neues Geschäft angetragen wurde, bei dem es um Aufträge für die Maschinenfabrik ging. Er traf sich mit Wollhüsen und Vera im selben Hotel. Auch der junge Mitgesellschafter war von Veras Erscheinung und Mattuschkes Geschmack bei der ‚*Partnerwahl*' angetan. Er ahnte nicht, dass sie für diesen Anlass gebucht war. Wieder liefen Essen und Gespräche besser als erwartet, und auch diesmal zeigte Vera Gespür und diplomatisches Geschick. Er blieb noch einen Tag länger, um sich die ‚*My fair Lady Aufführung*' anzusehen, in der sie die Eliza spielte und neben ihrem schauspielerischen und tänzerischen Vermögen überschäumendes Temperament einsetzen konnte. Er war begeistert. Ihr Auftritt als Begleiterin bei Essen und Empfängen zeigte sie in einer völlig anderen Rolle als der, die sie hier spielte. Wie mag sie sein, wenn sie sich selbst gibt und keine Rolle spielt, ging ihm durch den Kopf. Nach der Vorstellung wartete er auf sie und lud sie zu einem Drink ein.

„Sie waren großartig, ich bin hingerissen von ihrem Temperament und der großen Leistung auf der Bühne. Ich glaube, Sie brauchen Stunden, um wieder herunterzuschalten."

Sie lachte und zeigte wunderschöne Zähne. „Es ist schon so, dass man sich mit extrem hoher Drehzahl auf der Bühne bewegt und peu à peu wieder zu sich finden muss. Die Rolle war eine große Chance für mich, Sie müssen wissen, ich bin nicht die Haupt- sondern die Drittbesetzung, meine Kollegin hat sich eine Nierenentzündung eingefangen und liegt mit Fieber zu Bett. So konnte ich zeigen, was in mir steckt."

„Ich denke, das ist Ihnen überzeugend gelungen."

„Ich fand es sehr schön, dass Sie sich die Aufführung angesehen haben, es, äh..., es hat mich motiviert."

Ein Hauch von Verlegenheit huschte über ihr Gesicht, etwas, was er noch nie an ihr bemerkt hatte.

„Dieser Begleitservice in Ergänzung zu meinem Theaterengagement ist gar nicht so abwegig, wie die meisten glauben. In beiden Fällen spiele ich eine Rolle, ich bin nicht ich, wenn ich die Kunden begleite oder auf der Bühne stehe. Beides ist für mich Rollenspiel, künstlerische Betätigung, bei der ich mich austoben kann. In unserem Falle waren Sie der Regisseur, der mich auf meinen Part vorbereitet hat und die Anweisung gab, wie ich zu spielen habe."

„Aber nur wenige Stichworte, alles andere haben Sie intuitiv getan, besser als jede Regieanweisung hätte sein können."

„Vielen Dank für Ihre Anerkennung. Vor wenigen Jahren war ich durch einen Schicksalsschlag in Trauer erstarrt, ich konnte mich aus dieser Stimmung nicht lösen. Dann habe ich alles hinter mir abgebrochen und diesen Weg eingeschlagen. Das, was ich selbst nicht vermochte, konnte die Figur auf der Bühne, in die ich schlüpfte. Wieder lachen, heiter sein, tanzen, Temperament versprühen. Über diesen Weg habe ich noch einmal zu mir selbst gefunden."

Mattuschke hatte die Worte ernst verfolgt, war nicht auch er in einer Rolle, als er kühn den Löwenkäfig betrat und seine Bedenken überwand, weil er Ricardo spielte und nicht sich selbst? Spielte er nicht auch perfekt die Rolle des selbstsicheren, bei Frauen erfolgreichen Mannes und war tatsächlich ein sexueller Krüppel, unfähig zu einer körperlichen Beziehung und Bindung?

Er hatte nicht bemerkt, dass Vera ihr Gespräch beendet hatte und ihn fragend ansah, so sehr war er in seine Gedanken versunken.

„Entschuldigung, mir ist gerade etwas durch den Kopf gegangen, Sie haben recht, ich kann es sehr gut nachvollziehen, man tritt quasi als zwei Personen auf."

Vera lachte: „Im Grunde ja, ich könnte wahrheitsgemäß behaupten, in einem Zwei-Personenhaushalt zu leben."

„Tun Sie das in Wirklichkeit nicht?"

„Nein, ich lebe schon eine ganze Weile allein."

„Genau wie ich", rutschte es ihm heraus, obwohl er nichts Privates preisgeben wollte. Vera hatte Takt genug, nicht näher zu fragen. Sicher hatte sie gefühlt, dass er nicht darüber sprechen wollte.

„So selbstsicher und souverän Sie in Ihren Rollen auftreten, so wenig kann man sich Schwäche, Unsicherheit oder das Bedürfnis, sich anzulehnen, bei Ihnen vorstellen."

„Auch das ist natürlich vorhanden, aber man gibt es nicht gerne preis."

Jetzt bemerkte er den verletzlichen Zug, der um ihre Mundwinkel spielte, die Augen hatten für einen Moment ihren tiefschwarzen Glanz verloren. Es trat eine längere Pause ein, in der jeder mit seinen Erinnerungen beschäftigt war.

Er hüstelte: „Nicht, dass Sie mich falsch verstehen, aber könnten wir uns nicht auch einmal privat treffen, ich meine rein freundschaftlich, ohne geschäftlichen Kontrakt. Als Begleiterin zu Besprechungen würde ich mich natürlich wieder an die Agentur wenden."

„Natürlich können wir das, schließlich gibt es neben den Rollen noch den privaten Menschen, Vera Lanek."

„Ich melde mich rechtzeitig bei Ihnen, wenn ich wieder in München bin, ich würde mich sehr freuen, auch Sie einmal begleiten zu dürfen."

Er machte sein Versprechen wahr, lud sie zum Essen ein, sie wurde seine private Fremdenführerin und Freundin; auch wenn er nicht nach München kam, telefonierten sie miteinander, sie holte sich dann und wann Rat bei ihm ein. Zu geschäftlichen Anlässen buchte er sie nach wie vor, sie war professionell und für diesen Service einfach die Beste. Entspannt schlenderten sie durch die Einkaufsstraßen, verloren sich auf dem Viktualienmarkt und tauchten ein in den Luxus, den die exklusiven Geschäfte zu bieten hatten. Obwohl er bei der Wahl seiner Garderobe sicher war, ließ er sich bei diesen Gelegenheiten gerne von ihrem guten Geschmack leiten und beraten. Sie hatte, wie er, ein Auge für das Schöne und liebte dezente Eleganz.

Mehr als ein Jahr war seit der ersten Begegnung vergangen. An diesem Abend war sie wieder über die Agentur gebucht, hatte sich leicht verspätet im Münchner Feierabendverkehr und kam außer Atem und mit geröteten Wangen im Hotel an.

„Ich hoffe, wir kommen nicht zu spät durch meine Unpünktlichkeit. Was liegt denn an, hast du noch Zeit, mich einzuweisen?"

Er lachte etwas verkrampft, zum ersten Mal spürte sie Nervosität bei ihm und unruhiges Flackern in seinen Augen. „Ich möchte dich heute um einen sehr ungewöhnlichen Gefallen bitten", er ließ ein paar Sekunden verstreichen, ehe er weitersprach, „ich weiß, dass du nicht für erotische Dienstleistungen gebucht werden kannst. Keine Angst, ich möchte nicht mit dir schlafen."

Vera atmete erleichtert auf, sie hatte fest damit gerechnet, dass er diesen Wunsch äußern würde.

„Und worin soll mein erotischer Service dann bestehen?"

„Ich wünsche mir, dass du dich entkleidest und dich berührst, während ich dir heimlich zusehe, nichts weiter. Du brauchst nur so zu tun, als gäbe es mich nicht, als wärst du alleine. Ich schaue dir aus dem Nebenraum zu."

Vera schwieg. Da sie stumm blieb und scheinbar nicht darauf reagierte, sprach er weiter: „Du sollst nur eine Rolle spielen, eine andere als die sonstigen, die der heimlich beobachteten Schönen und Bewunderten, nichts weiter."

„Nichts weiter, du sagst das so leichthin, als Schauspielerin öffne ich natürlich mein Herz und gebe dem Zuschauer Einblick in meine Seele und Empfindungen, aber offenbare ihm nicht meinen Körper, mein Intimstes."

„Und wenn die Rolle es von dir verlangen würde, das Drehbuch dich überzeugt hätte? Ich möchte dich keinesfalls auf eine ordinäre Ebene ziehen, sondern mir vorstellen, den wundervoll ästhetischen Anblick einer außergewöhnlichen Frau ohne ihr Wissen zu genießen. Wenn du so willst, schlüpfe ich auch in eine Rolle, in die eines Voyeurs, im Grunde Fiktion wie auf der Bühne."

Er hatte insgeheim befürchtet, Vera würde das Ansinnen brüsk zurückweisen, ihn beschimpfen oder verächtlich der Perversion schelten, aber sie tat es nicht. Im Gegenteil, sie sah ihn lange, aber mit mildem, fast verständnisvollem Blick an.

„Wo liegt dein Problem Heinz, lass uns offen miteinander sprechen und nicht Versteck spielen, ich weiß, wie schwer es dir gefallen ist, mich um diesen Gefallen zu bitten? Aber ich muss mehr über dich wissen, bevor ich mich zu deiner Bitte äußern kann."

Ihre Stimme klang bestimmt, verwundert und, wie er glaubte, eine Spur liebevoll. So sprach er mit Vera über das, was er außer dem ratlosen Psychiater, bei dem es vielleicht noch immer nicht neutral roch, keinem Menschen zuvor je anvertraut hatte und es sich nie hätte vorstellen können zu tun, am allerwenigsten einer Frau. Er redete sich Nöte, Scham und den immer währenden Drang von der Seele, was ihn innerlich befreite, wie das Abrollen eines schweren Steins, der auf seiner Seele gelegen hatte.

„Du bist nicht der einzige, der seine Veranlagung verheimlichen muss, ich kann vieles von dem, was du erlebt hast, nachempfinden. Ich liebe Frauen und musste es vor Eltern, Umfeld und Kollegen verstecken. Aber das, worum du mich bittest, kann ich nicht als bezahlte Dienstleisterin erfüllen. Diese Rolle sieht der Job nicht vor. Wenn wir uns das nächste Mal treffen, erfülle ich dir deinen Wunsch, privat und ohne Bezahlung, heute nicht, hast du dafür Verständnis?"

Vera hielt Wort und nahm ihn bei seinem nächsten Aufenthalt mit in ihre Wohnung. Obwohl sie als dunkelhaarige nicht seinem Idealtyp Frau entsprach, reizte es ihn sehr, diese starke, selbstsichere, schöne Frau mit seinen Augen zu besitzen und Lust in ihren Zügen zu erkennen, sie tat ihm den Gefallen als Freundin und in Vergeltung vieler Liebenswürdigkeiten und Großzügigkeiten. Sie wunderte sich selbst, dass es ihr nicht schwerer fiel. Zu Beginn war es ungewohnt, aber nach einer Weile gelang es ihr, den versteckten Beobachter im Nebenzimmer zu vergessen und sich ganz auf sich zu konzentrieren. Sicher half ihr die Vorstellung dabei, dass er, ebenso wie sie, von der gesellschaftlichen Norm abwich und nicht auf andere Weise Erfüllung finden konnte. Sie war sich nicht sicher, ob sie es bei anderer Veranlagung auch getan hätte. „Ist nicht das, was wir gemeinhin als Liebe ausgeben, häufig eine Art der Selbstliebe?", sagte sie, „die Menschen lieben ein Ideal oder die Vorstellung, die sie davon haben und erfreuen sich daran. Bei der sexuellen Liebe finden sie ihre Erfüllung durch einen anderen Körper. Ist es bei dir nicht ebenso? Ehrlicher? Du spielst in diesen Augen-Blicken weder anderen, noch dir selbst etwas vor." „Mein Handicap hat einen Vorteil, ich kann lieben, ohne abgewiesen, betrogen oder verletzt zu werden, ähnlich wie im Traum, in dem sich alles fügt, wie man es wünscht."

Er war seit langer Zeit wieder einmal so etwas wie glücklich. Das Erlebnis hatte ihn berührt und erregt, die Gefühle waren nicht so stark wie er sie bei wirklicher Heimlichkeit erlebte, aber ganz andere, als die bei professionellen Liebesdienerinnen, die nur zum Schein und für Scheine auf seine eigenwilligen Wünsche eingingen. Beide verband nun nicht nur Freundschaft und geschäftliche Interessen, sondern ein persönliches Geheimnis, das sie vor der Welt, die sie umgab, verborgen zu halten hatten. Er war Vera in einer Weise dankbar, die er nicht beschreiben konnte, für ihr Verständnis, das ihn in ihren Augen nicht erniedrigte, für die Freundschaft, auf die Verlass war und ihre besonderen Dienste.

Sichtlich guter Laune verließ Guido Erlenbach ein Etablissement, in dem man seine bizarren Wünsche restlos erfüllt hatte. Hier war er nicht zum letzten Mal, ließ seine anerkennende Miene und der freundliche Gruß zum Abschied erkennen. Zur Zeit lief alles glänzend, ihm war eine großartige Idee gekommen, die satte Gewinne versprach. Bei dem bloßen Gedanken daran klopfte er sich vor Vergnügen auf die Schenkel. Die meisten seiner für immer ‚schweigenden Kunden' wollten nicht mehr klassisch bestattet, sondern verbrannt werden. Deshalb hatte er mit Urs Rigoleit, seinem Schweizer Geschäftsfreund, ein sensationelles Verfahren ausgetüftelt: Kohlenstoff aus der Krematoriumsasche herauszufiltern und mit hohem Druck zu synthetischen Brillanten pressen zu lassen.

In der Schweiz gab es keine Bestattungspflicht für die Asche. Wie gut würde er das den Angehörigen verkaufen. ‚*Der Verstorbene wird zum Brillanten an ihrem Finger*'. Warum seine Asche aufbewahren, wenn Sie ihn als Juwel verehren können? Hat nicht jeder den Wunsch, einen besonderen Wert nach seinem Tod zu hinterlassen? Die ersten Versuche waren vielversprechend, die Steine sahen verblüffend echt aus und schon lagen Bestellungen vor. Je nach Menge des enthaltenen Halbmetalls ‚*Bor*' variierte sogar der attraktive Blauton des Steins. Ja, ich habe gerade einen guten Lauf. Nur getrübt durch Brittas Zickigkeit. Warum war sie plötzlich so empfindlich? Scheidung? Welch kapriziöse Idee hatten sie ihr ins Hirn gesetzt? Aber das würde er noch geregelt bekommen.

Als er in sein Auto steigen wollte, hörte er ein raschelndes Geräusch, drehte sich um, wurde von hinten gepackt, sein Mund mit breitem Klebeband verschlossen, Hände und Füße zusammengebunden.

Mattuschke streifte wieder nachts an Häusern vorbei, kletterte auf Balkone, um interessante Einblicke zu erhaschen. Hitchcocks ‚*Fenster zum Hof*' wäre eine ideale Beobachtungsstation, dachte er. Manchmal hatte er Glück und konnte Zeuge unbekümmerten Wandelns werden, aber meist kehrte er frustriert zurück. Wie heute, als er artistisch einen Balkon erklomm, Zeuge eines nackt vor dem Spiegel hüpfenden Dickwansts wurde und sich vor Abscheu schüttelte. Der Kerl musste ihn bemerkt und angenommen haben, er hätte Freude an dem unästhetischen ‚*Tanz der Hormone*' empfunden, denn er rief ihm - kaum hinuntergesprungen - ‚*schwuler Spanner*' und eine Kanonade wenig schmeichelhafter ‚*Kosenamen*' nach. In ein Haus einzudringen, riskierte er nach der missglückten Aktion nicht mehr.

Vera traf er häufiger, sie besuchte auch ihn gelegentlich, verliebt war er nicht, er mochte sie sehr, schätzte ihre kultivierte Art und ihr Verständnis, verbrachte gerne Zeit mit ihr, aber der erotische Reiz verflachte nach einigen ihrer ‚*Präsentationen*'.

Bei einer Grundstücksversteigerung lernte er den Intendanten des städtischen Opernhauses kennen, er bot auf eine Immobilie, die ihm langfristig Rendite zu versprechen schien. Als er noch mit Kornfeld zusammengearbeitet hatte, war es eine seiner bevorzugten Tätigkeiten, jetzt reizte es ihn einfach, sich nach langer Zeit wieder an dem spannenden Spiel zu beteiligen. Besonders erpicht war er auf das Grundstück nicht. Am Schluss boten nur noch er und ein vornehmer Herr ähnlichen Alters mit langem, gepflegt weißem Haar, der seinen

Schal - wie Graf Danilo aus der lustigen Witwe - leger um den Hals geworfen hatte. Sicher ein Künstler, schloss er aus seinem Habitus. Sie waren gerade bei einem Betrag angelangt, den er sich als Grenzwert gesetzt hatte, als der Versteigerer vom Hocker fiel. Eigentlich fiel er nicht direkt vom Hocker, sondern mit dem Kopf auf das Pult, traf das gerade aufgefüllte Wasserglas, riss das Pult mit und stürzte von dort seitlich zu Boden in die Pfütze, den Hammer krampfhaft in der Hand. Die Versteigerung wurde wegen der Unpässlichkeit unterbrochen, der unter Diabetes leidende Versteigerer werde sie anschließend fortsetzen. Die Besucher vertraten sich draußen die Beine, dort traf er auf den Mitbieter.

„Ich fürchte, der hochgetriebene Preis hat den Mann so überrascht, dass er vor Schreck vom Stuhl gefallen ist", sprach ihn der Weißhaarige an.

Mattuschke lachte: „Das hatte wohl andere Gründe bei dem Armen, wie groß ist denn ihr Interesse an dem Grundstück?"

„Wissen Sie, wir wohnen im Haus daneben, und meine Frau hat es sich in den Kopf gesetzt, unbedingt dieses Grundstück für unsere Tochter zu erwerben. Sie wissen ja, wie das ist, wenn die Frauen eine Idee im Kopf haben; die Enkelkinder hätte sie gerne in der Nähe. Es wäre wirklich zu schön", sagte er etwas verträumt, als sei es schon vergeben, „aber mit dieser Entwicklung hätte ich nicht gerechnet."

Mattuschke wurde bewusst, dass er eher halbherzig geboten und des Spielens wegen mitgemacht hatte.

„Ich habe gerade gedacht, solch persönliche Wünsche kann ich nicht mit dem Kauf verbinden, wenn der Versteigerer wieder zu Kräften kommt, steige ich aus, sie können es dann zum letztgebotenen Preis bekommen."

Der Konkurrent konnte zunächst vor Überraschung nichts sagen, offensichtlich hatte er seine Chancen bereits aufgegeben und wollte nur abwarten, zu welcher Summe es endgültig den Zuschlag erhält.

„Das würden Sie tatsächlich tun? Sie glauben gar nicht, welche Freude sie uns und meiner Tochter damit bereiten. Darf ich mich Ihnen vorstellen, Marquard, ich bin seit einem Jahr der neue Intendant hier, wenn ich Ihnen irgendwann einmal behilflich sein kann, von Herzen gerne."

Wenige Wochen später traf er bei einer Einladung wieder mit Marquard zusammen. Der stellte ihn seiner Frau als Retter ihres Familienglücks vor. Als sich im Laufe des Abends die Gelegenheit bot, sprach er ihn auf Vera an. Er könne eine tüchtige Soubrette mit den Talenten, Tanz und Musical sehr gut gebrauchen, beschied er. So kam Vera nach Ulm, zu einem Engagement mit häufigeren Einsätzen und interessanteren Rollen und in seine Nähe.

An einem dieser Abende lernte er später auch Louises Professor Weidenfels kennen, einen Mann, der sich ebenso wie er, für die exquisite Seite des Lebens interessierte: alte Karten, Stiche von Stadtansichten und Raritätenweine. Sie kamen miteinander ins Gespräch. Mattuschke konnte ihm einige Sammlerstücke anbieten, nach denen er schon lange suchte, außergewöhnliche Exemplare, unter anderem einen Lafite Rothschild Bordeaux aus dem ehemaligem Besitz des amerikanischen Präsidenten Jefferson mit seinen eingeritzten Initialen ‚T.J.', der dem sensationellen Fund von Hardy Rodenstock entstammen sollte. Als Weidenfels das hörte, veränderte sich seine Atmung augenblicklich, er zeigte typische Symptome und den unverkennbaren Augenglanz derjenigen, die auf eine Goldmine gestoßen und vom Schürffieber gepackt sind. Seine Stimme zitterte, als er scheinbar beiläufig nach den Preisvorstellungen fragte. „Ich glaube, wir können uns mit einem interessanten Kompensationsgeschäft einander nähern", Mattuschke zog ihn zur Seite.

„Was halten Sie von Louise Leblanc? Wäre sie nicht eine großartige Bereicherung für Ihr Institut? Übrigens haben mein Freund Rudinsky und ich einen interessanten Forschungsauftrag für die Universität, der zielt zwar in den Bereich der Ingenieurwissenschaften, aber auch Ihr Institut könnte profitieren, die Drittmittel für eine Anstellung wären damit vorerst gesichert. Und was den Wein anbelangt", er flüsterte Weidenfels etwas ins Ohr, worauf diesem Flügel zu wachsen schienen, die ihn für den Rest des Abends über das Parkett schweben ließen. Sein Gesicht trug den glücklichen Glanz eines Erleuchteten.

Mattuschke hatte die Entwicklung des jungen Rick Messer in den letzten Jahren verfolgt, nicht auffällig, aber regelmäßig. So war ihm nicht entgangen, dass seine Eltern nur noch in der Vergangenheit lebten und ihren zweiten Sohn so gut wie nicht mehr wahrnahmen.

Bei einem Schaden, den Rick verursachte, zahlte er die Summe, die der Junge nicht hätte aufbringen können, anonym, um weitere Unannehmlichkeiten aus der Welt zu schaffen. In gewisser Weise fühlte er Verantwortung für ihn. Als er die Schule verließ und Mattuschke von der Absicht einer KFZ-Ausbildung hörte, machte er sich beim Chef des renommierten Autohauses Jäger für ihn stark, das den querköpfigen Jungen andernfalls kaum genommen hätte.

Von alledem wusste Rick nichts. Fachlich waren seine Leistungen sehr gut, mit Art und Dickkopf eckte er an.

Es war dem eigenwilligen Sorgeverhältnis, das er zu ihm unterhielt und vor allem Louise zu verdanken, dass er den beiden seine Wohnung anbot. Es erleichterte sein Gewissen, und er wusste Louise in seiner Nähe, diese junge Frau, die eine außergewöhnliche Anziehung auf ihn ausübte. Wie Rick es fertigbrachte, sie an sich zu binden, blieb ihm ein Rätsel. Obwohl sie ihr nicht wie ein Ebenbild glich, erinnerte sie ihn in vielem an Sina, die Haare, obwohl nicht ganz so lang, aber mit ähnlicher Struktur und gleichem Glanz, die Figur, der schwingende, elegante Gang, die intensive Ausstrahlung. Natürlich war sie als Mensch anders, nicht so versonnen und introvertiert, sondern schwung- und temperamentvoll, manchmal noch unbekümmert oder ungezügelt. Er begehrte sie vom ersten Augenblick ihrer Begegnung an, und mittlerweile glaubte er sogar, sie zu lieben, auf seine ungewöhnliche Weise. Es machte ihn glücklich, sie zu beschenken, zu überraschen, und er genoss die Art, wie sie ihre Freude zeigte, offen, spontan und geradezu kindlich.

Wie gerne hätte er es vermocht, sie zu berühren, ihren Körper in seinen Armen zu halten oder mit ihm eins zu werden. Es war ihm nicht entgangen, dass sie ihn ebenfalls mochte und es in Stuttgart nach der Zimmerpanne auf ein Zusammensein angelegt hatte.

Als sie sich von Rick trennte und bereit war, sein Mietangebot anzunehmen, kam ihm die Idee zum Umbau. Er ließ die Wand zu ihrem Schlafzimmer durchbrechen, verkleidete sie auf beiden Seiten mit Einbauteilen und einer großen Spiegelanlage, die von seiner Seite durchsichtig war. So konnte er nicht nur jede ihrer Bewegungen im Raum verfolgen, sondern auch Gespräche mithören und war auf diese Weise über ihre Wünsche, Ansichten oder Stimmungen auf dem Laufenden. Auch im Bad ließ er eine Vorrichtung installieren, die ihm Einblicke gewährte, geschickt hinter Lüftungsschlitzen verborgen, deren Lamellen er mit einem Hebel verstellen konnte. Leider gab die Mechanik ein leises Geräusch von sich. So war er nicht nur sofort im Bilde über Erics Selbstmordversuch und ihre Niedergeschlagenheit, Gesprächspositionen, die sie einnahm, Verabredungen, die Wünsche nach Grillabend oder herbstlichem Sonne tanken am Meer. Louise musste es wie sein sechster Sinn vorkommen. Wenn er abends auf seinem Bett saß, die schmale Bücherwand zum Kaschieren des Spiegels auf unsichtbaren Rollen zur Seite schob, konnte er die Gespräche verfolgen und sich ihre Meinung aneignen. Schnitt sie später die Themen an, wusste er sich mit ihr zu solidarisieren, sie unmerklich zu manipulieren, was ihre Bindung an ihn vertiefte. Sie glaubte an blindes Verständnis. Selbst als ihre Mutter zu Besuch kam, und er ihre zweifelnden Äußerungen hörte, erschien er wie aufs Stichwort, um die Lage zu bereinigen.

Er sah, wie sie sich abends entkleidete, ins Bad lief, was ihn zu einem Positionswechsel zwang und es im gleichen Zustand verließ, um sich des Nachthemds zu bedienen, das sie unter dem Kopfkissen verwahrte. Lag sie im Bett, saß er so nah an ihrer Seite, dass er sie hätte berühren können. Er hatte sich mit dieser Anlage einen Lebenswunsch erfüllt, von dem er immer geträumt hatte, schon als Junge an Sinas Wohnwagen, wo er nichts sehnlicher erhoffte, als sie betrachten zu können, wann immer er wollte. Er liebte die Art, wie sie ihre Haare kämmte, sich abschminkte, beim Zähneputzen gurgelte und sich befreit von einengender Kleidung bewegte. Eine ihrer Eigenarten wäre ihm fast zum Verhängnis geworden. Die Angewohnheit vor dem Badezimmerspiegel Grimassen zu schneiden, so lustig und schaurig, dass er, unmittelbar an der Lüftung stehend, nur mit Mühe einen Lachanfall unterdrücken konnte, was ihr sicher nicht verborgen geblieben wäre. In ihrer unbekümmerten Art blieb sie oft nackt, las noch in Zeitschriften oder Büchern, hockte im Sessel, um ein letztes Mal ins TV-Programm zu schauen, bevor sie in ihr Hemd schlüpfte und das Licht löschte. Er verfolgte jede ihrer anmutigen Bewegungen, vertiefte sich in Details des Körpers, in jede Falte ihrer Haut und versuchte sogar, ihre Mimik nachzuahmen, um ihr noch näher zu sein.

Sie war das Glück seiner Augen, die heimliche Frau an seiner Seite, ohne die er nicht sein konnte, seine Quelle der Lust. Er genoss die versteckte Macht, die er hatte und mit der er sie steuern konnte; sein Bedürfnis nach Kontrolle wuchs so stark, dass er keinen Augenblick ihrer Anwesenheit zu versäumen suchte. Außerhalb ließ er sie von seinen Männern beobachten. Nichts durfte ihm entgehen.

Vom Umbau und dem durchsichtigen Spiegel wussten nur der Monteur, der entfernt lebte und Vera, die er erst unmittelbar vor dem Essen bei Louise einweihte, die aber kein Verständnis dafür aufbrachte. Als absoluten voyeuristischen Höhepunkt stellte er sich vor, Zärtlichkeiten zwischen Vera und ihr beobachten zu können, wozu er sie eindringlich aufforderte. Zunächst war sie nicht bereit, gab schließlich auf sein massives Drängen hin nach. Zu seiner Enttäuschung lief es nicht, wie er es sich erträumt hatte. Vera übernachtete zwar bei ihr und versuchte, sie sanft zu verführen, aber Louise war auch im beschwingten Zustand des heiteren Abends hierauf nicht ansprechbar. Er konnte sich des

Eindrucks nicht erwehren, dass auch Vera die junge Frau sehr mochte, vielleicht mehr als das. Er musste auf der Hut sein, damit seine Pläne nicht gefährdet wurden. Ich sollte Amina einschalten, für Scheine war sie zu vielem bereit. Er hatte sich ihrer in den vergangenen Jahren öfter in delikaten Fällen bedient und war äußerst zufrieden mit ihrer Loyalität und Verschwiegenheit.

Louise telefonierte mit Gila und berichtete weiteres von den schönen Urlaubstagen am Meer. In der Försterklause herrschte am Vorabend ein derartiger Betrieb, dass sie nur das Freiluftkonzert in seinem einmaligen Ambiente erwähnen konnte. Als sie ihre Schilderungen beendet hatte, erzählte sie ihr von dem überraschenden Angebot, das ihr gerade die Universität unterbreitet hatte.

„Ich möchte ja gerne weg von Ulm, weil es für meine Entwicklung wichtig ist, aber nicht Hals über Kopf, so dass ich wohl annehme und in Ruhe sonstige Angebote sondieren kann. Ich habe gar nicht damit gerechnet, weil Weidenfels vorher nie etwas angedeutet hat."

„Das freut mich für dich. Und bei der trauten Zwei- oder Dreisamkeit in warmer mediterraner Sonne sind keine Lustgefühle aufgekommen? Du kannst es mir ruhig sagen, ich schweige wie ein Grab."

„Nein, ob du es glaubst oder nicht, alles war top korrekt."

„Ich werde aus dem Mann nicht schlau, Louise, ich muss mein Männerbild dringend überarbeiten. Er ist doch alles andere, als ein Altruist. Sei auf jeden Fall vorsichtig."

Seit dem gemeinsamen Urlaub am Meer frühstückte sie regelmäßig mit Mattuschke, nicht nur sonntags wie früher. „Hast du schon eine Vorstellung, was du beruflich machst nach Abschluss deines Studiums?", fragte er beiläufig und schlug das Frühstücksei auf.

„Noch nicht so konkret, wahrscheinlich nehme ich zunächst das Angebot von Weidenfels als wissenschaftliche Assistentin an und überlege mir dann in Ruhe, wie es weitergeht."

„Das finde ich sehr vernünftig, vielleicht kannst du ja noch promovieren, es wäre mir einen kräftigen Zuschuss wert, wenn meine tüchtige Assistentin den Doktortitel hätte", blinzelte er ihr unternehmungslustig zu.

„Sonst hast du aber keine Wünsche?", empörte sie sich, „ich bin erst mal heilfroh, dass ich diese Etappe bewältigt habe."

„Weißt du Louise, man spricht heute so viel von Selbstverwirklichung und Persönlichkeitsentwicklung, du bist viel zu klug, um auf Worthülsen und Ideologien hereinzufallen. Die meisten würden dir raten, eine Arbeitsstelle weit weg von deinem Wohnort zu suchen, um dich in einem neuen Umfeld zu bewähren. Für manche mag das zutreffen, wenn sie noch zu Hause wohnen. Aber du lebst alleine, hast dich von deinem Elternhaus gelöst, durchgebissen und durch viele Kontakte ein Netzwerk geknüpft, das dir auf deinem beruflichen Weg von großem Vorteil sein wird. Es wäre weder klug noch volkswirtschaftlich sinnvoll, hierauf zu verzichten. Ich glaube, dein Professor Weidenfels hat das richtig erkannt, er scheint ein weitsichtiger Mann zu sein. Hast du es nötig, irgendwo weit weg als Nobody zu beginnen und dir alles, was du hier schon hast, mühsam neu zu erarbeiten?" Er grinste: „Schließlich schaden Beziehungen nur dem, der sie nicht hat."

Louise hörte nachdenklich zu, von dieser Warte hatte sie das Ganze noch nicht betrachtet, unterschwellig war der Gedanke im Kopf programmiert, nach dem Studium fortzugehen.

„Du hast nicht unrecht Heinz, auch diese Aspekte müssen bedacht werden, einschließlich der Annehmlichkeiten, die ich hier genieße und bei einem Ortswechsel aufgeben müsste, von dem besten aller Vermieter ganz zu schweigen, den ich nirgendwo mehr finden würde."

„Um ein Beispiel zu nennen, Rudinsky würde dich sofort einstellen, sein Betrieb hat inzwischen einen Umfang erreicht, der ihm über den Kopf wächst, und er expandiert ständig. Das wäre sogar noch ein bisschen Pionierarbeit und alles andere als uninteressant."

„Ich könnte es mir vorstellen, bei den sympathischen Leuten."

Mattuschke atmete unhörbar auf, die Gefahr eines Wegzugs schien vorerst gebannt. Er war in prächtiger Laune, das Verhältnis zu ihr wurde immer vertrauter, familiärer; er hatte die Gewissheit, sie vorsichtig lenken zu können, und wirtschaftlich wurde im wahrsten Wortsinn alles zu Gold, was er anfasste. Aus einem Impuls heraus hatte er den spekulativeren Teil seiner Aktien vor ein paar Monaten mit guter Rendite verkauft und den Betrag beim befreundeten Bankleiter vorteilhaft anlegen können. Warum er sich so entschied, konnte er nicht sagen, selbst für die Fachleute an den Börsen sprach nichts für den Verkauf. Gerade hatte er gelesen, dass diese Aktien in ein historisches Tief gefallen waren, eine Baisse, die Millionen Verluste zur Folge hatte. Kein Wunder, dass ihm das Frühstück heute besonders schmeckte.

Louise hätte ihn gerne nach den Umständen gefragt, unter denen seine Frau damals umkam, Ida Rudinsky hatte ihr einmal ein Bild von der blendend aussehenden Frau gezeigt, aber schon bei Andeutungen über die Ehephase seines Lebens, veränderte sich sein Gesichtsausdruck in einer Weise, die weitere Fragen im Keim erstickte. Dann wechselte er sofort das Thema.

Guido Erlenbach wehrte sich damals verzweifelt, hatte aber keine Chance gegen die Übermacht der Kräfte. Man stülpte ihm eine Plastikfolie über und verstaute ihn unsanft im Kofferraum seines Wagens. Die Fahrt dauerte nicht lange, er drohte zu ersticken. In einem Waldstück hielt man an. Schemenhaft erkannte er ein Fahrzeug und weitere Personen, die offenbar bereits auf ihn warteten. Er wurde hinausgezerrt, entkleidet, musste niederknien, die Ellbogen auf feuchte Erde gestützt. Winselnd offerierte er sein Auto, Geldbeträge und Britta für seine Freilassung. Statt einer Antwort erhielt er Fußtritte von den schweigenden Männern, die ihre Gesichter nicht verdeckt hatten. Dann wurde er brutal vergewaltigt. Die schmerzvollen Schreie, durch den verschlossenen Mund gedämpft, verhallten ohne Resonanz. Anschließend drückte man ihm die Autoschlüssel in die Hand, steckte sie ins Schloss seines Wagens und ließ ihn dort stehen. Zum Schluss urinierten sie auf den sich krümmenden Körper, steckten ihm einen Tannenzweig tief in den After, packten ihn wieder in Folie und nahmen ihn mit. Später fand die Polizei den unverschlossenen Wagen, mit dem er offensichtlich zum Wald gefahren war, die Schlüssel wiesen allein seine Fingerabdrücke auf; von ihm fehlte jede Spur; er schien vor dem Prozess geflüchtet zu sein.

Im Silverspot herrschte Hochbetrieb. „Gibt's Freibier für alle?", wollte Louise wissen und setzte sich zu den anderen an die Bar, weil ihre Stammplätze besetzt waren. Sophie und Rick kamen nicht.

„Die tüfteln sicher schon ihre Hochzeit aus", sagte Peter vorausschauend.

„Ist das wirklich geplant?", fragte sie überrascht.

„Sie haben etwas in der Richtung angedeutet."

Sie wusste nicht warum, aber ein wenig verschlug es ihr die Stimmung. Alex setzte sich neben sie, sie kannte ihn, weil sie dasselbe Seminar besuchten. Er war immer sehr zurückhaltend, aber heute schien er es darauf anzulegen, mit ihr ins Gespräch zu kommen und sie aufzuheitern. Sie fand ihn immer sympathisch, aber näherer Kontakt hatte sich nie ergeben. Sie verabredeten sich für den übernächsten Tag im ‚Katheder', einer urigen Studentenkneipe, in der er öfter verkehrte. Hano blickte misstrauisch zu ihr hinüber. Als sie zur verabredeten Zeit dort erschien, lief ihr überraschend Mattuschke über den Weg.

„Schön, dich so unverhofft zu treffen Louise", er begrüßte sie mit stürmischer Umarmung, „darf ich dich zu einem Kaffee einladen, ich habe gerade Zeit." Er legte seine Hand auf ihre Schulter und zog sie ein Stück mit sich.

„Danke Heinz, das ist lieb von dir, aber ich bin hier verabredet", mit einer Handbewegung deutete sie auf Alex, der sich verlegen genähert hatte.

„Da kann man natürlich nichts machen, viel Spaß bis heute Abend", er gab ihr einen Kuss, begrüßte den jungen Mann, ohne Louises Vorstellen abzuwarten und ging zu seinem Wagen zurück. Der kurze Augenblick genügte ihm, zu wissen, dass von diesem unsicheren Knaben keine Gefahr drohte, wenn man ihn ein wenig einschüchterte. Und das war eine seiner leichtesten Übungen, er lachte diabolisch, als er sich ins Polster fallen ließ: „Bürschchen, Bürschchen, wie gut, dass ich von deiner Verabredung wusste."

„War das dein Vater?", fragte Alex leicht irritiert.

„Nein, mein Vermieter." Was ihn noch mehr irritierte.

Für Louise war der Nachmittag eine angenehme Abwechslung. Alex, ohne Brille erschienen, was ihn weitaus freundlicher wirken ließ, entpuppte sich als intelligenter, witziger Unterhalter, in dessen Gesellschaft sie sich sehr wohl fühlte. Sie trafen sich einige Male, wobei sie sein Interesse deutlich spürte, dann versetzte er sie plötzlich. Am Abend zuvor hatten sie sich noch telefonisch verabredet, aber sie wartete vergebens am vereinbarten Ort. Alex hatte zuvor einen Anruf erhalten, sie verspäte sich, das Treffen sei um eine Stunde verschoben. So warteten beide umsonst, Louise zur vereinbarten, Alex zur späteren Zeit. Danach sah sie ihn kaum mehr, er erfand Ausreden, wie sie glaubte, um sie nicht mehr treffen zu müssen und wich ihr im Seminar aus. Es schmerzte, ähnlich wie bei Karsten, plötzlich abserviert oder vergessen zu werden. Sie sprach mit Heinz darüber.

„So unzuverlässig sah der Junge gar nicht aus, eigentlich ganz nett, aber solches Handeln ist Folge der Übersättigung, man ist nicht mehr dankbar für das, was man hat, strebt nach Abwechslung und lässt das Alte fallen, zu feige, einen anständigen Schlussstrich zu ziehen. Darin waren frühere Generationen anders, obwohl ich weit davon entfernt bin, sie zu idealisieren."

„Daran tust du auch gut, wenn ich nur an meine Mutter denke."

„Sie ist besorgt um dich und übertreibt es damit, ansonsten ist sie doch eine Perle und sehr nett", sagte er diplomatisch und setzte sein unschuldigstes Lächeln auf.

Louise wurde für einen Augenblick warm ums Herz, sie sandte ihm einen dankbaren Blick. Das war der Unterschied zwischen ihm und Rick. Gerade war ihr wieder eingefallen, wie abfällig er sich damals über ihre Mutter geäußert hatte.

Das Abstellen der Hausklingel bei Alexs Gegenbesuch, zerstochene Reifen, gezielte Falschinformationen und nachdrückliche Drohungen hatten ausgereicht, um ihm Louise aus dem Kopf zu schlagen und Stillschweigen über die Vorfälle zu bewahren. Alex war kein Heldentyp, er wagte es nicht, sich dagegen zu stemmen.

Als Vera aus Dubrovnik zurückkehrte, hatte sie am nächsten Abend eine Vorstellung vor ausverkauftem Haus, die Hauptrolle des Straßenmädchens in Marguerite Monnots Musical ‚Irma la Douce'. Die Aufführung war ein Riesenerfolg, das Publikum spendete stehend Applaus. Überglücklich in ihrer Garderobe angekommen, wartete Besuch. Amina hatte sich die Vorstellung angesehen und war begeistert.

„Ich habe dich zum ersten Mal auf der Bühne erlebt, gigantisch. Sie umarmte sie, leicht glitt ihre Hand den Rücken entlang. „Wenn du nichts anderes vorhast, würde ich dich gerne auf ein Glas Champagner einladen nach dem großen Erfolg."

Vera war einverstanden, so selig und aufgeputscht wie sie war, hätte sie ohnehin nicht einschlafen können. Sie hatte Amina einige Male bei Heinz oder Einladungen getroffen, fand sie nett und ausgesprochen attraktiv. Dunkelblond mit graugrünen Augen, vollen sinnlichen Lippen, gepflegt, mit zierlicher Figur, dennoch sehr weiblichen Formen und dreiunddreißig Jahre alt. Was sie genau arbeitete, war ihr nicht bekannt, nur dass sie früher auch bei einem Begleitservice war, vielleicht hatte sie sich inzwischen selbstständig gemacht. Sie genossen das belebende Elixier, Vera erzählte von den Proben und Tücken des Stücks, prosteten wieder und wieder einander zu, fanden sich später in Aminas luxuriöser Wohnung wieder, wo sie eine unvergessliche Nacht verbrachten. Lange hatte Vera nicht mehr solche Erfüllung erlebt, Amina war unendlich einfühlsam und zärtlich, schien genau zu spüren, was sie sich wünschte, überschwemmte sie mit Leidenschaft und ließ sie eigene Lust und den Erfolg ihrer Berührungen spüren. Schon lange war Vera ohne Partnerin und ihr Zärtlichkeitsbedürfnis entsprechend angestaut.

Mattuschke hatte sie während des Urlaubs regelrecht unter Druck gesetzt, Louise mit neuen Versuchen zu verführen. Sie fand es widerlich, wie er Louise für seine Zwecke missbrauchte und sie dabei zu seinem Handlanger machte. Solange es nur um ihn selbst ging, hatte sie ihm den Gefallen getan, Wünsche zu erfüllen, zumal sie hierin eine Möglichkeit sah, sich für seine Unterstützung zu revanchieren, aber hinter Louises Rücken war es etwas anderes, zumal sie sie sehr mochte. Ihr Verhältnis war in den Tagen am Meer noch inniger geworden. Sie gefiel ihr, es hätte sie schon gereizt, ihren vollendeten Körper zu berühren, als er neben ihr auf dem Stein lag und Mattuschke mit dem Fernglas in der Hand auf ein Liebesspiel der beiden wartete, aber Louise war dafür nicht ansprechbar und selbst wenn, dann hätte sie dabei keinen Zuschauer haben mögen. Vera wusste, dass er auch Aminas Dienste hin und wieder in Anspruch genommen hatte, nur war ihr nicht klar in welcher Weise. Jetzt konnte sie es sich denken, nachdem sie die Bilder von ihr und Karsten gesehen hatte. Dass Louise sie nicht wiedererkannte, wunderte sie, denn Aminas Gesicht war auf wenigstens zwei der Fotos deutlich zu erkennen. Amina holte sie nach den Vorstellungen ab, sie verbrachten die Nacht zusammen, was ganz praktisch war, da beide morgens ausschlafen konnten. Es war eine luxuriöse Gefühlsmelange, die sie sich leistete, Louise für ihr Herz und das verborgen Mütterliche in ihr, Amina für Zärtlichkeit und Lust.

Heute hatte sie Lust, Louise zu besuchen; die freute sich über den unerwarteten Gast.

„Ich sehe uns noch immer in der Sonne liegen und das herrliche Meer um uns; wenn ich es mir intensiv vorstelle, glaube ich förmlich, Tang und Salz zu riechen."

Vera musste husten und aufpassen, die gerade servierte Tasse Kaffee nicht zu verschütten.

„Mir geht es ähnlich. Gestern habe ich in den Schuhen eine Menge Sand gefunden, obwohl ich sie vor dem Rückflug ausgeschüttet hatte. Sicher eine Mahnung, die schönen Tage nicht so schnell zu vergessen. Ich sehe mich noch immer im lauschigen Hof des Rektorenpalastes umhüllt von Klavierklängen und seidiger Meeresluft."

Vera weihte sie in ihr Verhältnis mit Amina ein, sie wollte nicht riskieren, dass sie es von anderen erfährt. „Wenn ich ganz ehrlich bin, wäre ich lieber mit dir zusammen, du bist ein wundervoller, natürlicher Mensch, echt und ehrlich, aber leider ..."

Louise umarmte sie: „ Ich weiß es, ich sehe es in deinen Augen, dass du mich magst und ich bin sehr stolz darauf."

Vera beugte sich ganz nah zu ihr und flüsterte fast, als könnte es jemand hören: „Ich bin auf deiner Seite, du kannst auf mich zählen."

„Danke, es ist ein gutes Gefühl, das zu wissen. Warum flüsterst du?"

Sie legte nur kurz den Finger auf den Mund, sagte aber nichts dazu. Louise wunderte sich, stellte aber keine weiteren Fragen und erzählte von Paul Ganthner, Professor Weidenfels' Assistenten und Doktoranden, mit dem sie heute unabsichtlich elektrisierenden Hautkontakt hatte: „Er gefällt mir ausnehmend gut." Sie lächelte verlegen, sie tranken noch ein Glas auf Louises Anstellung, dann verabschiedete sich Vera mit innigem Kuss von ihr.

Ob es der anregenden Wirkung des Sekts oder der Begegnung mit Paul Ganthner zuzuschreiben war, an diesem Abend griff sie erstmals zu dem kleinen Freudenspender, den Gila ihr vor einigen Monaten geschenkt hatte, jetzt würde sie seine wohltuende Wirkung ausprobieren.

Es sollte für Mattuschke die Krönung seiner Beobachtungen werden. Er war zum richtigen Zeitpunkt zur Stelle. Zum Greifen nah lag der reizvolle Körper vor ihm, nur durch die verspiegelte Glasscheibe getrennt, ihre gefühlvollen Hände, wie die einer Harfenspielerin. Seine Augen streichelten über fließendes Haar, küssten geschlossene Lider, deren sanft gebogene Wimpern zitterten, zarte Lippen, die sich leicht öffneten, wanderten über perfekte Brüste, die sich mit heftigerem Atmen auf und ab senkten, über den flachen Bauch, sanft gebräunt wie der ganze Körper und weiche Schenkel. Leicht hob sich ihr Körper, beugte sich dem nahenden Gefühl entgegen. Sein Blick umschmeichelte ihre zierlichen Füße, die sich ausstreckten und wie im Krampf nach oben bogen. Ein Zittern überlief seinen Körper, seine Herzfrequenz erhöhte sich schlagartig, als er sah, wie sich ihr Oberkörper anspannte, rötete und das schöne Antlitz, mit dem verwirrenden kleinen Leberfleck auf der Wange, vor Lust verzerrte, um sich dann mit glücklich, verwundertem Lächeln zu entspannen. Eine lebende Büste sanfter Dankbarkeit. Sie besaß das lebensprühend Sinnliche absoluter Natürlichkeit. Gerade noch hatte er ihr zartes Aufstöhnen im Ohr. Konnte es etwas Schöneres für ihn geben, als diesen Anblick, mit dem er seine Augen beschenkte?

Leise schob er die Wand hinter sich zu, seine Hände zitterten, winzige Schweißperlen standen auf seiner Oberlippe. Ein zufriedenes, maliziöses Lächeln umspielte seinen Mund. Er vergötterte diese wunderbare Frau, seinen wertvollsten Besitz, von der er alles wissen wollte; die er liebte, auf seine eigenartige Weise.

„Louise, ich muss dich behalten, notfalls mit allen Mitteln", murmelte er leise. „Werde ich mich je aus den Fesseln dieser Sucht befreien können? Von früheren Versuchen blieb nur die Asche gescheiterter Absichten zurück. Frauen sind meine Obsession, schon immer haben sie meine ganze Phantasie beschäftigt. Sie bieten das größte Vergnügen, das ein Mann haben kann und Louise ist die Luft, die ich zum Atmen brauche."

Am nächsten Tag stand ein paprikaroter Mini-Cooper, mit breiter Stoffschleife dekoriert, wie ein überdimensional großer Bonbon, auf dem Hof. Mattuschke übergab ihr strahlend die Schlüssel. Sie fiel aus allen Wolken.

„Das geht auf gar keinen Fall Heinz, wirklich ..."

„Schade, dass er dir nicht gefällt, vielleicht hätte ich ihn besser in einem Giftgrün nehmen sollen", sagte er und verfiel spaßhaft in einen beleidigten Ton.

„Nein, das ist es nicht, er gefällt mir ausnehmend gut, aber ..."

„Dann betrachte ihn einfach als geliehen; er steht dir immer zur Verfügung, noch ist dein Name nicht in den Papieren eingetragen."

„Okay, das wäre wunderbar, ich danke dir sehr Heinz." Sie fiel ihm um den Hals, küsste ihn auf den Mund.

„Was würde ich nur ohne dich machen?"

„Schreibe es aufs Dankespunktekonto", sagte er, die sanfte Berührung wie Tau auf seinen Lippen und ging pfeifend ins Büro. Er war in ausnehmend guter Stimmung.

Ein paar Wochen später - er hatte sie zu einer Einladung mitgenommen - trafen sie bei den Gastgebern, dem Kulturdezernenten der Stadt und seiner Frau mit dem Intendanten-Ehepaar Marquard und einem Jungunternehmer namens Hasenköttel zusammen, dessen innovatives Unternehmen sich auf die Anfertigung von Zahnprothesen per Computer und Roboter spezialisiert hatte, was lästige Abdrücke sowie zahntechnische Labore ersetze, ein kostensparendes Verfahren. Der Blick auf die Zähne werde online weitergegeben. Er lobte sich und seine Dienstleistung während des Abends in höchsten Tönen und konnte sich kaum zurückhalten, den Gästen nicht persönlich in den Mund zu schauen.

„Was beim Hüftgelenk schon gang und gäbe ist, kommt jetzt auch hier zum Zuge, damit die Beißer wieder laufen lernen", dabei schüttelte er sich vor Lachen. Louise fand die Idee interessanter als seinen anzüglichen Blick und die zahlreich aus der Nase zum Sonnenlicht strebenden Haare, hatte aber Zweifel am Erfolg. Ansonsten hielt sie Hasenköttels, welch ein Name überhaupt, Werbepräsentation im Rahmen einer privaten Einladung reichlich aufdringlich. Sie war froh, mit Marquard ins Gespräch zu kommen, der sich unverhohlen über die junge Partnerin Mattuschkes wunderte und nicht müde wurde, dessen Verdienst für das häusliche Familienglück zu betonen. Das Thema wechselte zum aktuellen Ensemble und Louise brachte Vera Lanek ins Spiel.

„Eine ungemein talentierte und professionelle Künstlerin, die ich verehre, wirklich sehr, sehr verehre." Er sprach die letzten Worte leiser und sah vorsorglich nach seiner Frau, die sich weit von ihm entfernt unterhielt und ihn nicht hören konnte.

„Wir haben vor einiger Zeit mit der Pariser Oper zusammen gearbeitet, beim Ballett ‚Notre Dame', obwohl sie nicht mitwirkte, hat sie alle Verhandlungen und Übersetzungen bestritten. Einfach genial. Herr Mattuschke hat sie mir empfohlen, ich war froh, ihm einen Gefallen erweisen zu können, und sie hat sich als Glück für uns herausgestellt. In München war sie zwar bei einem renommierten Theater, bekam aber nur wenige Rollen. Hätte sie nicht noch im Chor mitgewirkt, wäre sie verhungert."

Er hüstelte. „Entschuldigen Sie, dass ich das so unverblümt sage, es ist nicht immer einfach für die Künstler auf der Ersatzbank zu sitzen, wenn sie innerlich brennen, genauso wie für die Fußballer."

Er grinste über den gewählten Vergleich.

„Wie gut kennen Sie Vera, Frau Leblanc?"

„Wir sind Freundinnen, gerade waren wir zusammen am Mittelmeer."

„Ah, daher die attraktive Bräune, sie steht Ihnen ausgezeichnet."

„Vielen Dank, Vera schätze ich sehr, sie ist intelligent, gradlinig und eine Freundin, auf die ich mich verlassen kann."

„Wenn das so ist, darf ich Ihnen vielleicht etwas sagen, es geht mich zwar nichts an, aber in letzter Zeit wird sie von einer ‚Dame' in der Garderobe aufgesucht, die sicher nicht der adäquate Umgang ist. Es würde mir leid tun, wenn sie dadurch, äh, Schaden nehmen würde."

Nachdem Marquard sie kurz beschrieben hatte, war ihr klar, dass er Amina meinte. Sie war zwar etwas undurchsichtig, aber Bedenken, wie er sie offenbar hegte, hatte sie nicht. Dennoch bedankte sie sich für den gutgemeinten, freundlichen Hinweis mit der Bemerkung, ein aufmerksameres Auge darauf zu haben.

„Tun Sie das, schöne Frau", er schaute verschmitzt über den Brillenrand, „sie hätten nicht etwa Lust an meinem Theater zu spielen? Das Gretchen in Faust zum Beispiel, dann hätten wir sicher ein Jahr lang ausverkauftes Haus."

Louise lachte: „Vielen Dank für das nette Kompliment, ich weiß es zu relativieren und im übrigen brauche ich keinen, der es wagt, mir sein Geleit anzutragen."

Er strahlte und fuhr sich mit der Hand durch die üppige weiße Mähne.

„Ich sehe, Sie kennen sich aus in der Literatur, es war mir eine Freude, mich mit Ihnen zu unterhalten. Ich hoffe, wir sehen uns bald wieder. Wenn ich Frau Lanek treffe, werde ich sie zu ihrer charmanten Freundin beglückwünschen."

Wenn er von Veras heimlichen Ambitionen wüsste, dachte Louise; sie plant, wie sie ihr in Dubrovnik anvertraute, sich mit einem eigenen Theater, eher Kabarett, selbstständig zu machen. ‚Amüseum' soll es heißen, vielleicht in zwei Jahren, es gab schon sehr konkrete Vorstellungen.

Gleich am nächsten Tag erhielt Louise Hasenköttels Anruf, er habe die ganze Nacht nicht geschlafen und nur ihren Anblick vor Augen gehabt. Wann er sie denn wiedersehen könne.

„Wenn Sie Armer endlich ausgeruht haben, lesen Sie in der gestrigen Ausgabe der Südwest Presse. Da finden Sie auf Seite 10 einen Bericht über unser Institut mit Foto von mir", sagte sie kühl, „und nun, gesunden Schlaf Herr Hasenköttel."

Rick und Sophie heirateten tatsächlich, Louise und die Clique waren eingeladen, Mattuschke ließ es sich nicht nehmen, den beiden ein großzügiges Geschenk zu machen. „Der Alte hat irgendwie den Narren an mir gefressen", meinte Rick. Sophie war keine strahlende Braut, sie sah eher wie eine Wühlmaus in Weiß aus, nur ihre außergewöhnlichen Augen strahlten. Jetzt, wo die beiden zusammenwohnten, konnte er endlich die Fische abholen, an die sich Louise inzwischen gewöhnt hatte. Auch sie wurde morgens von den schwimmenden Untermietern freundlich begrüßt, wenn sie den Futterstreuer in die Hand nahm. Ging sie früher als üblich zu Bett, bot der indirekte Schein der Aquariumsbeleuchtung Mattuschke noch die Möglichkeit, ihre Silhouette im spärlichen Hell zu betrachten, bis die Zeituhr auch für die Fische Nacht verkündete. Dieser Chance war er nun beraubt. Kurzzeitig spielte er mit dem Gedanken, ihr ein neues zu kaufen, zögerte dann aber, als er sich an gelegentliche Klagen wegen des Säuberns der Anlage erinnerte.

Einige Monate waren seit dem herbstlichen Urlaub vergangen, der Winter kündigte langsam seinen Rückzug an und Louise freute sich auf das baldige Frühjahr mit sonnigen Tagen. Sie hatte sich in ihrem neuen Arbeitsbereich gut eingelebt, Professor Weidenfels war ein Mann, der engagierte Arbeit forderte und wenig Verständnis für den abendlichen Blick auf die Uhr hatte. Dafür war er aber in der Lage, ein angenehmes Betriebsklima und gute Kollegialität zu schaffen. Selbst die kontaktscheue Alice Mühsam verstand er so in das Team zu integrieren, dass sie nicht als Fremdkörper wirkte und mit Freude an den Projekten arbeitete. Wenn es spät wurde und sie den Bus verpasste, was bei Weidenfels strammem Arbeitsprogramm häufiger vorkam, fuhr Louise sie mit dem roten Flitzer nach Hause.

„Da hast du aber eisern gespart, um dir den kaufen zu können", meinte sie voller Bewunderung.

„Er gehört nicht mir, sondern einem guten Freund, der ihn mir überlässt."

Alice bekam große Augen, Freunde, vor allem männliche, waren ein Fremdwort für sie und dann noch solche, die einem Autos quasi schenkten. Louise war überzeugt, dass sie in den vierzig Jahren ihres Lebens noch nie einen Kuss erhalten hatte, von anderem gar nicht zu reden.

Mit Paul Ganthner hatte sie jetzt häufiger Kontakt, sie ergänzten sich ideal, die Zusammenarbeit machte Freude, menschlich harmonierten sie. Paul war überaus korrekt, höflich, nie kam ein hartes Wort oder ein Vorwurf über seine Lippen. Musste er jemanden auf Fehler hinweisen, geschah es eher wie eine freundliche Empfehlung, aber eindringlich, was deshalb umso besser haften blieb. Mit seiner ruhigen, ausgleichenden Art und der Gabe, geduldig erklären zu können, bildete er mit dem impulsiven, energiegeladenen Weidenfels ein gutes Gespann. War sie in seiner Nähe und nahm den Geruch des Parfums wahr, das sich auf seiner Haut vorteilhaft entfaltete, überkam sie jedes Mal ein Gefühl spontaner Schwäche, verbunden mit dem dringenden Bedürfnis, sich in seine Arme zu schmiegen. Entgegen anderer Kollegen, unternahm er nichts, um zu gefallen oder ihre Gunst zu erlangen. Keinerlei männliches Balzverhalten. Ihr gegenüber war er ebenso freundlich wie zu allen anderen, machte keine Komplimente, außer sachlichem Lob, verfolgte sie nicht mit träumerischen Augen, und doch löste er etwas in ihr aus, was bisher keinem allein durch bloße Anwesenheit gelang. Konnte sie meist mühelos erkennen, ob und in welchem

Maße sie einem Mann gefiel und sie in der Lage war, ihn zu verunsichern, blieb sie in diesem Falle ratlos. Es war nicht ausgeschlossen, dass er die unscheinbare und seit Jahren in sich verkrochene Alice für attraktiver hielt. Seinen Reaktionen war nichts zu entnehmen, ein Umstand, der entscheidend zu Alices Wohlbefinden beitrug, wurde ihr doch früher schnell demonstriert, welchen Rang sie auf der Begehrlichkeitsskala einnahm.

Louise ertappte sich häufiger dabei, in Mußestunden an ihn zu denken, sich vorzustellen, in seinen Armen zu sein und unstillbare Lust bei ihm zu erleben. Heimlicher Nutznießer solcher Imagination war allein Mattuschke in seinem Beobachtungsstand. In Gedanken an Paul, sprang sie morgens freudig aus dem Bett oder begann den Tag missmutig, wenn sie wusste, dass er nicht da war. In ihrer Phantasie war er ihr Prinz, von dem sie träumen konnte, in der Realität war es Mattuschke, der körperlose, dem sie unendlich viel verdankte.

Rudinskys luden ein. Gemeinsam mit Mattuschke fuhr sie zur Forellen- und Garnelenfarm. Zu ihrer Überraschung trafen sie dort Paul Ganthner. Rudinsky hatte der Universität einen Forschungsauftrag erteilt, in den auch das Institut einbezogen war. Sie wusste nichts davon. Zuerst folgte eine Besichtigung der Anlagen und kurze Diskussion. Ganthners interessante Ausführungen schlossen sich an.

Ida legte ihren Arm um sie und zog sie ein Stück mit. „Ich freue mich, dass du endlich mal zu uns kommst Louise, ich möchte dir meinen Sohn Joachim vorstellen."

Joachim Rudinsky war ein netter junger Mann in ihrem Alter mit dem ehrlich offenen Blick seines Vaters, roten Wangen wie die einer Fruchtsaftwerbung, zupackend, etwas hemdsärmelig in den Manieren, aber authentisch. Er war für den Erfolg des Unternehmens entscheidend verantwortlich. Ida blieb eine Weile bei ihnen stehen und lächelte zufrieden. „Entschuldigt, die anderen Gäste warten, ihr habt euch sicher eine Menge zu erzählen." Die Absicht, sie mit ihrem Sohn zusammenzubringen, war unverkennbar.

Paul Ganthner hatte den freundlichen Umgang mit Louise beobachtet, er hätte nie damit gerechnet, sie hier anzutreffen. Ihm blieb auch nicht verborgen, dass sie in Mattuschkes Schlepptau kam. Der also ist ihr Freund, dachte er. Es hatte ihn schon lange interessiert, zu erfahren, wer wohl der Geheimnisvolle ist, von dem man wusste, dass er Autos verschenkte, jetzt sah er ihn wirklich vor sich und nicht nur als Phantom. Der Mann dürfte doppelt so alt sein und zweifellos Geld haben, war sein erster Eindruck. Er schloss es aus dem selbstbewusst sicheren Auftreten und dem unverkennbaren Parfum des Erfolgs, das solche Leute umweht und Frauen nach seiner Erfahrung magisch anzog.

Louise war ihm schon am ersten Tag aufgefallen, als er zum Institut kam. Damals war sie noch Studentin und mit einem ungehobelten Typen zusammen, der sein Auto frech hinter die Absperrung fuhr. Er war kein Freund pathetischer Formulierungen, aber in diesem Falle traf es zu, dass eine Frau ihm beim ersten Anblick tatsächlich den Atem nahm. Betrat sie einen Raum, spürte er augenblicklich, wie die Luft dünner wurde, das Licht sich zu verändern und eine elektrische Aufladung zu entstehen schien. Einmal, als sie sich unabsichtlich berührten, spürte er ein derart elektrisierendes Zittern im Körper, dass er um ein Haar das Klausuren-Paket fallengelassen hätte. Sie dürfte es ebensowenig gespürt haben, wie sie ihn nicht wahrzunehmen schien. Als Weidenfels sie in das Team berief, machte sein Herz einen Freudensprung, gleichzeitig überfiel ihn blanke Angst. Wie sollte er einer solchen Situation begegnen, Ruhe und Konzentration bewahren, wo es ihn ständig drängte, sie in den Arm zu nehmen und er sich in jeder Sekunde sagen musste, sie ist deine Kollegin, die Partnerin eines anderen, mit der du sachlich und neutral zusammen zu arbeiten hast?! Sie strahlte natürliche Schönheit aus, alles an ihr war echt und ungeschminkt. Er liebte den Anblick ihres ebenmäßigen Gesichts mit dem kessen kleinen Leberfleck, ihre fröhliche, temperamentvolle Art und den schwingenden Gang. Stundenlang hätte er ihr hinterher sehen können und dem fließend blonden Haar. Vor allem mochte er ihre ruhige, modulierte Stimme mit dem angenehmen Klang, die nichts Lautes hatte. Er hasste das Laute, Polternde bei Menschen und vor allem das Grelle, Schrille bei Frauen. Bei Alice Mühsams gepresster Automatenstimme würde er am liebsten Reißaus nehmen. Krampfhaft versuchte er, sich sein Interesse an Louise nicht anmerken zu lassen.

Nach dem Essen - man hatte den jungen Rudinsky neben sie platziert - kam sie ungezwungen zu ihm.

„Das ist aber eine Überraschung, dich hier anzutreffen, wenn ich mit allem gerechnet hätte ..."

„Ja, so geht's mir auch. Herr Rudinsky hat den Kollegen von der Technik einen Auftrag gegeben, die haben mich dann wegen Rentabilitätsüberlegungen eingeschaltet."

„Ach so, ich wunderte mich schon darüber, nichts von dem Projekt erfahren zu haben. Mein Vermieter ist mit Rudinskys befreundet, daher kenne ich sie"

Sie bemerkte, dass Rudinsky junior sie im Auge hatte und nur auf den Moment wartete, in dem sie das Gespräch beendete, um wieder Kontakt aufzunehmen. Vielleicht ging die Verkupplungsiniative auch von ihm aus?

„Wenn es dir nichts ausmacht, wäre ich dankbar, wenn wir unser Gespräch noch eine Weile fortsetzen könnten, da liegt nämlich jemand auf der Lauer."

„Nichts lieber als das", sagte Ganthner etwas zu schnell, schließlich wollte er penibel die Form wahren.

Louise hörte den freudigen Unterton gerne, der ihrem Herzen ein paar Extraschläge bescherte.

„Bist du denn jetzt mit deinem Freund oder dem Vermieter hier?", fragte er irritiert.

„Mit meinem Vermieter, aber er ist so nett zu mir, dass ich ihn schon als Freund bezeichnen möchte, natürlich nicht im Sinne eines, na du weißt schon, eines Partners."

Jetzt war er es, der die Extrasystolen registrierte und vorsichtig Luft holte. Da stand sie, nur Zentimeter neben ihm, lachend, frisch wie der Morgen, mit ihren hellen Augen, die so offen und fröhlich schauten, dass sein Wunsch, sie zu umarmen, übermenschlich stark wurde. Er konnte den Blick nicht von ihr wenden, und zu allem Unglück fiel ihm nichts Gescheites ein, was er hätte sagen können.

„Der rote Flitzer passt so gut zu dir, als sei er für dich angefertigt, ist er, äh ...?". Louise musste lachen, so ungelenk und verlegen kannte sie ihn gar nicht, und der Blick, den sie eben registrierte, war keineswegs neutral wie sonst.

„Den Flitzer, wie du ihn nennst, wobei ich gar nicht so genau weiß, ob es positiv oder negativ gemeint ist, hat mir Mattuschke, mein Vermieter geliehen. Er hat einen Autohandel. Oder glaubst du, ich hätte ihn mir schon von dem großzügigen Uni-Gehalt leisten können?"

Er lachte: „Natürlich nicht, wäre ich allein darauf angewiesen, würde ich heute noch mit dem Rad fahren."

Langsam kam das Gespräch in Schwung, Paul erzählte, dass er als Kind alles was mit Fisch zusammenhing hasste, jetzt aber sehr gerne Krustentiere mochte, sprach von seiner Studienzeit und privaten Dingen, die er bisher immer unter Verschluss gehalten hatte. Sie stellten sich an einen der Stehtische, Mattuschke gesellte sich dazu. Ihm war die angeregte Unterhaltung nicht entgangen. Louise stellte die Herren einander vor, sie tauschten Visitenkarten aus, wobei Mattuschke unglücklich stolperte und sich hilflos an Paul klammern musste, um nicht zu Boden zu stürzen. Louise musste sich das Lachen verkneifen, es sah zu komisch aus. Er entschuldigte sich: „Ich hatte nur ein einziges Glas Sekt, mein Ehrenwort." Jetzt hatte auch der junge Rudinsky, der die Szene verfolgte, den Mut dazuzustoßen. Der Abend klang aus und man verabschiedete sich. Ganthner vergaß, durch Louises Anblick verklärt, seine silberne Schnupftabakdose auf dem Tisch, von einer Serviette halb verdeckt. Mattuschke steckte sie unbemerkt ein. Draußen verabschiedete man sich erneut, die beiden schüttelten die Hände, die Dose behielt er in der Tasche.

„Wie findest du meinen Kollegen?", fragte sie während der Rückfahrt.

„Sehr angenehm, der Mann hat Auftreten und Überzeugungskraft, ist er denn nett im täglichen Umgang?"

„Ja, absolut, sehr freundlich, hilfsbereit und ausgeglichen."

Er blickte zu ihr hinüber und bemerkte das leichte Strahlen ihrer Augen. Da war mehr als bloße Kollegialität und Sympathie. Mit diesem Mann würde es schwieriger werden, als mit den Wackelkandidaten der Vergangenheit, schossen ihm besorgte Gedanken durch den Kopf. Sie frühstückten jetzt täglich miteinander, besprachen die Besonderheiten des Tages, wussten alles aktuelle voneinander, fast alles.

Als sie nach der Begegnung bei Rudinskys wieder in ihr Büro kam, spürte sie eine Veränderung bei Paul, die er zwar zu verbergen suchte, was ihm aber schlecht gelang. Es waren andere Blicke, die jetzt auf ihr verweilten, Versuche, sie öfter zu sehen oder in ihre Nähe zu gelangen, obwohl es keinen konkreten Anlass dafür gab. Diese Feststellung freute sie und versetzte sie in eine Aufregung, kaum dass sie ihn sah.

„Ich vermisse meine Tabakdose, hast du sie vielleicht irgendwo gesehen?", es klang rührend hilflos, warum sagte er nicht einfach, ich mag dich, können wir uns treffen?

„Ich habe sie zuletzt bei Rudinskys gesehen, sie lag auf dem Tisch, ich erinnere mich genau, die Serviette hat sie verdeckt. Wenn du möchtest, erkundige ich mich gerne bei ihnen, ob sie gefunden wurde?"

„Das wäre sehr lieb von dir, vielleicht habe ich sie auch hinterher noch benutzt, ich kann mich wirklich nicht erinnern."

„Was ging dir denn da wohl durch den Kopf, was dich so abgelenkt hat?", fragte sie schelmisch.

Sein verlegenes Lächeln löste eine Welle der Zuneigung in ihr aus, sie sagte aber nichts weiter. Wie gerne hätte sie sich auf der Stelle in seine Arme geworfen. Ihre Nachfrage bei der Garnelenfarm blieb ohne Erfolg. „Joachim ist leider nicht da", waren Idas erste Worte, als sie sich meldete, noch vor der Begrüßung.

„Richte ihm bitte schöne Grüße aus", sagte sie, nachdem die Frage nach dem Verbleib der Dose nicht geklärt werden konnte. Sie war der Meinung, Ida diesen Gruß anstandshalber schuldig zu sein.

„Er kann ja zurückrufen, sobald er wieder da ist", sie legte auf, „verflixt nochmal."

In der Försterklause arbeitete sie jetzt nur noch an einigen Wochenenden und sah Gila dadurch seltener als ihr lieb war. Die freie Zeit verbrachte sie, wenn möglich, mit Siegfried, da blieb nicht viel Gelegenheit für gemeinsame Treffen. Deshalb fuhr sie am Abend zu ihr, um von der neuesten Entwicklung zu berichten; sie schwärmte, was bisher eher selten war.

„Ich bin mal gespannt, in wen du dich diesmal verguckt hast, bisher konnte ich ja nicht in Jubelschreie ausbrechen."

„Bis dahin hattest du ja auch ein völlig falsches Männerbild, der Mann, dein Feind", stichelte Louise.

„Wie du siehst, habe ich es inzwischen kräftig revidiert, nur dein Mattuschke gibt mir noch Rätsel auf, aber die werde ich auch noch lösen. Was machst du am Samstag?"

„Heinz hat Theaterkarten, wir sehen uns die Operette ‚Gasparone' an, Vera spielt mit."

„Aha, mit ihm in trauter Zweisamkeit, dem Mann mit dem nichts ist und nichts wird", lachte sie, stimmte einen Walzer an und drehte Louise im Takt der Musik herum.

„*‚Er soll dein Herr sein, wie stolz das klingt'...*"

„Und was soll das jetzt?", rief sie kopfschüttelnd.

„Eine der Glanzarien aus der Operette, meine süße Louise, du solltest dich besser vorbereiten!"

Sie musste anerkennend lächeln, das hätte sie Gila nicht zugetraut, man sollte sie nie unterschätzen.

„Toi, toi, toi für deine neue Schwärmerei, ich drücke dir die Daumen."

„Diesmal ist es mehr als das."

„Ich vermute auch Louise, schön, dass du gekommen bist."

Louise betrat das Theater in einem aufregenden, rückenfreien ponceau Abendkleid, das Heinz ihr zu diesen Anlass geschenkt hatte, eine Augenweide. Sie erlebten die spielfreudige Aufführung musikalisch leichter Kost, geschickt inszeniert, ohne den üblichen Operettengrünspan. Louise hatte Vera schon in verschiedenen Rollen erlebt und auch diesmal fragte sie sich, wie es ihr möglich war, wieder in eine völlig andere Person, die der leichtfertigen ‚*Sora*‘, Braut des Schmugglers ‚*Benozzo*‘, zu schlüpfen. Nach der Vorstellung, als sich das Ensemble vor dem Publikum verbeugte, trat Amina an den Bühnenrand und warf ihr rote Rosen zu. Später saßen sie gemeinsam im Künstlercafé zusammen. Vera war erschöpft und glücklich, sie hatte zwar nur eine Nebenrolle in dem Stück, die sie aber mit Temperament, Tanz und Bewegung ausfüllte. Liebevoll legte sie Louise den Arm um die Schultern.

„Danke, dass ihr gekommen seid, ich habe mich sehr gefreut, dich hier zu sehen."

Louise fing den Blick von Amina auf, sie lächelte, aber eigentlich lächelten nur ihre Lippen, die Augen blieben ohne Gefühl. Vielleicht hatte Marquard nicht unrecht. Amina war berechnend und schien sich mit Mattuschke ohne Worte zu verstehen, wie Geschäftspartner, so deutete sie jedenfalls ihre Gesten und Blicke.

Junge Leute kamen herein und suchten nach freien Plätzen, ihr Herz stockte für einen Augenblick, Paul war darunter. Er wirkte ganz anders, ohne Anzug und Krawatte, mit flotten Jeans und sportlichem Pullover. Zunächst bemerkte er sie nicht, dann warf er ihr einen freundlichen Gruß hinüber. Louise erwiderte ihn und erhob ihr Glas auf sein Wohl. Später trafen sie sich kurz an der Theke.

„Ich bin mit ein paar Freunden hier, wenn du möchtest, kannst du gerne hinzukommen, ich fahre dich anschließend auch nach Hause."

Wie gerne wäre sie auf seinen Vorschlag eingegangen. Sie biss sich auf die Lippe.

„Mal sehen, ich bin auch mit Freunden hier, es wäre nicht gerade höflich, die Pferde zu wechseln. Übrigens, die Dunkelhaarige an meinem Tisch ist die ‚*Sora*‘ von heute Abend, hättest du sie wiedererkannt?"

„Paul blickte lange in ihre Richtung, bist du ganz sicher? Das ist ja unglaublich, ein völlig anderer Typ Frau sitzt dort."

„Hast du etwas dagegen, wenn ich bei Paul bleibe und mich von ihm nach Hause bringen lasse?"

Mattuschke war zum ersten Mal verstimmt.

„Du kannst natürlich tun was du möchtest, ich finde nur ..."

Selbst während der Rückfahrt war er schweigsam. Sie schaltete das Radio an, ein alter Song von Gloria Gaynor, den sie gerade mitsummen wollte, als er es ausschaltete.

„Ich hasse das Gedudel während des Fahrens."

Wie hatte Vera einmal gesagt, er ist eifersüchtig auf dich. Sie wollte ihn doch nicht verärgern. Nun saß sie tatsächlich zwischen zwei Stühlen, traurig wegen der verpassten Chance, mit Paul zusammen zu sein, unzufrieden wegen der sichtlichen Verärgerung von Heinz. An der Tür wünschte sie ihm gute Nacht und zog sich in ihre Wohnung zurück. Sonst hatte man sich meist noch auf ein Glas zusammengesetzt und, wie Heinz es nannte, einen Abgesang auf den zu Ende gegangenen Abend gehalten. Sie liebte diese Gewohnheit mit der Möglichkeit, alles noch einmal Revue passieren zu lassen und die aktuellen Eindrücke auszutauschen. Als sie aus dem Bad kam und in ihren Pyjama schlüpfte, hörte sie ein Geräusch an der Tür. Ein Zettel wurde hindurch geschoben. ‚Friede?' stand in großen Buchstaben darauf. Sie öffnete die Tür, Mattuschke, schon im seidenen Morgenrock mit winzigen Punkten und schwarzen Lederpantoffeln, stand davor mit zwei Gläsern auf dem Tablett in einer und einem Kochlöffel in der anderen Hand, an den das weiße Fähnchen der Kapitulation gebunden war. Konnte man da noch böse sein?

„Komm herein du Emissär", sagte sie gnädig lachend und ließ ihn eintreten.

„Ich habe mich kindisch benommen, Louise. Wieder Friede? Ich war im ersten Moment enttäuscht, bei dem Gefühl, mit einer schönen Frau in atemberaubendem Kleid stolz zum Theater gefahren zu sein und wie ein begossener Pudel allein zurückzukehren."

Zum ersten Mal hatte er ihr ein solches Kompliment gemacht, das sagte, was sie bisher nur in seinem Gesicht las.

„Es ist schon in Ordnung, Heinz, ich habe impulsiv und unüberlegt gefragt, es hätte sich nicht gehört, plötzlich den Begleiter zu wechseln. Wir sind quitt."

Sie gab ihm einen Kuss, er hielt sie für Augenblicke länger in den Armen.

„Auf dein Wohl, sonst wird der Sekt warm, oder wäre dir Wein lieber gewesen?"

„Nein, er ist wunderbar."

Mattuschke hatte sich einen Whisky eingeschenkt, es musste etwas besonderes sein, denn er roch lange daran, hielt das Glas prüfend gegen das Licht und nippte mit Kennermiene winzige Schlückchen.

„Du sollst nicht den Eindruck haben, ich wollte dich bevormunden oder irgendetwas von dir verlangen."

„Das habe ich auch nicht, du hast nie etwas von mir verlangt, im Gegenteil, ich würde mich viel besser fühlen, wenn du es getan hättest."

Der Whisky war geleert, er nahm das Tablett mit den Gläsern, Louise protestierte, aber er behielt es fest in der Hand. „Gute Nacht, es war trotz allem ein sehr schöner Abend."

„Ja, es war ein Erlebnis im Theater. Woher kennst du eigentlich Amina?"

„Ach, das ist eine lange Geschichte für ein anderes Mal."

Sie wusste jetzt, dass sie vorsichtig sein musste; auf Männer, die sich für sie interessierten, reagierte er offenbar allergisch.

Die nächste Woche begann mit einer Hiobsbotschaft, Weidenfels Sekretärin war krank, er selbst auf Vortragsreise, Alice Mühsam hatte einen Gerichtstermin, den sie bis dato verschwiegen hatte. Damit fiel auch sie für den ganzen Tag aus. Wie sich später herausstellte, war sie einem Heiratsschwindler auf den Leim gegangen, der ihr die lang ersehnte Liebe und Geborgenheit versprach und hatte ihm mit ein paar Beträgen aus momentaner Verlegenheit geholfen. Bald war man ja vereint und teilte ohnehin, Glück, Sorgen und Geld. Dann kam der Schock, der erhoffte Bräutigam, ein seit langem gesuchter Betrüger, brachte etliche Frauen wortreich um ihr Gespartes. Jetzt fand der Prozess statt und die mehr als peinliche Zeugenbefragung. Deshalb hatte sie bis zuletzt geschwiegen. Sie tat Louise leid.

Dieser unglückliche Umstand führte aber glücklicherweise dazu, dass sie an jenem Tag mit Paul alleine im Büro sein konnte. Die ausgetauschten Blicke wurden eindeutiger, hatten keine Zuschauer zu befürchten. Schließlich nahm er sich ein Herz, umarmte und küsste sie. Sie glaubte, den Boden unter den Füßen weggleiten zu sehen. Für den nächsten Abend verabredeten sie sich in seiner Wohnung, sie wollten vermeiden, gemeinsam in der Öffentlichkeit zu erscheinen.

Aufgeregt stand sie vor seiner Tür mit dem sorgfältig geschriebenen Namenszug ‚Paul Ganthner'. Sie hatte sich die Wohnung des Junggesellen, in Erinnerung an Ricks Behausung, anders vorgestellt. Sie war picksauber, aufgeräumt und gediegen eingerichtet. Modernes Mobiliar stand auf einem crèmefarbenen Wollteppich, Vorhänge und Gardinen harmonierten farblich, an den Wänden hingen fein gearbeitete botanische Radierungen einer Malerin, die ihr aus dem Kunstunterricht bekannt war. „*Brigitte Coudrain*", murmelte sie leise, Paul war überrascht.

„Du kennst dich in der Malerei aus? Ich liebe die Arbeiten dieser Frau, sie enthalten unglaubliche Feinheiten. Wenn es dich interessiert, zeige ich dir auch die anderen Bilder."

„Gerne, ich mag sie sehr, sie war eine Schülerin von Friedlaender; die Pflanzen erscheinen mir schöner in ihrer lithografischen Feinheit, als in der Wirklichkeit, wahrscheinlich auch, weil man sie dort flüchtiger betrachtet."

Als sie an diesem Abend nach Hause fuhr, war ihr Herz so weit, angefüllt mit Glücksgefühlen, Sehnsüchten und Übermut, wie ein soeben aufgerissener stahlblauer Himmel, dass sie Purzelbäume hätte schlagen können. Sie war verliebt, fühlte sich in einem Rausch, der ihren Körper in Spannung hielt und angenehm erzittern ließ. Sie stellte das Radio an, ‚*Eros Ramazotti*', jetzt passte er zu ihrer Gefühlslage. Ausgelassen interviewte sie sich zum Spaß selbst beim Fahren. „Haben Sie einen neuen Geliebten, Frau Leblanc? Dürfen wir für unsere Zuhörer und Leser etwas mehr erfahren? Sind sie glücklich, glauben Sie, dass es der Richtige ist, haben Sie schon Heiratspläne?"

Alle Fragen beantwortete sie dem imaginären Fragesteller laut und unter Lachen; sie musste aufpassen, nicht an die Bordsteine zu geraten. Tränen liefen über ihr Gesicht. Wie konnte sie nur so albern sein. Bei allem Übermut bemerkte sie den dunklen Wagen nicht, der vor dem Haus gewartet hatte und langsam hinter ihr herfuhr.

Für das Wochenende verabredeten sie sich in der Försterklause, Louise hatte wieder Dienst, es war unauffällig, dort zusammenzutreffen, und sie konnte ihn Gila vorstellen. Gila bekam ausreichend Gelegenheit, sich mit ihm auszutauschen. In einer kurzen Pause flüsterte sie ihr zu: „Du hattest ja bisher wenig Vertrauen in meine Einschätzungen, aber diesmal ist es der Wurf in die neun, der Mann ist goldrichtig für dich, mit ihm erlebst du keine Enttäuschung, du weißt doch, wie gut ich die Männer einschätzen kann."

Sie freute sich über Gilas Worte; auch wenn sie sich manchmal über die ungeschminkte Kritik geärgert hatte, musste sie ihr im Nachhinein zugestehen, richtig gelegen zu haben, umso mehr waren ihre heutigen goldenen Worte wert. Für Paul empfand sie Gefühle in einer Tiefe und Intensität wie bisher für keinen Mann. Manchmal hatte es ihrer Eitelkeit geschmeichelt, dem männlichen

Begehren nachzugeben, dann wieder waren es experimentelle Reize, oder stärkere Gefühle wie bei Rick oder Karsten, die aber nie die hier erlebte Dimension erreichen konnten. Tief waren auch die Dankbarkeitsgefühle für Heinz, aber Dankbarkeit und Liebe waren etwas ganz Verschiedenes.

Sie fuhr mit Paul zurück und verbrachte die Nacht bei ihm. Es war eine neue Erfahrung. Sie spürte keine Ungeduld, keine Hast, nur das Genießen der unfassbar schönen Berührung ihrer Körper. Kein Drängen, als ob es keine Rolle spiele, allein in der zarten Berührung zu verharren oder ineinander zu dringen bis zum leidenschaftlichen Schlussakkord des Gefühls. Nie zuvor hatte sie jemand mit solcher Geduld berührt, ohne unausgesprochene Forderung oder gezeigte Erwartung und ihr damit Zeit für die Entfaltung ihrer Bereitschaft in einer Hülle der Zärtlichkeit geschenkt, die sich schließlich im Sich-Vergessen entladen konnte. Eng an seinen ästhetischen Körper geschmiegt, lag sie lange, ohne zu schlafen, verwundert über das unbekannt Schöne, das ihr widerfahren war und das sie zu begreifen suchte. Seine regelmäßigen Atemzüge, die sich wie sanfte Dünung auf ihre Haut übertrug, wurden zu einer Melodie, die sie davonschweben ließ, wie auf einem fliegenden Teppich aus Träumen.

War ich bisher zu oberflächlich, zu naiv in Liebschaften hineingerutscht?, sinnierte sie. Ja, das war so, aber es hat mich reifen und jetzt den Wert dieser Beziehung erkennen lassen.

„Ich liebe", flüsterten ihre Lippen leise, „ich liebe, zum ersten Mal liebe ich wirklich in meinem Leben."

Früh am Morgen rief sie Mattuschke an, damit er beim Frühstück nicht auf sie warten sollte. Er schien nicht sonderlich überrascht zu sein, meinte nur, schade und dass ihm die Marmelade von Ida jetzt nur halb so gut schmecken werde. „Du wirst es überstehen, ich bin ja bald wieder bei dir", sagte sie bester Laune.

„Du frühstückst mit deinem Vermieter, sprichst mit ihm wie zu deinem Kind, gehst mit ihm aus, findest du das nicht sehr ungewöhnlich?", fragte Paul noch schläfrig.

„Natürlich ist es ungewöhnlich, aber er ist auch ein ungewöhnlicher Mann, dem ich viel verdanke, natürlich nicht etwas so unvergleichlich Schönes wie dir. Er war immer korrekt mir gegenüber, sonst wäre das innige Verhältnis nie entstanden."

Sie küsste Paul, seine Wangen waren rau wie Schmirgelpapier, die Bartstoppeln stachen schwarzblau heraus. „Damit könntest du mich glatt verwunden", meinte sie, „wir sollten mal einen Weichmacher verwenden." Er musste laut lachen, bedeckte sie mit Küssen: „Ich liebe dich Louise, ich weiß gar nicht, wie unendlich lange schon." Mit einem Satz sprang er aus dem Bett. „Dann werde ich mich mal schön machen für die hübsche Dame, es wäre unverzeihlich, ihre zarte Haut zu ritzen."

Sie hörte ihn im Bad rumoren und streckte sich wohlig im Bett aus, das ihr jetzt allein gehörte. Ganz gleich, wie das Wetter heute wird, es kann nur ein wundervoller Tag werden, wenn er mit einem solchen Morgen beginnt.

Sie hatte dienstlich in Nürnberg zu tun; als sie es Vera erzählte, war sie Feuer und Flamme mitzufahren.

„Ich habe spielfrei an den Tagen, was hältst du davon, wenn ich mitkomme und wir die Fahrt mit einem Abstecher nach Bayreuth zu meinen Eltern verbinden?"

„Das wäre großartig, was sagt Amina dazu?"

„Sie ist ausgebucht, Eskortservice für einen Industriellen inkognito." Nachdem sich auch Gila entschloss mitzufahren, machte sich das Trio per Zug auf den Weg. Während Louise ihre geschäftlichen Dinge erledigte, nutzten Gila und Vera die Zeit für Einkäufe. Abends aßen sie im Lokal *‚zur ewigen Lampe'*, das Essen war nicht schlecht, aber das Ganze hatte in der Tat den Hauch ewiger Gestrigkeit, der welkhäutige Kellner wirkte wie nach hundertjährigem Tiefkühlschlaf aufgetaut. Trotzdem war ihre Stimmung ausgezeichnet, lange hatte es in diesen Räumen mit dem Hauch des Ewigen nicht mehr so munteres Gelächter gegeben. Veras Eltern empfingen sie herzlich, froh, ihre Tochter wiederzusehen, dazu in solch reizender Begleitung. Da sie mit Mann und erwarteten Enkelkindern neckten, schloss Louise, dass sie noch immer nichts von Veras Veranlagung wussten, die über ihr Handy kurz Kontakt zu Amina aufnahm. Während des Gesprächs hielt sie sich kichernd die Hand vor den Mund und wünschte noch viel Spaß. Als sie später erzählte, Aminas millionenschwerer Industrieller habe den lustigen Namen *‚Hasenköttel'*, brach Louise in Gelächter aus und berichtete von ihren Erfahrungen. „Hoffentlich hat er vorher gezahlt, sonst fürchte ich um Aminas Einnahmen, zu beneiden ist sie um seine Gesellschaft jedenfalls nicht."

Am Abend zeigte Vera ihnen Bayreuth, den grünen Hügel der Festspiele, das markgräfliche Theater, den roten Main, Erinnerungen an ihre Studentenzeit und das Haus, das sie mit Christina bewohnte. Eine bunte Kachel hing neben der Eingangstür: *‚Hier wohnen die vier Berge'*, daneben waren zwei große und zwei kleine Hügel gemalt. Familie Berg mit zwei Kindern. Sie werden glücklich sein hier am Wald, in unserem Hexenhaus, dachte sie mit Wehmut, ich bin verwundert, wie fremd Vertrautes plötzlich sein kann. Sie war zum ersten Mal nach ihrem Auszug wieder an diesem Platz und empfand große Distanz. In Begleitung der beiden Freundinnen hatte sie es sich zugetraut. Louise schob die Hand unter ihren Arm und drückte sie an sich. Sie spürte, was in Vera vorging, ihre Selbstsicherheit, das überlegene Auftreten war nur ein Gebäude, errichtet auf dem brüchigen Untergrund ihrer Verletzlichkeit und Sensibilität, ihre Lebensrolle.

„Vera", sagte sie in spontaner Eingebung, „du bist viel zu gut für Amina."

Vera zog sie zu sich heran und blickte verwundert, ihre warmen, tiefgründigen Augen, von winzigen Lachfältchen umkreist, sahen traurig aus und sandten dann ihren Blick ins Weite, ein paar Tränen liefen die Wangen hinunter. Gila war schon vorausgegangen.

„Du bist zu gut für mich Louise", sagte sie ernst und beschleunigte ihren Schritt, um zu Gila aufzuschließen. Erst jetzt erfuhren sie den traurigen Anlass, der Vera damals veranlasste, alles hinter sich abzubrechen und einen Neubeginn zu wagen. Louise war sehr betroffen.

„Ich weiß nicht, ob ich so viel Mut und Kraft aufgebracht hätte."

Während der Rückfahrt im ächzenden Waggon, erzählte Louise von Paul und der endlich zugelassenen Liebe, aus ihren Augen leuchtete Begeisterung.

„Hörst du, wie sie schwärmt", rief Gila Vera zu, die ihr gegenüber saß, „so habe ich sie bisher nie über einen Freund sprechen hören."

„Das ist toll, ich freue mich für dich", sagte Vera und schenkte ihr einen gefühlvollen Blick, in dem etwas Angstvolles mitschwang. Im Überschwang ihrer Gefühle bemerkte Louise es nicht.

„Er holt uns heute Abend am Bahnhof ab, ich habe eben die Ankunftszeit durchgegeben."

„Dann wollen wir uns doch die Zwischenzeit mit etwas Sinnvollem verkürzen", sagte Gila triumphierend und hielt eine Flasche in der Hand, „trotz aller Verliebtheit muss man an den Proviant denken."

Der Sekt hatte seine aufputschende Wirkung bereits eingestellt und leichte Müdigkeit zog auf, begünstigt durch die eintönig ratternde Melodie der Fahrgeräusche, Schlafliedern gleich. Vera und Gila fielen der schlummernden Verführung zum Opfer. Louise war viel zu aufgeregt, sie dachte an Paul, freute sich, ihn wiederzusehen, kuschelte sich hinein in ihre innere Freude wie in eine wärmende Decke, schloss die Augen und versuchte, Pauls Bild aufzurufen. Es gelang auf Anhieb. „Paul", hauchte sie, es war nicht nur die magnetische Kraft, die von seiner Nähe ausging, die Zärtlichkeit und starke Erregung, die er ihr schenkte, sondern der üppige Strauß vieler Dinge, die sie an ihm faszinierten. Dass sie sich so gut und ernsthaft unterhalten konnten, dass sie die gleichen Wellenlängen und Interessen besaßen, ihre Temperamente sich ausglichen, er ehrlich, charakterstark und treu war. Sie konnte zu ihm aufschauen, sie mochte seine Art des Umgangs, er war klug, belesen, hatte Humor und wusste, Kind zu sein, mit dem man albern und lachen konnte. Und sie respektierten sich, etwas, das im Verhältnis zu Rick fehlte und auch bei Karsten, wenn sie es recht bedachte, der die größte Achtung vor sich selbst hatte.

Paul war viel zu früh am Bahnhof, fand in unmittelbarer Nähe einen Parkplatz und konnte den Bahnsteig so noch schneller erreichen. Er war in aufgeregter Erwartung, es hatte keinen Sinn, es leugnen zu wollen, wie ein Pennäler vor der Klassenarbeit, ging ihm durch den Kopf. Wann hatte er solche Gefühle schon einmal erlebt? Langsam schritt er auf den Bahnsteig zu und blieb vor den Gleisen stehen. Hier könnte sie möglicherweise aussteigen oder doch erst ein paar Meter weiter? Starke Gefühle hatte er damals für Constanze empfunden, von der er seinen ersten Liebesbrief erhielt, in einem Schulheft versteckt. Sie hatte er als erste Frau geküsst, mit ihr spürte er zum ersten Mal die süße Qual der Sehnsucht, der Unruhe seines Herzens und der Erregung, die er damals noch für verwerflich hielt. Als ihr Vater versetzt wurde, von dem beschaulichen Rothenburg nach Stuttgart, und sie sich trennen mussten, glaubte er, an diesem Verlust zu sterben. Er träumte von der Zeit, die viele Jahre zurücklag, es waren starke Gefühle damals, aber noch kindliche, nicht vergleichbar mit der Monumentalität seiner reifen Empfindungen für Louise, die er bald in die Arme schließen durfte. Unwillkürlich hatte er die Augen geschlossen, um sich seiner Erinnerung hinzugeben. Es blieb noch Zeit bis zum Eintreffen, vorher lief ein anderer Zug ein, der gerade über Lautsprecher angekündigt wurde. Er hatte gar nicht bemerkt, wie sich der Bahnsteig inzwischen gefüllt hatte, das Stimmengewirr war nicht durch die Mauer der Erinnerungen hindurch gedrungen.

„Zug ... von ... nach ... fährt soeben auf Gleis neun ein, Vorsicht an der Bahnsteigkante!", hörte er die angenehme Frauenstimme aus dem Äther. Wie alt sie wohl sein mag?, dachte er. In diesem Augenblick, von seinen Gedanken abgelenkt, erhielt er einen wuchtigen Stoß von hinten, der ihn auf die Gleise schleuderte. Er hörte das Zischen und schleifende Bremsen des herannahenden Zuges, den Aufschrei der Umstehenden, griff mit beiden Händen geistesgegenwärtig nach der Kante und schwang sich darüber, genau in dem Moment, als der Zug passierte, ein Stück seines offenen Trenchcoats erfasste und ihm vom Leib riss. Helfer griffen zu und hielten Paul fest, sonst hätten, Luftzug und Zerren am Mantel ausgereicht, um ihn mitzuschleifen.

Leichenblass lag er auf dem Boden mit aufgeschürften Händen und zerrissener Hose, unkontrolliertes Zittern hatte seinen Körper erfasst, das ihn zunächst nicht sprechen lassen konnte.

„Ich habe schon die Polizei alarmiert", hörte er jemanden sagen, der sein Telefon aufgeklappt am Ohr hielt, „ein Mann in langem Ledermantel hat Sie hinuntergestoßen und ist sofort in der Menge verschwunden."

Wenig später fuhr der Zug aus Nürnberg ein. Louise stand aufgeregt am Fenster und versuchte, Paul in dem rasant vorbeigleitenden Menschenstrom zu entdecken, was ihr nicht gelang. Sie spürte die Herzklopfen machende Freude mit unbändiger Kraft. Endlich hielt die Lok mit infernalischem Kreischen, die Türen öffneten sich, sie stürmte hinaus. Sie sah Menschen aufeinander zulaufen mit erwartungsfroh ausgebreiteten Armen, andere herbeieilen, um den Ankömmlingen das Gepäck zu tragen, nur Paul war nicht da, sie war tief enttäuscht. Während der Fahrt hatte sie sich den Moment der Begrüßung hundert Mal vorgestellt, sie in seine weit geöffneten Arme laufend und vor Freude wild herumgewirbelt. Eine Weile blieb sie ratlos stehen, schaute sich um; der Bahnsteig hatte sich gelichtet, so dass sie ihn gut übersehen konnte. Weiter weg stand ein Pulk von Leuten, darunter Polizisten, wahrscheinlich eine Auseinandersetzung oder Schlägerei, die die Präsenz der Ordnungshüter erforderte, das ging sie nichts an. Vera und Gila trösteten, er habe wahrscheinlich keinen Parkplatz erhalten oder die Ankunftszeit vergessen, Männer seien in dieser Hinsicht oft schusselig. Natürlich war es nichts Weltbewegendes, aber seine Unzuverlässigkeit gerade in diesem Augenblick traf sie stärker, als es der Anlass wert war. Jetzt verspürte sie sogar Wut auf ihn, griff nach ihrem Handy und schaltete es aus. Sie hatte keinen Bedarf mehr nach späten Entschuldigungen und Ausflüchten. Als sie ihn auch vor dem Gebäude nicht entdeckte, rief sie kurzerhand Mattuschke an und fragte, ob er sie abholen könne. Auf ihn war wenigstens Verlass.

Während sie warteten, sah Louise plötzlich Karsten in ein Taxi einsteigen, seit der eigenartigen Sexgeschichte hatte sie ihn nicht mehr gesehen. Merkwürdig kam er ihr vor mit Hut und einem überlangen Mantel, den er zusammenraffen musste, um ihn nicht in der Tür einzuklemmen. Sie winkte ihm zu, eigentlich müsste er sie auch gesehen haben, aber er gab es nicht zu erkennen. Was wollte er am Bahnhof ohne Gepäck und Begleitung?

„Das kommt doch gar nicht infrage, dass ich zu euren Wohnungen fahre", meinte Mattuschke, „wir essen bei mir noch was, ihr müsst fast verhungert sein, während der langen Fahrt in diesem Viehtransporter. Einer meiner Männer fährt euch anschließend nach Hause."

Louise war gerührt, Heinz hatte ihr ein apartes Blumensträußchen als Willkommensgruß in die Wohnung gestellt und erwartete sie mit einem Tablett leckerer Kanapees und Getränke. Das tat gut nach der Fahrt, Louise sah ihn dankbar an. Warum konnten sie sich nicht ineinander verlieben?

Ehe Paul registrierte, dass der erwartete Zug längst angekommen und die Fahrgäste ausgestiegen waren, befanden sich die Damen schon in Mattuschkes Wagen. Langsam erholte er sich von seinem Schock, die Polizei nahm den Vorfall und die Täterbeschreibung der Zeugen auf. Zum Glück konnte man den Mantelfetzen sicherstellen, in dem sich noch seine Schlüssel befanden. Im Auto rief er sofort Louise an, aber das Handy war ausgeschaltet, den Hörer in ihrer Wohnung hob sie nicht ab. Vielleicht sind sie in die Försterklause gefahren, um etwas zu essen, er fuhr dort vorbei, vergebens. Zu Hause wusch er sich, versorgte seine Blessuren, zog sich um und fuhr zu Louises Wohnung. Er war zwar noch nie dort, konnte sich aber anhand ihrer früheren Schilderung orientieren. Ein meterhoher Zaun umschloss das Gelände, das Tor war verschlossen, ohne Klingel oder Sprechmöglichkeit. Er rüttelte daran, rief verzweifelt ihren Namen, aber nichts regte sich in dem weit hinten liegenden Haus. Es brannte Licht, aber in welcher Wohnung? Noch immer war ihr Handy ausgeschaltet. Nachdem auch auf weitere Rufe niemand reagierte, fuhr er enttäuscht nach Hause. Sie vermisste ihn wohl gar nicht. Es war schon spät und der Schreck saß ihm noch immer in den Knochen. Er würde sie morgen im Büro sehen.

Am nächsten Morgen begrüßte Louise ihn mit ungewohnter Kühle.

„Ich muss unbedingt mit dir sprechen", flüsterte er, als er an ihr vorbei ging.

„Hast du deine Uhr verlegt, oder den Tag verwechselt?", fragte sie spöttisch. Die Enttäuschung saß noch immer tief. Alice Mühsam blickte auf, dieser Ton war ungewöhnlich. Es war wie verhext, es ergab sich einfach keine Gelegenheit zu einem Gespräch. Erst am Abend bat er sie, ihm ein paar Minuten zuzuhören. Als sie seine Schilderung vernommen hatte, die unglaublich klang, meinte sie: „Eine bessere Story konnte dir wohl kaum einfallen." Jetzt sollte sie ihm auch noch diese Räuberpistole glauben. Er zeigte ihr seine Hände und Knie.

„Ich würde dich nie belügen Louise, soweit müsstest du mich doch kennen."
Sie sah seine Betroffenheit, die sie verunsicherte.

„Wenn das wirklich wahr ist, Paul, wäre es fürchterlich." Sie musste sich setzen, ihr wurde plötzlich übel.

„Es ging wirklich um Haaresbreite und der Zug hätte mich zerquetscht. Während du ankamst, saß ich auf dem Bahnsteig und wurde mit den Zeugen von der Polizei vernommen. Ich habe nachher alles versucht, um dich zu erreichen, war in der Klause, rief an und bin zu deiner Wohnung gefahren, aber die ist ja geschützt und verschlossen wie Fort Knox."

Louise erinnerte sich wieder an den Pulk mit den Polizisten, dem sie keine Beachtung geschenkt hatte. Hätte sie doch nur näher hingesehen, der Gedanke, dass er dort zu Tode geschockt saß, mit aufgeschürften Gliedern, um ein Haar getötet worden wäre, während sie nur an sich dachte und ihre Enttäuschung pflegte, schnürte ihr den Hals zu. Tränen stiegen in ihre Augen. Sie schlang ihre Arme um ihn.

„Die Vorstellung, dass dir etwas passiert wäre, ist unerträglich für mich"

Sie pressten sich aneinander, als würden sie im nächsten Augenblick von Naturgewalten auseinandergerissen. Lange blieben sie schweigend umklammert, dann sagte Louise bestimmt: „Das kann kein Zufall oder Unfall gewesen sein, hätte der Mann dich unabsichtlich angestoßen, wäre er dageblieben, um zu helfen."

„Das habe ich auch gedacht, aber wer sollte mich umbringen wollen? Die Polizei geht von Personen aus, die solche Taten als Nervenkitzel verüben und sich wahllos geeignete Opfer aussuchen. Ich stand tatsächlich nah an der Kante und war in Gedanken versunken."

Louise schämte sich ihrer Enttäuschung und Wut, die sie noch bis vor kurzem empfand und wie sie Paul behandelt hatte. „Kannst du mir verzeihen? Ich habe mich auf das Wiedersehen gefreut und war so enttäuscht, weil ich dachte, du hast es vergessen oder ich sei weniger wichtig als andere Dinge. Ich hätte es besser wissen müssen."

Er drückte sie stumm an sich. „Natürlich verzeihe ich dir, es waren lauter unglückliche Umstände an diesem Abend."

Am nächsten Tag erschien ein ausführlicher Bericht in der Tageszeitung mit Pauls Bild auf der Titelseite. Er hatte gar nicht bemerkt, dass jemand fotografierte. Am Abend nahm sie ihn mit nach Hause.

Das Tor stand weit offen. „Hier habe ich gestanden und alles versucht, hineinzukommen, vergebens."

„Das breite Tor ist natürlich nachts verschlossen, damit niemand an die Wagen kommt, aber das kleine hier", sie zeigte auf die in den Zaun eingelassene Tür, „ist für Besucher normalerweise immer offen. Das verstehe ich nicht."

Sie war froh, dass ihre Differenzen ausgeräumt waren, glücklich, dass er heute bei ihr war und besorgt, weil ihr die Sache an den Gleisen nicht aus dem Kopf ging. Sie hatte das Gefühl, dass Paul noch zärtlicher als sonst mit ihr umging. Liebevoll glitten seine Hände über ihre Haut und weckten die elektrisierende Spannung, wie nur er es vermochte.

„Bist du gerne mit mir zusammen?", fragte er und wickelte eine ihrer Haarlocken um den Finger.

„Ja, weil wir uns verstehen, herrlich miteinander lachen können, und ich mich von dir geachtet fühle."

Er schaute sie verwundert an.

„Du bist für mich, lach bitte nicht, die Wirklichkeit gewordene Traumvorstellung, die ich immer hatte und die nie Realität werden würde", sagte er sanft.

Sie schmiegte sich eng an ihn, spürte seinen warmen Körper und streifte etwas metallenes. „Warum hast du die Uhr noch an, wo deine Brille auf dem Nachttisch liegt, du kannst die Zeit eh nicht lesen?"

„Nein, aber ich ahne sie."

„Ach Paul, du bist wunderbar verrückt", sie umarmten sich glücklich.

Zur gleichen Zeit saß Mattuschke, kaum einen Meter entfernt, hinter dem Spiegel und beobachtete das Liebesspiel, hörte die zärtlichen Worte, die sie sich zuflüsterten und das glückliche Lachen. Er konnte nicht sagen, dass ihn der Anblick von Lust in Louises Gesicht und ihre heftige Reaktion nicht erregte, aber anders als in den intimen Momenten, die nur ihm alleine gehörten. Der andere Körper störte, er vernichtete das Bild vollkommener Ästhetik, das er bei Louise genießen konnte. Er empfand es wie das Säureattentat auf ein einmaliges Werk der Kunst durch Verblendete, wie eine unverzeihliche Beleidigung für seine Augen, deren wertvollster Besitz diese Frau und ihr Anblick war. Er hasste den Körper, der sich unerlaubt neben ihr breitmachte. Am liebsten wäre er in ihr Zimmer eingedrungen, um den Frevler zu bestrafen. Er benötigte alle Kraft, um sich zu beherrschen und nicht dem jähen Impuls zu folgen, der ihn heiß durchzuckte.

Als Paul am nächsten Morgen wegfahren wollte, waren zwei Reifen platt, er hatte sich Nägel hineingefahren, aber gleich in beide? Gut, dass er hier an der Quelle war, und der Schaden sofort behoben werden konnte. Aber schon am gleichen Abend waren auch die neuen auf dem Unigelände zerstochen. Er hatte eine Pechsträhne, anders konnte er es sich nicht erklären.

Louise nahm ihn mit ins Silverspot. Eric präsentierte ihm stolz den gerade gedruckten Gedichtband, Peter wollte nur informatorisch wissen, welche Risiken er versichert habe, Peppermint Leila schaute ihn an wie den Abgesandten einer anderen Galaxie und Hano verabredete sich gleich zum Joggen, als er erfuhr, dass Paul regelmäßig Waldläufe macht. Louise glaubte, in Ricks Blick nicht nur Akzeptanz, sondern auch Erleichterung zu erkennen. Offensichtlich hatte er das schlechte Gewissen noch nicht ganz überwunden. Sophies glückliche Augen überstrahlten alles und ließen sogar ihre Hasenzähne vergessen, die Paul in vorübergehender Faszination nicht aufgefallen waren.

„Die selektive Wahrnehmung der Männer ist wirklich ein Phänomen, es gelingt euch doch immer wieder, die Wirklichkeit auszublenden, wenn nur ein Detail zum Träumen anregt. Uns Frauen kann das nie passieren, wir nehmen die auffallendsten Details wahr und können trotzdem sagen, wie jemand gekleidet war und ob die Schuhe glänzten. Ich habe schon einen Mann an das Hasenzähnchen verloren, ein zweites Mal wird mir das nicht passieren", sagte sie amüsiert.

„Da muss ich dir recht geben, das Bestechendste an dem unscheinbaren Persönchen sind tatsächlich ihre ungewöhnlichen Augen, auf alles andere habe ich nicht mehr geachtet."

Es kamen stressige Tage im Institut, Terminprojekte mussten fertiggestellt werden, so dass Paul lange im Büro bleiben musste. Louise fuhr allein nach Hause, wo einiges liegen geblieben war, das sie jetzt erledigen konnte, außerdem würde sie wieder mit Heinz frühstücken und ihm von ihren Gefühlen für Paul berichten.

An diesen Abenden hatte Mattuschke sie wieder für sich alleine, für seine Augen. Er freute sich sichtlich, mit ihr zu frühstücken. Aufgeregt berichtete sie ihm die Ereignisse der letzten Tage und wie froh sie über die glückliche Entwicklung ihres Verhältnisses zu Paul Ganthner sei. Mattuschke streichelte ihr über das Haar wie einem Kind: „Ich freue mich für dich Louise", und mit einem kleinen Augenzwinkern, „aber du wirst doch wohl hier wohnen bleiben?"

„Vorerst ist das kein Thema, Pauls Wohnung ist zu klein für zwei, eher könnte er noch zu mir ziehen, wenn wir zwei Schreibtische in das Arbeitszimmer bekämen. Aber wo sollten wir seine Sachen unterbringen? Mal sehen, wie es sich entwickelt, dann nehmen wir uns gemeinsam eine größere Wohnung, vielleicht in Uninähe, aber bis dahin wird es noch ein Weilchen dauern."

Obwohl jedes Wort ihrer Erzählung ihn wie Stiche ins Herz trafen, beruhigte ihn der letzte Satz etwas, allzu bald war jedenfalls kein Wohnungswechsel geplant. Das verschaffte ihm Zeit.

„Dieser Unfall am Bahngleis scheint wohl nach allem kein selbstverschuldeter zu sein?", meine Mattuschke mit grimmiger Miene.

„Nein es sieht so aus, als habe jemand Paul absichtlich gestoßen."

„Das ist unglaublich, ich habe schon zwei meiner Männer angesetzt, sich um die Sache zu kümmern, da kommt meist eher etwas heraus, als bei den polizeilichen Nachforschungen."

„Vielen Dank Heinz, das ist mir eine große Beruhigung. - Ein Fotoalbum? Hast du gerade darin geblättert, darf ich es mir einmal ansehen?", fragte sie und griff zum Sideboard, wo ein größeres Album aufgeschlagen lag, so als sei der Betrachter gerade beim Lesen gestört worden.

„Selbstverständlich, rücke näher zu mir, dann schauen wir gemeinsam hinein."

Es waren Aufnahmen aus der Jugendzeit im Zirkus, vom Internat, aus den Jahren in ‚Chapiteaus' Büro und der Anfangszeit im Kornfeld'schen Imperium. Fotos seiner Frau befanden sich nicht darin, aber die Aufnahme einer anderen, einer ausgesprochenen Schönheit, deren starke Ausstrahlung sogar auf dem Foto spürbar war. Sie stand in der Manege in einem attraktiven Kostüm, das ihre langen Beine preisgab, eine Peitsche lässig in der Hand, den Kopf mit langem blond fließendem Haar stolz erhoben, ein verzauberndes Lächeln im Gesicht. Sie wollte nicht anmaßend sein und sich mit dieser Schönheit messen, die ohnehin konkurrenzlos schien, aber in einer gewissen Weise gab es eine Ähnlichkeit zu ihr. Größe, Ausstrahlung, Alter, Haare, obwohl die eigenen geringfügig dunkler und kürzer waren.

„Wer ist diese ungewöhnlich schöne Frau Heinz?"

„Das ist Sina, sie führte eine sensationelle Pferdedressur vor, sie war damals mein Fixstern, findest du nicht, dass du ihr gleichst?"

In der Art, wie er es sagte, hatte sie das Gefühl, dass sie immer sein Fixstern war und sie in gewisser Weise eine Nachfolge angetreten hatte. Sie antwortete ausweichend: „Das ist schon möglich, aber ich selbst kann es nicht feststellen."

Das Bild eines jungen Mädchens war ihr aufgefallen, in eng anliegendem Kostüm, wie es Trapezkünstler tragen, es verkörperte Frische und Fröhlichkeit. „Irgendwie habe ich das Gefühl, sie zu kennen", murmelte sie.

„Das tust du auch", nickte er zustimmend, „es ist Britta, die Tochter der legendären Wackernagel Artisten, mit der ich meine Jugend verbracht habe, heute ist sie Wollhüsens Lebensgefährtin. Der hat mit ihr das große Los gezogen. In einer schwierigen Lebensphase habe ich sie ihm als Mitarbeiterin vermittelt, eine wunderbare Frau. Sie haben sich ineinander verliebt." Ein Ausdruck von bedauerndem Schmerz lag plötzlich auf seinem Gesicht.

„Warum hat er sie nicht geheiratet?"

„Guido Erlenbach, ihr Mann, ist vor etlichen Jahren von einem Tag auf den anderen verschwunden, wahrscheinlich untergetaucht, weil ein Prozess und die Einlieferung in eine Entzugsklinik anstanden. Somit ist sie immer noch verheiratet."

Er schloss das Album so behutsam, als könne es aus tiefem Schlaf erwachen und stellte es in den Schrank zurück. Britta war seine Jugendfreundin und Sina zweifellos die große, unerfüllte Liebe, der sie ähnelte. Gerne hätte sie noch weiter geblättert.

Nach einem langen Arbeitstag brummte Paul der Kopf, mit Zahlen und Statistik hatte er sich Stunden herumgeschlagen, deshalb war er froh, seine Laufschuhe anziehen und auf seiner Lieblingsstrecke Sauerstoff tanken zu können. Es war zwar schon spät, aber die Strecke einigermaßen beleuchtet, er hatte es schon einige Male zur selben Zeit versucht. Eigentlich war er um 18.00 Uhr mit Hano verabredet, aber die Fertigstellung seiner Auswertungen hatte Priorität, deshalb musste er absagen.

„Ich schaffe es nicht vor 21.00 Uhr Hano, zu viel Arbeit im Büro, ich laufe alleine, bis auf ein anderes Mal."

Die frische Luft löste den Druck im Kopf, die Bewegung die Verspannungen im Körper, langsam fühlte er sich wieder wohl. Er lief gleichmäßig und ausdauernd, niemand beggnete ihm.

Etwa zur gleichen Zeit drang ein mit Mütze und Sehschlitzen maskierter Mann, dessen ausdrucksloses Gesicht Juliette Renard nicht sehen konnte, in das abgeschlossene Juweliergeschäft ein, einen alteingesessenen Familienbetrieb, der von der letzten Generation der Sippe, der feinen alten Dame, geführt wurde. Trotz später Stunde saß sie noch im Büro, weil sie ein Telefonat ihres Neffen aus Washington erwartete, der sich gerade meldete. Dadurch überhörte sie die Geräusche, die der Eindringling verursachte. Die alte Alarmanlage war mühelos auszuschalten. Sie hatte das Gespräch mit guten Nachrichten gerade beendet, den Hörer noch in der Hand, als sie ein Klirren vernahm, sich in ihrem Stuhl umdrehte und von einer dunkel gekleideten Gestalt am Hals gepackt, zu Boden gerissen wurde. Den Schlag auf den Kopf registrierte sie nicht mehr. Sie hatte Glück, dass einem Passanten in der Nacht der ungewöhnliche Lichtschein auffiel, der aus dem Büro in den Laden drang und das aufgebrochene Türschloss. Man brachte die Bewusstlose ins Krankenhaus, suchte den Tatort nach Spuren ab.

Louise hörte am Morgen im Radio von dem Überfall auf die nette alte Dame, sie kannte das Geschäft, das gediegene Ware führte, nicht modern, aber klassisch. Als Kind hatte sie mit ihrem Vater dort das Weihnachtsgeschenk für ihre Mutter eingekauft. Frau Renard war immer sehr nett und vernarrt in Kinder. „Sie befindet sich im künstlichen Koma, ihr Zustand ist ernst", hörte sie den Nachrichtensprecher.

„Was sind das nur für Menschen, die sich brutal an einer wehrlosen, alten Frau vergreifen", sagte sie angewidert und entsetzt. Sie fuhr ins Büro, wo Paul sie strahlend begrüßte, er war schon früh am Schreibtisch, um die Auswertungen vom Vorabend aufs Papier zu bringen. Gerade wollte sie ihn fragen, wie sein Abend verlaufen ist, als Polizisten in den Raum stürmten, Paul Handschellen anlegten und verhafteten - so unglaublich es klang - verhafteten, wegen dringenden Verdachts des Einbruchs und versuchten Totschlags an Juliette Renard. Paul war fassungslos, suchte sie verzweifelt mit seinen Augen, die „ich bin unschuldig, ein fürchterliches Missverständnis", sagten, dann zerrte man ihn in den Streifenwagen und fuhr davon. Andere untersuchten seine Wohnung. Louise war leichenblass und zu keiner Regung fähig. Die Anschuldigung war völlig absurd. Alice Mühsam begann hysterisch zu schluchzen: „So ein netter Mann, wer hätte diesen Abgrund in ihm vermutet?"

„Halte doch den Mund Alice", sagte sie mit bebender Stimme, „so ein Blödsinn, wenn Paul tatsächlich der Verbrecher ist, lasse ich mir die rechte Hand abhacken. Das ist eine furchtbare Anschuldigung, ein wahnsinniges Missverständnis, ich habe nur keine Erklärung dafür."

Das Institut geriet in Aufregung, Weidenfels wurde zum Präsidenten bestellt, der schon von der Sache erfahren hatte. Lähmend zog sich der Tag hin, Louise war nur zum Allernötigsten fähig. Am Abend meldete sich Pauls Anwalt. „Konnte der Irrtum aufgeklärt werden, ist er inzwischen zu Hause?", waren ihre ersten Worte.

„So einfach ist es leider nicht, die Sache sieht nicht gut aus."

„Sie glauben doch nicht ernsthaft, dass Paul diesen Einbruch verübt hat?"

„Natürlich nicht, aber die Verhaftung stützt sich auf ein wesentliches Indiz. Am Tatort fand man seine Schnupftabakdose mit Visitenkarte. Seine Fingerabdrücke sind darauf."

„Die Dose hat er schon vor Wochen verloren, hat man denn seine Fingerabdrücke auch im Laden gefunden?"

„Davon ist mir nichts bekannt und was die Dose anbelangt, die hätte er ja zwischenzeitlich wiederfinden können. Leider hat er für die Tatzeit kein Alibi, er war joggen, aber keiner hat ihn gesehen. Entscheidend wird die Aussage von Frau Renard sein, aber die ist nicht ansprechbar und ob sie überhaupt etwas gesehen hat?"

Louise legte auf und sank auf ihren Stuhl. Alles drehte sich. „Ich werde wahnsinnig", dachte sie, „so etwas gibt's doch nur im Horrorfilm."

Mattuschke hatte das Gespräch hinter dem Spiegel mitgehört, er grinste breit. Kurze Zeit später läutete er an ihrer Tür. „Ich glaube, heiße Schokolade wird dir gut tun."

Sie fiel ihm weinend um den Hals.

„Meine Nerven sind am Ende, danke, was täte ich nur ohne dich?"

Sie sprachen über den unglaublichen Vorfall. Auch Heinz hielt Paul für unschuldig, aber die Sache mit der Dose?

„Das macht doch keinen Sinn. Keine Fingerabdrücke im Laden, aber auf der Dose."

„Nun ja, der Dieb hat wahrscheinlich Handschuhe getragen und die Dose könnte ihm unbemerkt aus der Tasche gefallen sein."

„Hm, und wo hatte er sie her?"

„Wahrscheinlich irgendwo gefunden und eingesteckt. Nichts gegen den sympathischen jungen Mann, in den du dich verliebt hast. Aber seither hast du ganz gewaltigen Trouble."

Louise blickte verzagt. Paul blieb in Untersuchungshaft, in den Folgetagen gab es keine Veränderung. Louise war voller Unruhe, sprach mit Gila, die sie tröstete: „Es wird sich alles aufklären Louise, lass dich nicht verrückt machen, spar deine Kräfte auf."

Vera meldete sich, sie klang niedergeschlagen: „Es ist unglaublich, was mit deinem Paul geschicht. Ich muss dringend mit dir sprechen. War er eigentlich schon bei dir zu Hause?"

„Ja, er hat ein Mal bei mir übernachtet, warum fragst du?"

„Louise, ich kann dir das nicht am Telefon sagen, wir müssen reden, ich habe viel zu lange geschwiegen. Frag jetzt bitte nichts und wiederhole nicht den Treffpunkt, den ich dir nenne, du wirst es verstehen, wenn ich dir alles erklärt habe. Übermorgen, Donnerstag 18.00 Uhr nach der Probe im Café Schober. Nicht vergessen, es ist wichtig und kein Wort zu Heinz!" Louise war verunsichert, was hatte das geheimnisvolle Telefonat zu bedeuten? Wieso kein Wort zu Mattuschke, offenbar war es etwas, was ihn betraf. Sollte sie etwas von Paul wissen? Vera klang ängstlich, bedrückt, geheimnisvoll. Ihre Stimme, fast flüsternd, war nicht die, die sie kannte. Sie zermarterte sich den Kopf, fand aber keine Erklärung für die mysteriösen Andeutungen.

„Er weiß alles von Louise, manipuliert und überwacht sie, vielleicht steckt er auch hinter den Aktionen gegen ihren Freund, der seine Pläne durchkreuzt. Stell dir vor, Amina, es gibt einen Spiegel, durch den er Louise beobachten kann. Ich kann es nicht länger für mich behalten. Ich mag Louise, ich fühle mich ihr gegenüber niederträchtig. Morgen Abend bin ich mit ihr verabredet und werde ihr die Wahrheit sagen."

„Überleg es dir gut, komm Heinz nicht in die Quere. Von dem Spiegel wusste ich nichts, der Mann hat vielleicht bizarre Ideen."

„Ich bin entschlossen", sagte Vera und machte sich auf zum Theater.

Kurz darauf erhielt Mattuschke einen Anruf, der ihn blass werden ließ. Sein Netzwerk funktionierte. Er überlegte eine Weile, das Kinn in seine Hand gestützt, dann erteilte er bestimmte Anweisungen.

Louise hatte inzwischen festgestellt, wann Paul das Büro verlassen hatte. Die Zeituhr, an der er seine Karte stempelte, hatte 21.10 Uhr vermerkt. Gefunden wurde Frau Renard gegen 24.00 Uhr. Auch die Polizei hatte weitere Erkenntnisse. Nachdem keine Fingerabdrücke im Laden gefunden wurden, konnten die Spezialisten Spuren des Schuhprofils feststellen, das vom Täter stammen musste. Es stimmte nicht mit dem von Pauls Laufschuhen überein. Das Profil war das eines derben Wanderschuhs oder Bergstiefels. Paul hätte seine Schuhe wechseln müssen, wenn er tatsächlich vorher gelaufen war. Dass er sich an jenem Abend im Wald befand, konnte als wahrscheinlich angenommen werden. Bei der Hausdurchsuchung fand man seinen Laufdress, der noch Spuren feuchter Walderde aufwies. Man erwartete mit Spannung das Aufwachen der Überfallenen. Das quälend lange Warten zerrte an Louises Nerven. Wieder ging ein Tag zu Ende, ohne dass sie ihn sehen konnte, ohne konkreten Hoffnungsstrahl. Unruhig wälzte sie sich im Bett, Schlaf wollte sich nicht einstellen. Zart nahm sie noch Spuren von Pauls Parfum in den Kissen wahr. Sie schnupperte sich hinein, wie sehr liebte sie diesen Mann, wie musste ihm wohl zu Mute sein?

An jedem Mittwoch, an dem das Theater spielfrei war, nutzte Vera die Gelegenheit, auf der großen Bühne zu tanzen; zum einen war es notwendiges Training für sie, um fit für die Tanzeinlagen ihrer Rollen zu bleiben, zum anderen träumte sie in dieser Stunde ihren Jugendtraum ‚Balletttänzerin' aus. Wo hätte sie es besser tun können als hier? Der Hausmeister überließ ihr heimlich den Schlüssel, sie brauchte nur gedämpftes Licht, der Theatersaal war eine schwarze Höhle, in der sie sich Hunderte von Zuschauern vorstellte. Vor ihnen tanzte sie, die Primaballerina, nach eigener Choreografie. Wenn sie die Augen schloss, hörte sie Musik, auf die sie die Schritte anpasste, zu der sie schweben konnte und den imaginären enthusiastischen Beifall, der zu ihr hochdrang und sie emporhob wie eine Feder, wie ein Blatt im Zustand der Schwerelosigkeit. Ovationen, die nicht ihrer Stimme oder dem temperamentvollen Spiel verkörperter Figuren galt, sondern allein der begnadeten Solotänzerin. In diesen Minuten war sie glücklich, sah Christina in der ersten Reihe sitzen, schemenhaft im Halbdunkel und ihr zulächeln.

Sie hielt die Augen geschlossen, drehte Pirouetten, als sie plötzlich spürte, wie sich etwas Weiches von beiden Seiten an sie drückte und fest umschloss, wie dicker, nachgiebiger Schaumstoff. Sie dachte an einen Schabernack der Kollegen, vielleicht war sie doch nicht alleine im Theater, sie lachte, protestierte, fühlte sich hochgehoben, getragen, immer fester eingeklemmt zwischen diesen weichen Wänden, die sie mit Dunkelheit umgaben und in denen sie versank. Sie schwebte über den Theaterboden, den ihre Füße nicht mehr berührten. Was hatten sie mit ihr vor, die Scherzbolde? In der engen Behausung konnte sie kaum atmen, mit der Atemnot kam Angst auf. Verbissen stemmte sie ihre Arme gegen die weichen Wände, schrie, strampelte, trat mit den Füßen dagegen. Ihre Schreie erstickten, drangen zu den eigenen Ohren zurück. Für Sekunden löste sich der Druck, Gott sei Dank, sie atmete tief, die Seiten waren von ihr gewichen, sie taumelte, stürzte in die Tiefe, es kam ihr wie ein langer Flug vor. Man hörte das hässliche Geräusch des Aufpralls, dann war nur rasend dumpfer Schmerz mit dem alles in Finsternis versank.

Als Louise, erst gegen Morgen eingeschlafen, mit starkem Kopfschmerz erwachte, hörte sie Schläge an der Tür. Zunächst war sie nicht sicher, ob es Relikte ihres Traumes oder wirkliche Klopfzeichen waren. Benommen stand sie auf und blinzelte durch die halbgeöffnete Tür. Mattuschke stand im Morgenmantel davor, warf sich in ihren Arm und begann hemmungslos zu schluchzen. Louise, immer noch schwindlig auf den Beinen, hielt ihn unsicher fest, zog ihn auf das gerade verlassene Bett. Nur mühsam brachte er die Worte heraus: „Vera ist tot."

Fassungslos starrte sie ihn an, sie musste sich verhört haben, heute Abend würde sie sich doch mit ihr treffen. Unendlich langsam versuchte ihr Kopf die Botschaft zu übersetzen. Vera tot, das konnte unmöglich sein. Der plötzliche Schock ließ sie frieren. „Tot?", wiederholte sie kaum hörbar.

„Sie ist beim privaten Training von der Bühne in die Tiefe gestürzt und war sofort tot, im Halbdunkel hat sie wohl den Bühnenschacht übersehen", sagte Heinz mit erstickter Stimme. Wieder umarmten sie sich wie Verzweifelte, blankes Entsetzen machte sich in Louise breit und entlud sich in einem langen Aufschrei. Sie warf sich vornüber auf das Bett, ihre Schultern zuckten, ihr ganzer Körper wurde von Weinkrämpfen geschüttelt. Mattuschke hockte neben ihr, ein Bild des Jammers, und streichelte hilflos über ihren Rücken. Das Unfassbare war Realität, Vera, die wunderbare, temperamentvolle und verletzliche Sängerin, Freundin und langjährige Wegbegleiterin Mattuschkes, lebte nicht mehr. Als Gila von dem Unfall erfuhr, erging es ihr ähnlich, sie brach sofort in Tränen aus, unbegreiflich, dass sie nie mehr ihre Stimme, ihr Lachen hören und in die tiefgründig schwarzen Augen sehen würde. Sie fuhr zu Louise, die apathisch im Bett lag, kochte Tee mit Honig und hielt sie im Arm. Immer wieder zogen die schönen Bilder ihres gemeinsamen Urlaubs, das zärtliche Kuscheln in der Nacht von Dubrovnik, von dem Mattuschke nichts erfahren sollte, die heiteren Stunden von Bayreuth, ihre temperamentvollen Theaterrollen und der tiefgründige Blick an ihren Augen vorbei. Sie konnte es nicht begreifen.

Es war ein außergewöhnlich heller, kristallklarer Tag, der so gar nicht zu diesem traurigen Anlass passte. Hart, unbarmherzig polternd, fiel die rotbraune Erde von den Schaufeln zwischen unzählige Blumen auf den sandfarbenen Holzsarg. Die bewegende Bestattungsfeier, von den Kollegen des Ensembles gestaltet, erlebte Louise wie in Trance an der Seite von Gila und Mattuschke, der restlos gebrochen wirkte. Sie sah Veras Eltern in ihrem Schmerz, die sie noch vor wenigen Wochen so herzlich empfangen hatten und ihr Herz verkrampfte sich noch stärker. Was wollte sie ihr nur Dringendes mitteilen, was war das Geheimnisvolle, das ihre Stimme so ängstlich klingen ließ? Sollte es einen Zusammenhang mit ihrem Tod geben? Das konnte sie sich nicht vorstellen. Die Gerichtsmedizinische Untersuchung ging von einem Unfall aus ohne Fremdverschulden. Keine Einwirkung von Gewalt waren an der Verunglückten festzustellen, keine Druckstellen, Kratzer oder blaue Flecken, die auf einen Überfall oder Kampf hätten hindeuten können. In traumtänzerischer, somnambuler Bewegung sei sie wohl im Halbdunkel der Bühne in die Tiefe gestürzt. Nur, wer hatte vergessen, den Bühnenschacht zu schließen? Hier liefen die Ermittlungen weiter. Louise fühlte sich miserabel, was sie in kurzer Zeit an Schrecken zu verkraften hatte, war zu viel für sie, dazu kam die Sorge um Paul. Frau Renard war aus dem Koma erwacht, konnte sich aber an nichts erinnern, nur, daran, sehnlichst den Anruf ihres Neffen zu erwarten.

„Du bist schmal geworden Louise, entschuldige, du siehst beschissen aus", Gila blickte ihr besorgt ins Gesicht, „du hast tagelang nichts gegessen, damit ist jetzt Schluss und wenn ich dich zwangsernähre." Mattuschke ging schweigend neben ihnen. Louise sah, dass er eine flache Metallflasche aus der Tasche nahm, den Korken mit den Zähnen herauszog und einen kräftigen Schluck nahm. Das hatte sie noch nie bei ihm beobachtet. Augenblicklich wehte ein süßlich scharfer Hauch von Alkohol herüber. Mit zitternder Hand steckte er sie wieder zurück. Blätter raschelten welk ihr flüsterndes Lied. Resolut packte Gila die Freundin am Arm.

„Du brauchst wieder Kräfte und dringend eine Betreuerin, solange du in diesem Zustand bist. Wie gut, dass sie gerade neben dir geht."

Rudinsky hatte zu ihnen aufgeschlossen und sprach mit Heinz, so dass Gila sie auf einen Nebenweg zerren konnte. „Von hier aus kommen wir schneller zum Auto, jetzt handle ich."

Auf dem feinen Kies des Friedhofswegs hörten sie Schritte, die sich ihnen schnell näherten und drehten sich um, Amina war ihnen gefolgt. Sie begrüßte die beiden Frauen stumm und gab Louise einen flüchtigen Kuss. Auch sie sah mitgenommen aus, die Augen verweint und von verlaufener Wimperntusche verfärbt. Hastig blickte sie zurück, dann steckte sie Louise einen zusammengefalteten Zettel in die Manteltasche. „Lies ihn bitte, wenn du ungestört bist." Am nächsten Seitenweg bog sie wieder ab, ohne sich zu verabschieden. Gila fuhr sie nicht nach Hause, sondern in die Försterklause, wo Frank bereits auf sie wartete und Louise mit Sorge betrachtete. Er servierte heiße Hühnersuppe.

„Iss sie, ich habe sie extra geordert, in deiner Situation hilft nichts besser als kräftige Brühe." Louise nickte matt. Schon beim Geruch glaubte sie Übelkeit zu verspüren, dennoch zwang sie sich dazu, ein paar Löffel zu schlürfen. Wider Erwarten tat ihr die heiße Flüssigkeit gut, Wärme breitete sich angenehm in ihr aus. Schließlich hatte sie den Teller geleert, Frank warf einen kurzen Blick aus der Küche und strahlte, als habe er Geburtstag. Er mochte die beiden Frauen, jede von ihnen hätte er sofort genommen, er war glücklich, wenn er ihnen einen Gefallen erweisen konnte.

In dieser Nacht schlief sie vor Erschöpfung gleich ein und erwachte erst gegen Morgen; es war das erste Mal seit Tagen, dass sie mehr als nur wenige Stunden Schlaf hatte. Sie stand auf, um sich einen Kaffee zu machen, frühstücken wollte sie später mit Heinz, dem armen Kerl ging es ebenso dreckig wie ihr. Sie hatte gerade die Zeitung aufgeschlagen, als es läutete. Das wird Heinz sein, dachte sie und öffnete die Tür. Vor Erstaunen brachte sie kein Wort heraus. Paul stand vor ihr, schmal im Gesicht, aber mit leuchtenden Augen. Er nahm sie stumm in die Arme, bedeckte sie mit Küssen und drückte sie mit einer Kraft an sich, in der die ganze Not, Sehnsucht und Verzweiflung der letzten Tage zum Ausdruck kam. „Wieso?", fragte sie, weiter kam sie nicht, weil seine Liebkosungen jedes kommende Wort verbaten. Er spürte ihren so lange entbehrten Körper unter seinen Händen, fühlte ihre Brüste, unstillbare Sehnsucht überkam ihn, er konnte seinen Blick nicht von ihr abwenden. Sein Verlangen wurde zum Echo ihrer eigenen Begierde, schnell entledigten sie sich ihrer Kleidung, schmiegten sich aneinander, so als gäbe es nur einen Körper, eine Seele, ein Denken und Fühlen. Sie schwamm in Sehnsucht, Zärtlichkeit und Erleichterung. Seine leidenschaftlichen Küsse erstickten ihr Stöhnen. „Lass dich gehen, spüre mich", flüsterte er, den Mund an ihren gepresst. Sie fühlte sich emporgehoben von einer wilden, unbekannt süßen Kraft. Beide erreichten gleichzeitig ihren Höhepunkt, aber sie lösten sich nicht, blieben lange liegen, sprachlos, glücklich, ohne auseinander zu gleiten.

„Man hat mich aus der U-Haft entlassen. Ich zähle nicht mehr als Beschuldigter", sagte er nach einer ganzen Weile.

„Gottseidank", stammelte sie. „Die Recherchen haben ergeben, dass Frau Renard an diesem Abend auf ein Ferngespräch mit ihrem Neffen wartete, das für 21.00 Uhr vereinbart war. Um diese Zeit ist dort Mittag oder Nachmittag, was weiß ich. Der Neffe rief pünktlich an und teilte ihr mit, sie im nächsten Monat zu besuchen, worauf sie sehnsüchtig hoffte. Nach zehn Minuten war das Telefonat beendet, sie hielt den Telefonhörer noch in der Hand, als der Einbrecher zuschlug. Die Nachfrage bei dem Neffen ergab, dass er das Gespräch nach 10 Minuten beendete und seiner Tante gute Nacht wünschte. Bis dahin waren keine Geräusche oder ein Aufschrei von ihr zu hören."

„Das bedeutet ...", setzte Louise an.

„Ja", fuhr Paul fort, „das bedeutet, dass der Täter sofort nach dem Telefonat zuschlug, noch bevor sie den Hörer auflegen konnte, exakt um 21.10 Uhr, zu einem Zeitpunkt also, zu dem ich gerade das Büro verlassen und die Stechuhr betätigt habe. Natürlich hätte das auch ein anderer für mich erledigt haben können, aber das Schuhprofil und so manches andere passte nicht zu mir. Wer hebt auch schon seine Visitenkarte in der Tabakdose auf? Deshalb fiel kein Verdacht mehr auf mich."

„Hast du...?", er sah sie fragend an.

„Nein Paul, keine einzige Sekunde, ich wusste vom ersten Augenblick an, dass du es nicht gewesen bist, selbst wenn die Beweise noch erdrückender gewesen wären."

„Ich bin froh, dass du bei mir bist, es waren entsetzliche Tage für uns."

Louise ließ sich seine Schilderung noch einmal durch den Kopf gehen.

„So ungewöhnlich finde ich die Visitenkarte gar nicht in der Dose, zumindest bei einer wertvollen wie der deinen. Für den Fall, dass man sie verliert, weiß man, an wen man sich wenden kann."

„Lass es nur nicht die Kripo hören, sonst halten sie mich doch noch für verdächtig."

Zum ersten Mal seit langem spürte sie eine gewisse Erleichterung.

Sie berichtete ihm von Veras Tod; er war erschüttert.

„Noch zwei Tage zuvor rief sie mich an und wollte dringend mit mir sprechen, es klang geheimnisvoll."

„Hast du jemandem davon erzählt?"

„Nein, sie hat mich ausdrücklich gebeten, nichts zu sagen, vor allem nicht", sie sprach den Namen nicht aus und zeigte auf die Wand zum Nachbarn. Sie flüsterten.

„Irgendetwas stimmt da nicht, die Angriffe auf mich, der Anruf von Vera und ihr Tod." Louise fiel die Begegnung mit Karsten ein. War nicht von einem Mann mit langem Mantel die Rede, der Paul aufs Gleis gestoßen hatte? Wie eigenartig hatte er sich benommen. Sollte er etwa?

„Das sind keine Zufälle. Auch die am Tatort verlorene Tabakdose nicht. Der Dieb ging so umsichtig vor, hinterließ keine Fingerabdrücke und lässt dann ausgerechnet die Dose mit Visitenkarte zurück. Man hört doch, wenn sie auf den Boden fällt. Wir beide haben die Dose zuletzt gesehen, als wir bei Rudinskys waren."

„Richtig, da lag sie auf dem Stehtisch."

„Nehmen wir einmal an, dort wäre sie mir abhanden gekommen, wer hätte sie nehmen können? Zunächst Mattuschke oder Rudinsky junior."

„Ja, es hätte aber auch jeder andere Anwesende sein können, der später an dem Tisch vorbei ging, sogar die Servierbrigade, als sie die Tische abräumte."

„Da hast du natürlich Recht", er schwieg eine Weile, „Veras Tod geht mir einfach nicht aus dem Kopf, Tod an ihrem Arbeitsplatz, sehr mysteriös."

Plötzlich fiel Louise Aminas Zettel wieder ein, sie hatte ihn ganz vergessen. Sie sprang auf und suchte in ihrer Manteltasche.

‚Liebe Louise, triff mich am Samstag um 12.00 Uhr im Stadtpark an der Säule. Es ist wichtig. Kein Wort zu anderen!'

Wieder eine geheimnisvolle Andeutung. Heute war Freitag, wie gut, dass sie sich rechtzeitig daran erinnert hatte, sie steckte ihn in den Mantel zurück, selbst mit Paul wollte sie nicht darüber sprechen. Er saß ganz in Gedanken versunken auf dem Bett.

„Was geht dir durch den Kopf?"

„Ich habe noch einmal über die blöde Tabakdose nachgedacht. Selbst wenn jemand sie gefunden hätte, wie wäre er an die Visitenkarte gekommen, ich habe keine hineingelegt? Der einzige von den Anwesenden am Tisch, der eine besaß, war Mattuschke. Wenn er sie nicht mehr hätte, wäre das ein Beweis", sagte er triumphierend.

„Klar, der Finder hätte nicht automatisch auch deine Karte", murmelte sie nachdenklich, „aber selbst wenn, Mattuschke könnte sie weggeworfen haben."

Sie fuhr Paul, der mit einem Taxi gekommen war, in seine Wohnung.

„Ich habe eine Menge zu erledigen, ich melde mich dann morgen bei dir. Danke fürs Fahren."

Er gab ihr einen Kuss. Als erstes wollte er sich bei Weidenfels melden.

Sie fuhr zurück, langsam wich das bleierne Gefühl aus ihren Beinen, das sie seit Pauls Verhaftung nicht mehr verlassen hatte. Bei Würmelings kaufte sie eine gefüllte Blätterteigrolle, die sie heute Abend aufbacken und mit Heinz verzehren würde. Irgendwie ließ sie der Gedanke mit der Visitenkarte nicht mehr los, obwohl er absurd war.

Er war noch immer in einem schlechten Zustand, sah mitgenommen aus und befand sich in einer Art Depression, die sie noch nie bei ihm gesehen hatte. Sein Schmerz um Veras Tod saß tief. Er lächelte schwach, als sie mit der dampfenden Rolle zu ihm kam, Geschirr deckte und sie für beide anschnitt.

„Auch mir geht Veras Tod furchtbar nahe, aber du musst etwas essen, sonst gehst du vor die Hunde"; sie wunderte sich, wie präzise sie Gilas Ton getroffen hatte. Lustlos aß er ein paar Bissen. Sie erzählte ihm von Pauls überraschender Freilassung, er freute sich mit ihr, nahm es aber in depressiver Gleichgültigkeit zur Kenntnis.

„Hast du eigentlich noch seine Visitenkarte?", fragte sie beiläufig, während sie das heiße Stück im Mund von einer Seite zur anderen drehte, um es abzukühlen, „entschuldige, ich meine für den Fall, dass du mich erreichen willst, wenn ich bei ihm bin. Seine private Telefonnummer steht darauf."

Mattuschke nickte stumm, erhob sich und öffnete wie geistesabwesend eine Schublade, schloss sie wieder, zog eine andere auf und hielt ihr die Karte hin.

„Er hat sie mir damals bei Rudinskys gegeben, ich lasse sie auf dem Schrank liegen, damit ich dich dort notfalls erreichen kann."

Louise nickte erleichtert, wie war sie nur auf den Gedanken gekommen, ihn zu verdächtigen, ihren Wohltäter. Sie schämte sich, eine solche Möglichkeit überhaupt erwogen zu haben. Wie viel Dank schuldete sie ihm, und ihr fiel nichts Besseres ein, als ihm, der ebenso wie sie des Trosts bedurfte, eine solche Tat zuzutrauen. Ihre Nerven waren völlig überreizt. Mattuschke, den Veras Tod erheblich mitnahm und ihn in eine ähnliche Gemütslage versetzte, wie nach Martines Tod, schaute trotz seines Zustands hinter die Maske von Louises belangloser Frage. Der üble Widersacher war zurückgekehrt und hatte ihr sicher den Floh ins Ohr gesetzt. Zum ersten Mal verdächtigte sie ihn, eine sonderbare Erkenntnis, aber er wäre nicht Mattuschke, der die Menschen durchschaut und ihre Reaktionen vorausberechnet, wenn er sich von solchen Kleinigkeiten überrumpeln ließe. Schließlich hatte er nicht umsonst die Fingerfertigkeit der Zauberei trainiert, mit der er sich damals mühelos weitere Karten sicherte. Ein kleines Stolpern und kurzes Festhalten an Ganthner hatte genügt. Ein schales Gefühl des Misstrauens nistete sich in sein Inneres ein, wie ein spitzer Stachel. Er würde sie stärker an die Leine legen müssen.

Natürlich war es eine der schwersten und schmerzlichsten Entscheidungen seines Lebens, Vera, die Vertraute, die er sehr mochte, zu opfern, genauso wie damals Martine, aber es gab grauenvolle Lebenssituationen, die solche Entschlüsse von ihm forderten, so leidvoll sie auch waren. Als er merkte, wie sehr sich Vera und Louise anfreundeten, und sie nicht mehr bereit war, seinem Drängen zu entsprechen, setzte er Amina auf sie an und ließ auch Louise beschatten. Keinen Schritt taten beide, ohne dass er es erfuhr. Als Amina ihm auftragsgemäß von Veras Absicht berichtete, Louise über den Spiegel zu informieren, war sie verloren. Vor die Wahl gestellt, sie aufzugeben oder Louise, das Glück seiner Augen, die Quelle seiner Lust, hatte er keine andere Möglichkeit. Seine Leute hatten sauber gearbeitet, keine Gewalteinwirkung, ein tragischer Unfall, allerdings mit Fragezeichen. Warum musste es so kommen? Er zermarterte sich den Kopf. Sie war immer loyal, professionell, er konnte ihr blind vertrauen, nie hatte sie ihn verraten, kannte seine Schwächen und Wünsche und dann die Sabotage. Sie fehlte ihm, die beste Freundin, der Verlust schmerzte ebenso stark wie ihr geplanter Verrat. Er vermisste sie unendlich.

Was ihn wütend machte, war dieser anmaßende Widerling von Paul, der katzenartig sieben Leben zu besitzen schien. Er hasste den Mann, der es tatsächlich wagte, den wertvollsten Schatz vor seinen Augen zu beschmutzen. Wie konnte man ihn freilassen bei diesen Beweisen und ohne, dass ein anderer Täter gefunden war? Sein Groll war peinigend wie der Schmerz. „Vera, wie konntest du mir das nur antun?", schluchzte er. Wie gut, dass ihn niemand sehen konnte.

Sie war etwas früher an der Säule im Stadtpark und hielt Ausschau nach Amina, die noch nicht zu sehen war. Ein markantes Hüsteln hinter ihr zwang sie dazu, sich umzudrehen. Mattuschke, blass im Gesicht, steuerte auf sie zu.

„Welche Überraschung, dich hier zu treffen Louise. Wartest du auf jemanden?"

In diesem Augenblick sah sie Amina im Hintergrund auftauchen, die stutzte und dann wieder verschwand.

„Ich warte auf Paul", sagte sie vorsichtig, „aber er scheint sich bei seinen Einkäufen verschätzt zu haben, länger werde ich wohl nicht mehr bleiben." War das ein Zufall, dass er gerade hier aufkreuzte, und warum verschwand Amina sofort, als sie sah, dass sie nicht alleine war. Sicher hatte sie ihn erkannt. Was hatte es mit dieser Sache auf sich? Sie unterhielten sich noch ein paar Minuten, Amina tauchte nicht wieder auf.

„Gehen wir drüben einen Kaffee trinken?", schlug er vor, „von da kannst du in den Park sehen und zu ihm laufen, wenn er doch noch kommen sollte." Louise war einverstanden. Die raue, heisere Stimme von Joe Cocker knisterte aus entfernten Lautsprecherboxen. Man glaubte, das Klirren der Eiswürfel in seinem Whiskyglas dabei zu hören

Als sie zu Paul kam, stand er im Bad und rasierte sich. „Ich habe extra bis zum Mittag gewartet, um dir heute Abend keine Verletzungen zuzufügen. Was unternehmen wir?"

Bevor sie antworten konnte, machte sich ihr Handy vibrierend bemerkbar. Gila war am Apparat. „Habt ihr für das Wochenende schon etwas vor? Wir fahren zu Siegfrieds Eltern, sie wohnen in einem riesigen Bauernhaus und würden sich freuen, wenn ihr mitkommt. Falls ihr Pauls Rückkehr nicht zwei Tage im Bett feiern wollt, was ich verstehen könnte, wäre es sicher eine Abwechslung, die euch nach den Turbulenzen gut täte. Und wir würden zu dritt auf ihn aufpassen. Alleine kann man ihn nach den schlimmen Ereignissen ja nicht mehr lassen", sagte sie scherzend.

„Danke Gila, bleib bitte am Apparat." Sie besprach sich kurz mit Paul, der sofort einverstanden war, hier erinnerte ihn alles an die letzten schlimmen Wochen.

„Wenn wir nicht gerade mit dem Zug fahren", meinte er sarkastisch.

„Gila, wir sind dabei, wenn wir nicht auf den Zug warten müssen, sagt Paul."

Gila kicherte: „Entschuldige, es ist wirklich nicht zum Lachen. Wir holen euch in einer Stunde ab."

Louise hatte sich das Wochenende zwar anders vorgestellt, aber je weiter sie sich von Ulm entfernten, desto mehr rückten auch die bedrohlichen Ereignisse von ihr ab, und der beengende Ring um ihre Brust löste sich allmählich. Sie versuchte noch, Amina zu erreichen, sie hatte den Anrufbeantworter eingeschaltet, war aber unschlüssig, ob sie darauf sprechen sollte, wer weiß, wer ihn noch abhörte. Also sagte sie nichts, sie würde es nach ihrer Rückkehr wieder versuchen.

Das alte Bauernhaus, mustergültig renoviert und mit modernen Bädern ausgestattet, war ein Traum. Siegfrieds Vater, der sie spontan an einen Filmschauspieler erinnerte, dessen Namen ihr nicht einfiel, war Architekt und hatte jahrelange Arbeit und Liebe in das alte Kleinod gesteckt. Die Eltern empfingen sie wie langjährige Freunde und tischten auf, als sei soeben eine Hungersnot beendet. Der Hausherr bot zum Abschluss einen selbst gebrannten Schnaps an, den sie ablehnen wollten, was er nicht gelten ließ. „Ein Gesunder hält es aus, 'nem Kranken schad's nix." Sie stürzten das Feuerwasser mutig hinunter.

Offenbar hatte Siegfried sie instruiert, das Thema Haft oder Veras Tod nicht anzuschneiden, was wohltuend war und ihnen etwas Abstand von den bedrückenden Vorfällen gönnte. Sie unternahmen eine kleine Wanderung in der sanft schönen Landschaft, erlebten einen gemütlichen Abend am prasselnden Kamin und zogen sich in die heimeligen Schlafstuben aus massivem Holz zurück.

„Übrigens, Mattuschke hat deine Visitenkarte noch, ich habe ihn danach gefragt und er kramte sie aus dem Schrank."

„Dann können wir ihn ja aus der Liste der Verdächtigen streichen." Paul wirkte enttäuscht.

Eine Weile lagen sie still, ohne etwas zu sagen. „Werden wir immer zusammenbleiben?", fragte sie Paul, eng an ihn gekuschelt.

„Unser ganzes Leben lang, wenn du es willst", sagte er ernst, „nach dir möchte ich keine andere Frau mehr kennenlernen."

„Ich auch nicht", bestätigte Louise schläfrig.

„Das will ich doch sehr hoffen", grinste er, „auch noch Konkurrenz vom anderen Geschlecht, das fehlte gerade." Sie verstand nicht mehr, was er sagte.

Als sie erwachte, war es schon taghell, sie hatte das Gefühl, vierundzwanzig Stunden durchgeschlafen zu haben und fühlte sich frisch wie Quellwasser. Die anderen waren schon beim Frühstück. Der Blick aus dem Fenster hinaus in die weite Landschaft, vom Sonnenlicht wie mit einem Weichzeichner verklärt, ließ sie tief durchatmen. Wie gut, dass Gila diesen Vorschlag machte, ein Wochenende zu Hause hätte sie nicht annähernd so befreien können. Eier von eigenen Hühnern mit ungewohnt grüner Schale standen auf dem Tisch, Schinken, Käse und Quark, alles Produkte vom Biobauern aus der Nachbarschaft, dessen Kühe ihre Begrüßungsrufe gerade zu ihnen schickten. Siegfrieds Mutter hatte Brot gebacken, das seinen unwiderstehlichen Duft im ganzen Haus verbreitete und Appetit weckte. Gila lächelte zufrieden, als sie sah, mit welchem Mordshunger Louise bei der Sache war. Nach dem Frühstück sahen sie sich die alte Quelle an, aus denen Koflers das Wasser bezogen; man ließ es in ein schmales Band laufen, das die alten Herrschaften zum Wassertreten nach Kneipp'schem Vorbild nutzten. Gila ließ es sich nicht nehmen, hineinzusteigen, ihr spitzer Schrei hallte weit, so kalt und schneidend war das gesunde Nass. Alle amüsierten sich schadenfroh, am meisten der alte Kofler, dem es einen Heidenspaß bereitete. Sie wanderten zu einer abgelegenen Hütte, nahmen dort Brotzeit und Bier ein, bevor sie den Heimweg antraten. Siegfried war ein guter Führer, aufmerksam und bemüht, die Besonderheiten seiner alten Heimat zu erklären. Dann verabschiedeten sie sich von den Koflers, gaben das Versprechen ab, sie auf das nächste Wiedersehen nicht lange warten zu lassen und fuhren in guter Stimmung nach Hause. Je näher sie Ulm kamen, desto stärker spürte Louise wieder das bedrückende Gefühl und die Enge um ihre Brust, die sie vor der Abreise lähmte.

Mattuschke hatte über seinen Späher von Louises unvorhergesehener Abreise erfahren und verspürte gewaltigen Zorn in seinem Inneren. Ihre Schritte fehlten ihm im Haus. Ein ganzes Wochenende war verdorben und das sozusagen zur besten ‚Sendezeit' durch diesen Schmarotzer von Ganthner.

In der neuen Woche herrschte wieder normaler Institutsalltag. Paul nahm seinen Platz ein wie auch Louise, die sich nach Veras Tod Urlaub genommen hatte.

„Ich habe von Anfang an deine Unschuld geglaubt", lächelte ihn die Mühsam an, „wie schön, dass du wieder da bist."

Louise verzog das Gesicht hinter ihr zu einer Grimasse, diese falsche Opportunistin, dachte sie. Sie war die erste, die ihn fallen ließ und keinen Moment an den Abgründen seiner Seele zweifelte. In diesem Moment gönnte sie ihr das Aussehen, das sie hatte. Sie meldete sich bei Amina, die merkwürdig reserviert war. „Von wo rufst du an?"

„Aus dem Büro, von meinem Handy."

„Was war da mit Mattuschke?", fragte sie barsch.

„Ich war total überrascht, als er plötzlich auftauchte, er kam zufällig vorbei, ich sah dich kurz und gleich wieder verschwinden, deshalb habe ich ihm gesagt, auf Paul zu warten."

Aminas Stimme wurde freundlicher. „Du musst mich verstehen, die Sache ist brisant, was ich dir sagen möchte, darf er nie erfahren, ich tue es für Vera, als ihr Vermächtnis und für dich. Am Mittwoch habe ich Zeit, wann könnten wir uns treffen?"

„Bei mir geht es um 18.00 Uhr. Wo?"

„Komm ins städtische Hallenbad, du findest mich im mittleren Becken."

Nach dem hektischen Bürotag schauten sie kurz im Silverspot vorbei. Paul hatte Lust auf ein Bier, Louise trank Tonic-Water. Das frisch vermählte Paar fehlte, Leila lachte wieder ihr Pfefferminzlächeln, sie hatte die Scheidung von Freddy eingereicht und offenbar einen neuen Verehrer gefunden, einen Knaben mit öligem Haar, wohl einen Minze- und Eukalyptussüchtigen, denn er beschnupperte sie ständig wie ein junger Hund. Er schien der Clique nicht sympathisch zu sein. Alle klopften Paul auf die Schulter, Hano verabredete einen neuen Lauftreff und nagelte ihn gleich für Mittwoch 19.00 Uhr fest.

„Dass du mir nicht schlapp machst nach einem Kilometer, wo du die ganze Zeit ‚gesessen' hast." Er zwinkerte ihm zu und lächelte süffisant. Peter meinte, er hätte die Freilassung gleich vorausgesehen. Kein Wunder bei den Froschaugen. Paul musste grinsen, er kannte Ricks Bemerkung. Eric schien ihn um die Zellenerfahrung zu beneiden, welch starke Dichtkunst könnte aus dem Gemisch verzweifelter Einsamkeit und unschuldiger Verdächtigung wohl entstehen, grübelte er. Paul war allerdings nach allem anderen, als Versen zu Mute. Für morgen verabredeten sie, bei Paul zu übernachten, da er am nächsten Tag sein Lauftreffen hatte, während Louise auf das Gespräch mit Amina gespannt war.

Im Bad hörte sie wieder das eigenartige Quietschen, sie wollte Mattuschke schon mehrmals darauf aufmerksam machen, vergaß es aber immer, vielleicht genügte ein Tropfen Öl für die Technik. Sie kam nackt aus dem Bad, es war sehr warm im Zimmer, da sie die Heizung aufgedreht hatte. Müde war sie nicht, vielleicht hatte das Tonic-Water aufputschende Wirkung. Das mitgenommene Handtuch breitete sie auf dem Sessel aus, bevor sie sich darauf hockte, ein Bein unterlegte und Musik aufdrehte. Nach Katie Melua war ihr zumute, ‚The One I Love Is Gone', sie hörte die getragenen, wehmütigen Klänge und schloss die Augen. Sie hatte Paul zurückgewonnen und Vera verloren. Wie eigenartig ist das Leben, um ein Haar wäre sie beider beraubt worden. Sie musste schlucken, hatte das Gefühl, Tränen auf ihrer Zunge zu spüren, salzig und bitter.

Mattuschke beobachtete sie, per Schneidersitz im Sessel sitzend, sanft ausgeleuchtet von ihrer Lampe wie von einem Fotografen. Das lange Haar floss über Nacken und Schultern, warmes Licht streifte Arme, Brust und Beine, ließ sie golden glänzen. Die Augen hielt sie geschlossen, das Gesicht wirkte wie eine

Maske, leicht wiegend im Takt der Musik. Manchmal zuckten ihre Lippen und formten die Texte der Sängerin nach, deren eindrucksvolle, akzentuierte Stimme bis zu ihm durchdrang. Seine Blicke wanderten ihren Körper entlang zu den angewinkelten Schenkeln und deren glatter Haut. Er hätte schreien mögen beim Anblick ihrer Schönheit, es war ein so starkes Erlebnis, dass es ihn schmerzte. Manchmal trieb er ein teuflisches Spiel mit sich und schloss dabei für Momente die Augen. Das freiwillige Entsagen ließ Qualen des Verlangens entstehen, die nicht zu beschreiben waren und seine Wollust noch zu steigern wussten.

Die Musik war nicht mehr zu hören. Sie erhob sich, schritt in ihrem unnachahmlichen Gang direkt auf ihn zu, verweilte Augenblicke an ihrem Bett, stand unmittelbar vor ihm wie ein lebensgroßes Poster, das er in seinem Kopf zu verewigen suchte, in ihrer ganzen Anmut und Vollkommenheit.

Tränen liefen plötzlich über sein Gesicht, Tränen der Freude und Rührung, dass ihm, seinen Augen, dieser Anblick vergönnt war. Jetzt konnte er verstehen, dass Kunstliebhaber vor ihren Lieblingsgemälden zusammenbrachen, weil sie das Ausmaß der erhabenen Schönheit nicht ertragen konnten. Ihn überschwemmte ein Meer dankbarer Ergriffenheit und gleichzeitiger Unersättlichkeit. Er fühlte sich reich in seiner Macht, fürstlich beschenkt und reflektierte sein Leben mit jenem winzigen Mangel an Reue, der ein Schuldgefühl nicht ausschließt, es aber nie zum echten Gegenspieler seiner Begierden werden lässt. Diese unvergleichlichen Augenblicke trösteten ihn über die schlimmsten Phasen der Schwermut hinweg, die er im Labyrinth seiner Unvollkommenheit ertragen musste.

„Mir ihren Anblick, dieses Juwel meiner Träume zu erhalten, ist alles wert, selbst den Tod", flüsterte er leise vor sich hin. Er konnte nicht ahnen, dass sich ihm der Blick auf den unverhüllten Körper nur noch ein einziges Mal bieten würde. Hätte er es in diesem Augenblick größten Glücks und erregtester Gefühle erfahren, hätte es ihn um den Verstand gebracht.

Der verabredete Mittwoch kam, Louise fuhr - wieder beschattet - zum Schwimmbad und traf dort Amina. Eigenartig, sie im Badedress, mit zusammengesteckten Haaren zu sehen. Figürlich eher klein, hatte sie eine attraktive weibliche Figur, die Männer und Frauen gleichermaßen faszinieren konnte. Ihre Brust fest und prall, die Hüften gerundet wie Kürbisse, die Haut seidig zart.

„Ich bin froh, dass du kommen konntest. Lass uns ins Badcafé gehen."

Sie schlang das flauschige Handtuch um die runden Hüften, schlüpfte in zierliche Badeschuhe und ging voraus. Im Café war kaum Betrieb, so dass sie sich den Platz am Fenster zum Innenhof aussuchen konnten. Gedämpft fielen letzte neugierige Sonnenstrahlen ein, die noch den rechten Winkel hatten, den Innenhof zu erkunden.

„Wir sind alle von Mattuschke gesteuert", begann sie, „Vera, ich und auch du."

Louise warf ihr einen verständnislosen Blick zu.

„Vera hat seit Jahren bestimmte Dienstleistungen für ihn erbracht, Heinz setzte sie zuletzt auf dich an, um dich zu verführen. Das Ganze hat sie mir erst unmittelbar vor ihrem Tod erzählt, ich konnte es nicht fassen. Bei einem Umbau ließ er einen großen Spiegel in deine Schrankwand einbauen." Sie sah Louise mit einem Blick an, der Bestätigung signalisieren sollte.

Louise nippte an ihrem Glas. „Ja, das stimmt, als mein damaliger Freund auszog, bot er mir die Wohnung an und baute vorher um, Einbauschränke und Spiegel."

Amina räusperte sich und strich ihre Haare mit einer nervösen Handbewegung aus der Stirn.

„Dieser Spiegel ist von einer Seite durchsichtig. Er kann dich von seinem Zimmer aus betrachten, jedes Gespräch verfolgen, das du führst, während du dich unbeobachtet glaubst."

Louise hatte das Gefühl, von heißem Öl übergossen zu werden, so brannten Aminas Worte in ihr, heiß rann es durch die Adern und ließ ihr Gesicht glühen.

„Das, das kann unmöglich wahr sein", stammelte sie und verbarg es in ihren Händen. Amina rang um Fassung.

„Vera wusste davon zunächst nichts, erst als Mattuschke ihr auftrug, bei dir zu übernachten und dich vor seinen versteckten Augen zu verführen, erfuhr sie von dem Spiel und musste ihm widerstrebend Folge leisten. Sie mochte dich Louise, ich glaube sogar, dass sie sich in dich verliebt hatte, aber du konntest ihre Neigung nicht teilen. Danach war sie nicht mehr bereit, seinen Anweisungen nachzukommen. In Dubrovnik sollte sie es erneut versuchen, weigerte sich aber. Er war sehr zornig. Ab diesem Zeitpunkt beauftragte er mich, sie zu kontrollieren."

Louise schwirrte der Kopf. Es war so unglaublich, was sie da hörte, dass sie es nicht begreifen wollte. Ihr Mund war plötzlich staubtrocken, die Zunge rau wie die Haut einer Kiwi. Nur langsam ordneten sich ihre Gedanken. Damals hatte sie geglaubt, Vera sei so von Sekt und Übermut beseelt, dass sie ihre Annäherung nicht mehr richtig wahrnahm. Als sie in den Urlaubstagen heimlich zu ihr kroch, um sich anzulehnen, sollte es Mattuschke keinesfalls erfahren. Sie hatte über die kindliche Äußerung geschmunzelt, jetzt wurde ihr klar, warum sie sich vor seiner Reaktion fürchtete. Durch seine Beobachtungen gewann er immer einen Informationsvorsprung, und sie glaubte in ihrer Einfalt schon an einen sechsten Sinn, der ihn einfach erahnen ließ, was sie sich wünschte oder brauchte. Sie leerte ihr Glas und gab der Kellnerin einen Wink. Amina fiel es schwer fortzufahren.

„Ich", sie hüstelte, „ich habe große Schuld auf mich geladen. Vera konnte das Versteckspiel nicht mehr ertragen, am liebsten hätte sie dir schon während des Urlaubs reinen Wein eingeschenkt, aber das wäre sicher aufgefallen. Als du Paul kennenlerntest und die erste Nacht mit ihm in deiner Wohnung verbrachtest, hat Mattuschke alles beobachtet und eure intimen Gespräche belauscht. Das war der Anlass für sie, endgültig ihr Schweigen zu brechen. Am Tag bevor sie sich mit dir verabredete, um alles zu gestehen, hat sie mit mir gesprochen. Ich habe den unverzeihlichen Fehler begangen, Heinz zu informieren; schließlich war es mein Job, für den er mich bezahlte. Ich konnte doch nicht ahnen, dass es so enden würde."

Sie begann plötzlich zu schluchzen. Louise war erschüttert, die Hitze wich von ihr, jetzt fror sie am ganzen Körper, Schwindel erfasste sie so stark, dass sie sich am Tisch festhalten musste.

Nach einer Weile sagte sie matt: „Du meinst Mattuschke war es und kein Unfall?" Amina nickte nur und schnäuzte, Tränen rannen über ihr Gesicht.

„Ich weiß jetzt, dass er mit mir genauso verfahren würde, wenn er es erführe, deshalb unser Treffen im Schwimmbad, wo es unauffällig ist." Sie schwiegen, beide jagten angstvolle Gedanken.

„Veras Tod hat mich so sehr getroffen", fuhr sie fort, „dass ich es als Verpflichtung ansah, dir zu sagen, wofür sie in den Tod ging."

Ihre Augen wirkten wie erloschen. Als sie das Glas ergriff, um zu trinken, zitterten ihre Hände so sehr, dass sie den Inhalt verschüttete.

„Aber nach den Untersuchungen war es doch eindeutig ein Unfall?"

„Seine Leute sind raffiniert, sie leisten professionelle Arbeit und werden einen Trick gefunden haben, um es so aussehen zu lassen."

„Aber er war doch selbst erschüttert, stand gebrochen am Grab?" Sie dachte an den Morgen, als er weinend in ihren Armen lag und seine Fassung verloren hatte.

„Ich glaube, das ist echt, sie war ja seine beste Freundin, aber er musste sie töten, um dich zu behalten."

„Das verstehe ich nicht", sagte Louise völlig irritiert.

„So makaber es ist", antwortete Amina mit brüchiger Stimme, „wie beim Schach, er musste die ‚*Dame*' schweren Herzens opfern, um den ‚*König*' zu retten und sein persönliches ‚*matt*' zu verhindern. Er glaubt, dich zu besitzen, nicht aufgeben zu können, möchte dich kontrollieren, beschenken, halten mit allen Mitteln, er ist psychisch gestört, wie mir Vera sagte, kann nicht mit einer Frau schlafen, sie nicht nackt berühren. Betrachten ist für ihn der einzige Weg, Erfüllung zu finden, sie auf seine Weise zu lieben und Macht auszuüben."

„Wie furchtbar", Louise fröstelte stärker, „hätte er nicht eine Frau finden können, die sich für Geld freiwillig begaffen lässt?", fragte sie verstört.

„Es ist das Heimliche, das ihn erregt, er ist ein ‚*Hidden Voyeur*' und ich schätze, dass die Frauen, die er sucht, dir ähnlich sehen müssen."

Louise erinnerte sich an den Fotoband und das Bild der attraktiven Sina, der sie glich. In ihr hatte er offenbar seine neue ‚*Göttin*' gefunden, die er auf diese makabre Weise anbeten und beherrschen konnte.

„Deshalb musste jeder, der ihm seinen Besitz streitig machen wollte, aus deinem Leben verschwinden."

Amina hätte dringend einer Zigarette bedurft, aber hier durfte sie nicht rauchen, mit fahrigen Bewegungen durch Gesicht und Haare sprach sie weiter: „Ich wurde angeheuert, um mich mit einem deiner Verehrer fotografieren zu lassen, die Fotos sollten dich abschrecken."

Jetzt fiel Louise wieder ein, wo sie Amina vor dem Grillabend bereits gesehen hatte, auf den Bildern mit Karsten.

„Der Typ war mit GBL-Tropfen kampfunfähig gemacht, später haben sie ihn auf einer Parkbank abgelegt. Du musst nicht um ihn trauern. Eine Tracht Prügel und ein paar Scheine haben ausgereicht, dich nicht mehr sehen zu wollen und das Lokal fortan zu meiden. Der hat einen gewaltigen Hass auf dich und deinen neuen Freund."

Louise dachte an die plötzlichen Ausreden von Alex, vielleicht war man auch mit ihm so verfahren und mit Paul; ein schrecklicher Gedanke schoss ihr durch den Kopf. Wollte Mattuschke ihn umbringen, als er auf die Gleise gestoßen wurde, hatte er die Sache mit dem Einbruch eingefädelt? Aber er konnte es nicht gewesen sein, er besaß die Visitenkarte noch. Gab es einen weiteren, der Paul von der Bildfläche wünschte? Karsten, aus Rache an ihr?

Ihr Schädel hämmerte wild, alles um sie herum begann zu kreisen. Ihr war übel, sie wollte nur noch in ihr Bett und doch wieder nicht, weil er sie beobachten würde.

Völlig niedergeschlagen erhob sie sich, die Erkenntnis fuhr ihr wie ein Strahl messerscharfen Lichts in die Augen und zerschnitt das heimelige Wohngefühl, das sie bisher hatte, zentnerschwer fühlte sie sich. Sie verabschiedete sich von Amina.

„Vera hätte gewollt, dass du ihre Nachricht weitergibst, dafür danke ich dir. Mit der Schuld, sie verraten zu haben, musst du alleine fertig werden."

„Das Gespräch hat nie stattgefunden, mach dich bitte nicht verdächtig."

Louise wusste, was davon abhing, sie sah die Furcht in ihren Augen.

„Ich habe dich nie getroffen. Nur noch eine Frage, weißt du, wer mich beschattet?"

„Nein, wenn ich eine Bemerkung von Heinz richtig verstanden habe, sind es seine Leute und jemand als Informant, vielleicht eine Frau wie Vera und ich?"

Sie fuhr nach Hause, huschte im Dunkeln ins Bett, fühlte unsägliche Enttäuschung und grenzenlose Wut in sich. Wie konnte sie sich in Mattuschke nur so täuschen. Vom Dankbarkeitskonto hatte er gesprochen. Glaubte er tatsächlich, seine Schuld damit begleichen zu können? Erst jetzt kamen ihr Situationen intimster Art in den Sinn, in denen er sie beobachtet haben könnte. Allein die Vorstellung war unerträglich, sie glaubte, in Scham und Erniedrigung ertrinken zu müssen. Schwäche überkam sie, kalter Schweiß trat auf die Stirn, sie wankte ins Bad, um sich zu übergeben. Ihr Kreislauf brach zusammen.

Am nächsten Morgen konnte sie nicht aufstehen; sie rief Gila an, die nicht zögerte, einen Krankenwagen anzufordern. Nach einer Woche Stabilisierung wurde sie entlassen. Hatte sie noch in der bewussten Nacht vor dem Schwächeanfall den brennenden Wunsch, den Spiegel einzuschlagen und ihm ins Gesicht zu schreien, welch niederträchtiger Perverser er sei, wurde ihr die Gefahr, in der sie und andere schwebten, immer deutlicher bewusst. Sie musste das erniedrigende Spiel, das sie bis in die tiefsten Winkel ihrer Seele verwundet hatte, vorerst mitspielen, um ihn keinen Verdacht schöpfen zu lassen und sich heimlich nach einem neuen Domizil umsehen. Im Krankenhaus, mit Medikamenten sediert, gingen ihr die schönen gemeinsamen Momente und Wohltaten Mattuschkes durch den Kopf. Es war nicht zu leugnen, sie lebten ausgesprochen harmonisch zusammen, fast wie ein Paar, es war zweifellos eine glückliche, reiche Zeit ihres Lebens. Aber wie naiv war sie, in ihm nur den freundlichen Gutmenschen zu sehen? Sie hatte ihm vertrauensvoll Einblick in ihre Seele, Gedanken und unfreiwillig auch ihr Intimstes gewährt wie durch offene Tore eines verlassenen Hauses. Jetzt war diese Erinnerung zerstört, der scheinbar beste Freund und Vertraute verloren, genauso wie die Freude, die sie stets in ihrer Wohnung empfunden hatte, Sicherheit und Geborgenheit. Hätte er damals Wünsche geäußert, wer weiß, welche sie in ihrer grenzenlosen Dankbarkeit erfüllt hätte. Aber so fühlte sie sich in viel schlimmerem Maße betrogen und hintergangen, als von Rick. Er war krank, eiskalt in der Durchsetzung seiner Interessen und glaubte, sie auf seine abartige Weise lieben und besitzen zu können. Sie hatte das Gefühl, mitten auf hoher See Schiffbruch erlitten zu haben.

Lange rang sie mit sich, Paul ins Vertrauen zu ziehen. Dann aber müsste sie ihm sagen, dass auch er in den Liebesstunden mit ihr beobachtet wurde, ein Gedanke, der sie abschreckte. Er würde sofort Anzeige erstatten. Mord und versuchten Mord würde man nicht nachweisen können, es bliebe nur ein Verstoß wegen Verletzung ihres höchstpersönlichen Lebensbereichs; sie hatte einen befreundeten Anwalt angerufen, § 201 a des Strafgesetzbuchs, wenn sie ihn richtig verstanden hatte, mit einer relativ geringen Höchststrafe, einer Verhöhnung ihrer inneren Qualen. Sie musste es noch für sich behalten, nur mit Gila könnte sie darüber reden.

Paul war sehr beunruhigt über Louises Zustand, von dem er erst am Morgen der Einlieferung erfuhr. Gila informierte ihn gleich, er ärgerte sich, dass er am Vorabend sein Handy ausgeschaltet hatte, wahrscheinlich versuchte sie noch, ihn zu erreichen. Wenn er sein Lauftraining machte, nahm er es zwar mit, schaltete es aber aus, weil er dabei nicht gestört werden wollte. Außerdem hatte er meist die Stöpsel des iPods im Ohr, um seiner Lieblingsmusik zu lauschen, die ihn entspannte. Zur Zeit ‚*Carmina Burana*‘, eine Aufnahme des Radio-Symphonie Orchesters Berlin, die er ständig hörte, mittelalterliche Gesänge über Sitten, Missstände, pralles Leben dieser Zeit, rhythmisch umgesetzt und ausdrucksstark. Wie hatte er auf dem Cover gelesen, ‚*Orffs Musik auf einer CD nimmt sich aus wie Wagner auf der Mundharmonika*‘, das hatte ihm gefallen. Hano, der so großspurig seine Kondition in Frage stellte, hielt nur bis zum zweiten Drittel der Strecke mit. Erst auf dem Rückweg las er ihn wieder auf. Er sagte nichts zu ihm, empfand es aber als kleinen Triumpf. Weil es danach spät war, meldete er sich nicht mehr bei Louise.

Bleich und ruhiggestellt, lag sie im Bett, angeschlossen an eine Infusion. „Was machst du nur für Sachen?" Sein liebevoll besorgter Blick wärmte sie. „Die Aufregungen der letzten Tage waren zu viel für dich. Jetzt kommen ruhigere Zeiten", sagte er aufmunternd. Davon war sie keinesfalls überzeugt.

Ein riesiger Blumenstrauß schob sich langsam durch die Tür. Mattuschke besuchte sie. Sie musste sich abwenden, als sie sein bekümmertes Gesicht sah, schloss die Augen. Er dachte, sie sei eingeschlafen, saß noch eine Weile am Bett, berührte ihre kühle Hand, dann schlich er auf Zehenspitzen aus dem Zimmer.

Gila holte sie an der Klinik ab, Paul hatte eine Konferenz, die ihn leider daran hinderte, und fuhr sie in ihre Wohnung. Er war zwar nicht damit einverstanden, beugte sich aber dem Argument, sie dort den ganzen Tag über betreuen zu können. Auch Mattuschke war nicht glücklich darüber, schließlich sei er ständig in der Nähe, im übrigen könne Frau Schlemil, die an zwei Tagen in der Woche reinige, einen weiteren kommen. Die Ruhe und Abgeschiedenheit in Gilas Wohnung empfand Louise wie Urlaub. Im Krankenhaus hatte man sich sehr um sie bemüht, aber der hektische Ablauf verschaffte ihr nicht die Ruhe, die sie benötigte. Dauernd öffneten sich Türen, vom Gang drangen Geräusche zu ihr bis in die Nacht hinein, und wenn sie eingeschlafen war, standen gerade Fieber-, Blutdruckmessen, Visite oder Kontrollgänge der Nachtschwester an. Besonders strapaziös waren Besuche ihrer Mutter, die sich in gutgemeinten Vorwürfen erschöpften, von Mattuschke, weil sie sie stark aufregten und von Hano, der dort arbeitete, laufend Zugang hatte und wie ein Wasserfall auf sie einredete. Sie fand es zwar rührend, wie er sich um sie sorgte und sie mochte, aber es war zu viel des Guten. Den ersten Tag bei Gila verschlief sie fast vollständig.

Als sie auf ihrer Bettkante saß und meinte, wieder besser auszusehen, erzählte sie ihr, was zu ihrem Zusammenbruch führte und von dem schrecklichen Verdacht, den Amina hegte. Gila hörte mit schreckgeweiteten Augen zu, ohne sie zu unterbrechen, was eine höchst anerkennenswerte Leistung war.

„Wie fürchterlich, du tust mir so leid Louise, ich kann nur versuchen, nachzuempfinden, wie du dich fühlen musst", presste sie hervor.

Eine lange Pause entstand. Louise war erschöpft vom Reden und den aufgekommenen Erinnerungen, Gila brauchte Zeit zum Nachdenken.

„Jetzt habe ich endlich die Erklärung für sein unverständliches Verhalten, ich habe oft darüber nachgedacht, warum er den Wohltäter spielt. Du hättest stutzig werden müssen. Das war deine unbewusste Gegenleistung. Ich bin überzeugt, dass er hinter Veras Tod, den Anschlägen auf Paul und dem mysteriösen Unfall seiner Frau steckt. Hat er dir gegenüber jemals von ihr gesprochen?"

„Nein, das war ein Thema, das immer vermieden wurde, dafür hat er öfter eine Artistin des Zirkus, in die er wohl sehr verliebt war, erwähnt."

„Allein das wäre schon ein Indiz für das schlechte Gewissen seiner Frau gegenüber, die er aus der Erinnerung gestrichen hat. Es war richtig, dass du besonnen reagiert hast und nicht mit der Tür ins Haus gefallen bist. Solange er nicht ahnt, was du weißt, bist du im Vorteil. Es ist gefährlich und eine fürchterliche Situation, unter Beobachtung in der Wohnung zu sein, aber es wird dir vorerst nichts anderes übrig bleiben, wenn du ihn nicht anzeigen willst."

„Ich muss mir eine andere Bleibe suchen, bist du mir behilflich?"

„Natürlich, ich kenne eine Maklerin, sie glaubt dann, ich suche eine größere für mich."

Noch am gleichen Tag setzte sie sich mit ihr in Verbindung und studierte entsprechende Angebote. Louise kehrte in ihre Wohnung zurück. Es war ein eigenartiges Gefühl, dort, wo sie vertraut war, plötzlich mit dem Bewusstsein zu leben, bei jedem Schritt beobachtet und bei jedem Wort belauscht zu werden. Unsicher bewegte sie sich wie in einer fremden Umgebung. Öfter hatte sie von Bekannten gehört, wie unwohl und unsicher sie sich nach einem Einbruch in ihr Heim fühlten, im Wissen um ihre verlorene Intimität. Ihr Empfinden war ähnlich, obwohl die Situation viel schlimmer war. Ein Glück, dass wenigstens das Bad seinen Blicken verborgen blieb. Paul kam zu ihr und wollte die Nacht über bei ihr bleiben, eine undenkbare Vorstellung unter den gegebenen Umständen. Sie lehnte es mit allerlei Begründungen ab, es tat ihr weh, zu sehen, dass er verletzt war. Sie schmiegte ihren Kopf fest an seine Brust.

„Ich habe Angst um dich, der Gedanke, dass dir wieder etwas passieren könnte, lässt mich nicht zur Ruhe kommen." Er umarmte sie, gab ihr einen flüchtigen Kuss und verließ sie schweigend. Wie sollte er ihre Reaktion verstehen? Als er den Wagen zuhause abstellte, hörte er ein leises Zischen, beugte sich hinunter, das Geräusch kam von einem Reifen, der merklich Luft verlor. Bald würde es ein Plattfuß sein, dachte er, ausgerechnet. Morgen würde er zu Fuß zum Institut gehen müssen. Sollte die Unglückssträhne noch immer nicht enden? Am besten würde er Louise überhaupt nicht mehr mit seinem Wagen besuchen. Verärgert ging er zu Bett. Entgegen sonstiger Gewohnheit ließ er auch nicht mehr bei ihr durchläuten, um zu signalisieren, gut angekommen zu sein.

Gila hatte schon nach wenigen Tagen Erfolg: eine interessante Wohnung, gut geschnitten, in zentraler und doch ruhiger Lage zu günstigem Preis. Sie wurde vor kurzem renoviert, bald darauf erhielt der Mieter einen Versetzungsbescheid, dem er als Beamter nicht widersprechen konnte. Gila berichtete es am Telefon, Louise antwortete nur mit ja, nein oder schön, um sich nicht zu verraten, Gila hatte aber Einfühlungsvermögen genug, die sonst sicher gestellten Fragen zu erahnen und auf alle wichtigen Details einzugehen.

„Wenn du Zeit hast, kann ich dich nach dem Essen abholen, um sie zu besichtigen."

Louise antwortete laut: „Ein Kaffeeklatsch bei dir im Hof. Originell, da komme ich gerne Gila."

Zum ersten Mal fiel ihr auf, dass ihr diskret ein Wagen folgte, sie schaute bewusst nicht häufiger in den Rückspiegel, um sich nicht zu verraten. Amina hatte also Recht. Sie parkte in der Straße vor Gilas Haus, stieg aus und schnäuzte sich umständlich. Aus dem Augenwinkel beobachtete sie, wie der Wagen langsam um die Ecke bog, so als suche er in der Nähe einen Parkplatz. „Dich werde ich schon überlisten", sagte sie grimmig und stapfte ins Haus. Gila hatte ihre Bemerkung sofort verstanden und ihren Wagen im Innenhof abgestellt. Sie stiegen ein und verließen das Gebäude mit Gilas Gefährt unbemerkt.

Die Wohnung gefiel ihr auf den ersten Blick. Die Tapete entsprach zwar nicht ihrem Geschmack, aber alles war neu und ordentlich. Sie hatte ein Wohn-Esszimmer mit abgeteilter Küche, Schlafzimmer und zwei weitere lichte Räume zum gepflegten Garten hinaus, die als Arbeitszimmer zu nutzen wären. das Bad war geräumig, größer als ihr jetziges. Sie fiel Gila um den Hals. „Du bist wirklich meine Rettung."

Den Mietvertrag unterschrieb sie noch am selben Tag. Auf dieselbe Weise fuhren sie zurück. Als sie Gilas Haus verließ und ihren Wagen startete, folgte ihr der Wagen des Unbekannten und schwenkte erst kurz vor dem Betriebsgelände ab.

Die nächste Nacht verbrachte sie bei Paul, um ihn zu besänftigen, obwohl es ihr mehrmals auf der Zunge lag, erzählte sie ihm nichts von der neuen Wohnung, aus Angst, er könnte sich verplappern. Zum passenden Zeitpunkt würde sie ihn überraschen. Auch er behielt den erneuten Reifenverlust und ominösen Drohanruf, sich künftig von Louise fernzuhalten, für sich, um sie nicht zu verunsichern. Ohne Zweifel standen die Aktionen gegen ihn mit ihr in Zusammenhang.

Für die Wohnung war einiges zu erledigen. Wie sollte das geschehen bei permanenter Beschattung? Sie fuhr ins Büro, ließ den Wagen dort stehen und in der Mittagspause mit dem Bus ins Zentrum, um in aller Hast das Notwendigste zu erledigen oder kleinere Gegenstände zu exportieren, wie sie den Umzug in Raten nannte. Auf diese Weise blieb ihr Wagen an derselben Stelle, an der sie ihn morgens geparkt hatte, so dass ihr Verfolger keinen Verdacht schöpfte. Gila konnte ebenfalls einiges für sie erledigen. Es war eine Situation wie bei konspirativen Treffen mit der ständigen Angst vor dem ‚großen Bruder' im Nacken. „Lass uns doch die Mittagspause zusammen verbringen", beschwerte sich Paul über ihre häufigen Alleingänge. „Frag nicht, es wird eine Überraschung für dich, bald hat es ein Ende", funkelte sie ihn mit geheimnisvollem Blick an.

Sie trafen sich nach längerem wieder im Silverspot. „Wie geht es dir Louise, wir waren sehr beunruhigt nach Hanos Bericht?" „Danke, das ist lieb, es geht wieder, war wohl alles etwas zu aufregend in der Vergangenheit." Hano legte den Arm fürsorglich um sie und zog sie fest zu sich. „Wie schön, dass wir dich wieder hier haben."

„Was hältst du von Leilas neuer Flamme? Ich finde den Kerl grässlich. Lass es sie nur nicht hören", flüsterte sie. Hano zeigte ein abfälliges Grinsen. Eric hatte, wie könnte es auch anders sein, ein paar Verse auf sie gedichtet, wirklich berührend. Er lächelte glücklich, als er ihre Ergriffenheit bemerkte. Sie waren alle herzlich, undenkbar, dass einer von ihnen Mattuschkes Informant sein könnte. Oft hatte sie sich den Kopf darüber zerbrochen, zunächst hielt sie es nur für eine Vermutung, aber seit sie den Unbekannten hinter ihr herfahren sah, wurde sie real. Sophie kam schwitzend von der Tanzfläche, begrüßte sie und sandte Paul das Blitzen ihrer Augen. Peter offerierte eine Zusatzversicherung bei Krankenhausaufhalten. Er konnte es einfach nicht lassen. Als sie aus der neuen Wohnung kam, wäre sie fast mit ihm zusammengestoßen, er kam von einem Versicherungsfall aus dem Nachbarhaus. Im letzten Augenblick konnte sie sich in den Eingang zurückziehen. Leila benahm sich plötzlich ganz anders als sonst, reserviert. Sollte sie …?

„Louise lass uns tanzen", forderte Paul sie auf, sie bewegten sich, eng aneinander geschmiegt, ihr Kopf an seiner Schulter, die Arme umschlossen sie fest. Er ist der Mann meines Lebens, war sie sich sicher. So verstanden hatte sie sich noch von keinem gefühlt. Wäre sie nur das ständige Angstgefühl los, das sie seit dem Bahnhofszwischenfall nicht mehr verlassen hatte. In der neuen Wohnung wäre alles anders. Mattuschke würde sie vor vollendete Tatsachen stellen, seinen Kredit zurückzahlen. Nur ungestraft dürfte die Sache nicht an ihm vorübergehen. Noch hatte sie keine Lösung gefunden.

Für größere Teile, die nicht auf versteckte Art zu transportieren waren, hatte sie Panneders Lieferwagen geordert. Mattuschke war nach Heilbronn gefahren, die Gelegenheit günstig. Sollte er nach der Musikanlage fragen, war sie eben in Reparatur oder für eine neue in Zahlung gegeben. Sie wartete, der vereinbarte Zeitpunkt war längst überschritten, aber der Wagen kam nicht. Telefonisch war er nicht zu erreichen. Konnte sie sich auch auf ihn nicht mehr verlassen, der sonst immer pünktlich war? Tatsächlich erschienen Panneders Leute vor der vereinbarten Zeit am Tor, als Mattuschkes Mitarbeiter ihnen die Durchfahrt verwehrten. „Anordnung vom Chef, hier darf keiner passieren. Frau Leblanc ist auch nicht im Haus, es hätte ohnehin keinen Sinn." Verärgert fuhren sie wieder zurück. Fahrt und Diskussion hatten Zeit gekostet, die sie anderweitig wieder einsparen mussten. Als Louise später die näheren Umstände erfuhr, kochte sie vor Wut. Woher wussten sie von der geplanten Aktion? Saß der Informant in der Försterklause, war es einer ihrer eigenen Kollegen? Offiziell wussten nur Gila, Panneder und die Clique von der Transportfahrt. Ihre Stimmung war so niedergeschlagen, das sie froh war, den Abend für sich zu haben, zumal sie wusste, dass Mattuschke über Nacht wegblieb, Paul war mit Hano zum Laufen verabredet.

Am Abend arbeitete sie noch ein paar Dinge für den Betrieb auf, als ihr der Gedanke kam, seine Abwesenheit für eine Wohnungsinspektion zu nutzen. Sie hatte den Schlüssel, um Mirka zu füttern, an Tagen, an denen er und Frau Schlemil nicht da waren. Sie schlich hinein. Alles war penibel aufgeräumt, das Katzenschälchen ausgeschleckt, in der Spüle stand noch ein Whiskyglas mit dem Rest einer braunen Flüssigkeit am Boden. Die Küche roch nach dem alkoholischen Inhalt, moderig und nach Malzbonbons. Vorsorglich füllte sie das Katzenschälchen für den Fall, dass Mattuschke unverhofft zurückkommen oder einer seiner Vasallen ihm vom Licht in der Wohnung berichten sollte. Dann gäbe es einen plausiblen Grund, die Wohnung betreten zu haben.

Sie öffnete den Schrank, in dem er seine Alben aufbewahrte. Als sie damals das Foto von Sina entdeckte, hätte sie gerne weitergeblättert, aber er stellte es zurück. Sie schlug es wieder auf, eigenartig, ihn als jungen Mann zu sehen, schmaler und ohne Bärtchen. Bilder aus der Zeit bei Kornfeld folgten, alle sorgfältig mit Daten versehen. Eine markante Persönlichkeit dieser Kornfeld, dachte sie beim weiteren Blättern. Ein Foto zeigte ihn und Heinz mit einer gutaussehenden Frau, die lässig den Arm um ihn legte. Sollte das seine Frau gewesen sein? Es folgten Bilder von der jungen Trapezartistin Britta, die sehr sympathisch wirkte, als Seiltänzerin und etwas älter, in Jeans und Bluse mit verliebtem Blick zum Fotografen. Ein paar Seiten weiter stutzte sie, ein handgeschriebener Brief, statt Fotos, den sie schnell überflog. Kornfeld kündigte ihm Freundschaft und Verbindung auf, offenbar im Zusammenhang mit dem Tod seiner Frau. Augenblicklich lief es ihr kalt über den Rücken. Danach befanden sich keine Bilder mehr im Buch. Sie legte es wieder zurück. Über die Umstände der mysteriösen Kündigung hätte sie gerne mehr erfahren. Als sie die Schublade herauszog, in der er Pauls Visitenkarte aufbewahrte, pfiff sie leise durch die Zähne. Drei weitere lagen dort, Paul hatte ihm nur eine gegeben. Dann könnte er ja doch ...? Sie wagte den Gedanken kaum fortzusetzen. Daneben fand sie einen Zettel mit aufgekritzelter Telefonnummer, irgendwie kam sie ihr bekannt vor. Sie nahm ihren Stift aus der Hosentasche und schrieb sie neugierig auf.

Alle Räume der Wohnung waren ihr bekannt, außer seinem Schlafzimmer, dem einzigen neben dem Bad, das an ihre Wohnung anschloss. Vorsichtig öffnete sie die Tür, das Zimmer war größer, als vermutet. Ein antiquiertes Doppelbett mit geblümter Tagesdecke stand an der Kopfseite, die an ihr Zimmer grenzende Mauer war mit einer Bücherwand verkleidet, die vom Boden bis zur Decke reichte. Über und über mit Büchern bestückt, einige lagen quer über den stehenden, ein bibliophiler Anblick von Unordentlichkeit, den sie hasste. Sie war verblüfft. Das, was sie anzutreffen befürchtete, gab es nicht. Für einen kurzen Moment strömte Erleichterung durch ihren Körper, Amina musste sich geirrt haben, aber woher kamen dann die Detailkenntnisse und Veras Verführungsversuch, den es tatsächlich gab? Ihr fiel wieder ein, wie sie sich in beschwipstem Übermut vor dem Spiegel verbeugte, mit den Schultern zuckte und Handküsse verteilte. Sie fand es damals irrsinnig komisch. Sie begann die Wand zu untersuchen. Mirka lief ihr zwischen den Beinen durch. Das würde noch fehlen, wenn sie sich hier versteckte, wüsste Mattuschke sofort, dass jemand in seinem Schlafzimmer war. Sie packte die sich heftig sträubende am Kragen und sperrte sie ins Bad, sie sah kampfeslustig aus, als ahnte sie Louises Vorhaben.

Die Wand schloss an Seiten und Decke bündig ab. Trotz kräftigem Schieben und Ziehen war sie nicht zu bewegen. Beim näheren Hinsehen entdeckte sie am linken Seitenabschluss einen Spalt, als ob der Schreiner die Abschlussleiste nicht genau gesetzt hätte. Plötzlich kam ihr eine Idee. Die Seite schloss an eine kleine Abstellkammer an, in der Frau Schlemil Geräte und Putzmittel verstaute. Sie öffnete die Tür. Der Raum müsste exakt die Tiefe des Schlafzimmers haben, da er dieselbe Wand besaß, zuzüglich der dort vorgebauten Bücherstellage. Optisch schien die Tiefe gleich zu sein. Sie lief in ihre Wohnung und kam mit einem Metermaß zurück. Exakt dieselbe Tiefe. Also musste auch die Abstellkammer den gleichen Vorbau haben und das konnte nur bedeuten, sie sagte es wie bei einer Quizfrage laut vor sich hin. „Die Bücher werden ein Stück nach links verschoben in eine doppelte Abstellkammerwand hinein. Eine wirklich raffinierte Konstruktion, die auf den ersten Blick niemandem auffallen konnte.

Ihre Hände zitterten, sie hatte die Lösung entdeckt, jetzt galt es nur, den Mechanismus zu finden, um das Bücherregal wegzuschieben. Sie probierte Verschiedenes ohne Erfolg, Schweiß trat ihr aus den Poren, sie war der Aufdeckung so nahe, aber das letzte Steinchen des Mosaiks fehlte. Sie ließ den Blick über die Wand bis zum Boden hinab schweifen. Dort gab es zwei Wülste, wie Türstopper zum Schutz der Wand eingebaut. Sie drehte und zog an dem, der am nächsten war. Es gab einen Ruck, als wenn man etwas ausklinkt. Jetzt ließ sich die Wand mühelos auf Rollen in einer tief liegenden Schiene nach links schieben. Beim Anblick, der sich ihr bot, schlug sie entsetzt die Hände vor den Kopf. Wie ein Panoramabild lag ihr Zimmer vor ihr, zum Greifen nahe. Der Durchblick des Spiegels offenbarte jedes Detail, sie hatte sogar das Gefühl, dass er vergrößerte, aber vielleicht war es nur Einbildung. Sie lief in ihre Wohnung, stellte die nicht transportierte Musikanlage leise an und löschte das Licht bis auf den warmen Schein der Stehlampe. Selbst bei dieser Beleuchtung waren Einzelheiten zu erkennen und die leise Musik hörbar. Wieder krampfte sich alles zusammen. Wie oft war sie arglos durch das Zimmer gelaufen, hatte im Sessel neben der Lampe verweilt, gelesen oder sich geliebt. Nichts war seinen Augen verborgen geblieben, nichts seinen Ohren, selbst das leiseste Stöhnen. Sie fühlte sich von seinen Augen vergewaltigt, wie vor einer hämischen Menschenmenge entkleidet und gesteinigt. Obwohl die Erinnerung ihr in den vergangenen Tagen tausende Bilder intimer Momente überspielt hatte, die sie vor Scham erröten ließen, wurde ihr das wahre Ausmaß der erniedrigenden Situation erst in diesem Augenblick bewusst.

Sie ließ sich auf das Bett sinken und den unwillkürlich fließenden Tränen freien Lauf. Wie konnte solche Ambivalenz in einer Menschenseele stecken, liebevoller Wohltäter, der sie anbetete, zynisch feiger ‚*Vergewaltiger*' und womöglich kaltblütiger Mörder. Schauer liefen über ihren Rücken und erzeugten Gänsehaut. „Jeder Mensch trägt eine hässliche Seite, einen verachtenswerten Teil ‚Ich' in sich, der in jedem Moment ausbrechen kann", hatte ihr Vater einmal gesagt. Als sie die Wand wieder verschließen wollte, fiel ein zusammengeklapptes Stativ hinunter, in einer schwarzen Lederhülle entdeckte sie einen Camcorder. Hatte er sie nicht nur heimlich beobachtet, sondern auch gefilmt? Die Vorstellung ließ sie schier verzweifeln. Regungslos verharrte sie einige Minuten, bevor sie die Wand zurückschob und den Hebel einrasten ließ.

In der Wand stand ein kleines Holzkästchen zwischen den Büchern, das sie herausnahm und öffnete. Wie befürchtet, war es mit CDs gefüllt, alle mit einem ‚L' und verschiedenen Daten gekennzeichnet. Sie musste sie nicht ansehen, um zu wissen, was sie beinhalteten. Sie zog die Decke glatt und verließ den Raum, nicht ohne ihn abzuschließen, wie im früheren Zustand. Als sie das Bad aufsuchte, um sich die Hände zu waschen und das heiße Gesicht zu kühlen, sah sie einen Schemel an die fortlaufende Wand gerückt. Neugierig stieg sie darauf. In Augenhöhe war der Lüftungsschacht von einem lamellenartigen Gitter verdeckt. Sie bewegte den kleinen Schieber mit leisem Quietschen, es hörte sich an, wie die Laute, die Mirka von sich gab. Ein schrecklicher Verdacht kam in ihr hoch. Je nach Einstellung hatte man über einen eingebauten Spiegel Einblick in ihr Bad, Dusche, Waschbecken und Spiegel. Zittrig brachte sie alles wieder in die Ausgangsposition und ließ Mirka frei. Wie sollte sie es fertigbringen, ihm zu begegnen, ohne ihm die Augen auszukratzen.

In der Nacht quälte sie der Gedanke, dass er die Aufnahmen nicht nur für den eigenen Gebrauch genutzt, sondern über Internet anderen zur Verfügung gestellt haben könnte. Vielleicht hatten sich bereits Leute aus ihrem Umfeld daran geweidet, sie erkannt und die Entdeckung weitergegeben. Dann hätte sie überall die Ehre verloren. Es war höchste Zeit, mehr über Mattuschke und seine Gefährlichkeit zu erfahren.

Ihr kam die Idee, sich mit Kornfeld in Verbindung zu setzen, seine Nummer hatte sie im Büro herausgefunden. Zunächst war er nicht zu einem Gespräch bereit. „Die Akte Mattuschke ist für mich endgültig geschlossen", meinte er kurz angebunden. Erst als sie ihre Situation und Gefährdung andeutete, vereinbarte er einen Termin. Den Tag nahm sie frei, für die Strecke von einhundertachtzig Kilometern bis zu Kornfelds Domizil würde sie knapp zwei Stunden benötigen und könnte vor dem Abend wieder zurück sein. Der Tag passte gut, weil Paul eine längere Ausschusssitzung hatte. Als sie losfuhr, merkte sie, dass ihr wieder ein Wagen folgte, ein anderer, als der bisherige, vielleicht bildete sie es sich nur ein, trotzdem suchte sie nach einer Möglichkeit, ihn abzuschütteln.

Sie bot sich an einer Ampel, die bereits markantes Gelb zeigte, sie blinkte nach rechts und bog ab, gerade als sie sich rot färbte. Da sich zwischen sie und den vermuteten Verfolger noch ein Wagen geschoben hatte, musste er anhalten und konnte ihr nicht folgen. Sie fuhr hinein in die Straße, unschlüssig wohin. Als sie das Schild eines Eier- und Käsegroßhandels sah, steuerte sie in dessen Einfahrt, drehte und blieb versteckt mit Blick auf die Straße stehen. Der Verfolger fuhr in zügigem Tempo vorbei. Ihr Herz klopfte wie wild, die Szene hätte in einen Kriminalfilm gepasst. „Kommissarin Louise ermittelt", sagte sie ironisch, verließ die Einfahrt und fuhr dasselbe Stück wieder zurück auf die alte Strecke, der Wagen tauchte nicht mehr hinter ihr auf.

Kornfeld musste weit über siebzig Jahre sein, aber man sah ihm sein Alter nicht an, ein großer Mann, mit vollem, schneeweißem Haar, schmalem Oberlippenbart und aristokratischer Aura. Er trug einen Anzug mit feinen Nadelstreifen, eine farblich passende Krawatte mit perlenbestückter Nadel. Galant begrüßte er sie mit Handkuss und führte sie in einen Raum, der früher vielleicht das Raucherzimmer gewesen war. Tabakgeruch konnte sie nicht mehr wahrnehmen. Die Einrichtung strahlte dezent Wohlstand aus.

Bilder von Kandinsky hingen an den Wänden, wenn sie es richtig deutete. „Was darf ich Ihnen anbieten Frau Leblanc?", sie war erstaunt, dass er ihren Namen nach dem kurzen Telefongespräch behalten hatte. Während sie Wasser nahm, schenkte er Cognac in ein dickbauchiges Glas ein, das er lange unter der Nase schwenkte.

„Eigentlich wollte ich Sie nicht empfangen, das Thema Heinz Mattuschke ist für mich erledigt, aber dann hatte ich das Gefühl, ich könnte Ihnen helfen. Der alte Wohltäter in mir", lächelte er.

Es war noch seine Masche des Gutmenschen. Sie informierte ihn offen über die wesentlichen Gesichtspunkte des eigenwilligen Mietverhältnisses, ließ auch die Entdeckung des beidseitigen Spiegels, Veras Tod und die Anschläge auf Paul nicht aus. Als sie geendet hatte, Kornfeld unterbrach sie nur einmal wegen einer Rückfrage, wirkte er betroffen, aber nicht überrascht und schaute sie lange schweigend an.

„Sie sind eine sehr natürliche, charmante, ehrliche Frau. Nicht sehr häufig in unserer Zeit, kein Wunder, dass sie ihm gefallen. Ich glaube, dass er zu allem fähig ist, ich werde Ihnen etwas zeigen."

Er stand auf, verließ das Zimmer und kam kurze Zeit später mit einer dicken Mappe zurück, die er vor ihr aufschlug. Sie sah Bilder aus Kornfelds Privatleben, offenbar von Einladungen oder Festen, die in seinem Haus stattfanden. Mattuschke war auf einigen zu sehen, zuletzt häufiger mit einer Frau, die sie bereits auf dem Foto seines Albums undeutlich entdeckt hatte, der, die ihren Arm um ihn legte.

„War das seine Frau?", fragte sie. „Ja, das war Martine, damals meine tüchtigste Mitarbeiterin, ein Engel. Sie war unsere heimliche Tochter."

Er hielt inne in Erinnerung an sie, schien mit seiner Rührung zu kämpfen: „Ich habe sie wie ein Vater geliebt."

Louise blätterte weiter, es folgten Zeitungsausschnitte von einem Autounfall und einer Todesanzeige. Es lief ihr kalt den Rücken hinunter. Kornfeld nahm ihr die Mappe aus der Hand und legte sie aufgeschlagen auf den Tisch. „Heinz war ein äußerst cleverer, ehrgeiziger junger Mann mit Manieren und vielen Talenten, als ich ihn einstellte. Er hatte Weitblick, Verhandlungs- und Überzeugungsgeschick wie kein zweiter, Mut und Geduld, was den meisten hitzigen Burschen in diesem Alter fehlt. Er ließ sich nie, fast nie, zu unüberlegten Reaktionen verleiten, alles was er tat, war abgeklärt, kalkuliert, vorausberechnet. Ich hatte mir ein kleines Wirtschaftsimperium aufgebaut, nicht immer mit legalen Mitteln, inzwischen habe ich alles verkauft und lebe von den Erlösen", er lächelte zufrieden, „gar nicht mal so schlecht, wie Sie sehen. Er wurde zu meiner rechten Hand und sehr erfolgreich, wirklich außerordentlich erfolgreich. Wir fanden auch privat zueinander. In der Durchsetzung unserer Interessen war er eiskalt, das Geschäft verlangte es." Er sagte es mit der Andeutung eines entschuldigenden Blickes. „Obwohl er blendend aussah, gab es nie Frauengeschichten, ich dachte schon, er habe andere Neigungen. Dann brachte ich ihn mit Martine, unserem Engel zusammen, die beiden wurden ein Paar, meine Frau und ich waren glückliche Trauzeugen. Wir fühlten uns wie Brauteltern."

Er nahm einen vorsichtigen Schluck aus dem Glas, behielt ihn lange im Mund, bevor er ihn langsam die Kehle hinunter gleiten ließ. „Diese wunderbare milde Glut", murmelte er kaum hörbar. Er machte eine ausladende Handbewegung. „Sie waren ein Traumpaar, jedenfalls wirkte es so auf alle, mit Stil und Glamour. Ja, das hatte etwas, ganz ohne Zweifel", meinte er in versonnener Erinnerung.

„Beide arbeiteten erfolgreich für mich weiter, hatten aber auch eigene lukrative Engagements. Da passierte etwas völlig Unvorhergesehenes", er beugte sich zu Louise, als müsse er das Gesagte vor unerwünschten Zuhörern verbergen, „Mattuschke wurde erwischt, als er in das Schlafzimmer einer Frau eindrang, um sie zu beobachten und wurde verurteilt. Martine war untröstlich, sie zogen weg wegen des gesellschaftlichen Skandals und bauten eine neue Existenz in Ulm auf. Wir waren tief getroffen. Die Ehe bekam einen Knacks, wir wussten, dass Martine später einen jungen Mann lieben lernte und sich von Heinz trennen wollte, sie hat es uns kurz vor ihrem Tod erzählt. Und dann das."

Er nahm das bedrückende Unfallbild aus der Mappe und knallte es vor sie hin auf den Tisch. „Ein unvermeidbarer Unfall durch technischen Mangel, noch dazu bei einer Autowerkstatt, wer glaubt denn das? Und nur kurze Zeit später das hier."

Wieder entnahm er der Mappe zwei Zeitungsausschnitte, die eine verkohlte Hausruine und eine weitere Todesanzeige beinhalteten. Sie stutzte, als sie den Text las.

‚Dirk Messer. In der Blüte seiner Jahre starb er durch einen tragischen Unglücksfall. Er hatte noch so viele Pläne …'

„Dirk Messer?", wiederholte sie fragend. „Hieß nicht Ricks Bruder so, von dem er manchmal sprach im Zusammenhang mit einem Brand und der inneren Friedhofswerdung seiner Eltern, wie er es bezeichnete?", murmelte sie leise vor sich hin.

„Ja, Dirk Messer, so hieß ihr junger Geliebter, was wohl keiner wusste, weil die beiden es aus Rücksicht auf Mattuschke geheimhielten. Er hatte gerade ein Sauna- und Massagezentrum eröffnet, als der Brand geschah, und er dabei umkam. Für mich waren das keine Zufälle", rief er verbittert aus und schlug mit der flachen Hand auf den Tisch, dass die Gläser erzitterten. „Das waren Racheakte ganz nach Mattuschkes Stil, sorgfältig geplant, ohne Spuren zu hinterlassen."

Louise schnürte es die Kehle zu. Sie glaubte Kornfeld, jetzt, wo sie die Zusammenhänge kannte, bekam auch seine Großzügigkeit gegenüber Rick einen Sinn, der nicht ahnte, wer seinen Bruder auf dem Gewissen hatte, und dass es so war, daran zweifelte sie jetzt nicht mehr. Das Grauen hatte sich plötzlich so in ihr Gesicht geschrieben, dass Kornfeld beruhigend ihre Hand nahm.

„Regen Sie sich bitte nicht auf, es ist ja nur eine Annahme, meine persönliche Meinung, kein Fakt."

Aber da war Louise anderer Meinung; die Sache mit Ricks Bruder war der letzte Mosaikstein. Inzwischen war sie auch überzeugt, dass Mattuschke hinter der Juwelieraktion steckte, die gehorteten Visitenkarten bewiesen es ihr, aber würden sie auch als Beweis in einem Strafverfahren ausreichen?

„Sie sollten so schnell wie möglich dort ausziehen", hörte sie Kornfelds Stimme wie durch einen Filter, obwohl er nur wenige Zentimeter neben ihr stand. Ihr Kopf schwirrte. „Ich glaube zwar nicht, dass er Ihnen etwas tut, aber ihr Freund ist gefährdet, Heinz ist psychisch krank und schwer kalkulierbar. Genauso wenig glaube ich, dass er die von Ihnen gemachten Aufnahmen anderen zur Verfügung stellt. Er betrachtet Sie als persönlichen Besitz, selbst den Blick auf Sie gönnt er keinem anderen. In dieser Hinsicht können sie sicher beruhigt sein."

Sie bedankte sich für das aufschlussreiche Gespräch. Kornfeld hielt ihre Hand länger als üblich fest und sah sie an. „In ihrer wachen Frische und natürlichen Ausstrahlung ähneln sie Martine, das geht mir schon die ganze Zeit durch den Kopf, nicht vom Aussehen, aber von Ihrer Art. Wenn ich ein junger Mann wäre, würde ich glatt um Sie werben", sagte er mit verschmitztem Lächeln: „Passen Sie gut auf sich auf. Melden Sie sich wieder bei mir?"

Verstört versprach sie, noch einmal Kontakt aufzunehmen, dann fuhr sie besorgt zurück. Auf dem Rückweg suchte sie Veras Grab auf und fand es über und über mit frischen Blumen übersät.

Mattuschke tobte, als er hörte, dass ihr Bewacher sie aus den Augen verloren hatte und offen blieb, wo sie den Tag bis zum Abend verbracht hatte. Nur die vollständige Information über alles, was sie tat und wo sie sich aufhielt, gab ihm Sicherheit und das machtvolle Gefühl, sie vollständig zu besitzen. Akribisch hatte er sich in ihrer Studentenzeit die Vorlesungspläne notiert, wann sie in der Försterklause arbeitete und zu welchen Zeiten sie zurückkehrte. Gab es Lücken, verlor er seine Ruhe, was gefährlich war. Die Kühle, die ihn noch zu Kornfelds Zeiten auszeichnete, besaß er nicht mehr, die Gedanken um Louise hatten sie ihm genommen und Unruhe beschert.

Als sie am nächsten Morgen in ihr Auto steigen wollte, war es nicht mehr da, wo sie es abgestellt hatte. Sie ging in die Werkstatt und sah es hochgefahren auf der Hebebühne. Freddy lümmelte rauchend bei den Monteuren herum. Sie hob die Hand kurz zum Gruß. Seit wann verkehrt der bei Mattuschkes Leuten? Das hatte nichts Gutes zu bedeuten.

„Soll ich von der Schanze fliegen?", fragte sie verärgert, sie war schon spät und wollte sich mit ähnlichem Ablenkungsmanöver auch heute ihres Verfolgers entledigen, um in der neuen Wohnung weiterzuarbeiten.

„Inspektion war fällig, ist einiges zu machen", brummte Elias unfreundlich, „du wirst gefahren, Fips wartet am Tor."

Tatsächlich stand dort ein Wagen mit laufendem Motor. „Kann ich nicht selbst mit dem Wagen fahren?"

„Geht nicht, der wird am Tag gebraucht."

Um nicht zu spät zu kommen, musste sie das Angebot annehmen. Sicher die Reaktion auf das Austricksen. Sie war schlechter Laune, als sie das Büro erreichte. Ausgerechnet heute wollte sie mit Gila die Gardinen auswählen, die Mittagspause würde nicht reichen, wenn sie den Bus nähme und der Trick mit Gilas Hof ginge ohne Auto auch nicht. Also sagte sie verärgert ab.

„Wir verschieben es auf ein anderes Mal."

In einem unbemerkten Augenblick, Alice Mühsam hatte das Büro gerade verlassen, nahm Paul sie in den Arm. „Schau nicht so traurig, Louise, ich liebe dich und sehne mich nach dir. Ist das nicht Grund genug, ein wenig fröhlicher zu sein?"

Sie strahlte ihn an: „Natürlich Paul, es ist wunderbar, das zu hören, ich liebe dich auch. Bald kommen entspannendere Tage für uns. Schon den bloßen Gedanken daran genieße ich." Er sah sie glücklich an und gab ihr einen raschen Kuss. In diesem Augenblick kam Alice zurück. Hatte sie etwas gesehen?

Das Telefon klingelte, es war ein Ton der üblen Sorte, ungeduldig, fordernd. Weidenfels bat sie zu sich und ‚verwöhnte' sie mit einem Auftrag der Extraklasse, an dem sie gehörig zu knabbern hatte. Private Gedanken musste sie rigoros verbannen. Wahrscheinlich hatte er ihre mangelnde Konzentration in den vergangenen Tagen registriert.

Paul hatte sich zum Laufen verabredet, Hano wartete schon am Ausgangspunkt und trippelte unruhig auf der Stelle. Er möchte die Schmach der damaligen Niederlage wettmachen, dachte Paul, deshalb ist er so nervös. Die ersten hundert Meter unterhielten sie sich noch miteinander, dann konzentrierte sich jeder darauf, seinen Rhythmus zu finden und den Atem zu kontrollieren, es war ein schwüler Abend, der Schweiß floss schon nach einem Kilometer in Strömen.

„Ich könnte einen Scheibenwischer auf der Stirn vertragen", meinte Paul keuchend.

„Noch lieber wäre mir Veronika mit dem Schweißtuch", lachte Hano. Der Geruch von feuchter Erde, verrottendem Laub und Pilzen drang ihnen in die Nasen. Nach mehr als einem Kilometer hatte Paul einen kleinen Vorsprung herausgelaufen und hörte Hanos schweres Atmen hinter sich, der sich an seine Fersen geheftet hatte. Sie kamen an die Abzweigung, an der er damals die Waffen streckte und aufgab. Auch diesmal fiel er zurück und stieg an derselben Stelle aus. Paul grinste: „Große Klappe, aber keine Puste, das lobe ich mir", und blies den Schweiß mit vorgestülpter Unterlippe wie Sprühnebel vom Gesicht. Noch einen Kilometer bis zum Wendepunkt, er wusste nichts von der Abkürzung, die es Hano ermöglichte, ihn weitaus schneller zu erreichen.

Zwei Läufer kamen ihm entgegen, noch weit entfernt, aber irgendetwas an ihrem Laufstil war eigenartig. Es sah aus, als wüssten sie nicht, ob sie gehen oder laufen sollten. Beim Näherkommen bemerkte er, dass sie Wanderschuhe trugen. Als sie sich begegneten, grüßten sie, einer kam ins Straucheln, stieß mit ihm zusammen, so dass er aus dem Rhythmus kam. Im gleichen Augenblick spürte er einen grellen anhaltenden Schmerz in der Brust, sein Atem stockte, die Muskeln versagten, er stürzte. Seine Brille landete auf dem Boden und zerbrach. Die Männer knieten eine Weile über ihm, verschwanden dann, ohne Hilfe zu leisten in die Richtung, aus der sie gekommen waren. Wenig später erreichte Hano die Stelle, an der Paul lag. Er drehte ihn auf den Rücken, er wirkte leblos. Erschrocken kramte er sein Handy hervor und setzte den Notruf ab. „Kreislaufversagen beim Waldlauf." Er gab die Wegbeschreibung durch und begann mit der Wiederbelebung.

Louise erfuhr erst am frühen Morgen davon, Hano rief sie aus dem Krankenhaus an, schilderte wortreich seine Wiederbelebungsbemühungen und die Anstrengungen der Ärzte, Pauls Leben zu erhalten.

„Er liegt auf der Intensivstation, noch sind die Rhythmusstörungen nicht unter Kontrolle, wir tun alles", er sagte es so, als sei er der leitende Kardiologe und die anderen subalterne Kräfte.

Sie sank in sich zusammen, gerade hatte sie die schlimmsten Aufregungen ihres Lebens überstanden, da wurde sie von neuen geschüttelt, sie drohte, den liebsten Menschen zu verlieren. Welch ein Glück, dass er nicht alleine laufen war und Hano mit seinen medizinischen Kenntnissen helfen konnte. Der Quasselstrippe war sie unendlich dankbar. Schockiert rief sie Gila an: „Du kannst dich bedanken für eine Freundin, die dir nur Trouble bereitet."

Gila spürte ihre Aufregung und den Ernst der Lage. „Du kannst in diesem Zustand keinesfalls selbst fahren. Ich hole dich direkt ab und bringe dich zur Klinik, muss aber gleich wieder weg."

Louise konnte nur einen kurzen Blick auf Paul werfen, er war ohne Bewusstsein, hatte gefährliche Rhythmusstörungen, die man zu stabilisieren suchte und eine Platzwunde vom Sturz auf den Boden.

Lange musste sie auf ein Gespräch mit dem Arzt warten.

„Seyfried, sind Sie eine Angehörige?"

„Louise Leblanc, ich bin seine Lebensgefährtin, wir werden bald heiraten", sagte sie zur Bekräftigung und verspürte plötzlich den heißen Wunsch danach.

„Wir haben es mit einer komplizierten Konstellation zu tun, Frau Leblanc." Er zog sie am Arm fort in sein Zimmer, schloss die Tür und bat sie Platz zu nehmen.

„Bei Ihrem Partner sind durch die Einwirkung Herzrhythmusstörungen aufgetreten, in der Folge Vorhofflimmern mit anschließendem Gehirnschlag. Ersparen Sie mir die Erläuterung der medizinischen Zusammenhänge. In diesen Fällen extremer Herzbelastung oder -schädigung ist das leider keine Seltenheit."

Louise war schockiert, diese Diagnose zu hören.

„Ich bin total verwirrt Dr. Seyfried, dass dies Folgen einer leichten sportlichen Überanstrengung sein können."

„Das sind sie keineswegs, auf Ihren Partner wurde höchstwahrscheinlich ein Anschlag verübt, wir mussten deshalb auch die Polizei informieren."

„Ein Anschlag? Wieso denn Polizei? Sein Freund war doch dabei, was soll man ihm denn getan haben?", fragte Louise erschrocken und völlig konsterniert.

„Das aufzuklären, wird Sache der Polizei sein, wir sind nur unserer Pflicht zur Information nachgekommen, auch im Interesse des Patienten. Wir vermuten, aber das ist nur eine erste Annahme, dass man ihm mit einem Elektroschocker zugesetzt hat."

Louise wurde aschfahl im Gesicht, ein Schrei erstarb auf ihren Lippen. Gut, dass sie sitzen konnte.

„Wir tun alles, was möglich ist, Frau Leblanc und jetzt entschuldigen Sie mich bitte, hier auf Intensiv ist Hektik pur."

„Eine Frage bitte, kann er wieder ganz gesund werden?"

„Für eine Prognose ist es noch zu früh, wir hoffen, dass keine dauerhafte Herzschädigung bleibt; durch den Schlaganfall gibt es Ausfälle, die später durch Training kompensiert werden können. Wie gesagt, wir müssen abwarten. Aus dem Gröbsten ist er raus."

Als er das Zimmer verlassen hatte, rasten wirre Gedanken durch ihren Kopf, angetrieben von sich steigernder Angst und Verzweiflung, eingebettet in hilflose Mutlosigkeit. Die Sorge um Paul überlagerte alle Überlegungen, wer ihm so übel mitgespielt haben könnte, und was Hano über den Vorfall wusste. Zunächst konnte sie nur abwarten. Die innere Verkrampfung löste sich erst, als Tränen flossen. Immer wieder musste sie den schrecklichen Gedanken verjagen, dass er sterben oder schwerstbehindert bleiben könnte, wo ihre Liebe und gemeinsamen Hoffnungen gerade erst begonnen hatten. Lange saß sie unbeweglich dort, niemand schien sie zu vermissen, das Ganze hatte surreale Züge. Schließlich stand sie auf, unsagbar wackelig waren ihre Beine, sie hatte das Gefühl, in wenigen Stunden Jahre gealtert zu sein. Sie warf noch einen Blick auf Paul, lange durfte sie nicht bleiben, dann verließ sie das Haus. Die Situation erinnerte sie fatal an den Tod ihres Vaters. genauso einsam und verlassen hatte sie sich damals gefühlt, wie in einen bösen Nebel gehüllt. Damals war sie nicht mehr in der Lage, mit ihrem Wagen zu fahren. Draußen angelangt, versuchte sie verzweifelt, sich zu erinnern, wo das Auto geparkt war, als ihr einfiel, dass sie keins dabei hatte. Unschlüssig hielt sie ihr Telefon in der Hand. Gila oder Taxi? Sie hatte Gila schon genug strapaziert in letzter Zeit, also wählte sie die Nummer der Taxizentrale. In diesem Augenblick bremste ein Wagen neben ihr.

„Steig ein Louise, ich fahre dich nach Hause." Mattuschke hielt die Tür auf und bat sie, rasch einzusteigen, weil hinter ihm ein Krankenwagen hupte. Nahezu willenlos stieg sie ein. Die Szenerie blieb unwirklich, gespenstisch.

„Ich habe gehört, was passiert ist", vernahm sie seine Stimme wie aus weiter Ferne, aber sie kam ihr anders vor. War er es überhaupt oder ein anderer, der sein Aussehen angenommen hatte? Es war ihr egal, alles war egal, selbst er; sie konnte nicht mehr darüber nachdenken, sie war nur noch Sorge und seelenlose Verzweiflung, ihr Kopf hatte seine Funktion eingestellt. Mattuschke half ihr die Treppe hoch, schloss die Wohnung auf, legte sie wie damals auf ihr Bett, streifte die Schuhe ab und zog die Decke über sie. Sie hatte keine Kraft, sich dagegen zu wehren, sogar etwas wie Dankbarkeit war in ihr, weil es sie fröstelte. Drohte sie jetzt auch noch den Verstand zu verlieren? Wasser reichte er, sie trank es gierig, merkte erst jetzt, welchen Durst sie hatte. Alle Kraft war aus ihrem Körper gewichen, selbst die Vorstellung, einen Grashalm vom Boden aufzuheben, kam ihr wie ein nicht zu bewältigender Kraftakt vor. Sie war selbst müde von dem, was sie nur in Gedanken ausführte, fühlte sich klein, verängstigt, geschlagen. Am Abend kam Gila. Ein Anruf im Krankenhaus beruhigte ein wenig, alles sei stabil. Dann schlief sie ein, Gila war es zuzutrauen, etwas Beruhigendes in den Tee getan zu haben.

Als sie am Morgen erwachte, fühlte sie sich seltsamerweise besser, ihre frühere Energie und Kampfbereitschaft kehrte zurück. Jetzt galt es, die gewonnene Kraft für Paul einzusetzen, sie durfte sich selbst nicht bemitleiden. Ich will ihn wiederhaben, die schwersten Wege mit ihm gehen, ihn stützen, bis er wieder mir gehören darf. Sie wunderte sich, die Gedanken spendeten Mut, und der Blick auf seinen kritischen Zustand, von dem sie befürchtet hatte, ihn nicht ertragen zu können, bekam ein anderes Gesicht, als jenes, das sie sich in Stunden der Verzweiflung wieder und wieder vorstellte. Er wird immer ein anderes haben, denn die Situation, in der man plötzlich gebraucht wird und Hilfe leisten kann, verändert die Vorstellung und verleiht Kräfte, mit denen man vorher nicht rechnen kann, dachte sie und fühlte sich um Jahre ihrer Entwicklung gereift.

„Zimmerservice", Mattuschke brachte das Frühstück, er vermutete, dass sie noch im Bett lag. Sie hatte die Kraft, seinem Blick standzuhalten, das makabre Versteckspiel mitzuspielen. Ihre Angst war wie weggefegt.

Diesmal fuhr er sie selbst zur Arbeit; im Institut war man entsetzt über den medizinischen Bericht. Alice sah sie kampfeslustig an, verkniff sich aber bissige Bemerkungen angesichts der tragischen Umstände. Louise verließ das Gebäude durch einen Hinterausgang, lief zu Pauls Wohnung, nahm seine Autoschlüssel und fuhr ins Krankenhaus. Jeden Tag saß sie an seinem Bett, hielt die kühlen Hände und kämpfte sich durch Wellen größter Hoffnung und tiefster Mutlosigkeit.

Als Paul zu sich kam, musste er erst begreifen, wo er war und was ihm fehlte. Aus voller Vitalität plötzlich mit Lähmungen, verlorener Sprache und Erinnerungslücken ans Bett gefesselt zu sein, war eine grausame, erschreckende Erkenntnis, die seine Augen mit Tränen füllte. Er konnte sie nicht zurückhalten. Wie würde sein künftiges Leben verlaufen? Bisher vollzog sich alles glatt und problemlos. Persönliche Katastrophen waren so fern und unwirklich. Er spürte Verzweiflung und lähmende Angst. Sein nächster Gedanke galt Louise. Wäre es ihr zuzumuten, bei einem Wrack zu bleiben? Er würde alle Anstrengungen auf sich nehmen, um wieder der funktionierende Mensch von früher zu werden, aber wäre es nur ein vergeblicher Kraftakt, eine aussichtslose Hoffnung? Wie schwach und hilflos ist man in den Krallen des unwägbaren Schicksals. Zunächst musste er erfahren, was mit ihm geschehen war. Während die Krankengymnastin ihn routiniert bewegte, schlief er erschöpft ein, zu gerne hätte er sie gefragt.

Als er die Augen wieder öffnete, saß Louise neben ihm. Nur verschwommen nahm er sie wahr, wo befand sich seine Brille? Dankbare Ergriffenheit erfasste ihn. Er war wach, gottseidank, sie bemerkte das Leuchten in seinen Augen, als er sie sah. Das Sprechen wollte nicht gelingen, die linke Seite war gelähmt. Sie vermochte, ihn zu trösten, gab ihm Hoffnung und Vertrauen, er spürte ihre Liebe. Sie war stolz, ihm Stärke und Zuversicht zeigen zu können.

Die Polizei bestätigte die Vermutung Dr. Seyfrieds, jemand hatte ihn mit einem Elektroschocker attackiert, keinem handelsüblichen, sondern einem offenbar selbst konstruierten, mit stärkerer Elektrizität. Hano habe Pauls Tempo nicht folgen können und sei erst eingetroffen, als er schon am Boden lag. Den oder die Angreifer habe er nicht mehr gesehen. Vom Arzt erhielt sie positivere Nachrichten, der Herzrhythmus sei stabilisiert, dauerhafter Schaden dort nicht zu befürchten. Offen blieben nach wie vor die Folgen des Schlaganfalls.

An diesem Abend übernachtete sie in Pauls Wohnung. Sie schlüpfte in seinen viel zu weiten Pyjama, roch den zurückgebliebenen Duft, informierte Gila und seine Eltern. Pauls Zustand besserte sich langsam, das Sprechen kam in Gang, wenn auch noch holprig, er konnte aufstehen und unkontrollierte Schritte gehen. Das gab Mut und Louise weitere Kraftschübe. Sie würde für ihn, für ihr Lebensglück, kämpfen, war nicht mehr die gebrochene, ahnungslos Fragende.

Nach zahlreichen Anrufen der Clique wollte sie die Freunde persönlich über Pauls Zustand informieren, was ihr nach den guten Nachrichten leichter fiel. Es war wohltuend, ihre Anteilnahme zu erfahren, vor allem Eric ließ sie sein großes Mitgefühl spüren, Leila noch immer deutliche Zurückhaltung. Hano gab sich zerknirscht. „Dass ich ausgerechnet da schlapp machen musste." In diesem Stadium der Entwicklung sah sie keinen Grund, den beabsichtigten Umzug zu verschweigen, bei ihren Freunden hatte sie ohnehin nichts zu befürchten. Deshalb bat sie Rick um den Gefallen, ihr mit dem Lieferwagen ein paar Gardinenstangen abzuholen und zur neuen Adresse zu fahren. Die Uhrzeit stimmten sie ab, mit Pauls Wagen würde sie pünktlich dort sein.

Auf Rick war Verlass, er trug ihr die Last hinauf, sah sich kurz um, die Wohnung gefiel ihm.

„Vor allem von der Lage viel günstiger, ich bin froh, dass du Abstand von Mattuschke bekommst, irgendwie war er mir nie geheuer. Und die Angriffe auf Paul, wenn die mal nicht auf sein Konto gehen? Ich muss wieder fahren."

„Danke Rick, du hast mir sehr geholfen."

Als sie die Wohnung abschloss, stand Heinz plötzlich hinter ihr. Sie erschrak, als wäre es ein Geist.

„Was soll das Louise?", herrschte er sie an. In diesem Ton hatte er noch nie mit ihr gesprochen.

„Du nimmst dir hinter meinem Rücken eine andere Wohnung. Ich bin tief enttäuscht; ist das der Dank für unser gutes Verhältnis und meine Unterstützung, warst du nicht zufrieden mit den Vorzügen, die ich dir gewährt habe?"

Sie spürte die wütenden Schwingungen, die sein angespannter Körper aussandte, sein Gesicht war zornrot, die sonst so meisterhafte Beherrschung verschwunden.

„Nie bin ich so hinterhältig hintergangen worden und das von dir. Haben wir uns nicht gut verstanden Louise?" Er packte sie an den Schultern und schüttelte sie, während er die Sätze förmlich ausspie. Er merkte, dass seine Beherrschung stärker entgleist war, als beabsichtigt, in mildrem Ton fuhr er fort: „Entschuldige meine Aufregung, es ist ja nicht wegen mir, die Wohnung war schließlich Jahre unbewohnt. Es geht mir um dich und dein Wohl. Lass uns noch einmal darüber sprechen. Noch bist du ja nicht eingezogen."

Er sah sie fast flehend an: „Ein bisschen Dank habe ich doch wohl verdient, oder?"

Louise musste sich beherrschen. Dieser elende Lügner, dachte sie, der plötzliche Schreck hatte ihr weiche Knie beschert.

„Wir können ja noch einmal darüber reden Heinz", lenkte sie ein, um Zeit zu gewinnen, „im Moment steht mir der Kopf ohnehin nicht nach Umzug, solange es Paul so schlecht geht."

„Gibt es denn was Neues?", fragte er in geheuchelter Sorge.

„Leider nein, es ist nach wie vor offen, ob er überhaupt durchkommt", übertrieb sie.

„Das ist schlimm, das höre ich nicht gerne, man darf die Hoffnung nie aufgeben, du weißt doch, auch wenn es noch so schlimm kommt, ich bin für dich da."

Er schenkte ihr einen jovialen Blick. Sie erstickte fast daran.

Als sie das Haus nach ihm verließ, entdeckte sie Leila auf der Straße. Sie schloss sich Mattuschke an, bis sie aus ihrem Blickfeld verschwunden waren. An Überraschungen gab es wahrhaft keinen Mangel.

Wenig später saß sie mit Gila in Pauls Wohnung, berichtete von dem Besuch bei Kornfeld, den erhaltenen Informationen, Visitenkarten und der entdeckten Spiegelanlage hinter der verschiebbaren Wand.

„Wenn du Rick das mit seinem Bruder wissen lässt, bringt er Mattuschke eigenhändig um, und du bist das Problem los."

„Habe ich auch gedacht und vorsorglich nichts gesagt, es beweist wohl, dass er seine Frau und Ricks Bruder auf dem Gewissen hat."

„Und Vera nicht zu vergessen."

Dann erzählte sie von der unheimlichen Begegnung im Treppenhaus der neuen Wohnung. Gila schlug erstaunt die Hand vor den Mund: „Das ist nicht wahr, woher wusste er denn davon?"

„Von dem geplanten Besuch der Wohnung wussten nur du, Panneder, den ich noch einmal wegen des Wagens fragte, Rick und der Rest der Clique."

„Und wenn er dir gefolgt ist?"

„Unmöglich, ich hatte den Wagen in der Tiefgarage geparkt, da hat Paul einen Platz, du kommst nur mit Karte rein."

„Dann hat dich einer verpfiffen, der Informant, von dem Amina sprach."

Louise schüttelte den Kopf. „Aber doch niemand aus der Clique", meinte sie mit verzagter Miene, „allerdings habe ich Leila gesehen, sie ist mit ihm gemeinsam weitergegangen."

„Gut, dann blieben außer ihr nur Panneder und ich."

„Das ist genauso ausgeschlossen. Freddy lungerte neulich auf dem Hof herum. Sollte er …?"

Plötzlich sprang sie auf. Den Zettel mit der Telefonnummer, den sie in Mattuschkes Schublade entdeckte, wo hatte sie ihn hingetan? Durch die Ereignisse um Paul war er völlig in Vergessenheit geraten. Sie fand ihn in ihrer Gesäßtasche wieder und verglich die Nummer mit den telefonisch gespeicherten. Sie gab die Zahlen ein, gespannt starrten sie auf das Display. ‚Hano' las sie, das war doch nicht möglich.

Louise durchlief es eiskalt. Hano, der sich so nett um sie bemühte, Pauls Freund. Absurd. Noch einmal verglich sie die Zahlen. Es blieb dabei. Aber welchen Grund konnte seine Telefonnummer in Mattuschkes Besitz sonst haben, er gehörte nicht zu seinem Bekanntenkreis. Gila, die eine Weile grübelnd neben ihr saß, erhob den Zeigefinger.

„Es ist nicht unlogisch Louise. Außer dir wusste nur er, dass Paul am Abend des Einbruchs um 21.00 Uhr noch einen Waldlauf machen wollte und kein Alibi haben würde. Beim Überfall im Wald war nur er dabei und konnte genaue Informationen durchgeben, wenn er es nicht sogar selbst war. Woher hätten Mattuschkes Leute sonst wissen sollen, dass er gerade zu diesem Zeitpunkt dort war. Wahrscheinlich hat er sie informiert, als er sich zurückfallen ließ."

„Du hast recht, er war auch dabei, als ich mich mit Rick an der neuen Adresse verabredete, nur von ihm konnten alle Tipps kommen."

Entsetzt barg sie ihr Gesicht in den Händen. Nach einer Weile fragte sie: „Hast du Mattuschke eigentlich informiert, als ich ins Krankenhaus kam, wo er mich gleich besuchte?"

„Nein, hab gar nicht daran gedacht."

„Dann war es Hano", sagten beide wie aus einem Mund.

„Und Leila mit ihrer auffälligen Reserviertheit?"

„Vielleicht hast du Hano im Vertrauen etwas Kritisches über sie oder den eigenartigen Freund gesagt, der hat es gleich weitergegeben. Du kennst ihn ja nun. Die Begegnung mit Mattuschke auf der Straße war möglicherweise rein zufällig, vielleicht geht er heimlich in ihren Schönheitssalon und kennt sie daher?"

„Wenn ich nur wüsste, wie er mit Hano zusammengekommen ist; was machte ihn sicher, dass er sein Ansinnen nicht empört zurückweisen würde, jemanden aus der Freundesrunde auszuspionieren und ans Messer zu liefern?" „Seine Sucht, immer im Mittelpunkt zu stehen und sich wichtig zu machen, hat ihm sicher in die Karten gespielt. Er wird sich geschmeichelt gefühlt haben, für Mattuschke den Spion spielen zu dürfen, und du darfst dessen Überredungskunst nicht vergessen."

Der Verräter stand fest, es gab keinen Zweifel. Louise war erschüttert, wie war das möglich bei einem Freund, dem sie vertraute, für den sie die Hand ins Feuer gelegt hätte. Der hinterhältige Judas hatte Interesse an ihr geheuchelt, ihr und Pauls Vertrauen missbraucht, seine Gefängnisstrafe, sogar seinen Tod riskiert, wofür?

„Für Silberlinge natürlich. Es gibt immer Charaktere, die andere verraten, um die eigene Haut zu retten oder gierig einen Vorteil zu ergattern", sagte Gila bitter, sie hatte es am eigenen Leib erfahren.

Die Erkenntnis schmerzte furchtbar; welchem Menschen konnte sie überhaupt noch trauen? Mattuschke und Hano hatten sie abgrundtief enttäuscht und verletzt, nie hätte sie es für möglich gehalten. Ihr Wunsch nach Rache breitete sich so rasend in ihr aus, wie ein Buschfeuer im Sturm. Jetzt fiel ihr ein, dass sie ihren Kuli in Mattuschkes Schublade liegen lassen hatte, als sie Hanos Nummer notierte. Das war ein Fehler, hoffentlich war er nicht bemerkt worden, sonst wüsste er, dass sie in seinen Schränken gesucht hatte, sie wäre in akuter Gefahr. Sie redeten sich die Köpfe heiß über Rachestrategien, aber alle Einfälle verwarfen sie wieder zu Gunsten neuer Überlegungen.

„Keine Schnellschüsse jetzt", sagte Louise, „es wird uns noch etwas Wirkungsvolles einfallen, um beide zu bestrafen."

Sie besuchte Paul gemeinsam mit Gila. Vor seiner Tür stießen sie mit Kommissar Heidenreich zusammen, den sie schon angetroffen hatte, als Paul noch nicht ansprechbar war. Er grüßte und zuckte mit den Schultern. „Leider wenig Neues Frau Leblanc. Er kann sich an nichts erinnern, nur dass er mit Hano Gutbroth losgelaufen ist."

„Halten Sie ihn auch für verdächtig?" Er zögerte mit der Antwort. „Wir überprüfen natürlich alles, auch ihn, er war schließlich der einzige, der dabei war. Wie ist das Verhältnis zu Ihrem Vermieter?"

Louise war überrascht, dass er danach fragte.

„Bisher ohne Probleme", sagte sie vorsichtig. „Ich ziehe bald aus, möchte mit Herrn Ganthner zusammen wohnen."

„Ah ja, falls Ihnen etwas einfallen sollte, melden Sie sich bitte. Sie haben ja meine Karte." Vorsorglich drückte er ihr noch eine weitere in die Hand. Heidenreich hielt Hano für verdächtig, die Überprüfung hatte ergeben, dass er unmittelbar vor dem Anschlag über Handy Kontakt zu Mattuschke aufgenommen hatte, seltsamerweise auch kurz vor dem Überfall auf den Juwelierladen. Merkwürdig war, dass die Firma zwei Tage später einen Gebrauchtwagen auf Hanos Namen zuließ, obwohl er sein Konto bis zum Kragen überzogen hatte. Da war etwas faul, er glaubte, auf der richtigen Spur zu sein.

Paul ging es erheblich besser. Er freute sich, Gila zu sehen, die Tränen der Betroffenheit nicht unterdrücken konnte, als sie sah, wie ungelenk er dem Bett entstieg und sich in seltsamer Weise fortbewegte. Wenn sie daran dachte, wie dynamisch er noch vor wenigen Wochen vor ihr herlief, als sie Siegfrieds Eltern besuchten. Sprachlich war er fast wieder beim ursprünglichen Stand angelangt.

„Ich habe Bescheid von der Rehaklinik bekommen.", sagte er mit verzögertem Sprachtempo. „Übermorgen geht's los, ich verspreche mir große Fortschritte. So", meinte er sarkastisch und zeigte auf sein linkes Bein, „kann ich an den deutschen Meisterschaften jedenfalls nicht teilnehmen."

Louise war froh, dass er es so positiv nahm und sagte es ihm. „Resignation ist der Egoismus der Schwachen", lächelte er, „das meinte jedenfalls Fußballtrainer Jörg Berger, und schwach möchte ich nicht sein, schon gar nicht in eurer Gegenwart. Ich darf klagen, aber nicht jammern. Hano, mein Lebensretter, war hier, er wird mich zur Klinik fahren mit seinem neuen Flitzer, aber keinem paprikaroten." Er knipste Louise ein Auge.

„Auf gar keinen Fall", riefen beide Frauen wie aus einem Mund. Das Blut war ihnen förmlich aus dem Gesicht gewichen. „Nein, das kommt überhaupt nicht infrage, Ehrensache, dass ich das mache oder wir", stotterte Louise.

„Aber das ist unnötig, du musst dir doch nicht wieder Urlaub nehmen, Hano hat frei und kann mir mit seinen geübten Griffen besser beim Gehen helfen." Als er ihren entgeisterten Blick sah, meinte er einlenkend: „Es ist natürlich schön, wenn sich gleich drei darum reißen. Also, wenn du nicht davon abzubringen bist, fahre ich lieber mit euch, ich wollte nur Zeit sparen."

Die Klinik war nicht allzu weit entfernt, in weniger als einer Stunde hatten sie das Ziel erreicht. Er versprach sich viel von den konzentrierten Übungen zu Wasser, zu Lande und zu Munde, wie er scherzhaft meinte. Sie warteten, bis man ihm sein Zimmer anwies und trugen die Koffer hinauf.

„Alles Gute Paul und viel Erfolg, ich besuche dich so bald als möglich." Sie hielt ihn lange umarmt.

„Wahrscheinlich bin ich nach den Übungen so platt, dass du mich nur schlafend antriffst."

„Dann bekommst du halt nur einen Gute Nacht Kuss", meinte sie und sandte ihm einen liebevoll besorgten Blick. Er küsste sie. „Du machst mir so viel Mut Louise, allein für dich und die Aussicht, mit dir zu leben, lohnen sich alle Anstrengungen, das ist die größte Motivation."

Sie setzte Gila ab und fuhr anschließend zu ihrer Mutter. Wie durch ein Wunder hatte sie bisher nichts an Paul auszusetzen. Ob es so bleiben würde? Sie erkundigte sich nach seinem Befinden. Louise berichtete von den Fortschritten und der Möglichkeit bleibender Lähmungen der linken Seite.

„Ein Glück, dass du nicht verheiratet bist, so kannst du dich nach einer Anstands-Weile diskret zurückziehen, dann hat's halt nicht gepasst. Glaub deiner Mutter, Kind."

Mutter blieb sich auch jetzt treu. Louise war in Rage: „Nenn mich nie wieder Kind, schließlich bin ich eine Erwachsene von 27 Jahren, zweitens habe ich lange aufgehört, deinen Ratschlägen zu glauben und drittens liebe ich Paul, falls dir der Begriff überhaupt etwas sagen sollte. Mit ihm zusammen will ich durchs Leben gehen, und wenn das nicht möglich ist, werden wir eben kriechen." In ihrem Zorn buchstabierte sie das letzte Wort noch einmal:

„K r i e c h e n."

Die ganze Anspannung und Wut der letzen Wochen brach aus ihr heraus, ihre Mutter bekam einen großen Teil dessen mit, was sie Mattuschke entgegen schleudern wollte, aus taktischen Gründen aber nicht konnte. Sie markierte einen Herzanfall mit gekünstelter Atemnot. Wie sehr hasste Louise diese Schmierenkomödie, die sie seit Kindesbeinen miterleben musste, immer dann, wenn Mutter demonstrieren wollte, beleidigt oder von schlimmer Kunde betroffen zu sein. Jeder verhauenen Klassenarbeit in früheren Jahren war diese Nummer gefolgt, mit theatralischem Wehklagen über das drohende verpfuschte Leben. Sie verließ den Raum, ohne sich um den nahenden Theatertod zu kümmern. Flugs stellte Frau Leblanc das Schauspiel ein, nachdem das Publikum abhanden gekommen war. Als sich Louise von ihr verabschiedete, drückte sie ihr beleidigt eine Tüte Plätzchen in die Hand. „Von deiner Patentante, du isst sie doch so gerne und dein netter Vermieter auch, ... das wäre ein Mann wie nach Maß."

„Was würdest du dich wundern?", war ihr trauriger Kommentar.

Sie fuhr zu ihrer Wohnung, sie hatte nicht genug Kleidung mitgenommen in Pauls kleines Appartement. Als sie in den Hof einbog, kam Mattuschke gerade an ihr vorbei. Er ließ die Fensterscheibe heruntergleiten.

„Ich bin in einer Stunde wieder zurück. Können wir dann miteinander sprechen, bitte?"

Es passte ihr überhaupt nicht, aber sie sagte: „Ja." Irgendwie fiel es ihr trotz aller Ereignisse schwer, ihm diese Bitte abzuschlagen.

Sie nutzte die Gelegenheit, kurz in seine Wohnung zu schlüpfen und in der Schublade nachzusehen. Der Kuli lag noch unverändert dort, sie atmete auf und steckte ihn ein. Er schien ihn nicht bemerkt zu haben. Sie schob die Schublade langsam zurück, aber da lag noch etwas, das ihr damals nicht aufgefallen war. Ein rechteckiges Metallstück. Vorsichtig packte sie es an, es hatte die Größe eines Diktiergeräts, wie Weidenfels es benutzte und war relativ schwer. Gerade wollte sie es zurücklegen, als ein Gedankenblitz sie durchzuckte. Das ist der Elektroschocker. Heidenreich hatte ihr erklärt, wie gängige Geräte aussahen, aber dies war ein illegal konstruiertes mit ungleich höherer Wirkungskraft. Hiermit könnte sie es Mattuschke heimzahlen. „Ihn mit den eigenen Waffen schlagen", formten ihre Lippen. Wieder schlich Mirka vorbei und blickte argwöhnisch. „Du bist schon genauso hinterhältig wie dein verlogener Besitzer." Sie steckte das suspekte Teil ein und nahm es mit in ihre Wohnung. Aufregung erfasste sie, könnte sie es wirklich bei ihm anwenden, würde es überhaupt funktionieren? Dann wurde ihr bewusst, dass man die Verwendung genauso feststellen würde wie bei Paul, und der Verdacht sofort auf sie fiele. Es war eine Spontanidee, nicht genügend durchdacht. Dass sie sich überhaupt mit solchen Gedanken beschäftigte, ließ sie den Kopf schütteln. Wäre sie wirklich in der Lage, einen Menschen zu töten? Schon der bloße Gedanke ließ ihr das Blut gefrieren, aber der Wunsch nach Vergeltung hatte sie mit aller Kraft erfasst.

Ihr Blick fiel auf die Plätzchen, die noch immer da standen, wo sie sie in der Eile abgestellt hatte, sie schüttete sie aus der Tüte in eine Porzellanschale. Verführerisch rochen sie, sahen nur etwas anders aus. Tante Else hatte experimentiert mit einem Schokoladenüberzug, der eine Hälfte bedeckte. Sie nahm eins, es schmeckte himmlisch. Else hatte sie eigens für sie gebacken, obwohl noch keine Weihnachtszeit war, sie musste daran denken, sich bei ihr zu bedanken.

Mattuschke läutete, drückte ihr einen Blumenstrauß in die Hand, den sie nur mit Widerwillen entgegennahm. Sie hatte das Gefühl, einen Kaktus in den Händen zu halten. Die üblichen Phrasen kamen, so gut wie hier könne sie es nirgendwo haben, ihr Auto sei repariert und stehe wieder zur Verfügung, ob sie sich noch an den Flachs mit dem Dankeskonto erinnere, er flehte, winselte fast.

„Du weißt doch, ich tue alles für dich."

Leider ja, dachte sie angewidert, du tust in der Tat alles für dich. Sie werde sich das Ganze überlegen. Er wirkte erleichtert, krümmte sich und stand auf.

„Ich hab's wieder im Rücken, die Autofahrten sind nichts mehr für mich", er reckte sich ausgiebig, „ich lege mich gleich in die heiße Badewanne, das ist das Einzige, was mir dabei hilft."

Beim Hinausgehen schnupperte er den betörenden Duft des Gebäcks. „Das darf nicht wahr sein, du hast wieder die traumhaften Plätzchen."

„Nimm dir so viele du möchtest."

„Nein, nein zwei drei reichen."

Sie nahm einen kleinen Teller, legte einige darauf und war froh, als er ihr Zimmer verließ. Als sie hörte, dass er Wasser einließ, zog sie sich um, jetzt, wo er die Wanne bestieg, würde er sie nicht beobachten. Schnell sprang sie unter die Dusche. Ihr Zorn auf ihn war gewaltig, offenbar ging er wieder davon aus, sie kaufen zu können, damit ihm die private ‚Peep-Show' erhalten bliebe. Sie stöhnte laut auf: „Wie blöde bin ich nur gewesen?" Sie trocknete sich ab und schlüpfte in ihren Bademantel. Er hatte sie so sehr erniedrigt, brennend breitete sich der Wunsch aus, ihn ebenfalls zu demütigen, winzig klein an ihren Füßen liegen zu sehen, vor Scham zerflossen. Starker Jähzorn kam über sie, ließ sie nach dem Schlüssel greifen und mit noch feuchten Haaren seine Wohnung betreten.

Wenige Minuten vorher hatte er sich in das heiße Wasser gelegt, das seinen Rücken angenehm entspannte. Welche Wohltat. Er streckte sich lang aus, das Gespräch mit Louise war nicht schlecht verlaufen, unsicher wirkte sie, sie wolle es sich noch einmal überlegen. Was hätte es auch für einen Sinn auszuziehen ohne ihren Partner. Zwar hatte der Anschlag wieder nicht so geklappt, wie er es von seinen Leuten gewohnt war, aber nach allem, was er wusste, blieb der Zustand kritisch, so dass an ein gemeinsames Leben wohl nicht zu denken war. Im letzten Moment hatte sein Spion Hano kalte Füße bekommen und ihn wiederbelebt, der Waschlappen. Nur ein Denkzettel sei ausgemacht gewesen, kein Mord. Zu dumm, nachdem er von seinen Männern so gut wie schon erledigt war. Die Schale mit den Plätzchen hatte er auf den Wannenrand gestellt. Jetzt griff er danach, unvergleichlich, auch in der neuen Version. Er aß es viel zu hastig, die beiden nächsten legte er genüsslich auf die Zunge und ließ sie langsam schmelzen. Köstlich.

In diesem Moment vollkommener Entspannung trat Louise ins Bad. Hastig richtete er sich auf und bedeckte unbeholfen seine Nacktheit.

„Nicht so schüchtern Heinz, das bist du doch auch sonst nicht", sagte sie freundlich, breitete ihren Bademantel weit aus und stand völlig nackt vor ihm. Es verschlug ihm den Atem, eine jähe Hitzewelle schoss durch seine Adern, die ihn mehrmals schlucken ließ.

„Das ist es doch, was du sehen möchtest."

„Wieso, wie kommst du darauf …?", stammelte er überrascht.

„Ich habe es immer deinen Augen angesehen. Jetzt steige ich zu dir in die Wanne, ich will deine Leidenschaft spüren, du kannst mir endlich zeigen, was du als Mann zu bieten hast."

Mit vor Schreck aufgerissenen Augen sah er, wie sie tatsächlich den Fuß in das Wasser tauchte und den Mantel hinter sich fallen ließ.

„Nein", schrie er, „du machst alles kaputt, zieh dich sofort an, lass mich alleine." Speichel lief ihm aus dem Mund, ein feiner Schokoladenfaden, wild gestikulierend wies er auf die Tür.

„Wie, du bist die ganze Zeit so geil auf mich und willst nicht mit mir schlafen, was für ein Mann bist du eigentlich?"

Er wand sich wie ein Wurm, wollte aufstehen, aus der Wanne flüchten, konnte sich nicht in seiner Blöße vor ihr zeigen, sackte wieder zurück. In diesem Augenblick hatte er Macht und Kontrolle über sie verloren.

„Du kannst nicht? Impotent bist du also, wer hätte das gedacht?" Sie lachte spöttisch, als er förmlich in der Wanne versank und sie mit der Hand hinaus wedelte.

In ohnmächtiger Wut und plötzlicher Überlegenheit durchzuckte sie der Gedanke, ihn unterzutauchen, zu ersticken, ihm auf diese Weise alles heimzuzahlen, sich zu befreien. Ihr Herz schlug rasend. Nah trat sie an den Wannenrand. Die Gelegenheit war günstig, sie streckte die Arme aus, aber sie konnte es nicht, ihre Hände waren gelähmt, sie spürte, wie das jähe Rauschen in ihrem Kopf wieder verebbte, griff nach ihrem Mantel und verließ seine Wohnung.

Sie zitterte am ganzen Körper, so souverän, wie sie sich gab, war sie keineswegs, aber ihr Auftritt hatte tiefe Genugtuung bereitet. Sein Modell des heimlichen Besitzes war endgültig zerstört, das musste ihm in den wenigen Minuten ihres Auftritts klar geworden sein. Genossen hatte sie den Anblick des winselnden, gekrümmten Mannes, seiner Ehre beraubt, der nichts mehr von überlegener Selbstsicherheit erkennen ließ. Nackt, gedemütigt und bloßgestellt. Ihre Angst war verschwunden, er hatte seine Macht verloren, sie Satisfaktion erhalten. Trotzdem riegelte sie ihre Tür ab, als sie zu Bett ging. Gila wird begeistert sein, wenn ich ihr den Auftritt schildere, als nackte Jeanne d'Arc mit dem Flammenschwert in der Hand. Trotz allem musste lächeln.

Am nächsten Morgen war sie froh, ihm nicht zu begegnen. Obwohl sehr aufgeregt, hatte sie geschlafen und war früher im Büro als sonst.

Weidenfels bat sie sofort zu sich. Ohne Umschweife kam er zur Sache, ob es zuträfe, dass sie ein Verhältnis mit Ganthner unterhalte. Sie bestätigte es. „Das dulde ich nicht in meinem Institut, einen von Ihnen bitte ich zu kündigen."

Sie war empört, dass er diese Forderung jetzt stellte, wo Pauls Gesundung nicht absehbar war. „Sie werden sie rechtzeitig erhalten", sagte sie kühl, „sicher von uns beiden."

Überrascht zog er die Augenbrauen hoch, damit hatte er nicht gerechnet, wenn Ganthner ginge, hätte er sich gewaltig ins eigene Fleisch geschnitten. Als sie das Büro verließ, sah sie Alice Mühsams triumphierenden Blick. Ich bin von Verrätern umgeben, dachte sie.

Wieder erschienen Polizisten im Büro. „Wird das jetzt zu einer ständigen Einrichtung?", knurrte Weidenfels, immer noch wütend über Louises Äußerung.

„Sie kommen wegen Paul, sie haben den Täter?", fragte sie hoffnungsfroh.

„Nein, wir kommen wegen Herrn Mattuschke", sagte Heidenreich, er war auffallend blass an diesem Morgen.

„Mattuschke?"

Das fehlte noch, dass der Kerl sie wegen ihres Auftritts angezeigt hatte, das wäre der absolute Hohn. „Und was ist mit ihm?", fragte sie leicht verunsichert.

„Er ist tot, seine Haushaltshilfe hat ihn heute leblos in der Badewanne aufgefunden. Haben Sie etwas gehört? Können Sie uns etwas dazu sagen?"

Louise fiel schwer in ihren Stuhl, das konnte nicht wahr sein, Mattuschke tot, sie hatte zwar mit dem Gedanken gespielt, ihn zu ertränken, es aber nicht getan. Oder hatte sie es doch und danach einen Black out, eine Erinnerungslücke erlitten? Sie war erschüttert und völlig durcheinander.

„Tot?, wir ...", sie musste mehrmals durchatmen, „haben gestern Abend noch miteinander gesprochen, wir hatten ein gutes Verhältnis zueinander. Er klagte über Rückenschmerzen, ja ich erinnere mich wieder, es kam wohl vom längeren Autofahren, er wollte sich in die heiße Badewanne legen."

„Und weiter, jede Kleinigkeit kann wichtig sein."

„Wir verabschiedeten uns, er griff noch in meine Gebäckschale, da habe ich ihm ein paar mitgegeben, Zimtplätzchen liebte er über alles."

„Haben Sie sie selbst gebacken?"

„Ich glaube kaum, dass sie dann essbar gewesen wären", sagte sie halb zu sich selbst, „meine Patentante Else backt sie unvergleichlich gut, ich habe gestern eine Tüte bekommen. Danach war er ganz verrückt. Anschließend ging er in seine Wohnung, ich habe nur noch gehört, dass er Wasser einließ."

Von ihrem Auftritt erwähnte sie nichts. „Das Gebäck müssen wir sicherstellen."

Mattuschke sank in der Wanne zusammen. Sein Herz jagte, er fühlte sich bis in die Haarspitzen gedemütigt. Was war los mit Louise? So erlebte er sie noch nie. Hatte sie sein Spiel durchschaut, wollte sie wirklich mit ihm schlafen? Ihm war noch immer heiß, er hob sich ein Stück aus dem Wasser, in dessen schützenden Schaum er sich vergraben hatte. Die Aufregung war zu groß, seltsames Kribbeln verspürte er im Hals, seine Lippen wurden plötzlich taub wie bei einer Zahnbehandlung. Eine fürchterliche Ahnung stieg in ihm hoch, er wollte sich weiter aufrichten, aus der Wanne steigen, um Hilfe rufen. Atemnot überfiel ihn, voller Angst schrie er nach Louise, es war nur ein ersticktes Röcheln, seine Hand, mit der er sich aufstützte, glitt vom rutschigen Rand der Wanne ab, dann wurde alles schwarz vor seinen Augen, er sackte hinab in die nasse Wärme.

Die Obduktion ergab, dass er einen anaphylaktischen Schock durch nusshaltiges Gebäck erlitten hatte und ohnmächtig in der Badewanne ertrank. Louise war kein Vorwurf zu machen. Seine Nussallergie hatte er aus Eitelkeit verschwiegen, Tante Else das Rezept variiert. In Teigmasse und Schokoladenglasur waren Para- und Pecannüsse gerieben.

„Er hat sich selbst gerichtet", meinte Gila, auch sie war erschüttert. „Du siehst den Ausspruch von Aristoteles Onassis bestätigt: *Ein reicher Mann ist oft nur ein armer Mann mit viel Geld*. Macht verdirbt den Charakter."

„Vorausgesetzt, es ist überhaupt einer vorhanden. Die wenigsten können mit ihrer Machtfülle umgehen."

Louise befand sich in einem Mix der Gefühle, schockiert, enttäuscht, gedemütigt, wütend über das, was Paul rücksichtslos angetan wurde, gleichzeitig schuldbewusst, ja im tiefsten Herzen traurig und irgendwie dankbar für schöne Jahre, die Heinz ihr mit seiner abartigen Liebe in den Zwängen seiner Sucht und inneren Einsamkeit ermöglicht hatte. Wie oft musste er getrieben und orientierungslos durch die verschlungenen Gassen seiner Seele geirrt sein. Ihre Beurteilung fiel plötzlich milder aus, als noch vor Tagen.

Einer plötzlichen Eingebung folgend, fuhr sie zum Silverspot. Eigentlich war es viel zu früh, der Einzige, den sie hätte antreffen können, war Hano, wenn er nicht gerade Spätschicht hatte. Genau den wollte sie erreichen und zwar alleine. Er war der erste im Lokal, saß am angestammten Tisch und löste Rätsel in einem Magazin

„Louise, so früh?", sagte er erstaunt, „das ist aber eine Überraschung."

„Ja, Überraschungen liebe ich in letzter Zeit."

„Setz dich doch, du hast ja noch Mantel und Handschuhe an."

„Es ist mir kalt, außerdem gehe ich gleich wieder, ich wollte dir nur sagen, dass Mattuschke tot ist, bevor du es in der Zeitung liest."

Vor Überraschung blieb ihm der Mund offen, es fiel ihm gar nicht ein, zu fragen, wer das sei und warum sie es ihm erzähle. „Die Polizei hat einiges bei ihm gefunden, er soll Informanten und Mithelfer bei Straftaten gehabt haben", sagte sie ganz beiläufig.

Hano wurde blass. Sie griff in ihre Manteltasche und nahm das sorgfältig gereinigte metallene Gerät aus Mattuschkes Schublade hervor.

„Sagt es dir etwas?", fragte sie und drückte es ihm in die Hand. Hano drehte und betrachtete es von allen Seiten. „Was soll das sein?"

„Wahrscheinlich der Elektroschocker mit dem Paul erledigt werden sollte."

„Das ist ja schrecklich", stammelte er. Seine Hände zitterten plötzlich, er ließ ihn scheppernd auf den Tisch fallen.

Louise nahm das Teil wieder an sich. „Ich muss gehen Hano. Übrigens vielen Dank für alles, ausdrücklich auch von Paul." Sie vermied es, ihm die Hand zu geben.

„Gerne geschehen." Es klang sehr unsicher.

Bevor sie das Lokal verließ, ließ sie das Teil unbemerkt in Hanos Jackentasche gleiten, die an der Garderobe hing. Draußen rief sie Heidenreich an, die Nummer stand auf der Visitenkarte.

„Louise Leblanc, ich wollte Ihnen nur sagen, dass ich gerade im Silverspot war, Hano Gutbroth hat da mit einem Ding herumgespielt, das ein Elektroschocker sein könnte, ich weiß zwar nicht, wie der aussieht, aber nach Ihrer Schilderung …"

„Das ist ein entscheidender Hinweis, wir sind unterwegs."

Louise brachte ein süffisantes Lächeln zustande, zweifellos hatte sie von Mattuschke gelernt. Hano hatte keine Zeugen dafür, dass Louise ihm das Corpus Delicti gegeben hatte, sie stritt es ab, es wies ausschließlich seine Fingerabdrücke auf. Neben sonstigen Indizien reichte es für eine Verurteilung zur Freiheitsstrafe. Er war Mattuschke bei einigen Straftaten behilflich. Die Silverspotclique war entsetzt über sein falsches Spiel. Nur Louise und Gila kannten die wahren Umstände.

Als Mattuschkes Wohnung wieder freigegeben wurde, brachte sie das Kästchen in ihren Besitz, vernichtete CDs und Speicherkarten der Kamera. In seinem Computer waren keine Dateien zu entdecken. Sie atmete erleichtert auf, offenbar hatte er keine elektronischen Spuren von ihr hinterlassen, was Kornfeld richtig einschätzte.

Paul machte kontinuierlich kleine Fortschritte, dennoch blieben Bewegungsstörungen seines linken Arms erhalten. Gehen konnte er durch eisernes Training wieder fast normal. Er gab sein Appartement auf und zog mit Louise in die neue Wohnung. Prof. Weidenfels erhielt die Kündigung von beiden. Langsam zogen wieder Normalität und Beruhigung in ihr Leben ein. Vom Spiegel und den Aufnahmen erzählte sie Paul nichts. Dass Mattuschke ihm mehrmals nach dem Leben trachtete, nur um ihn von ihr fernzuhalten und Hano dabei mitspielte, reichte vollauf.

Wenig später erhielt Louise den Brief eines Notars. Sie wurde zur Testamentseröffnung des verstorbenen Heinz Mattuschke gebeten. Er hatte seinen letzten Willen schon länger formuliert, die aktuellste Änderung erfolgte eine Woche nach Veras Tod, die bis dahin als Miterbin eingesetzt war. Sie erinnerte sich an einen seiner Aussprüche, während des heftigen Gewitters vor Dubrovnik im Flugzeug: „Ich habe mein Testament gemacht, nicht weil ich an ein baldiges Ende glaube, aber es lebt sich besser damit und ohne stirbt es sich schlechter." Rick, ebenfalls geladen, saß neben ihr und blickte fragend.

„Ich weiß nicht, was das soll, was habe ich mit ihm zu tun?"

Louise schwieg, sie kannte die wahrscheinliche Erklärung. Mattuschke vermachte Rick das Autohaus mit der Auflage, die Mitarbeiter weiterzubeschäftigen, Wollhüsen und Britta die Fabrik, Rudinsky seine Anteile an der Farm, Louise, wörtlich *‚dem Glück meiner Augen'*, Haus, Beteiligungen und Aktien, seinen Eltern das restliche Vermögen. Sie wollte aufspringen und die Ablehnung erklären, aber Rick drückte sie nieder auf den Stuhl. Er ahnte, was sie vorhatte.

„Nichts überstürzen Louise, du hast sechs Wochen Zeit, überleg es dir."

Sie schlug das Erbe nicht aus, wollte aber selbst keinen Cent davon und überließ es Paul als Schmerzensgeld oder Ausgleich für seine bleibende Behinderung. Es war weit mehr als eingeschätzt. Rick gegenüber schwieg sie weiter über die Hintergründe seines Erbteils. Wenn er sie kennen würde, hätte er das Erbe nie angetreten. So war es ein Splitter von Gerechtigkeit, der wenigstens ihm für die erlittenen Folgen nach des Bruders Tod zu Gute kam und seine Existenz sicherte.

Von Ulm zogen sie weg, Paul kaufte ein Haus, sie machten sich als Unternehmensberater ‚Ganthner & Leblanc, Diplom-Volkswirte', selbstständig. Beim Finanzamt erstattete sie Selbstanzeige und half, die kreative Buchführung aufzudecken. Rick sollte nicht mit dieser Hypothek starten. Sie kam mit einer milden Strafe davon, Huber dagegen erhielt eine Freiheitsstrafe, verlor Beamtenstatus, seine immer noch erfolgreiche Frau und damit jeglichen Kontakt zu der ‚Ansammlung von Brüsten'.

„Das Haus ist groß genug, eine Wohnung steht euch zur Verfügung", warb Louise bei Gila, die sofort zu einer Veränderung bereit war.

„Ich werde Siegfried bearbeiten, er muss einsehen, dass ich, auf Dauer von dir getrennt, dahin vegetieren würde. Was hätte er davon?"

„Paul, ich möchte dich um einen Gefallen bitten", sie sah ihn mit verführerischem Augenaufschlag an, „dich jemandem vorzustellen."

„Wenn ich dir damit eine Freude mache, Louise, gerne."

Ihr Wagen hielt vor einem herrschaftlichen Anwesen, dessen linker Trakt mit wildem Wein überwuchert war. Noch bevor sie läuten konnten, kam ihnen der Hausherr entgegen. „Er schreitet die Treppe hinunter mit der Grandezza eines Grafen", sagte Paul sofort, „nobel was nobel heißt."

„Herr Kornfeld, das ist mein Lebensgefährte Paul Ganthner, der Mattuschkes Anschläge überstanden hat, Paul, das ist Herr Kornfeld, uns verbinden viele Geheimnisse", machte sie lächelnd die Herren bekannt. Er nahm sie am Arm und geleitete sie galant die Stufen hinauf.

„Ich freue mich sehr, dass Sie zu uns gekommen sind, meine Frau erwartet Sie schon ungeduldig."

Eine feine, ältere Dame empfing sie im Foyer. Louise war erstaunt und irritiert, Frau Renard stand dort, war sie wieder gesund? Konnte das überhaupt sein? Jedenfalls wirkte sie wie eine Kopie von ihr. Frau Kornfeld registrierte den erstaunten Blick.

„Sie haben sicher gedacht, meine Zwillingsschwester Juliette vor sich zu sehen", lächelte sie, „wir sind immer verwechselt worden. Kommen Sie bitte mit in den Salon."

Es war ein großer, fast quadratischer Raum, nach oben hin bis zum Dachgebälk offen, mit einer kleinen umlaufenden Galerie, die Bücherregale aufwies; eine Seite des Raums wurde von einem ausladenden Kamin in italienischem Stil dominiert. Einfallende Sonnenstrahlen tauchten das Zimmer in ein warmes Licht. Sie nahmen nicht an dem langen Eichentisch, sondern an einem runden in der Ecke, auf eleganten Stühlen mit bequemen Armlehnen, Platz.

„Wir haben eine gute Nachricht erhalten. Durch die Recherchen bei Mattuschke konnte der Täter, der meine Schwester überfallen hat, endlich überführt werden. Ein gewisser Ivo soundso. Es geht ihr gottseidank wieder recht gut. Die letzten Tage hat sie bei uns verbracht, bevor sie zu einer Kur aufgebrochen ist. Heinz hat die Sache geplant und dieses Geschäft gezielt ausgesucht, um uns gleichzeitig treffen zu können, das sah ihm ähnlich. Der Mann hat übrigens auch gestanden, vor Jahren auf Mattuschkes Anweisung hin, jemanden in den Fundamenten eines Hauses einbetoniert zu haben. Man hat die Leiche inzwischen gefunden."

„‚Erlenbach' heißt der Mann, wohl auch einer seiner Widersacher, mit denen er alles andere als gnädig umging, er schreckte vor nichts zurück. Jedenfalls verbindet uns auch in dieser Hinsicht einiges mit Ihnen", wandte sich Kornfeld an Paul, „wir sind froh, Sie kennenzulernen Herr Ganthner."

Erlenbach?, ging es Louise durch den Kopf, hieß nicht Mattuschkes Jugendfreundin Britta so nach ihrer Heirat und sprach er nicht von seinem rätselhaften plötzlichen Verschwinden? Ein unangenehm fröstelnder Schauer kroch ihr über den Rücken.

Geübt öffnete Kornfeld den Champagner.

‚Louis Roederer Cristal', las Louise auf dem Etikett, der gleiche, den Mattuschke damals ausschenkte, als Vera fragte: „Bist du verrückt Heinz, was gibt es zu feiern?" Bei dem Gedanken an sie krampfte sich ihr Herz zusammen, ob ihr oder ihre Mörder je gefasst würden?

Für ein paar Sekunden breitete sich Schweigen aus, man hörte nur das helle Knistern aufsteigender Perlen im Glas.

„Erinnert sie dich nicht sehr an unsere Martine?", fragte Kornfeld seine Frau mit einem väterlichen Seitenblick auf Louise.

„Auf ihr Wohl mein Kind", er stieß zuerst mit ihr an. Sie lächelte, aus seinem Mund hätte sie ‚Kind' immer hören mögen.

„Ja, in ihrer ganzen Erscheinung", pflichtete ihm Frau Kornfeld bei.

„Sie war uns wie eine Tochter, ein Geschenk für jedes Auge, genau wie Sie Louise."

ENDE

Romane im IL-Verlag Basel:

Eiskalt, doch zuckersüß sind die Birnen, die sich drei Kinder im deutschen Nachkriegswinter teilen. Die Früchte werden gleichsam zu einer Allegorie ihrer lebenslangen, turbulenten Freundschaft mit guten und schlechten Phasen.

Luisa umgibt ein dunkles Geheimnis, das sie auch ihrem treuesten Freund Joe nicht offenbaren kann und mehr Distanz zu ihm hält, als sie im Grunde ihres Herzens möchte.

Ben verliebt sich in die bezaubernde Biologin Belle, die auch Joe heimlich verehrt. Als sie beruflich in Afrika weilt und schwer erkrankt, droht Tom, ihr Arzt, das geordnete Leben auf den Kopf zu stellen. Und dann löst die rassig schöne Lilly, die sich ihrer erotischen Wirkung nicht bewusst ist, eine schicksalhafte Wendung aus.

Feinfühlig und fesselnd entwickeln sich die unterschiedlichen Charaktere und das diffizile, zum Teil geheimnisvolle Gefühlsgeflecht. Aber auch das leidenschaftliche Sevilla, die Liebe zu Wein und klassischer Musik machen diesen Roman zu einem genussvoll packenden Erlebnis.

Ein Buch über das Leben mit seinen Härten und Verlockungen, seinen Aufgaben und Genüssen - ein Buch zum Genießen.

Rolf Ersfeld: Winterbirnen
Roman, 336 S. · ISBN 978-3-905955-25-5 · 14,70 EUR